KiWi 147

Über das Buch

Mit viel Witz und einer starken Dosis jenes *Esprit gaulois*, um dessentwillen man Aymé häufig mit Rabelais verglichen hat, wird in diesem bunten, weit ausholenden Epos die Geschichte des Bauerngeschlechts Haudouin erzählt, das seit eh und je in dem unsäglich eintönigen französischen Provinzdorf Claquebue ansässig ist. Drei Generationen der Haudouins läßt Aymé Revue passieren, den ehrlichen, offenen Honoré aus der zweiten Generation – zur Zeit der 3. Republik – wählt Aymé zum Helden seines Romans. Da Honoré nicht sehr geschäftstüchtig ist, verdankt er es nur der Gnade seines Bruders Ferdinand, eines ehrgeizigen und ebenso prüden wie lüsternen Duckmäusers, der es als Veterinär zu Reichtum und Ansehen gebracht hat, daß er noch auf dem väterlichen Hof sitzt. Dennoch ist er es, der die wahren Tugenden seiner Sippe geerbt hat und sich zuletzt als der stärkere erweisen wird.

Der Autor

Marcel Aymé (1902–1967) zählt zu den originellsten Erzählern Frankreichs. Geboren als Sohn eines Schmiedes in Joigny/Burgund, studierte er zunächst Medizin, übte dann verschiedene Berufe aus. Zu schreiben begann er nach einer schweren Krankheit.

Seine wichtigsten Werke

Brulebois (1926). *Maison basse* (1935). *La belle image* (1940). *Le passe muraille* (1943). *Les chemins des écoliers* (1946). *Le vent de Paris* (1947) und viele andere.

Marcel Aymé

Die grüne Stute

Roman

Aus dem Französischen von
Walter Widmer

Kiepenheuer & Witsch

Titel der Originalausgabe
La Jument verte

Aus dem Französischen von Walter Widmer

Umschlag Hannes Jähn, Köln
Umschlagfoto: mit freundlicher Genehmigung
des Deutschen Instituts für Filmkunde, Frankfurt/Main
Gesamtherstellung May + Co, Darmstadt
ISBN 3 462 01850 7

1

IM DÖRFCHEN CLAQUEBUE kam eines Tages eine grüne Stute zur Welt. Das Grün war nicht etwa das genugsam bekannte Pissegrün, das bei weißfelligen Mähren als eine Begleiterscheinung des Alterns und Hinfälligwerdens auftritt, nein, es war ein wohltuend ansprechendes, schmuckes Jadegrün. Als Jules Haudouin das Tierchen ans Licht kommen sah, wollte er seinen eigenen Augen und auch denen seiner Frau nicht trauen.

«Das ist doch nicht möglich», staunte er. «Da hätte ich viel zu großes Glück.»

Für Haudouin, Landwirt und Roßhändler, hatte es sich bisher nie gelohnt, daß er ein Schläuling, ein Lügenbold und ein knickeriger Raffer gewesen war. Seine Kühe krepierten ihm paarweise, die Schweine gleich halbdutzendweise, und das Korn keimte ihm in den Säcken. Mit seinen Kindern erging es ihm auch nicht viel besser; er hatte ihrer drei, und um so viele zu behalten, hatte er sechse in die Welt setzen müssen. Aber Kinder verschmerzte Haudouin leichter als sein Vieh. Er weinte am Beerdigungstag sein Schneuztuch tropfnaß, ging dann nach Hause, drückte es aus und hängte es zum Trocknen an die Schnur. Das Jahr über hatte er dann so oft und reichlich Gelegenheit, seine Frau zu herzen und zu karessieren, daß er's fertigbrachte, ihr jedesmal wieder eines zu hecken. Das ist ja beim Kindersegen das Bequeme, und in dieser Hinsicht konnte Haudouin auch nicht klagen. Er hatte drei quicklebendige Söhne und dazu drei Töchter, die draußen auf dem Friedhof lagen, und das war gerade ungefähr das, was er brauchte.

Eine grüne Stute, das war eine unerhörte Neuigkeit, etwas, was seit Menschengedenken noch gar nie dagewesen war. Das Vorkommnis schien bemerkenswert, denn in Claquebue ereignete sich sonst nie etwas. Man erzählte sich, Maloret pflege seine Töchter um ihre Jungfernschaft zu erleichtern; aber die Geschichte hatte längst jegliche Zugkraft verloren, weil sie nämlich schon seit hundert Jahren herumgeboten wurde. Die Maloret hatten es seit jeher mit ihren Töchtern so gehalten, und man war nachgerade daran gewöhnt. Von Zeit zu Zeit machten sich die Republikaner, ein halbes Dutzend insgesamt, eine finstere, mondlose Nacht zunutze und zogen vor das Pfarrhaus, wo sie unter den Fenstern des Pfarrers die *Carmagnole* grölten und «Hol der Teufel den Kaiser!» johlten. Davon abgesehen, geschah nie, gar nie irgend etwas Aufregendes. Und so langweilte man sich eben. Und weil die Zeit nicht verging, starben auch die alten Leute nicht. Es lebten achtundzwanzig Hundertjährige in der Kirchgemeinde, nicht eingerechnet die Alten zwischen siebzig und hundert, die rund die Hälfte der Bevölkerung ausmachten. Freilich hatte man ein paar von ihnen kreuzlahm oder gar tot geschlagen, doch konnten solcherlei Tätlichkeiten und handgreifliche Abhilfe einzig und allein dank privater Initiative zustandekommen, und das Dorf lag zumeist verschlafen, lahm und verknöchert da und war trübselig und öde wie ein Sonntag im Paradies.

Die Neuigkeit wischte aus dem Stall ins Freie, lief im Zickzack zwischen dem Wald und dem Bach hin und her, machte dreimal die Runde um Claquebue und ging dann auf dem Platz vor der Bürgermeisterei rundum und weit und breit herum. Augenblicklich rannte alt und jung, das ganze Dorf, Jules Haudouins Haus zu, die einen im Laufschritt oder gar im Galopp, andere wieder hinkend, hoppelnd oder an Krücken humpelnd. Man lief sich regelrecht die Absätze ab, weil ein jeder zuerst dort sein wollte, und die alten, klapprigen Mummelgreise waren kein bißchen verständiger als die Weibsbilder und mischten ihre zitterigen Meckerstimmen unter das nicht endenwollende Toben und Schreien, das rings das weite Land erfüllte.

«Es tut sich etwas! Es tut sich etwas!»

Im Hofe beim Roßtäuscher erreichte der Tumult seinen Höhepunkt, denn die Einwohner von Claquebue hatten bereits wieder, wie in alten Zeiten, etwas gefunden, worüber sie sich in die Haare geraten konnten. Die wütigsten Frömmler lagen dem Pfarrer eifernd in beiden Ohren, er müsse unverzüglich dem grünfarbigen Pferdchen den unreinen Geist austreiben, und die sechs Republikaner, die seine Gemeinde verunzierten, schrien aus vollem Halse: «Hol der Teufel den Kaiser!» Und zwar ganz unverhohlen, ohne sich überhaupt Zwang anzutun, schrien sie ihm das einfach mitten ins Gesicht. Nun ging eine gelinde Keilerei los, der Bürgermeister bekam einen Fußtritt in den Hintern, so daß ihm eine Ansprache den Hals hinaufrutschte. Die jungen Frauen wehklagten, weil man sie zwickte, und die alten jammerten desgleichen, weil sie nicht gekniffen wurden, und die Rotzbuben plärrten und erhoben ein Wehgeheul. Schuld daran waren die Ohrfeigen und Maulschellen, die sie ausgeteilt bekamen. Endlich tauchte Jules Haudouin unter der Stalltür auf. Quietschvergnügt und mit blutbesudelten Händen stand er da und bestätigte:

«Grün wie ein Apfel ist das Fohlen!»

Ein schallendes Gelächter lief durch die Menge, und dann sah man einen ururalten Mann mit beiden Armen um sich schlagen und auf der Stelle mausetot umfallen, in seinem hundertundachten Lebensjahr. Daraufhin schwoll das Gelächter der Zuschauer ins Ungeheuerliche an; alles hielt sich den Bauch mit beiden Händen und lachte, bis man nicht mehr konnte.

In weniger als einer halben Stunde mußten sieben Hundertjährige, drei Neunziger und ein Achtziger dran glauben und das Zeitliche segnen. Darunter waren ein paar, die schon längst nicht mehr so recht wohlauf gewesen waren. Unter der Stalltür stand Haudouin und dachte an seinen hochbetagten Vater, der für viere fraß; er wandte sich zu seiner Frau und klönte, am meisten seien ja nicht die zu beklagen, die von hinnen gehn konnten, sondern eher die andern, die in diesem Jammertal ausharren müßten.

Der Pfarrer hatte alle Hände voll zu tun, um die Sterbenden mit der letzten Tröstung zu versehen. Völlig erledigt und zu Tode erschöpft, kletterte er schließlich auf einen Zuber, um sich Gehör zu verschaffen und das tosende Gelächter zu übertönen, und erklärte, es sei nun für dies erste Mal genug und man müsse allgemach ans Heimgehen denken. Der Pferdehändler führte seine grüne Stute von vorne und im Profil vor, und dann trollten sich alle nach Hause, hochbefriedigt und bis in die Knochen glücklich beim Gedanken, daß endlich einmal etwas vorgefallen war. Wohlversehen mit den heiligen Sakramenten, verschied Jules Haudouins alter Vater in den letzten Abendstunden, und man beerdigte ihn am übrnächsten Tag zusammen mit rund fünfzehn andern ehrwürdigen Jubelgreisen. Es gab ein ergreifendes Begräbnis, und der Pfarrer machte sich die Gelegenheit zunutze, um den Gläubigen vor Augen zu halten, daß das Leben ein gar zerbrechliches und verachtenswertes Gut sei.

Indessen zog der Ruhm der Stute immer weitere Kreise. Von weither aus der Umgegend, ja sogar aus Saint-Margelon, dem Hauptort des Bezirks, machten sich die Leute auf die Socken, um das Wundertier zu bestaunen. Sonntags zogen ununterbrochen ganze Scharen in einem nicht abreißenden Zuge durch den Stall daran vorbei. Haudouin wurde eine richtige Berühmtheit, sein Pferdehandel blühte auf und ging mit einem Schlag viel besser, und er machte es sich auf gut Glück zur Gewohnheit, regelmäßig und pünktlich in die Messe zu gehen. Claquebue tat sich auf eine Stute, die dem Dorfe so viele Besucher einbrachte, viel zugute; die beiden Wirtshäuser im Ort bekamen auf einmal gewaltigen Zulauf und machten plötzlich glänzende Geschäfte. Das brachte Haudouin auf den Gedanken, sich bei den Gemeindewahlen aufstellen zu lassen, und als er den beiden Gastwirten mit dem Verkauf seiner grünen Stute drohte, liehen sie ihm ihre Unterstützung, die denn auch den Ausschlag gab, daß er gewählt wurde.

Nicht lange nachher kam ein Professor vom Kaiserlichen Kollegium zu Saint-Margelon, korrespondierendes Mitglied der Akademie der Wissenschaften, eigens her, um die grüne Stute zu besichtigen. Er sperrte Maul und Augen auf vor Erstaunen und schrieb darüber an die Akademie. Ein weitberühmter Gelehrter, der kaum mehr Platz für alle seine Orden fand, erklärte, es handle sich da um einen üblen Witz. «Ich bin jetzt sechsundsiebzig Jahre alt», sagte er, «und bis auf den heutigen Tag habe ich noch nirgendwo gelesen, daß es jemals grüne Stuten gegeben hätte. Folglich gibt es keine grünen Stuten.» Ein anderer gelehrter Herr, der beinah ebenso berühmt war, hielt dem entgegen, es hätten freilich grüne Stuten existiert, und im übrigen würde sie sein verehrter Kollege bei sämtlichen guten Autoren des Altertums erwähnt finden, wofern er sich nur die Mühe nähme, zwischen den Zeilen zu lesen. Der Gelehrtenstreit zog sich noch lange hin, sogar bei Hofe wurde darüber gesprochen, und der Kaiser wollte wissen, was denn das für eine weltbewegende Angelegenheit sei.

«Eine grüne Stute?» meinte er. «Das muß ja etwas sein, was so rar ist wie ein redlicher Minister.»

Das war witzig gemeint. Die Hofdamen schlugen sich auf die Schenkel, daß es nur so klatschte, und alle Schranzen erklärten laut und vernehmlich, der Witz sei höchst amüsant. Ganz Paris gab ihn weiter, und als der Herrscher eine Reise in die Gegend von Saint-Margelon unternahm, berichtete eine Zeitung darüber in einem Leitartikel, der die Überschrift: *Im Lande der grünen Stute* trug.

Der Kaiser fuhr im Laufe des Vormittags in Saint-Margelon ein, und nachmittags um drei Uhr hatte er schon vierzehn Reden zu Gehör bekommen. Gegen Ende des Banketts war er leicht schläfrig. Er winkte dem Präfekten und bedeutete ihm, er möge mit hinauskommen, und draußen auf dem geheimen Örtchen schlug Seine Majestät ihm vor:

«Wie wär's, wenn wir uns einmal die grüne Stute ansähen? Bei dieser Gelegenheit möchte ich mir auch über die Ernteaussichten mit eignen Augen ein Bild machen.»

Nun wurde in aller Eile noch die Einweihung eines Denkmals zur Erinnerung an den Kapitän Pont erledigt, der bei Sebastopol den Kopf verloren hatte, und dann rollte die kaiserliche Kalesche auf der Landstraße nach Claquebue dahin. Es war herrlich kribbelndes Frühlingswetter, die Gegend stand in Saft und Blüte, und der Kaiser fühlte sich ganz verjüngt und neubelebt. Er war voll Bewunderung für die Hauswirtin, die einen eigenartig ländlichen Zauber auf ihn ausübte und eine dazumal beliebte hochbusige Fülle ihr eigen nannte. Das ganze Dorf Claquebue stand dichtgedrängt am Straßenrand Spalier, und es ging ein begeistertes und andächtiges Raunen durch die Reihen, es nehme ja kein Ende mit den ereignisreichen Vorkommnissen.

Nach den üblichen Einleitungs- und Begrüßungssprüchen führte Haudouin die grüne Stute in den Hof heraus. Der Kaiser bewunderte sie gebührend, und da ihn das Grün in eine versonnene und nachdenkliche Stimmung versetzte, äußerte er ein paar bukolische Redensarten über die schlichte Einfalt der ländlichen Sitten, wobei er in Madame Haudouins ergiebigen Busenausschnitt tiefen Einblick nahm. In diesem nach Mist duftenden Hof des Bauerngutes fand er an ihr eine kraftvolle Anmut, eine dralle und stramme Stallrüstigkeit, und all das bewirkte bei ihm einen leichten Rauschzustand. Sie war aber auch wirklich noch eine schöne Frau, die Bäuerin, und man sah ihr wahrhaftig ihre vierzig Jahre kaum an. Der Präfekt hatte große Lust, sich beim Kaiser in ein gutes Licht zu setzen, und da ihm eine weitblickende Intelligenz zu Gebote stand, fiel es ihm nicht schwer, des erlauchten Herrn Erregung zu begreifen. So tat er denn, als sei er im höchsten Grad von Haudouins Geschwafel gefesselt, und zog ihn ein wenig abseits; dort versprach er ihm, um Zeit zu gewinnen, bei den nächsten kantonalen Wahlen einen Sitz im Ratsherrenkollegium. Der Kaiser seinerseits unterhielt sich höchst angeregt mit der Frau des Roßtäuschers. Auf einen anzüglich-galanten Antrag, den er ihr dabei machte, erwiderte sie mit der schlichten Bescheidenheit der Einfältigen:

«Majestät, ich bin unwohl.»

Trotz seiner argen Enttäuschung wollte der Kaiser es ihr doch lohnen, daß sie sein allerhöchstes Wohlgefallen zu erregen verstanden hatte, und er bestätigte huldreich das Versprechen, das der Präfekt vorhin dem Pferdehändler abgegeben hatte. Als er seine Kalesche wieder bestieg, bereitete ihm die Bevölkerung von Claquebue eine begeisterte, eine wahrhaft prachtvolle Ovation, und dann zündete sie ein himmelhoch loderndes Freudenfeuer an, in das sie sämtliche überlebenden Jubelgreise kurzerhand hineinschmiß. Der Ort, wo dieser denkwürdige Holzstoß niederbrannte, wurde seither *das Sengefeld* genannt, und das Korn gedieh dort vortrefflich.

Von nun an erlebte Claquebue eine neue und gesunde Betriebsamkeit. Die Männer pflügten um eine Handbreit tiefer, die Weiber verwendeten in der Küche die Würzen und Kräutlein mit Vorbedacht und angeborenem Geschick, die Burschen stellten den Mädchen nach, und ein jeder betete zum lieben Gott, er möge seinen Nachbar an den Bettelstab bringen und seinen völligen Untergang herbeiführen. Die Familie des Roßtäuschers ging den andern mit gutem Beispiel voran, und sie tat das mit einer Durchschlagskraft, die jedermann Bewunderung abnötigte. Mit einem Schulterruck versetzte Haudouin die Mauer seines Hauses bis dicht vorn an die Landstraße und richtete sich ein Eßzimmer mit Geschirrschrank und Ausziehtisch ein, worüber ganz Claquebue vor Staunen Mäuler und Augen sperrweit aufriß. Seit die Blicke des Kaisers huldvollst auf ihrem Busen geruht hatten, hatte es die Frau des Roßhändlers aufgegeben, ihre Kühe eigenhändig zu melken; sie stellte eine Magd ein und vertrieb sich fortan die Zeit mit Spitzenhäkeln. Haudouin wurde, als offizieller Kandidat, in den Bezirksrat gewählt und ohne weiteres zum Bürgermeister von Claquebue eingesetzt. Sein Handel blühte und nahm einen raschen Aufschwung. Auf den Viehmärkten trat er sozusagen als amtlicher Pferdehändler auf, alles wegen dieses kaiserlichen Besuchs, der sich weit herumgesprochen hatte. Kam es einmal zu irgendwelchen Streitigkeiten und Meinungsverschiedenheiten, so wandte man sich an ihn, und er mußte schlichtend und maßgebend eingreifen.

Alphonse, der älteste von den drei Söhnen Haudouins, konnte keinerlei Vorteile aus diesen Umwälzungen herausschlagen. Er war nämlich für sieben Jahre vollauf vom Militärdienst in Anspruch genommen. Er diente in einem Regiment berittener Jäger und ließ nur selten etwas von sich hören. Man hoffte immer, er werde demnächst einmal zum Wachtmeister befördert, aber wenn er die Litzen abverdienen wollte, mußte er zusätzliche Dienstjahre auf sich nehmen. Bei der Kavallerie sei es eben nicht wie bei der Infanterie, sagte er, wo jeder beliebige Trottel einen höhern Grad erwerben könne.

Honoré, der zweitälteste, verliebte sich in Adelaide Mouchet, ein schlankes, schwarzäugiges Dirnlein, aus einer Familie, deren Armut sprichwörtlich war. Haudouin wollte nichts von dieser Heirat wissen, Honoré blieb durch dick und dünn dabei, er werde auf jeden Fall und allen zum Trotz heiraten, und zwei Jahre lang erzitterten unter dem Donnergetöse ihrer hitzigen familiären Auseinandersetzungen die Fensterscheiben in ganz Claquebue. Als er volljährig wurde, heiratete Honoré denn auch seine Adelaide und ließ sich in einem benachbarten Dorfe nieder, wo er sich als Tagelöhner verdingte. Er blieb unnachgiebig und wollte erst wieder das väterliche Haus betreten, wenn sein Erzeuger sich bei ihm entschuldigt habe, und so mußte der Wackere wohl oder übel in den sauren Apfel beißen, wenn er die Schande austilgen wollte, daß sein leiblicher Sohn, eine halbe Meile von Claquebue entfernt, ein Bettlerdasein fristen mußte. Honoré nahm sein früheres Gewerbe als Landwirt und Pferdehändler im väterlichen Hause wieder auf. Er war ein ehrlicher und stets zum Lachen aufgelegter Bursche, verstand sein Geschäft, war aber kein bißchen ehrgeizig und auch nicht im geringsten gerissen und listenreich. Man sah auf den ersten Blick, daß aus ihm nie und nimmer ein Roßtäuscher werden konnte, in dessen Haus grüne Stuten zur Welt kamen. Seinem Vater tat es in der Seele weh, weil er solch bedenkliche Anlagen an ihm sah, trotz allem aber hatte er eine Schwäche für diesen Sprößling, der ihrem gemeinsamen Gewerbe mit solcher Liebe oblag. Seine Frau hingegen hatte eine Vorliebe für Alphonse, den Wachtmeister, wegen seiner schmucken Uniform, seiner höchst vergnüglichen Mundfertigkeit und seinem schlagfertigen Mutterwitz. Sie schickte ihm alljährlich zu Sankt Martin und auf Ostern hinter dem Rücken ihres Mannes fünf Franken zum Geschenk.

Ihrer beiderseitigen Vorliebe zum Trotz galt Haudouins und seiner Frau ganze fürsorgende Liebe ihrem Nesthäkchen, dem Ferdinand. Sein Vater hatte ihn in das Kaiserliche Kollegium nach Saint-Margelon geschickt. Da er, wenn's nach seinem Kopf ging, keinesfalls sein Nachfolger im Roßtäuscherstand werden sollte, träumte er davon, einen Tierarzt aus ihm zu machen. Als Sechzehnjähriger war Ferdinand ein schweigsamer und lammesgeduldiger Tolpatsch mit einem langen, knochigen Gesicht und einem Schädel, der spitz war wie ein Zuckerhut. Seine Lehrer waren mit ihm zufrieden, doch seine Mitschüler konnten ihn nicht leiden, und er hatte das zweifelhafte Glück, daß sie ihm den Spitznamen *Zwiebelarsch* verliehen, und das allein genügt schon, um einem Menschen für sein ganzes Leben einen Knacks zu versetzen, so daß er seiner Lebtage immerzu auf Anerkennung und Geltung, auf Ehren und Geld versessen ist.

An einem Frühlingsmorgen trat bei den Haudouins ein beachtliches Ereignis ein, das zunächst freilich von niemandem seiner Wichtigkeit entsprechend eingeschätzt wurde. Madame Haudouin saß am Eßzimmerfenster und häkelte an ihren Spitzen; da sah sie einen jungen Mann in den Hof hereinschlendern. Er trug auf dem Kopf einen weichen Filzhut und auf dem Rücken einen Kasten und allerlei Malgerät.

«Ich kam gerade hier vorbei», sagte er, «und da habe ich mir Ihre grüne Stute einmal ansehen wollen. Ich möchte gerne etwas daraus machen.»

Die Magd führte den Maler in den Stall. Er faßte sie unters Kinn, wie es dazumal noch so Sitte war, und die Magd kicherte geschämig und wehrte es ihm. Er sei doch wegen der Stute gekommen, meinte sie.

«Sie ist wirklich grün», stellte der Maler fest und schaute sich das Tier an.

Und da er sehr beeindruckbar war und hochgradig auf Sinneseindrücke ansprach, dachte er zunächst daran, sie ganz rot zu malen. Währenddessen war Haudouin dazugekommen.

«Wenn Sie meine Stute malen wollen», sagte er in seinem gesunden Empfinden, «dann malen Sie sie grün. Sonst sieht man ja gar nicht, was es sein soll.»

Man führte also die Stute auf die Wiese hinaus, und der Maler machte sich ans Werk. Mitten am Nachmittag aber sah Madame Haudouin die Staffelei einsam und verlassen auf der Wiese stehen. Sie schlich näher und sah zu ihrer Überraschung nicht weit davon den Künstler, der gerade der Magd beim Aufstehen aus einem halbhohen Roggenfeld behilflich war. Sie war mit Recht empört. Das Unglücksmensch lief ohnehin schon genug Gefahr, daß ihm sein Brotherr ein

Kind anhängte, und hatte es weiß Gott nicht nötig, außerhalb der Familie einem Bankert nachzulaufen. Der Maler wurde an die Luft gesetzt, das Bild in Verwahrung genommen, und Madame Haudouin gelobte sich fest, sie werde ein wachsames Auge auf den Bauch ihrer Magd haben. Das Bild wurde zur bleibenden Erinnerung an die grüne Stute im Eßzimmer über dem Kamin an die Wand gehängt, zwischen dem Bildnis des Kaisers und dem Porträt Canroberts.

Zwei Jahre später wurde die Stute krank, schleppte sich elend einen Monat lang hin und verendete dann. Des Roßtäuschers Jüngster war noch nicht beschlagen genug in seiner tierärztlichen Kunst, um den Namen der Krankheit zu wissen, an der sie eingegangen war. Haudouin trauerte seiner Stute nicht sonderlich nach, denn sie war mit der Zeit reichlich lästig und eine regelrechte Plage geworden. Die schaulustigen, ungebetenen Gäste hatten nämlich scharenweise seine Stallungen heimgesucht, und wenn man schon seine Finger in der Politik hat, kann man es niemandem gut abschlagen, wenn er die grüne Stute in Augenschein nehmen will, sogar dem Erstbesten muß man sie eben zeigen.

Während sich sein jüngster Sohn auf den Tierarztberuf vorbereitete, häufte Haudouin geduldig ein hübsches Vermögen an. Den Landwirten in der nähern und weitern Umgebung gab er Darlehen auf Hypotheken, mit einer Miene, als erweise er ihnen damit einen großen Dienst, und er tat es mit solcher biedermännischen Gutmütigkeit, daß die Borger, die ihm auf den Leim gegangen waren, im Augenblick seine Wucherzinssätze völlig vergaßen. Mit zunehmendem Alter erwachte in ihm der Wunsch, seinen Reichtum zu genießen, aber er wollte es sich einige Mühe kosten lassen, wie er ihn ja auch mühsam erworben hatte. Sein Vergnügen, so wollte er's haben, mußte Geldeswert vorstellen, und nun setzte er in seinem gewöhnlichen Budget einen zusätzlichen neuen Posten ein: nämlich ein Vergnügungskonto, das sich auf fünfunddreißig Franken im Monat belief. Ohne es zu wollen, knauserte und sparte er aber so knickerig bei diesen Auslagen, daß er den Betrag zu guter Letzt auf den Ankauf von Rententiteln verwendete. Er kam sich dabei schon ein wenig schäbig vor, und es bedrückte ihn. Jedesmal aber, wenn er seine fünfundfünfzig Sous zusammengrapste und bereitlegte, nach Valbuisson fahren und der Satinée seine Huldigung darbringen wollte, entrichtete er ihr seinen Obolus mit irgendeinem aus dem Ärmel geschüttelten Geschäftchen, bei dem er so gut wie sie ihren Vorteil fanden. Sein eigentlicher Genuß lag im Reichsein und darin, daß er für wohlhabend galt. Am liebsten vertrieb er sich die Zeit damit, daß er sich vor sein Haus hinsetzte und auf das Strohdach der Maloret hinüberschaute, das fünfhundert Meter entfernt aus einer Baumgruppe hervorlugte. Zwischen den beiden Familien bestand ein nahezu abgründiger Haß, der keineswegs auf Neid und Eifersucht beruhte, auch nicht auf irgendwelche Meinungsverschiedenheiten zurückzuführen war. Nie, gar nie war zwischen ihnen ein zorniges Wort gefallen, kein einziges Mal hatten sie auch nur einen erregten Wortwechsel gehabt. Die Haudouin hatten niemals die Gerüchte ausgeschlachtet, die in Claquebue über die blutschänderischen Gewohnheiten der Maloretsippe umliefen. Beiderseits grüßte man einander höflich, machte auch nicht den leisesten Versuch, einem Gespräch aus dem Wege zu gehen. Es war ein gänzlich reiner Haß, der sein Genügen daran zu finden schien, daß er bestand und da war. Es konnte ganz einfach vorkommen, daß Haudouin mitten im Essen laut zu denken anfing und vor sich hinknurrte: «Diese Sauhunde!» Und dann wußte die ganze Familie, daß er damit die Maloret meinte.

Anno 1870, während des Krieges, hatte der Roßtäuscher schwierige Tage zu überstehen. Die Preußen zogen in Claquebue ein, und da er Bürgermeister der Ortschaft war, mußte er vieles erdulden. Zu mehreren Malen beschlossen die feindlichen Soldaten, ihn zu schmoren und aufzufressen. Einmal stießen sie ihm sogar einen Bratspieß durch den Leib. Zum Glück kam ein höherer Offizier dazu und erklärte, das gehe denn doch zu weit. Immerhin stahl man ihm seine Futtervorräte, nahm ihm seine Gäule, seine Kartoffeln weg und ließ sogar eine fast funkelnagelneue Matratze mitlaufen. Ferdinand, der junge Tierarzt, der sich in Saint-Margelon niedergelassen hatte, fand nichts zu tun und hatte keine Kundschaft mehr, und eine Zeitlang mußte er sogar allen Ernstes befürchten, man könnte ihn zum Militär aufbieten. Haudouin und seine Frau zitterten und bangten tagtäglich und stündlich um das Leben ihres Zweitgeborenen, des Honoré, der in den Wäldern herumwilderte. Endlich bekam Alphonse, der Wachtmeister, in einem der ersten Vorpostengefechte einen Schuß ins Knie ab, an dessen Folgen er seiner Lebtage hinken mußte. Als er nach Claquebue zurückkehrte, machte sein Gebresten ein halbes Jahr lang viel Aufhebens und trug ihm die achtungsvolle Teilnahme aller Dorfbewohner ein. Dann aber gewöhnte man sich nach und nach daran, und es kam die Unsitte auf, ihn «Hinkebein» zu nennen, und dieser Spitzname hatte einen unverkennbar verächtlichen Beigeschmack.

Haudouin hatte gar nicht erst das Ende des Krieges abgewartet, sondern schon vorher die Bilder des Kaisers und Canroberts von der Wand abgehängt. Nicht lange nachher ersetzte er sie durch die Bildnisse von Thiers, Mac-Mahon, dann von Jules Grévy, Gambetta, und so weiter und so fort. Aber das Bild der grünen Stute blieb an Ort und Stelle hängen. Am Sonntag, wenn die ganze Familie ihr traditionelles Suppenrindfleisch oder manchmal auch Schweinsrostbraten im Eßzimmer verspeiste, schaute Jules Haudouin zu der grünen Stute empor, neigte den Kopf auf die Schulter, seufzte und verschränkte die Hände.

«Man könnte wahrhaftig manchmal meinen, sie wird gleich etwas sagen», meinte er.

Dann ließen sich alle ihre Erregung nicht anmerken und tranken einen Schluck Aramonwein.

Was die Stute erzählt

Der Künstler, der mich malte, war kein Geringerer als der berühmte Murdoire. Neben allen den Vorzügen eines großen Genies war er überdies im Besitz eines die Haare sträubenden Geheimnisses, das ich nicht ohne Bedenken den heutigen Malern preisgebe, damit sie darüber ihre Betrachtungen anstellen können. Nicht, daß ich etwa Angst hätte, Murdoires Ruhm zu schmälern. Nein, die Bildnisse, die er hinterlassen hat, diese Malereien voll beklemmenden Eigenlebens, sogar seine Landschaften, von denen man sagen konnte, der Schatten des Großen Pan komme darin plötzlich aus dem Dickicht hervorgebrochen, beweisen vollauf, daß auch die allerbesten Verfahren und Malweisen ohne das Genie des Malers nichts zu besagen haben. Doch ist der Snobismus zuweilen so weit getrieben worden, daß man besser daran tut, vor einer möglichen Voreingenommenheit einem so kostspieligen künstlerischen Verfahren gegenüber auf der Hut zu sein und ihm zu mißtrauen. Möchten diese wenigen Worte zur Warnung dienen.

Damals nun, als Murdoire in Haudouins Roggenfeld zum erstenmal die Gunst der Magd genossen hatte, fing er in seiner Palette den Seim seiner Lust auf und betupfte mir damit geschwind und mit hurtigem Pinsel beide Augen. So erweckte er sie zu dem rätselhaft-geheimnisvollen Leben, zu dem halb menschlichen Beseeltsein, das Verliebte, Neurastheniker und habsüchtige Menschen im trüben Glanz meines Blicks zu ergründen suchen. Ein zweites Mal winkte Murdoire der Magd und verschwand mitsamt seiner Palette im Roggenfeld, und dann trug sein Pinsel auf meinen aufgeworfenen Lefzen, meinen rotzigen Nüstern, ja sogar dem leicht gebogenen Hals jenes unbestimmbare und irgendwie fragwürdige Etwas, das so einmalig Persönliche auf, das den Beschauer anspricht wie ein wehes Stöhnen der Farbe. Ein drittes Mal desgleichen, aber da ertappte Madame Haudouin den Murdoire just beim Abschluß seiner Lustbarkeit und legte ihm ebenso eindringlich wie nachdrücklich nahe, sich unverzüglich vom Hofe zu verziehen. In der Folgezeit habe ich dann erfahren, der arme Kerl sei ein paar Jahre später gestorben, zweifellos aus Erschöpfung, ausgelaugt von seinem immerhin schon beachtlichen Werk.

Indes mich nun die Haudouin an der Wand ihres Eßzimmers aufhängten, pulste das Genie des Künstlers in meinen milchweiß schimmernden Augen und lief in Schauern meinem grünen Fellkleid entlang. Ich spürte, wie ich allgemach zum Bewußtsein einer rohen und zugleich sehnsüchtig-verliebten und verspielten Welt geboren wurde, in der ich meine Tiernatur mit Murdoires großzügig-verschwenderischer Geilheit in mir vereinte. Eine schmerzvoll lüsterne Menschenseele wohnte in dem Scheinbild meines Leibes aus Fleisch und Blut. Der Lockruf der Wollust gaukelte mir schwüle und glutheiße Träume vor, mancherlei wirr und wild auf mich einstürmende unzüchtige Bilder. Ach, gar bald wurde mir klar, wie elend ich daran war mit meinem bloß gemalten Leib, der im Rahmen seiner beiden Dimensionen gefangen war, wie vergeblich und eitel meine Sehnsüchte bleiben mußten, wie bar aller Hoffnung, sich jemals in der handfest-leiblichen Wirklichkeit zu bewahrheiten.

Um meine Anfechtungen loszuwerden oder doch zu lindern, übertrug ich sie in notgedrungener Selbstentäußerung auf andere Dinge und stellte sie in den Dienst gewisser kontemplativer Anlagen, denen meine Bewegungslosigkeit Vorschub leistete. Ich verwandte all mein Sinnen und Trachten darauf, meine Gastgeber zu beobachten, über das Schauspiel nachzudenken, das sie mir von ihrem intimen Familienleben boten. Die immer lebendige Hitzigkeit meiner Vorstellungskraft, die wehmütig-sehnsüchtigen Gelüste, die ich mir nicht versagen konnte, und auch die bereits erwähnte Doppelnatur, Mensch und Pferd in einem, mit welcher mich der Künstler ausgestattet hatte, mußten fast unausweichlich und gezwungenermaßen meine Wißbegier auf das Liebesleben der Haudouin-Sippe festlegen.

Während der freizügig umherstreifende Beobachter mit Fleiß sich nur darauf verlegen kann, in der Welt die Zusammenhänge, Übereinstimmungen und Wechselwirkungen der Massen, die Geheimnisse der Reihenfolgen zu entdecken, so hat der unbewegliche Beobachter den Vorteil, die Gewohnheiten des Alltagslebens zu belauschen. Mir kam in meinem Vorhaben noch eine feine Einfühlungsgabe zu Hilfe, für die ich Murdoires Pinsel alle Achtung zollen muß. Trotzdem will ich hier nichts vorbringen, was ich nicht mit eigenen Augen gesehen, selber gehört oder doch bündig habe folgern können.

Ich habe vier Generationen der Haudouin-Sippe gekannt: die erste in ihrem reifen Alter, die letzte im Morgen ihres Lebens. Volle siebzig Jahre lang habe ich die Haudouin am Liebeswerk gesehen, wobei jeder Könnerschaft und Fähigkeiten eines eigenwilligen und eigenstämmigen Temperaments beisteuerte, die meisten jedoch — ich könnte bis zu einem gewissen Grad sogar sagen: alle — blieben in der Suche nach ihrer Lust und sogar beim Vollzug des Liebesaktes einer Art Katechismus treu, der ihnen, zugleich mit einem bestimmten Ritual, auch gewisse Ängstlichkeiten, Hemmungen, Bedenken und bevorzugte Formen aufzuerlegen schien. Hätte ich dahinter nichts weiter vermutet als ein In-Erscheinung-treten gewisser vererbter Eigenheiten, so hätte ich gar nicht davon gesprochen, denn das ist ein Geheimnis, das meine stutenhaften Kenntnisse bei weitem übersteigt. Ich habe aber beobachtet, daß altangesehene und unverwüstliche Familien erotische Traditionen ihr eigen nennen, die sie von einer Generation auf die andere weiter überliefern, genau so wie Verhaltensregeln für wohlanständiges Benehmen und Küchenrezepte. Solcherlei Überlieferungen beschränken sich nicht etwa bloß auf gewisse Gewohnheiten des Sich-in-acht-nehmens oder der Hygiene, nein, sie schreiben sogar eine bestimmte Art des Liebesverkehrs vor und die Art, darüber zu reden oder zu schweigen. Damit sage ich freilich gewissermaßen nichts, was nicht alle Welt schon weiß. Das Liebesleben ist so eng an die häuslichen Gewohnheiten gebunden, mit allerlei Vorstellungen, Anschauungen und Überzeugungen, auch Interessen verknüpft, daß es immer, bis auf individuelle Initiativen, durch eine Daseinsart bestimmt ist, die das Eigenleben einer Familie sein kann. Es ist somit ausgeschlossen, bis ins Einzelne das Getriebe der Überlieferung und Weitervererbung auszudenken. Die Eltern lehren ihre Kinder eine bestimmte Art des Liebesverkehrs, zumeist ohne es überhaupt zu ahnen, indem sie vom Regen und vom Schönwetter, über Politik und Eierpreise sprechen. Es besteht freilich noch ein unmittelbarer Weg dieser Überlieferung, denn Kinder verfügen über eine erstaunliche Begabung, halblaut gesprochene Worte aufzuschnappen, verstohlene Gebärden zu erhaschen, die sie späterhin dann nachmimen, und Gespräche, sie mögen noch so verhüllt sein, sinngemäß auszulegen.

In der Familie Haudouin nun gab es eine erkleckliche Anzahl solcher Traditionen, die sie mit den Bauern von Claquebue gemein hatten, die einen mystischer, die andern häuslicher Art. So empfand Jules Haudouin hinsichtlich der weiblichen Nacktheit eine geradezu abergläubische Scheu. Er war eher zugriffig veranlagt als schaulustig, und seine Hand erkühnte sich leichter zu einem kecken Übergriff als sein Auge, und er war seiner Lebtage darüber im Ungewissen, daß seine Frau ein breites Muttermal am Oberschenkel hatte. Das zwanglose Sichgehenlassen, das ihm das nächtliche Dunkel ermöglichte, bedeutete keineswegs, daß er auf die Schamhaftigkeit seiner Gattin Rücksicht genommen hätte. Solche Feinheiten lagen ihm fern.

Er hielt es beim Schmusen gleich wie mit der Arbeit: beidemal war er der Ansicht, sein Weib habe da nicht so viel zu sagen wie er. Übrigens war ihm die Nacktheit anderer Frauenspersonen ebenso ein Greuel und in der Seele zuwider. Als eines Abends die Magd beim Schein eines Kerzenlichts im Eßzimmer das Geschirr in den Schrank zurückstellte, kam Haudouin vorbei und verspürte ein jähes Gelüste, wie's einen Brotgeber und Dienstherrn eben zuweilen anwandeln kann. Und wie er nun seine männlichen Vorkehrungen traf, hob sie folg- und fügsam die Röcke und entblößte just soviel nackte Haut, als dazu unumgänglich nötig war. Bei diesem unkeuschen Anblick lief der Meister krebsrot an, er hielt nur mehr schlappe Ohnmacht in der Hand und blickte zur Seite auf das Bildnis des Präsidenten der Republik. Das ernste Antlitz Jules Grévys, sein stierer und argwöhnischer Blick brachte Haudouin vollends aus aller Fassung. Ein Gefühl frommer angstvoller Scheu ergriff ihn angesichts des überirdischen Mahners, als der ihm der Präsident vorkam, und er blies die Kerze aus. Eine Weile stand er regungslos und mucksstill da, als kusche er vor einer drohenden Gefahr, dann aber gab ihm die Finsternis die abhandengekommene Begeisterung wieder. Jedenfalls hörte ich gleich darauf das heisere, stoßweise Keuchen des Alten und das willfährige Stöhnen der Magd. Diese mystische Abneigung gegen jedwede lustvolle Augenweide und dieser dunkel eingewurzelte Glauben, daß der Anblick der Sünde verabscheuungswürdiger sei als die Sünde selbst, waren in Claquebue ziemlich allgemein verbreitet, denn der Pfarrer hielt in seinen Beichtkindern immerfort die Überzeugung wach, Gottes Zorn liege ausschließlich auf dem Bauch der Weiber, jedenfalls eher da als überall sonst. Und es war ein Glaubensartikel, daß man sich nur mit geschlossenen Augen diesem gefahrvollen Ort des Fluches nahen dürfe. Der Pfarrer wußte, daß ein Mysterium das andere ruft und sich als Schutzwehr davor stellt. Unter den letzten Abkömmlingen der Haudouin kenne ich einen jungen Mann, einen Marxisten, Nudisten und Freudianer (als das alles gibt er sich jedenfalls selber aus), und ich muß jedesmal auf den Stockzähnen lächeln, wenn er sich zum Atheismus bekennt, denn ich weiß, daß er nie, auch nicht ein einziges Mal, seine Lust büßt, ohne zuvor das Licht gelöscht und die Vorhänge zugezogen zu haben. Außerhalb der Nudistenlager, wo sich die Nacktheit wie durch ein Gotteswunder in Unschuld hüllt, flößt ihm ein unbekleidetes Weib denselben heiligen Widerwillen ein wie einst seinem Urgroßvater in Claquebue. Einzig der Bauch der öffentlichen Mädchen, höchstwahrscheinlich weil dieser Zeitvertreib etwas Unernstes und Unverbindliches, ja Unwirkliches an sich hat, bringt ihn nicht in Verlegenheit. Aber auch hier legt er keinesfalls irgendwelchen Wert darauf, daß die Huldinnen dabei ihr Hemdchen ausziehen.

Jules Haudouin zeigte sich beinahe ebenso besorgt um die Sündlosigkeit seiner Hände wie um die Reinheit seiner Blicke. Wenn er seine Frau liebkoste, erwiesen ihr seine Hände nie die üblichen, zuweilen unerläßlichen Liebesdienste, womit widerspenstige und schwerblütig träge Naturen, die nur langsam warm werden, aufgepulvert werden können. Wenn er sie anrührte, so kam das lediglich auf ein unumgängliches Vortasten und kundschaftendes Erspüren heraus, denn Madame Haudouin lebte in völliger Ahnungslosigkeit aller hygienischen

Körperpflege dahin, und es brauchte schon den seltenen Glücksfall einer Niederkunft, bis sie sich dazu verstand, sich oberhalb der Strumpfbänder einzuseifen und zu schrubben. Dieser Mangel an Reinlichkeit und Körperpflege, der gleichfalls allen Weibern in Claquebue gemeinsam war, hieß aber nicht etwa, daß Madame Haudouin wasserscheu oder der Seife abhold gewesen wäre, denn es kam hie und da vor, daß sie ihre Füße wusch, und zwar jedesmal mit eigentlichem Wohlbehagen und voll Genuß. Nein, er war ganz einfach eine Folge einer echt christlichen Züchtigkeit, einer Ehrbarkeit, die dauernd durch gewisse Einflüsse wachgehalten wurde. Es gab da ganz bestimmte, eng umrissene und eindeutige Verbote. Selbstverständlich untersagte der Pfarrer den Frauen nicht ausdrücklich, sich überall da zu waschen, wo sie es nach ihrem Gutdünken für nötig erachteten, aber er grenzte die Frage geschickt ein, indem er sie ständig zur Schamhaftigkeit ermahnte und sorgsam vermied, manche Stellen der Heiligen Schrift zu erläutern, aus denen die Bekömmlichkeit der Waschungen hervorgehen mochte. Damit handelte er sowohl zu Nutz und Frommen seiner Kirchgemeinde als auch zum Vorteil der Religion. Der Pfarrer von Claquebue war einzig auf das Wohl seiner Schäflein bedacht und überdies ein redlicher, rüder und so rücksichtslos offener Mensch, daß er manchmal geradezu unausstehlich sein konnte. Es lag ihm nicht sonderlich viel an seiner Beliebtheit, auch war er durchaus einer Ungerechtigkeit fähig und glattweg imstande, irgendwem einen üblen Streich zu spielen, wenn er ihn damit wieder auf den rechten Weg zurückführen konnte. Er versah sein heiliges Amt mit der kargen Gewinnsucht und Umsicht eines Bauern, der sein Korn da aussät, wo es auch aufgeht, und seine Arbeitskraft nie und nimmer an ein Stück Land verschwendet, das ihm nichts als lauter Disteln einträgt. Er wußte, daß eine Spülwanne oder Gyraldose weit umsturzträchtigere Wirkungen haben können, als ein antiklerikales Bankett am Karfreitag, und darum behütete er seine Beichtkinder davor.

Allerdings um die Wahrheit zu sagen, verbreitete Madame Haudouins Züchtigkeit einen reichlich starken Geruch, der mitunter ihrem Gatten lästig fiel. Er war ihm zwar nicht hinderlich oder gar zuwider, ganz im Gegenteil, doch bestärkte er ihn in seiner Meinung, wonach es mit der Lust, welche die Weiber verspüren, nicht so weit her sei, daß sie etwas recht Verachtungswürdiges sei, um das sich überhaupt nicht zu kümmern verlohnte. So tat er's denn jeweils auch rasch und ungestüm ab, und seine Frau war kaum erst so ein bißchen warm geworden, so grunzte und stöhnte er auch schon vor Wonne und Wollust. Madame Haudouin tröstete sich, wenn sie dabei zu kurz kam, mit allerlei künstlichen Notbehelfen, deretwegen sie gräßliche Gewissensqualen ausstand, denn es war ihr bewußt, daß das Grauenvolle der Sünde vor allem auf einem nicht leicht von Erfolg gekrönten Bemühen, sich Lust zu verschaffen, beruht. Manchmal kam es vor, daß sie ihre Zuflucht zu vorhergehenden und anregenden Vorbereitungsreizen nahm und mit der Hand nach ihres Herrn und Gemahls Gemächte langte, aber er entzog sich ihr jedesmal übellaunig und erbost. Das Gekitzel, das er dabei spürte, hob seine Stimmung in keiner Weise und trug auch nichts zu seiner größeren Begeisterung bei, außerdem schien ihm eine so eigenmächtige Initiative ein Übergriff und ein Verstoß gegen den Grundsatz der männlichen Überlegenheit. Er brauche keinerlei Beihilfe, um sein Geschäft zu erledigen, behauptete er. Manchmal, wenn er seine Umarmung lockerte, konnte es ihm geschehen, daß er, aus Unachtsamkeit sozusagen, mit der Hand unter Rücken und Hüften seiner Frau griff, und fast immer bekam er dabei einen Anfall von übermütiger Lustigkeit, die ihn zu allerhand losen Witzen reizte. An diesen prallrunden mächtigen Hinterbacken vermochte er auch gar nichts eigentümlich Weibliches zu entdecken. Erklären konnte er es zwar nicht, aber er betrachtete sie als eine Art neutrale Zone, und seine unbändige Heiterkeit rührte daher, daß er sie sich immer über einen Nachttopf breitgespreizt vorstellte. Es war der einzige Teil des weiblichen Körpers, dessen Anblick ihn erquicklich, erfreulich und sogar vergnügsam dünkte. Im übrigen hatte auch der Pfarrer von Claquebue nichts dagegen einzuwenden, wenn man darüber witzelte, und ließ sich sogar gelegentlich soweit herab, mitzulächeln. Er sah darin keine ernstliche Gefahr und wußte sich rein gefühlsmäßig darüber mit der Kirche eines Sinnes, die ja praktisch dem französischen Geist zu allen Zeiten zugebilligt hat, daß der Teufel in dieser fleischigen Körperstelle seine Wohnstatt nicht hat.

Die Liebesspiele nahmen in den Gedankengängen und Vorstellungen des Ehepaars Haudouin nur sehr wenig Raum ein. Sie redeten nie darüber, weder um einander ein plötzliches Gelüst mitzuteilen, noch um sich über ein besonders beglückendes Schäferstündchen auszusprechen, bei dem sie mehr als sonst ihre Lust gefunden hatten. Wenn Haudouin ausnahmsweise von seinen Gewohnheiten und Grundsätzen abwich und sein Weib am hellichten Tage karessiert hatte, waren sie lange nachher beide noch leicht befangen, als hätten sie etwas Schlimmes begangen. Nicht nur machten sie sich Vorwürfe, weil sie diese Augenblicke ihrer Arbeit gestohlen hatten, sondern es verstieß ihrer Ansicht nach ebenso sehr gegen den gesunden Menschenverstand, als wenn sie am heiterhellen Mittag zum Hexentanz gegangen wären. Sie legten größeres Interesse für anderer Leute verliebtes Treiben an den Tag als für ihr eigenes, und darüber redeten sie oft und gern und in einer reichlich ungeschminkten Sprache. Dieses wohlige Sichgehenlassen kam daher, daß sie sich dann in der Rolle eines Sittenrichters vorkamen. Im stolzen Bewußtsein, damit zur Hebung der guten Sitten wesentlich beizutragen, brandmarkte Haudouin, wo es anging und tunlich war, die Sünde mit viel Eifer und Begeisterung und nannte die Dinge schonungslos beim rechten Namen.

Das Ehepaar Haudouin fand sich nur selten zu inniger Paarung zusammen. Der Frau war es, zumindest praktisch, untersagt, den ersten Schritt zu tun. Haudouin, der sonst in allen Dingen ein höchst ordnungsliebender und pedantisch genauer Mann war, hatte nie daran gedacht, ihre Häufigkeit irgendwie zu regeln. So konnte es ihn ankommen, daß er eine Woche lang Abend für Abend seinen Spaß haben wollte, und dann konnte er wieder wochenlang fasten. Immerhin gehorchte er darin nicht einfach nur dem Zufall, wenn ihn gerade die Lust danach ankam. Er hielt es vielmehr mit einer gewissen Ökonomie des Liebesgenusses, je nachdem wieviel Arbeit er gerade hatte. Solange ein schwieriges, mühsames Geschäft durchzuführen war, enthielt er sich aller Liebesfreuden oder zeigte sich doch weniger darauf erpicht. Dabei waren weder die angestrengte körperliche Arbeit noch die geistige Anspannung schuld, daß er nicht so liebeslustig und munter gestimmt war, vielmehr neigte er zur Ansicht, bei Geschäften liege in der Enthaltsamkeit vom Weibe das Geheimnis des Erfolgs. Darum war er auch zeit seines Lebens nie so hitzig darauf versessen, seine Magd zu umfangen und abzuknutschen, wie in den letzten Jahren seines hohen Alters, als er seine Vermögensverhältnisse ins Lot gebracht und bestens geordnet hatte, und er gönnte sich dieses Vergnügen um so ungehemmter und freigebiger, als ihm schien, dieses Techtelmechtel mit der Dienstmagd wiege nicht sonderlich schwer und man könne ihm daraus kaum einen Vorwurf machen. Aber sogar in diesem Ausbruch verspäteter greisenhafter Lüsternheit wußte er immer noch Mäßigung zu schätzen, und ich habe viele Male gehört, wie er zu seinem Sohn Ferdinand sagte: «Solange du nicht eine solide Stammkundschaft hast, solange du nicht in der Akademie sitzest, fröne nicht im Übermaß dem besagten Hang!» Der Tierarzt ließ sich die väterliche Liebe gesagt sein und schrieb sich seine Worte hinter die Ohren, und wenn er auch nicht so haushälterisch wie der alte Haudouin mit der Anwendung seiner Kräfte verfuhr, so verstand er doch, sich weise zu beschränken und eine eng abgegrenzte Regelmäßigkeit einzuhalten. Die Söhne des Veterinärs hingegen hielten sich bei weitem nicht an diese Norm, und was die letzten Nachkommen der Haudouin anlangt, so kann man wohl sagen, daß sie sich verausgaben, wie's ihnen gerade juckt und behagt, wobei sie wohlweislich und überlegt Vergnügen und Arbeit auseinanderhalten. So habe ich mit angesehen, wie in drei Generationen dieses Kapital an Maßhalten und Enthaltsamkeit mählich dahinschmolz, das der Ahnvater seinen Nachfahren als Geheimnis jeglichen Erfolges vermacht hatte. Heute nun ist die schöne Zeit, wo die Nachkommen Staatspapiere kauften, längst vorbei. Anstatt Ersparnisse zu machen, verplempern sie ihr Geld blödsinnig mit Weibern. So geht es eben, wenn man seine Liebhabereien und Gelüste nicht mehr nach den Erfordernissen der Arbeit richtet.

Für den Beobachter, der zu Regungslosigkeit und Untätigkeit gezwungen ist, gibt es nichts Tröstlicheres als den Anblick widersprüchlicher Handlungen. Ich habe es erlebt, wie Jules Haudouin, er, der eingefleischte Pfaffenfresser und Erzradikale, gegen das Ende seines Lebens, seine Söhne ein Geheimnis lehrte, das er, vielleicht ohne es zu ahnen, dem Pfarrer von Claquebue abgelauscht hatte. Denn es verging kaum ein Sonntag, ohne daß der Pfarrer von der Kanzel herab die ursächlichen Beziehungen namhaft machte, die zwischen wollüstigem Lebenswandel und Armut bestehen, wobei er durchblicken ließ, Gott mehre den Wohlstand der Männer, die nur ungern und widerwillig ihren Frauen beischlafen.

2

ALS HAUDOUIN die Kosten für Haushalt und Einrichtung seines Sohnes Ferdinand, der sich in Saint-Margelon niedergelassen hatten, hinlegte, redete er ihm eindringlich zu, er müsse sich jetzt nach einer Frau umsehen. Städtische Manieren sollte sie haben, Ehrgeiz besitzen und eine Mitgift einbringen, so wünschte es der Vater. Ferdinand war nicht schön; er hatte ein hageres Profil, eine rötliche Haut und ein spitzes, aufwärtsgekrümmtes Kinn, und sein Bruder, der Wachtmeister, fand ihn abstoßend häßlich und schimpfte ihn geringschätzig immer nur «Arschgrübler». Doch der junge Veterinär nannte andere und solidere Tugenden und Reize sein eigen. Er war fleißig und arbeitswillig, sparsam und ordentlich, ein guter Katholik und nahm sich bei Beerdigungen prachtvoll aus, und die ganze Stadt war der Meinung, er sehe wirklich tadellos und einwandfrei aus. Wenn er so mit einer pfündigen Kerze in der Hand in einer Prozession mitwallte, schaute ihm gar manche Mutter voll hoffnungsfroher Aufregung nach. Zudem war er in seinem Beruf ausgesprochen geschickt. Als Haudouin zum erstenmal seinem Sohn zuschaute, wie er bloßarmig und blutbeschmiert bei einer schwierigen Geburt ein Kalb herausschnitt, da war er zu Tränen begeistert.

«Nun, da meine Augen dies noch haben sehen dürfen», sagte er, «kann ich ruhig von hinnen gehen.»

Zu allen diesen trefflichen Eigenschaften gesellte Ferdinand noch einen ausgesprochen kaufmännischen Sinn. Im Handumdrehen hatte er eine ansehnliche Kundschaft beisammen. In jener Zeit kam es nicht selten vor, daß Tugend ihren Lohn fand. Ferdinand wurde von den Eltern einer einzigen Tochter zum Eidam erkoren. Das Ehepaar Brochard lebte von den Geschäften zurückgezogen und dachte nur noch daran, ihre Tochter Helene an den Mann zu bringen. Zunächst leistete Madame Brochard einigen Widerstand. Sie hatte nämlich gehofft, Helenchen werde einmal einen Advokaten, einen Notar oder einen Kavallerieoffizier heiraten, denn sie hatte eine sorgfältige Erziehung genossen und war von den Fräulein Hermeline unterrichtet worden, die eine hochfeine Pension führten. Der Veterinär konnte aber geltendmachen, seine Ausbildung sei ebenso kostspielig gewesen wie irgendein anderes Studium, und Herr Brochard hielt ihm standhaft die Stange. Helene war ein leidlich hübsches Mädchen, ein kräftiges, ernstes und zärtliches Ding; ihr junger Leib sehnte sich allzu ungeduldig nach Liebe, als daß sie an dem Mann, den ihre Eltern ausgesucht hatten, herumgemäkelt oder unentschlossen gezögert hätte. In den ersten Jahren seiner Ehe bekam das Paar drei Kinder: Frédéric, den Ältesten, Antoine und Lucienne. Der Veterinär war daraufhin der Ansicht, er sei nun mit Kindern zur Genüge versehen, und ließ es bei diesen dreien bewenden.

Ferdinand war ein zielbewußter, methodischer Arbeitsmensch, seine Kundschaft wuchs, und gleichzeitig sorgte er umsichtig für seinen Ruf als tugendhafter und wohltätiger Mann. Er spendete jährlich fünfzehn Franken für das Spital und ebensoviel fürs Waisenhaus. Sein Haus war gut geführt und nicht gastfreier, als eben schicklich war. Sommers und winters trug er ein Jackett und einen schwarzen Hut, ein Mittelding zwischen Melone und Zylinder. Er wurde ein wichtiger Mann in der Stadt und wurde ohne großen Klamauk in den Stadtrat gewählt. Der Veterinär hegte ehrgeizige politische Pläne. Aus innerster Neigung fühlte er sich als Monarchist und blieb es auch noch zwei Jahre nach Kriegsende. Aber er hatte nicht die geringste Lust, als Oppositioneller seine Rolle zu spielen. Andererseits gedachte er, sich den Einfluß zunutze zu machen, den sein Vater im Bezirk erworben hatte. Tiefbekümmerten Herzens und zu Tode betrübt gab er es auf, regelmäßig und tagtäglich die Messe zu besuchen, und galt fortan für einen sehr gemäßigten Republikaner. Als er dann Stadtrat geworden war, trat er mit Verfolg seiner unentwegten Entwicklung in die Fußstapfen der politischen Laufbahn Valtiers, des Abgeordneten von Saint-Margelon. Sie wurden beide einhellig Gambettisten, und als sich dann ein großer Fabrikbetrieb in der Stadt niederließ, waren sie beide der Meinung, die Interessen der Einwohnerschaft hätten sich zwar gewandelt, seien deswegen aber keineswegs unwert ihrer fördernden Fürsorge, und schwenkten kurzentschlossen alle beide zu den Radikalen über. Von nun an war der Veterinär bei allen gut klerikalen Familien in der Stadt gründlich verhaßt, sein Name wurde vom Pfarrer von Saint-Margelon nur noch mit Schaudern und zähneknirschendem Ingrimm ausgesprochen. Darüber sollte es sich nie mehr trösten, und jedesmal, wenn er an einer Wahlversammlung oder einem Bankett teilnahm, wo man über die Hinterlist der Pfaffen loszog, klatschte er mit Todesverachtung Beifall, während sich sein Herz schmerzlich zusammenkrampfte. Trotz allem wußte es Ferdinand Haudouin stets einzurichten, daß er seine streitbaren Anschauungen mit seinem Gewissen vereinbaren konnte. Er fand, ein kluger und aufgeklärter Mann wie er habe die Aufgabe, immer auf der Höhe zu bleiben und den Erfordernissen des Tages gerecht zu werden, und um wenigstens einigermaßen und notdürftig sein schlechtes Gewissen zu beschwichtigen, sagte er sich immer wieder, er habe doch seine Sympathien in den Wind geschlagen und den Weg erwählt, auf den ihn die Pflicht berief. Sein selbstloses Tun fand übrigens den wohlverdienten Lohn: es wurden ihm wichtige Ämter in der Stadtverwaltung übertragen, und die Akademie öffnete ihm ihre Arme.

Der alte Haudouin brachte seinem Sohn eine willfährige Bewunderung entgegen, machte er ihm doch alle Ehre, wenn ihn auch sein katholischer Glaubenseifer eine Zeitlang beunruhigt hatte. In der ganzen Maloret-Sippschaft war niemand aufzutreiben, der mit einer so glänzenden Laufbahn rechnen durfte, nicht einmal die beiden unehelichen Söhne der Tine Maloret, eines alten pfiffigschlauen Luders, einer liederlichen Schlampe, die bis in die Fünfzig, und drüber hinaus, ein tolles Lotterleben geführt, es dann aber fertiggebracht hatte, im Testament eines ehemaligen Gerichtsboten bedacht zu werden. Wenn Haudouin zuweilen dem alten Maloret begegnete, sagte er jedesmal hämisch und schadenfroh:

«Es hat mir arg leid getan, vernehmen zu müssen, daß dein Neffe schon wieder nicht bei der Post angekommen ist. Deine Schwester hat sich's sauer genug werden lassen, ihn großzupäppeln, bei ihrem Hurenleben.»

Diese letzten Worte brachte er so treuherzig und bieder-leutselig vor, als fiele ihm nicht im Traum ein, was sie in diesem besondern Fall für eine anzügliche Bedeutung haben mußten. Maloret hätte ihm dafür am liebsten die Gedärme zerfleischt. Dann fing Haudouin Mal für Mal von seinem Sohn Ferdinand an:

«Er hat jetzt eine schöne Position. Ja, der Junge kann einem schon Freude machen!»

Von seinen beiden andern Söhnen sprach Haudouin schon weniger gern. Allerdings, das ist wahr, es gab da nicht viel zu erzählen, weil Alphonse und Honoré ja beide in Claquebue wohnten. Der Vater kam weder mit dem einen noch mit dem andern sonderlich gut aus. Wenn er an Alphonse irgend etwas auszusetzen hatte und seinem Mißfallen Ausdruck verlieh, so hatte der ehemalige Wachtmeister jedesmal eine höchst unpassende Art, ihm zurückzumaulen und zu erklären, er habe damals seine Haut nicht zu Markte getragen, um sich jetzt abkanzeln zu lassen wie ein Schulbube, und dann fand der Alte jedesmal, es bestehe doch überhaupt kein Zusammenhang zwischen seinen berechtigten Vorstellungen und dem steifen Bein seines Sohnes. Natürlich war so eine Verwundung glor- und ruhmreich, und Jules Haudouin war der erste, an einem politischen Bankett darauf zu pochen und sich sozusagen darin zu sonnen, aber daraus ließ sich noch lange nicht das Recht herleiten, wie es Alphonse offenkundig tat, dem Herrgott den Tag abzustehlen und sich dem stillen Suff zu ergeben.

Was den Honoré anging, so traf ihn allwöchentlich der Fluch seines Vaters, und das ging dann nie ohne gewaltiges Anbrüllen auf beiden Seiten ab. Honoré war jedoch kein Faulpelz und Tagedieb, auch kein aufsässiger Tunichtgut und maulfertiger Aufmucker, ja nicht einmal ein lauer und liebloser Mensch, im Gegenteil: er war ein guter Sohn, wie er auch ein vorbildlicher Vater und musterhafter Gatte war. Aber nur schon seine Anwesenheit in Claquebue bedeutete eine dauernde Gefahr für die Interessen seines Hauses. Er entzog sich nämlich beharrlich, seelenruhig und anscheinend ohne daran zu denken, all den Gepflogenheiten, den pfiffigen Manövern und schlau eingefädelten Machenschaften, die in Claquebue den Einfluß seines Vaters festigten. So entblödete er sich zum Beispiel nicht, ausgerechnet am Morgen eines Wahltages, den Wähler, an dessen Stimme seinem Vater am allermeisten gelegen war, einen Schmutzfinken zu schimpfen, bloß weil er eben ein Schmutzfink war. Oder wenn er im Familienkreis ersucht wurde, seine Meinung zu dem oder jenem Vorhaben zu äußern, so erklärte er rundheraus und unverblümt, er halte es für ein Dreckgeschäft, wenn es doch vernünftig und geziemend gewesen wäre, rühmend hervorzuheben, wie gerissen und schlau der Plan ausgedacht sei. So ein Familienbeschluß hat doch immer etwas Ehrfurchtgebietendes.

«Ich wünsche», sagte dann etwa der Vater, der Biedermann, «ich wünsche, daß du dich mit Rousselier gut stellst. Er ist Republikaner und gehört zu unsern Parteigängern.»

«Ja, das schon; aber daneben ist er der widerlichste Dreckkerl!»

«Dreckkerl hin oder her, er stimmt für uns.»

Wußte der Vater nicht mehr weiter, dann hielt er seiner Schwiegertochter vor, sie putsche seinen eigenen Sohn gegen ihn auf, denn er hatte es Adelaide nie verziehen, daß sie, ohne einen roten Groschen mitzubringen, in seine Familie eingeheiratet hatte, und obendrein fand er an ihr auszusetzen, daß sie schlank und knochig gebaut war und daher nicht die schweren Brüste und breiten, prallrunden Hinterbacken ihr eigen nannte, die jeder Familie zur Ehre gereichen. War dann der Streit auf diesem Punkte angelangt, so war auch der väterliche Fluch fällig und sauste hernieder, und Honoré schwor Stein und Bein, er werde andern Tags sofort die Bude räumen. Er hätte seine Drohung auch wahrgemacht, wenn der Alte nicht eingelenkt und die ersten Schritte zur Aussöhnung unternommen hätte. Er geriet in helles Entsetzen, wenn er sich ausmalte, wie Honoré und seine Adelaide selbander übers Land zogen, an die Deichseln eines mit Lumpen und Hausrat beladenen Karrens gespannt, und ihre drei oder vier Gören vor sich her stießen. Solange Madame Haudouin noch am Leben war, übte sie einen sänftigenden Einfluß im Haus aus. Doch starb sie drei Jahre nach der Unterzeichnung des Friedensschlusses an einer reichlich rätselhaften, schleichenden Krankheit, über die sich die Ärzte nicht einig wurden und die sie darum auch nicht eindeutig erkennen konnten.

Als der alte Haudouin nun Witwer geworden war, zeigte er sich seinen beiden ältern Söhnen gegenüber weit duldsamer und nachsichtiger. Er faßte eine besondere Zuneigung zu seiner Enkeltochter Juliette, der zweitgeborenen unter Honorés fünf Kindern, und seine Schwiegertochter war ihm infolgedessen lange nicht mehr so zuwider wie früher. Wenige Monate vor seinem Ableben besprach er mit seinen Söhnen seine testamentarischen Verfügungen. Von seinem Vermögen nahm er zehntausend Franken vorweg und stiftete diese Summe für eine Mitgift zugunsten seiner Enkelin Juliette, mit der Bestimmung, daß diese am Tag ihrer Hochzeit frei darüber verfügen könne. Der Rest ging zu gleichen Teilen an seine drei Söhne. Aber so gerecht und billig sein Testament dem Anschein nach auch war, so war es doch wohlüberlegt, ja abgefeimt hinterlistig ausgeheckt. Er hielt es für ausgemacht, daß bares Geld leichter verschleudert werden könne als Grundbesitz, und so hatte er Alphonses Erbteil in Bargeld, das jederzeit flüssig zu machen war, festgesetzt, denn er dachte sich, sein Ältester werde schon frühzeitig bettelarm sein, und er wollte nicht, daß Grund und Boden der Haudouinsippe allzu rasch in fremde Hände übergehe. Das hieß aber den Wachtmeister den gefährlichen Versuchungen der baren und vollwichtigen Talerstücke aussetzen, und der Gute zeigte sich erst noch hocherfreut darüber. Honoré bekam den Hof samt den angrenzenden Wiesen und dazu noch das Geschäft, den Roßhandel. Ferdinands Anteil bestand in Wiesen, Feldern, Äckern und Waldungen.

Als der Veterinär Einspruch erhob, er sei benachteiligt, weil Juliettes Mitgift doch Honorés Haushalt zugute komme, gab ihm der Vater zur Antwort:

«Es ist schon so; aber du hast ganz recht, wenn du das Maul aufreißt. Man muß immer versuchen, mehr herauszuschlagen, als einem zusteht. Ich will nicht, daß man einmal sagen kann, du habest nichts dafür gekriegt, daß du dich beklagt hast. Heute noch schenke ich dir die grüne Stute. Du kannst sie in deinem Wohnzimmer aufhängen.»

Ferdinand nahm das Bild pietätvoll entgegen, ließ es in einen schönen schwarzen Rahmen fassen und hängte es im Wohnzimmer über dem Klavier an den Ehrenplatz. Uneingeweihte Besucher meinten, es sei ein Veterinär-Aushängeschild, aber alle, die wußten, was es damit für eine Bewandtnis hatte, betrachteten es mit achtungsvoller Ehrerbietung.

Vater Haudouin, der nie in seinem Leben krank gewesen war, legte sich eines Nachmittags ins Bett und starb nach einer Woche. Man begrub ihn neben seiner Frau, und Ferdinand ließ ihnen beiden prächtige und mächtige Grabsteine aus schwarzem Marmor errichten, wie man sie bisher in Claquebue nie gesehen hatte. Die armen Toten, die ringsum unter ihren kleinen Erdhäufchen ruhten, waren darüber in den finstern Nächten schwer bekümmert.

Es ging nicht lange, so häuften sich die Beweise, daß die grüne Stute ein wundertätiger Talisman war. Ferdinand erhielt ein großmächtiges Ehrendiplom und eine Bronzemedaille, er wurde zum Adjunkten des Bürgermeisters von Saint-Margelon ernannt, eine Obligation wurde ausgelost und brachte ihm zehntausend Franken ein, und nicht lange nachher wurde er in den Generalrat gewählt. Es hieß, er sei ein steinreicher Mann und besitze gut und gern zweimal hunderttausend Franken Vermögen. Endlich, um die Vierzig, erlebte der Veterinär eine überwältigende Freude: dank seinem politischen Einfluß war es ihm vergönnt, seinem ehemaligen Mitschüler, der ihm seinerzeit den Spitznamen «Zwiebelarsch» angehängt hatte, eine Stelle als städtischer Straßenkehrer zu verschaffen.

Indessen sahen seine beiden Brüder schon bald ihre Erbschaften schwer gefährdet. Honoré kannte alle Schliche und Kniffe des Roßtäuschergewerbes, aber das Vorbild seines Vaters hatte ihn nie dazu bewegen können, einen Gaul kunstvoll aufzutakeln und zurechtzustutzen oder die Mängel eines Pferdes zu vertuschen. Er war ein großer Tierfreund und verpaßte öfters den günstigen Verkauf eines Pferdes, nur weil es ihm Freude machte, das Tier acht Tage länger zu behalten. Oder dann verkaufte er es zum Gestehungspreis weiter, um einem Freunde gefällig zu sein. Das Ärgste aber war, daß er wahl- und ziellos Geld ausborgte. Sein Tierhandel ging denn auch rasch bergab, und schließlich gab er ihn überhaupt ganz auf, ohne Bedauern übrigens und ohne jede Bitterkeit, und wurde wieder ein einfacher Landwirt. Da er Schulden gemacht hatte, wurde seine Lage zuletzt schwierig. Der Veterinär gewährte ihm zu verschiedenen Malen Darlehen und kaufte ihm, «um reinen Tisch zu haben», für einen Butzenstiel das väterliche Haus und die Felder ab. Immerhin behielt er die Nutznießung, mußte aber dafür seinen Bruder mit Bohnen, Kartoffeln, Frühgemüse, Obst und gepökeltem Schweinefleisch beliefern.

Mehr noch als sein Bruder, der Roßtäuscher, verdiente Alphonse die Drangsale und Mißgeschicke, die über sein Haus hereinbrachen. Sein steifes Bein störte ihn bei der Feldarbeit, aber er hätte ja Tuch verkaufen oder mit Spezereiwaren handeln oder schlimmstenfalls sich mit den Einkünften aus seinem Kapital zufrieden geben können. Statt dessen trank er sich mit teurem Wein voll, rauchte täglich für dreißig Sous Zigarren und hielt jahraus, jahrein reichgedeckte Tafel. Und nicht nur zu Hause feierte er wahre Orgien, er fuhr auch von Zeit zu Zeit in die Stadt und blieb zuweilen mehrere Tage lang dort. Dann trieb er sich an allen übelbeleumdeten Orten herum und gab sich mit allerlei Lumpengesindel ab, Zuhältern und Huren, in deren Gesellschaft er sich wohl fühlte. Als sein Kapital auf die Hälfte zusammengeschmolzen war, machte er Hochzeit mit einer Maid, die zwar schöne Beine, aber nur recht lockere Grundsätze hatte, und sie machte den Mobilien und Immobilien vollends den Garaus. In seiner gerechten Empörung rührte der Veterinär keinen Finger, um ihm beizuspringen. Allzu oft hatte er nun schon die Schande erleben müssen, daß der ehemalige Wachtmeister, fast jedesmal angesäuselt, wenn nicht gar stockbesoffen, im Salon auftauchte, wo die grüne Stute hing, und dort Reden führte, bei denen seine Gäste vor entsetztem Staunen ihren Ohren nicht trauten. (Einmal hatte er sogar die Internationale gegrölt!) Als dann das böse Ende herangekommen und Tatsache geworden war, zeigte er sich trotz allem wieder gutherzig genug, der ganzen Familie die Reise nach Lyon zu bezahlen, wo Alphonse sich offenbar dauernd niederzulassen gedachte.

So zeugte denn das Ungemach der beiden Älteren für die schützende Macht der grünen Stute. Sie war die wohlgesinnte Gottheit, die Hüterin der guten Grundsätze, der heilsamen und bewahrenden Überlieferungen und verteilte unter die Haudouin, die guten Willens waren, Reichtum und Ehren, all denen, die umsichtig, arbeitsam, zielbewußt und auf gute Geldanlagen bedacht waren.

An den Familientagen, wo sich die ganze Sippe im Wohnzimmer zusammenfand, fühlte sich der Veterinär, wenn er seine Bücher und Geldverhältnisse wohlgeordnet wußte, gleichsam trunken vor Glück über sein vernünftiges Leben. Wenn er so auf den Weg zurückblickte, den er seit seiner Niederlassung in Saint-Margelon durchlaufen hatte, so wollte ihm in seiner Bescheidenheit, in völligem Vergessen seiner emsigen Arbeit und seiner klugen Maßnahmen, scheinen, er habe gar nichts besonders Verdienstliches geleistet, sondern bloß vollsaftige Früchte von einem mystischen Baum gepflückt, der im Gekröse der grünen Stute gewachsen und gediehen war. Damit war dann der Augenblick für die jungen Haudouin-Sprößlinge gekommen, in dem sie die Geschichte des sagenhaften Tieres zu hören bekamen, um dessentwillen sogar ein Kaiser auf Reisen ging. Frédéric, der von diesem Heldengedicht nie genug kriegen konnte, hörte andächtig und mit klopfendem Herzen zu, rief dann und wann dem Veterinär eine vergessene Einzelheit wieder ins Gedächtnis oder brachte kindlich-ehrfurchtsvoll ein paar Ausschmückungen vor. Lucienne ließ sich nicht anmerken, daß sie am liebsten gegähnt hätte, und schrie an den richtigen Stellen vor Freude und Überraschung jeweils laut auf. Antoine jedoch, dem Jüngsten, konnte man jetzt schon an seinem höhnischen Lächeln ansehen, daß zeitlebens nie etwas Rechtes aus ihm werden sollte.

Madame Haudouin waren diese Geschichten rund um die Stute in tiefster Seele zuwider. Sie getraute sich zwar nicht, ihre Bedenken laut werden zu lassen, meinte aber doch, der Veterinär verrohe damit seine Kinder. Sie war eine liebevolle und sanfte Mutter und immerzu in stummer Auflehnung gegen die Strenge des Vaters seinen Kindern gegenüber. Von ihrem Aufenthalt im Pensionat der Fräulein Hermeline hatte sie eine große Liebe zur Musik und Poesie bewahrt, und noch jetzt wußte sie ganze Gedichte von Casimir Delavigne auswendig. Hinter dem Rücken ihres Gatten scharte sie hie und da ihre Kinder um sich und las ihnen die erhabensten und schönsten Werke der romantischen Dichter vor, die sie mit ihnen neu entdeckte. Der Salon widerhallte von tränenreichen, geschraubten Versen, und es gab Tage, da alle in trautem Verein weinten, außer Lucienne, die nicht einsah, warum sie hätte mittun sollen. Lucienne war ein artiges, braves und nicht unhübsches Kind, und man hatte allen Grund zur Annahme, daß sie später einmal eine gute Heirat eingehen werde, aber für Dichter und ihre Werke konnte sie sich nun einmal nicht erwärmen. Sie war in erster Linie darauf bedacht, ihre Kleider nicht zu beschmutzen und ihren Lehrerinnen und Eltern in jeder Hinsicht Freude und Zufriedenheit zu bescheren. Sie war ein liebes kleines Mädchen.

Den beiden Knaben machten die Rezitationen ihrer Mutter viel Spaß, zumal Antoine, der mindestens tausend Verse auswendig konnte und sich freute, weil er so dem Veterinär eins auswischen konnte. Der hoffnungsvolle Knabe nährte gegen seinen Vater einen Haß, der ein für allemal besiegelt war. In der Schule legte er's mit Fleiß darauf an, daß er immer einer von den letzten war. Und er freute sich immer schon im voraus auf den Ärger, den Herr Haudouin darüber verspüren würde. An jedem Wochenende, wenn er sein Zeugnisheft den Eltern zur Unterschrift vorlegte, erklärte sein Vater zähneknirschend, er werde ihn jetzt in ein Erziehungsheim stecken. Seine Mutter glättete dann jeweils die Wellen wieder, aber das gelang ihr gar nicht leicht, denn Antoine maulte auf die väterlichen Drohungen jedesmal nur mit frechen und herausfordernden Antworten zurück. Also vertrödelte er nicht nur die kostbare Zeit, war faul, nichtsnutzig und unaufmerksam, sondern verging sich obendrein noch gegen seine Pflichten als gehorsamer und ehrerbietiger Sohn.

«Ein Lump und Tunichtgut», pflegte Herr Haudouin sich zu äußern, «ich muß dabei immer an seinen Onkel Alphonse denken!»

Auf dem älteren Sohn hingegen ruhten alle großen Hoffnungen

des Vaters. Frédéric war immer der Erste in seiner Klasse. Er hatte nicht das kümmerliche und wenig anziehende Äußere seines Vaters geerbt, und seine Kameraden mochten ihn wegen seines einnehmenden Wesens gut leiden. Wenn er eine Strafe zu gewärtigen hatte, verstand er es immer, seine Verfehlung mit wohlgesetzten und geschickten Worten wiedergutzumachen, im Gegensatz zu Antoine, der sie mit schweigendem Trotz abbüßte. Frédéric schien also zum stolzen Los auserwählt, dereinst Freud und Leid, Geld und Gut der Haudouin weiter zu tragen, oder, wie Antoine hämisch feixend zu sagen liebte, den grünen Zweig der Haudouin fortzuzeugen.

«Der macht mir keine Sorgen», sagte der Veterinär immer wieder. «Der wird's schon zu etwas bringen.»

Tatsächlich kam alles so, wie er gesagt hatte. Frédéric sollte seinen Weg machen. Es gab nur eine kleine Aufregung, als er rund fünfzehnjährig war. Da verliebte sich der arme Kerl in ein Mägdlein, das dann bei einem Eisenbahnunglück umkam. Er glaubte nicht anders, als daß sein Herz für ewig gebrochen sei, und wollte das Ganze in Verse setzen. Da er aber nur mühsam die rechten Reime fand und sie einfach nicht so wie geschmiert kommen wollten, suchte er anderweitig Abhilfe, und nun schwebte ihm nichts Geringeres vor, als Mönch, und zwar Predigermönch, zu werden. Schon sah er sich in einem rauhen härenen Gewand einherschreiten, mit einem langen Knotenstrick um den Leib, der ihm bis zu den Knöcheln herab baumelte. Als er diese Absicht seiner Familie kundtat, sagte der Veterinär kurz und bündig zu ihm:

«Du bekommst keinen Nachtisch, bis du dich anders besonnen hast!»

Frédérics Berufung empfand es als eine tiefe Demütigung, daß man ihr ein derart schäbiges Hindernis in den Weg legte. Zwei Monate lang hielt er standhaft durch und gab sein Taschengeld, fünf Sous wöchentlich, die ihm sein Vater bewilligt hatte, den Armen; aber zu guter Letzt fügte er sich den Gründen, die seine Mutter ihm zu Gemüte führte, wonach er lieber eine weltliche Laufbahn einschlagen sollte.

Ferdinand Haudouins Haus hatte etwas Schwermütiges, Düsteres. Alle die Einschränkungen, die ihm der Veterinär aufzwang, die ehelichen Enttäuschungen seiner Frau, die allgemach in eine anhaltende dumpfe Niedergeschlagenheit ausarteten, das griesgrämige Gesicht Luciennes und die ewigen Reibereien und Händel zwischen den beiden Knaben schufen und unterhielten eine Atmosphäre voll Mißtrauen und Hader. Frédéric und Antoine liebten einander wie zwei Brüder, mehr nicht. Dieses brüderliche Band war weder Verachtungs- noch Zornesausbrüchen im Wege, erleichterte hingegen die Aussöhnungen.

Am Sonntag, wenn schlechtes Wetter das Ausgehen nicht ratsam erscheinen ließ, war das Haus noch freudloser und trübseliger als sonst gewöhnlich. Madame Haudouin und ihre Kinder litten vor Langeweile Folterqualen, während der Veterinär seine Konten nachrechnete und gleichzeitig mit peinlicher Sorgfalt die Schularbeiten überwachte. In solchen Augenblicken betete Antoine zum Himmel, sein Vater möge im Laufe der nächsten Woche sterben, und das Gebet schaffte ihm ein wenig Erleichterung.

In der schönen Jahreszeit war es eine liebgewordene Gewohnheit, den Sonntag jeweils in Claquebue zu verbringen. Ferdinand spannte seinen Landauer ein und führte die ganze Familie zum Onkel Honoré. Für die Kinder, die sich mit ihren Vettern gut verstanden, war das jedesmal ein Tag der Entspannung, und Madame Haudouin kostete die Wonne, mit ansehen zu dürfen, wie ihr Gatte von seinem Bruder geschurigelt und sackgrob angefahren wurde, mit innigem Behagen aus.

Der Onkel Honoré und der Veterinär haßten einander nicht geradewegs, ja es herrschte zwischen ihnen ein echtes Gefühl brüderlicher Zuneigung, und es stieß keinem von beiden etwas zu, Glück oder Unglück, das dem andern nicht zu Herzen ging. Keinerlei Rivalität trat trennend zwischen sie, denn Honoré besaß nicht den geringsten Ehrgeiz. Jeder verachtete den andern und schätzte ihn gering, aber Ferdinand hatte bei ihren Zwistigkeiten fast nie Oberwasser, waren doch die Gründe, aus denen er seinen Bruder verachtete, nicht solcher Art, daß er hätte dazu stehen können. «Ich finde, es fehlt dir ein wenig an diplomatischem Geschick», sagte der Veterinär zuweilen, wenn er Honoré seinen Freimut vorhielt. Wohingegen sein Bruder, wenn er ihn wieder einmal auf einer Lüge ertappt hatte, ausrufen konnte: «Du lügst ja wie ein Schweinigel!» Diese Tonart war zwischen den beiden Brüdern sozusagen an der Tagesordnung. Alle beide galten als fortschrittliche Republikaner, als antiklerikale und sogar gottlose Menschen. Diese Haltung hatte bei Honoré gar nichts Systematisches; er war Republikaner seit dem Niedergang des Kaiserreichs und war es auch aus leidenschaftlicher Überzeugung geblieben, weil ihn dünkte, die Republik habe es immer noch nötig, verteidigt zu werden. Er war antiklerikal, weil er der allzeit schnüffelgierigen und schwatzhaften Macht des Pfarrers Schach gebieten wollte, und gottlos, weil ihn die Aussicht auf ein ewiges Leben anwiderte und abstieß. Ferdinand hingegen betete insgeheim an, was er öffentlich verbrannte, und der eifernde Kämpfergeist seines Bruders, der zwar maßvoll, aber doch aufrichtig war, verletzte ihn auf Schritt und Tritt. Leider Gottes gab es keine Möglichkeit, ihm das zur Kenntnis zu bringen, ohne seinen eigenen vorgeblichen Überzeugungen ins Gesicht zu schlagen, und so sah sich der Veterinär sogar genötigt, höchst energisch Einspruch zu erheben, wenn ihm Honoré ab und zu hinwarf: «Ich sage dir, du bist immer noch ein Pfaffenknecht bis ins Mark deiner Knochen!»

Ferdinands einzige Befriedigung war der Gedanke, daß das Glück jedem nach Verdienst gelächelt und daß es ihn unendlich günstiger bedacht hatte als seinen Bruder Honoré. Doch auch das hätte ihm dieser bestritten, denn er besaß eine wunderbare Fähigkeit zum Glücklichsein und war fest überzeugt, ein beneidenswerteres Los als das seine könne es gar nicht geben. Nur ein einziger Schatten fiel auf seine Lebensfreude, doch das war die Erinnerung an eine Demütigung, die ihn immer noch schmerzte und die auch die darüber vergangene Zeit nicht zu lindern vermocht hatte. Honoré, der zunächst keine Möglichkeit sah, sich dafür zu rächen, hatte sich schließlich mit dieser brennenden Wunde, die seinem Stolz geschlagen worden war, wohl oder übel abfinden müssen; da aber wühlte die politische Betriebsamkeit des Veterinärs die ganze Angelegenheit wieder auf und gab ihr neuen Aufschwung. Das begann an einem sengendheißen sonnigen Nachmittag, als Honoré auf dem flachen Land zwischen den Wäldern von Raicart und der Landstraße, die Claquebue in seiner ganzen Länge durchzieht, mit Mähen beschäftigt war.

3

Als Honoré Haudouin bei der Landstraße anlangte, die das Sengefeld von seinem Hause trennte, legte er die Sense auf das gemähte Korn und reckte sich im glutheißen Sonnenschein. Der Schweiß klebte ihm das Hemd auf dem Rücken fest und zeichnete breite weiche Taschen rings um die Achselhöhlen ab. Honoré nahm seinen Binsenhut vom Kopf und wischte sich mit dem Handrücken den Schweiß ab, der in seinen kurzgeschnittenen grauen Haaren perlte. Als er einen Blick nach links warf, sah er den Briefboten aus seinem Haus treten, dem letzten im Dorf am Rande der Landstraße, da wo sich die Ebene zwischen dem Bach und einem Ausläufer des Waldes ganz eng verschmälerte.

Déodat ist abmarschbereit, dachte er bei sich. Also ist es schon vier Uhr vorbei.

Honoré bekam Lust nach einem erfrischenden Trunk, und er überquerte die Straße. In der Küche mit den geschlossenen Fensterläden hörte er seine Frau den Fußboden mit einem Reisbesen fegen. Der Raum dünkte ihm kühl wie ein Keller. Er blieb einen Augenblick regungslos stehen und genoß die erquickende Kühle und auch das Halbdunkel, das seinen Augen wohltat und sie von dem grellen Sonnenlicht draußen ausruhte. Dann streifte er seine Holzschuhe ab, um sich seine bloßen Füße auf den Steinfliesen zu kühlen. Da ertönte von hinten aus der Küche eine dünne schrille, ein wenig atemlose Stimme:

«Alles steht auf dem Tisch», sagte die Adelaide. «Du findest dort zwei geschälte Zwiebeln neben dem Brotlaib. Die Flasche habe ich zum Abkühlen in den Eimer gestellt.»

«Gut», erwiderte er. «Aber was kommt dich denn an, daß du den Küchenboden fegst? Man könnte ja meinen, es gebe keine dringlichere Arbeit im Hause zu tun!»

«Sicher gibt es dringendere Arbeit. Aber wenn der Ferdinand morgen kommt mit seiner Frau und den Kindern...»

«Der wird sich bestimmt den Küchenboden nicht angucken. Was quatschst du denn da bloß?»

«Er findet aber doch gern sein Haus sauber...»

«Ja, ja, ich weiß schon: sein Haus... sein Haus...»

«Du glaubst immer, du bist hier der Herr im Haus...»

Es fehlte nicht viel, und Honoré wäre der Adelaide auf den Leim gekrochen. Sie suchte Streit mit ihm, rein nur zum Zeitvertreib. Aber da fiel ihm ein, das Beste sei doch ein erfrischender Trunk, etwas Besseres gebe es nicht. Er tastete nach dem Eimer mit dem kalten Wasser, tauchte beide Vorderarme hinein und bespritzte sich das Gesicht. Dann trank er aus der Flasche, bis ihm der Atem verging. Als sein Durst gestillt war, konnte er die Beschaffenheit des Getränks unbefangen einschätzen; es war ein Gemisch aus einem billigen Krätzer und Blättertee, der einem in der Nase einen üblen Nachgeschmack von Krankentee hinterließ.

«Da läuft man doch nicht Gefahr, daß man einen Schwips bekommt», meinte er ein wenig ungehalten.

Die Adelaide gab ihm zu bedenken, der Liter Wein gelte jetzt sieben Sous und das Fäßchen müsse unbedingt noch bis zur nächsten Weinlese vorhalten. Die Männer seien doch alle gleich, setzte sie hinzu. Sie dächten immer nur an ihre Mäuler.

Honoré verschanzte sich hinter einem beharrlichen und geduldigen Schweigen und stocherte in dem altbackenen Brot herum. Dann ging er zum Fenster, setzte sich auf den Sims und biß herzhaft in eine Zwiebel. Seine Frau erkundigte sich mit viel freundlicherer Stimme:

«Gibt's noch viel zu tun?»

«Nicht so sehr; ich werde wohl so gegen sieben Uhr fertig. Ich will mich ja nicht rühmen, aber ich habe just den rechten Augenblick für die Kornmahd ausgesucht. Schön reif und die Ähren prall voll, und doch am Stengel noch zart. Ein Getreide, das sich von selber mäht, weich und zart wie Mädchenhaar.»

Dann herrschte wieder Schweigen zwischen den Eheleuten. Honoré biß in sein Brot und dachte dabei:

Es mäht sich ganz von selbst, und vielleicht ist das noch zuviel Mühe für den Nutzen, den man davon hat.

Doch dann überlegte er sich, daß das Korn das Mähen immerhin wert sei, weil man es doch essen könne. Und er konnte, was er über den eigenen Eßbedarf hinaus hatte, noch so billig verkaufen, so blieb es immer noch ein Gewinn. Die harte Arbeit in der Sonne zählte ja nicht, wenn sie einem Freude macht. Honoré brauchte nur an das erste Jahr seiner Ehe zurückzudenken, als er noch vierzehn Stunden im Tag um einen Lohn von fünfundzwanzig Sous schuftete, und schon fand er, für den Augenblick sei alles in schönster Ordnung. Sein Sinnieren machte bald einem seligen Dösen und behaglichen Sichgehenlassen Platz, einem Sichhingeben an das leise, gleichsam herabgeschraubte Leben dieses vor Sonnenlicht und Arbeit geschützten Raums, in dem kein anderer Laut zu vernehmen war als das Summen einer Wespe, die ein Schlupfloch hinaus in die Wärme suchte, und das heimelige Geplätscher der tropfnassen Putzlappen, wenn sie die Adelaide über ihrem Eimer voll Schmutzwasser auswrang.

Honoré saß zwischen den beiden Flügeln des offenen Fensters mit dem Rücken an den Rolladen gelehnt und aß gemütlich und langsam, um den Augenblick, wo er aufbrechen mußte, hinauszuzögern. Seine Augen hatten sich an das Halbdunkel in der Küche gewöhnt, und er konnte jetzt hinten in dem Gelaß die zusammengekrümmte Gestalt der Adelaide wahrnehmen. Sie kniete am Boden und kehrte ihm den Rükken zu, und ihr hochgehobenes Hinterteil verbarg ihren Kopf, der zwischen den Schultern eingezogen stak. Ein weiter schwarzer Unterrock, der an den Knöcheln eingeklemmt war, blähte ihre Silhouette unförmig auf, so daß sie im Dunkeln eine verschwommene Fülle bekam. Honoré wunderte sich über diesen prallen, üppigen Hintern, der ihm zum erstenmal auffiel, denn er hatte sich über die Magerkeit seiner Frau schon oft geärgert.

Der schwarze Unterrock bewegte sich langsam, wellte und bog sich und warf schwankende, wogende tiefschwarze Schatten auf die Hinterwand der Küche. Honoré stierte angestrengt hinüber und versuchte, die unbestimmt fließende Gestalt genau zu erfassen, deren Umrisse ihm die Dunkelheit verwischte. Er war verwirrt, als wäre ein fremder Mensch zugegen, als wäre unverhofft, anstelle seiner Frau, eine andere bei ihm. Die Adelaide hatte ihren Reisbesen wieder zur Hand genommen; plötzlich straffte sie beide Arme und fing an, den Fliesenboden zu scheuern, und gleichzeitig flachte sich ihr Hintern ab, rutschte nach vorn, strammte sich aber alsbald wieder dank einer Gegenbewegung, einem weitausladenden, raschen Aufbäumen, in dem er sich voll und rund über ihren Fersen wölbte. Honoré konnte sich immer noch nicht von seinem Erstaunen erholen. Mit vorgerecktem Hals starrte er auf den schwarzen Unterrock hin, der im Takt des Hin- und Herscheuerns bald aus dem Dunkel auftauchte, bald wieder darin verschwamm. Er hörte das brünstige Seufzen des Sommers draußen hinter den Rolläden. Die Wespe summte ihm um die Ohren und sang ihm ein ermunterndes Liedchen. Die kühle Küche, in der das dämmrige Dunkel seine quälenden Geheimnisse wob, kam ihm vor wie ein Wartesaal. Die leisesten Geräusche zwickten ihm ins Fleisch. Es war ihm zumute wie in der Nummer 17 an der Rue des Oiseaux zu Saint-Margelon, wohin er sich zwei-, dreimal im Jahr begab, damals, als er noch seinen Pferdehandel betrieb. Ein ganzer Schwarm von starkduftenden Mädchen drängte sich dienstwillig und lustbereit um ihn mit rosigen Brüsten und drallen, festtäglich üppigen Schenkeln. Eine war darunter, eine große, rundum mollige und füllige, und die Husaren hatten einen Heidenspaß, wenn sie ihr auf den Hintern klatschen konnten... Honoré sah sie deutlich vor sich, ihr Bild hob sich von der hintern Wand der Küche sichtbar ab. Dann machte es einem andern Bild Platz, dem einer Frau aus Claquebue. Honoré trat vom Fenster weg, tappte dorthin, wo das kratzende Scharren des harten Besens zu vernehmen war, in dessen Rhythmus der schwarze Unterrock auf und ab tanzte. Eine befangene Schüchternheit, die sonst nicht in seiner Art lag, machte ihn täppisch und ungeschickt. Zuerst bekam er nur den Stoff zu fassen.

Überrascht wandte ihm die Adelaide ihr mageres, müdes Gesicht zu, und ein Lächeln leuchtete darin auf. Noch weit verdutzter als seine Frau schien er jedoch zu sein, als ob er gar nicht erwartet hätte, dieses vertraute und altbekannte Gesicht vor sich zu sehen. Er brummte ein paar verlegene, unzusammenhängende Worte, auf die ihm die Adelaide zärtlich betreten Antwort gab. Unschlüssig und verwirrt zögerte er noch eine Weile, dann packte er mit beiden Händen zu. Doch schon im Zugreifen spürte er, daß er sich von einem Trugbild hatte narren lassen und über einen holden Wahn in Erregung geraten war, denn unter dem dicken Stoff der gebauschten Röcke bekam er nur zwei mägerliche, dürre, ärmliche Hinterbäcklein in die Hände, zwei klägliche dürftige Dingerchen ohne Format und Saft und Kraft. Da wich er enttäuscht und ernüchtert zum Fenster zurück und seufzte achselzuckend, aber doch nicht leise genug, daß es seine Frau hätte überhören können:

«Man bildet sich doch immer allerlei dummes Zeug ein.»

Die Adelaide war genauso enttäuscht wie er und wollte nun erst recht nicht den kürzeren ziehen, sondern unternahm den Versuch, die Reize, die sich unter den zugreifenden Händen ihres Mannes verflüchtigt hatten, wieder aufleben zu lassen. So hob denn der Tanz der Röcke wieder an, mit Zwischenpausen, wohlberechneten Verlangsamungen und Halten, mit abgefeimt listigen, hochschnellenden Rucken. Peinlich berührt und angewidert ging Haudouin ans Fenster und zog den Laden hoch. Ein Lichtstreifen fiel in die Küche und warf goldene Flecken zwischen die Falten des schwarzen Unterrocks. Da lachte er laut heraus und ließ ihn wieder herab. Seine Frau war verärgert und niedergeschlagen, nun fragte sie mit einer Stimme, die bitterböse klang:

«Was ist dich vorhin bloß angekommen? Was wolltest du eigentlich?»

«Das frag' ich mich auch», gab er leicht gereizt und verärgert zur Antwort.

In heller Wut richtete sich nun die Adelaide auf und trat zu ihm in die Fensternische.

«Aha! Das fragst du dich?»

«Nein doch, gar nichts frage ich mich.»

«Ich will dir's sagen...»

«Schon recht, ich habe jetzt keine Zeit, dich anzuhören...»

«Du müßtest Weiber haben...»

«Jetzt redest du dir wieder etwas ein.»

«Jawohl, dicke Weiber, solche mit großen Brüsten und schwellenden Hüften! He?»

Sie packte ihn an den Schultern, aber er riß sich los und schnauzte ungeduldig zurück:

«Warum denn dicke? Man nimmt mit dem vorlieb, was man hat...»

«Aber lieber wären dir doch die Dicken! Da hast du ja den Beweis!»

«Laß mich in Ruhe mit deinem Beweis! Ich mach' eben alles zu seiner Zeit, das ist alles. Nur die Reichen schäkern mitten am hellichten Tag.»

«Ich habe eben kein Glück gehabt wie so und so viele Frauen!»

«Immer und ewig hast du etwas zu jammern.»

«Es ist verflucht leicht, alles, was das Herz begehrt, in seinem Mieder zu haben, wenn man einen Veterinär hat, der so viel verdient, daß man gut leben und nichts tun kann, wenn man sich den Buckel voll Seidenfähnchen und Kinkerlitzchen hängen kann und Hütchen und Schühlein kriegt, so viel man mag.»

«Damit würdest du auch nicht schöner», gab ihr Honoré zu bedenken.

«Und wenn du ganz in Samt und Seide daherkämest...»

«In Samt und Seide?» keifte die Adelaide los. «Davor ist mir nicht bange! Mit einem Mann, der nicht einmal sein Roßhändlergewerbe hat betreiben können, der das Haus hat aufgeben müssen, das ihm sein Vater vermacht hatte, nein, da wäre es, weiß Gott, gar zu verstiegen, wenn man solchen Gedanken nachhinge... Samt und Seide?! Wenn uns dein Bruder aus dem Haus vertreiben wollte, was bliebe uns noch übrig? Wir könnten grade noch im Graben verrecken...»

«Wenn das Wetter schön ist, dann ist's nicht schlimmer, als wenn man im Bett verreckt.»

«Dir ist ja alles recht, und du läßt dir's alleweil wohl sein, wenn nur ich zuerst abkratze!»

«Sowieso.»

«Du kannst es kaum erwarten...»

«Ich drück' dir dann die Augen zu, Ehrenwort, und dann binde ich dir erst noch ein straffes Kinntuch um, damit du ein für allemal das Maul hältst!»

«Honoré, sag mir nur...»

«Hände weg!»

«Deine Schwägerin, sag mir doch...»

Honoré wollte aber nichts mehr hören. Er schnob seine Frau an, sie sei eine alte Kuh, und trollte sich, die Tür hinter sich zuschmetternd, hinaus, ohne darauf zu achten, daß er barhaupt in die glutheiße Sonne ging. Adelaide lief ein paarmal rund um die Küche, dann sah sie den Hut liegen, den er auf dem Tisch vergessen hatte, und rannte ihm damit nach.

«Honoré! Du hast ja deinen Hut vergessen. Wie kann man auch bei dieser Hitze seinen Hut vergessen...»

Ihre Stimme, vom raschen Laufen gebrochen, hatte einen Unterton angstvoller Zärtlichkeit.

«Richtig», sagte Haudouin und blieb stehen, «ich habe ja meinen Hut vergessen.»

«Du hast nicht mehr dran gedacht, an deinen Hut. Du hast nicht mehr dran gedacht.»

Er sah ihr ins Gesicht, in ihr schon gealtertes, knochiges und runzeliges Gesicht, auf ihre grauen Lippen, die vor Aufregung zitterten, in ihre schwarzen Augen, in denen Tränen glänzten. Wehmütig, gerührt und plötzlich von seinem Gewissen geplagt, schaute er auch auf den schwarzen Rock mit den ehrbaren Falten, der vorhin in der dunkeln Küche ein Trugbild hatte erstehen lassen, dessen Nachwirkungen er immer noch reumütig in seinem Fleisch spürte.

«Man legt eben seinen Hut in eine Ecke», sagte er freundlich. «Und nachher denkt man nicht mehr dran.»

«Wie vorhin», greinte sie. «Weil's nämlich finster war in der Küche. Weil's sozusagen finstere Nacht war. Man sieht eben nicht, was man redet, wenn es finster ist. Daran liegt es.»

Honoré lächelte seiner Frau zu und berührte mit der Hutkrempe ihre Hand.

«Gewiß, freilich», brummte er im Weggehen. «Wenn's finstere Nacht ist.»

Sie blieb mitten auf dem Hof stehen und schaute ihm nach, während er die Landstraße überquerte. Dann flüsterte sie:

«So ein bildschöner Mann! Man kann's nicht glauben, daß er schon fünfundvierzig ist. Manche sehen in seinem Alter aus, daß man sie für alte Männer ansehn könnte.»

Gerade als Honoré seine Sense fertig gewetzt hatte, hörte er das Rollen eines Wagens, und dann wurde das Kabriolett seines Bruders an der Biegung der Landstraße, zweihundert Meter vor dem Sengefeld, sichtbar. Der Veterinär trieb sein Pferd noch an, obwohl es weit ausgriff und im scharfen Trab ging. Honoré schmiß seine Sense hin und trat an den Straßenrand.

«Wie kann man einen Gaul so abschinden», brummte er vor sich hin, «bei der Hitze! Das sieht ihm wieder ähnlich!»

Er sah, wie Ferdinand vor einer Gruppe von Mähern den Hut lüftete, und begriff, daß das Pferd im Paradetrab lief, denn der Tierarzt tat nie etwas aus irgendeiner müßigen Laune, sondern hatte, als vernünftiger Mensch, immer seine guten Gründe. Als guter Pferdekenner musterte er das Tier genau, während es herantrabte. Es war ein Schweißfuchs, der nach seinem Dafürhalten zu schwer war.

«Veterinär hin und her», dachte er schadenfroh, «Ferdinand wird nie im Leben wissen, was ein schönes Tier ist. Das da ist ein kräftiger Gaul, soviel ist sicher, aber doch nicht der Traber, der vor ein Kabriolett gespannt gehört! Und dann: was ist auch das für ein Bauch, den man da zwischen den Vorderbeinen hindurch herabhängen sieht...»

Als das Gefährt anhielt, erkundigte er sich leicht beunruhigt, denn der Veterinär kam sonst nur selten an einem Wochentag nach Claquebue:

«Es ist doch nichts vorgefallen?»

«Gar nichts», entgegnete Ferdinand und stieg ab. «Ich hatte hier in der Nähe zu tun, und da wollte ich euch rasch guten Tag sagen. Es trifft sich ja gut: wir können nämlich morgen nicht kommen. Dann also erst am übernächsten Sonntag wieder.»

Er streckte Honoré die Hand hin, entgegen einer stillschweigenden Abmachung, nach welcher sich die beiden Brüder jedweder freundschaftlichen Kundgebung zu enthalten pflegten, wenn sie unter vier Augen beisammen waren. Honoré schlug gemächlich und lässig ein. Er war keinen Augenblick im Zweifel, was dieser ungewohnte Handschlag zu bedeuten hatte: sein Bruder wollte etwas von ihm. Als Ferdinand den hellen, klaren Blick seines älteren Bruders sah, da wußte er, daß sich die Sache schlecht anließ. Er bekam einen roten Kopf und fragte, um seine Verlegenheit zu bemänteln, mit übertriebener Eilfertigkeit nach dem Ergehen der Kinder.

Honoré gab ihm kurzangebunden Bescheid, während er liebevoll das Pferd tätschelte und streichelte. Klotilde und Gustav, die beiden Kleinsten, seien in der Schule. Sie hätten zwar längst zu Hause sein müssen, aber sie streunten immer noch lange auf den Wegen herum. Alexis hüte die Kühe auf den Gemeindewiesen; im Herbst wolle man ihn dann wieder zur Schule schicken. Bis sie später einmal heirate, und sie habe ja noch alle Zeit, sich das gründlich zu überlegen, arbeite

Juliette auf dem Feld mit wie ein Mann. Sie müsse schon tüchtig zugreifen, jetzt, wo ihr Bruder beim Militär diene.

«Ernest ist immer noch in Epinal. Du kannst seinen letzten Brief lesen. Er schreibt, sein Sergeant sei ihm sehr gewogen. Ich frage mich, ob er sich's nicht am Ende gar überlegt, weiter Dienst zu tun, guter Gott! Alphonse hat ihm so den Kopf vollgeschwatzt... Weißt du, wie es Alphonse geht?»

Der Veterinär schüttelte den Kopf. Er wurde nicht gern an das Vorhandensein dieses ungeratenen Bruders erinnert, und Honoré wußte das recht gut.

«Der arme Alphonse, er hat nicht viel Glück gehabt. Und doch kenne ich keinen anständigeren Burschen.»

Ferdinand kniff hämisch und wütend die Lippen ein.

«Stimmt's etwa nicht?» ließ Honoré nicht locker.

«Gewiß doch», gab Ferdinand mit gequälter Stimme zu.

«Ich denke oft an ihn. Der arme Alphonse! Ich möchte schon wissen, ob er immer noch in Lyon ist, und wie viele Kinder er jetzt hat. Nun sind es doch bald zwei Jahre, daß er nichts hat von sich hören lassen.»

Honoré machte eine Pause und warf dann mit abgefeimter und gutgespielter Launigkeit hin:

«Aber du weißt ja, wie er ist. Eines schönen Tags rückt er an, ohne vorher etwas zu sagen, und richtet sich mit seinem ganzen Anhang bei dir häuslich ein, so für einen Monat oder auch zwei... Wir werden uns ja freuen, ihn wieder einmal zu sehen.»

Der Veterinär, der diese fürchterliche Eventualität noch nie ins Auge gefaßt hatte, fühlte, wie ihm die Zornesröte ins Gesicht schoß. Seine blassen Augen blitzten in grausamem Glanz. Immerhin verkniff er sich eine unfreundliche Bemerkung über Alphonse. Das hätte ein übles Vorspiel zu der unumgänglichen Erörterung abgegeben, die er seit dem gestrigen Tag im Kopf hatte. Nach einem betretenen Schweigen erkundigte er sich nach Philibert Messelon, dem Bürgermeister von Claquebue.

«Ich habe keine Zeit gehabt, ihn zu besuchen», gab Honoré zur Antwort, «aber ich habe Juliette gestern abend vorbeigeschickt. Es geht ihm recht schlecht, verbraucht wie er ist. Es ist anzunehmen, daß er keine zwei Sonntage mehr überlebt. Schließlich ist er ein alter Mann, da kann man nichts sagen.»

«Ein Unglück ist es trotzdem», seufzte Ferdinand. «Er war ein rechtschaffener Mann, der Philibert, und gerade der rechte Mann für sein Amt... Weil wir eben vom Bürgermeisteramt sprechen, wäre bei dieser Gelegenheit...»

Honoré faßte den Sinn dieser Worte falsch auf. Er warf vorbeugend ein:

«Ich habe dir schon gesagt, ich will nicht Bürgermeister werden, nicht einmal Adjunkt möchte ich sein. Ich habe grade genug als Gemeinderat.»

Der Veterinär schnalzte mit der Zunge, als müsse er sein vorhin geäußertes «bei dieser Gelegenheit» nochmals unterstreichen, und sein schmales Gesicht mit dem ehrgeizigen Kinn belebte sich mit einemmal. Anscheinend hatte er die Überleitung gefunden, die er suchte.

«Du läßt mich ja nicht ausreden. Es würde sich im Gegenteil darum handeln, eine andere Kandidatur vorzubringen. Und da du doch einen gewissen Einfluß hast...»

Tatsächlich genoß Honoré im Gemeinderat und in ganz Claquebue einen nicht zu bestreitenden Einfluß. Es freute ihn, daß er es von seinem Bruder hören durfte, und geschmeichelt lieh er ihm desto williger sein Ohr.

«Stell dir vor», fing nun der Veterinär wieder an, «letzthin war der Abgeordnete bei uns zu Tisch. Er machte zwischen zwei Zügen einen kurzen Aufenthalt. Valtier ist ein verläßlicher Freund; er hat uns schon recht oft gute Dienste geleistet und wird es auch in Zukunft noch tun. Mir so gut wie dir.»

«Ich habe Valtier nichts zu verdanken, und ich will auch nichts von ihm. Aber das ist ja einerlei.»

«Man kann nie wissen. Kurz und gut, beim Essen kam dann just die Rede auf Philibert Messelon, und Valtier hat mir durchblicken lassen, er hätte da jemanden, den er gern als Bürgermeister sähe... Oh, er ist selbstredend überzeugt, daß sein Vorschlag nur zum Besten der Gemeinde herauskäme. Valtier ist die Gewissenhaftigkeit und Zuverlässigkeit selbst, seine goldlautere Gesinnung steht außer Frage. Das wird ihm auch im Parlament nachgerühmt. Ich brauche dir ja sein Lob nicht mehr zu singen...»

«Wenn sein Kandidat ein Mann nach unserm Herzen ist, schließlich...»

Ferdinand kicherte verlegen und unterwürfig, als wollte er von vornherein seiner Verzeihung sicher sein.

«Du wirst ja in die Luft gehen, klar und selbstverständlich, und ich kann dir nicht verhehlen, daß es auch mich einige Mühe gekostet hat, mich an diesen Namen zu gewöhnen... In Frage käme nämlich Seph Maloret.»

Honoré ließ einen langhingellenden Pfiff ertönen, wie wenn er seinem höchsten, maßlosen Erstaunen über die Unverschämtheit des Bruders hätte Ausdruck verleihen wollen.

«Eins ist sicher, du bist wenigstens kein Nachträger.»

«Auf den ersten Blick ist es ja klar...»

«Was mich aber am allermeisten erstaunt bei deiner Geschichte, ist die verblüffende Tatsache, daß Valtier einen von den allerschlimmsten unter den Reaktionären vorschlägt, einen Kuttenfanatiker wie diesen Seph! Was soll denn das heißen?»

Dem Veterinär war höchst unbehaglich zumute. Er gab zögernd und vorsichtig zur Antwort:

«Ich weiß nicht recht... Es ist schwer zu erklären... Du mußt eben wissen, die politischen Verhältnisse sind eigenartig und einmalig. Einzig schon das Programm des Generals Boulanger hat zahllose Gegner versöhnt, es kann als Bindeglied zwischen scheinbar entgegengesetzten Parteien dienen. In einer Periode völliger Anarchie, wie der, die wir jetzt durchleben, ist eine solche Verbindung durchaus wünschenswert. Die Tatsachen führen uns zum Schluß...»

«Hör zu: ich kenne das Programm des Generals Boulanger nicht, ich kenne auch die Tatsachen nicht, gar nichts weiß ich. Aber ich kenne Claquebue, und ich sage dir, wenn ihr Seph zum Bürgermeister macht, dann heißt das, ihr schert euch einen Dreck um die Republikaner und um die Republik. Und kein Boulanger kann eine solche Schweinerei erklären.»

«Wenn ich ganz offen sein soll, so glaube ich, Valtier kennt da jemanden aus der Familie Maloret... Es sind da so gewisse Beziehungen, hat er mir angedeutet...»

«Beziehungen? Warte mal! Doch nicht etwa Sephs Tochter?... Aber natürlich, die Marguerite, ein durchtriebenes Balg, ein ganz geriebenes Luder, das vor zwei Jahren nach Paris in Stellung gegangen ist. Ein bildschönes Kind, das kann man schon sagen, und wie ich sehe, bleibt sie dem Geist ihrer Sippe treu.»

Ferdinand trat zum Wagen und schnallte einen Riemen fester, um sich vor einer Antwort zu drücken.

«Ich weiß», fuhr er dann fort, «du wirst mir jetzt einwenden, bei den Maloret habe man immer gegen meinen Vater gestänkert...»

«Als ob mir das nicht Wurst wäre!» versetzte Honoré geringschätzig.

«Nach über fünfzehn Jahren kannst du doch dem Seph diese alte, längst verjährte Freischärlergeschichte nicht mehr nachtragen! Das wäre ein arger Verstoß gegen jede Großmut und auch gegen den gesunden Menschenverstand. Das mußt doch du zuallererst zugeben...»

Honoré schwieg verstockt. Er stand, den Rücken seinem Bruder zugekehrt, beim Pferd, schob ihm die Lefzen zurück und tat, als sei er völlig in die Betrachtung seines Gebisses versunken. Aber Zorn und Erregung machten seine Hand zitterig und ungeschickt, und der Fuchs riß sich mit einer ruckartigen Kopfbewegung los. Der Veterinär hatte das Gefühl, er habe an den wunden Punkt, den eigentlichen Hinderungsgrund gerührt, und in seiner Ungeduld, so rasch wie möglich darüber hinwegzukommen, glaubte er weiter in die gleiche Kerbe hauen zu können.

«Wollte man alle die kleinen Mißhelligkeiten immer wieder aufwärmen, die man in den letzten zwanzig Jahren mit den Leuten hatte, so hätte man bald keinen einzigen Freund mehr. Was dir der Seph auch zuleide getan haben mag, du kannst es ihm heute wohl verzeihen.»

«Nein», grollte Honoré.

«Ach was, gehab dich doch nicht so! Schließlich bist du doch nicht daran gestorben!»

Honoré zuckte nur mit den Achseln. Er wollte den Kopf des Pferdes festhalten und zerrte nervös am Stirnriemen. Das Tier stieß ein schmerzliches Wiehern aus. Ferdinand machte, gereizt wie er war, kein Hehl aus seiner Ungeduld.

«Und was ist schon Wahres an dieser Freischärlergeschichte? Alles das ist doch so unsicher, so unklar. Man hat überhaupt nie davon geredet in der Gegend.»

Da fuhr Honoré wütend herum und packte seinen Bruder am Arm.

«Nein, du hast nie davon gehört. Willst du auch wissen, warum?»

«Aber nein, mir liegt nichts daran ...»

«Du sollst alles wissen. Verstehst du mich? Nachher hörst du dann vielleicht auf, mich anzuöden.»

Honoré war kreidebleich, und dem Veterinär wurde angst und bange. Er versuchte, sich loszumachen, aber sein Bruder stieß ihn vor sich her zum Graben und zwang ihn, sich an seiner Seite auf den Rand hinzusetzen. Als der Fuchs sah, daß ihm die beiden Männer den Rücken gekehrt hatten, zog er den Wagen in den Hof und blieb im Schatten eines Nußbaums stehen.

«Damals, als die Preußen einmarschierten», fing Honoré an.

Dann brach er ab, schaute Ferdinand in die Augen und schrie wütend:

«Ich sehe keinen Grund, weshalb ich das für mich behalten sollte! Du mußt alles wissen!»

Doch beruhigte er sich gleich wieder und fuhr mit sachlich unbewegter Stimme fort:

«Ich gehörte zu einer Schar, die durchs Land streifte, ohne so recht zu wissen, was zu tun war. Als man erfuhr, sie seien nicht mehr weit von Claquebue, stellten wir uns am Waldrand auf die Lauer. Das war ein Blödsinn, aber wir hatten uns die ganze Nacht in einem Wirtshaus die Nase begossen. Wir wollten ein bißchen großtun, und im Grunde tat es uns allen leid, daß wir nicht über die Liniensoldaten hergefallen waren, die bei Bellechaume die Höhenzüge besetzt hielten. Ich stand gerade am Ende des Sengefelds hinter einem Hagebuchengehölz, das in die Ebene vorstand. Seither haben sie's abgeholzt. Gerade dort war es.»

Honoré deutete auf einen Punkt im Wald, vier- oder fünfhundert Meter entfernt.

«Gegen zwei Uhr nachmittags sehe ich die Pickelhauben oberhalb des Roten Hügels auftauchen. Man hörte ihre Pfeifer quieken. Es war eine Melodie, du lieber Gott im Himmel! wenn ich dran denke, friert's mich heute noch bis ins Mark der Knochen! Ich schaute zu, wie ihr Ungeziefer über das Land herfiel, und du kannst dich darauf verlassen: während ich so ein Auge auf unser Haus hatte, war mir die Kehle wie zugeschnürt. Neben mir, so zehn, fünfzehn Meter etwa, stand ein achtzehnjähriges Bürschlein, einer namens Toucheur. Kein übler Junge, aber noch blutjung, noch nicht so ganz bei Verstand und ein rechtes unreifes Früchtlein. Sehen konnte ich ihn zwar nicht, aber ich hörte, wie er mit einer so ganz lächerlichen Stimme zu mir sagte: Die Preußen sind eben in den Raicart-Wald eingedrungen! Zuerst wollte ich ihn anfahren, er solle das Maul halten, und dann überlegte ich, daß bei der Schar beherzter Kerle, die den Waldsaum besetzt hielten, wohl ein paar Schafsköpfe sein konnten, die unbesonnen und dumm genug waren, ihre Flinten loszudrücken, und dann wäre halb Claquebue hingemacht worden. ‹Du hast schon recht›, gab ich zurück, ‹du wirst sehen, sie umzingeln uns zwischen den beiden Weihern.› Toucheur stand zu meiner Linken, aber fünf Minuten später bekam ich von rechts her Nachricht, die Strohkauer hätten uns zwischen den beiden Teichen in der Zange. Alles verlief nun, wie ich's vorausgesehen hatte. Die Unsrigen fingen an zusammenzupacken und davonzulaufen, was gibst du, was hast du, und ich wußte ja, was mir blühte, und die Angst schoß mir in die Gedärme, und das Herz fiel mir in die Hosen, wenn ich's schon sagen muß. Aber eben deswegen wollte ich nicht mutterseelenallein da ausharren und die Preußen abpassen. So verzog ich mich denn vom Waldrand und schlug mich weiter in den Wald hinein ...»

«Feige Pflichtvergessenheit vor dem Feind und Aufgabe des Postens», warf der Veterinär tadelnd ein.

«Du merkst aber auch alles! Ich hatte mich ein bißchen nach links verdrückt, und als ich bei einem Fußweg anlangte, der am Waldsaum entlang lief, da sehe ich meinen Toucheur mit einem weiten Satz in den Hohlweg hinunterspringen, der zum Haus hinabführt, du kennst ihn ja. Ich renne ihm nach, und wie ich zum Weg komme, sehe ich, daß er wie ein Irrsinniger läuft, was ihn die Beine tragen, und schnurstracks auf unser Haus zu. ‹Toucheur!› brülle ich aus Leibeskräften hinter ihm drein. Ja, Quatsch, der Toucheur hatte völlig den Kopf verloren und hörte auf diesem Ohr nichts. Er hatte keinen andern Gedanken, als wie er ins erste beste Haus verschwinden könnte, eben das unsere, nicht wahr? Du kannst dir ja denken, ein Freischärler bei uns, im Haus des Bürgermeisters, das war nun so eine Sache, dafür konnten die Deutschen ganz Claquebue an die Wand stellen. Ich machte mich also dran, den Bengel einzuholen. Er hatte gut hundert Meter Vorsprung und obendrein das lohheiße Feuer im Hintern. Schon war er im Haus verschwunden, als ich erst auf der Landstraße ankam, und da bin ich dem Seph Maloret begegnet. Natürlich habe ich keine Zeit verloren und bin nicht stehen geblieben.»

«Eigentlich bist du also keineswegs sicher, daß euch nur der Seph allein gesehen hat...»

«Er hat mir's gesagt, als ich ihm eines Tags die Schnauze in eine Jauchelache tunkte.»

Honoré lachte genießerisch bei der Erinnerung an dieses Geständnis. Ferdinand gab ihm abermals zu bedenken, daß die ganze Sache ja nicht der Rede wert und ohne Belang sei, da ja niemand dabei habe daran glauben müssen.

«Laß mich nur weiterreden. Ich gehe also ins Haus und finde den Kleinen, wie er heulend und flennend meiner Mutter am Hals hängt, und sie versuchte ihn zu trösten. Sie waren in der Küche. Ich packte den Toucheur beim Kragen und zerre ihn zur Tür hin. Ich hätte sofort mit ihm das Weite suchen müssen, aber du weißt ja, wie das ist: die Mutter war allein im Haus, die Adelaide mit den Kindern bei euch, und der Vater war seit dem frühen Morgen im Gemeindehaus und wartete auf die Preußen. Ich habe also nicht anders können, ich habe sie umarmt und mit ihr ein wenig geplaudert. Das hatte Toucheur benützt und sich in den Winkel neben der Uhr verkrochen, wo er, den Kopf auf beiden Knien und die Absätze gegen die Hinterbacken gepreßt, zusammengekrümmt wie ein Tier, kauerte. Während ich ihn wieder auf die Beine stelle und ihm mit Fußtritten den nötigen Mut beibringe, kommen die Preußen um die Biegung der Landstraße marschiert. Es waren, scheint's, Bayern, die schlimmsten von allen Preußen, das Allerärgste, was es überhaupt geben kann. Ihrer fünfzehn waren es, mit einem Sergeanten. Ich sage Sergeant, aber vielleicht war's auch ein Offizier. Bei ihnen haben ja die Höhern keine Goldlitzen, weder auf den Ärmeln noch auf dem Kopf. Das ist Nebensache, wirst du mir sagen, und unerheblich, aber es beweist dir doch, daß diese Leute die reinsten Wilden sind. Da, wo sie standen, hatten sie das ganze Haus im Auge; keine Möglichkeit, in die Scheuer auszukneifen. Durch ein Fenster hintenhinaus zu flüchten, war riskant, aber ich hätte es versucht, wenn ich allein gewesen wäre. Doch zusammen mit Toucheur war gar nicht daran zu denken. Er klammerte sich zähneklappernd an meine Jacke. Die Mutter verlor den Kopf nicht, sie öffnete die Tür zur Schlafkammer und ließ uns unters Bett kriechen und uns dort verstecken. Toucheur wollte nichts lieber, er hatte nun, was er gesucht, und man hörte ihn überhaupt nicht mehr atmen. Ich für mein Teil, weiß Gott, ich war ganz ruhig. Warum hätten sie auch die Kammern durchsuchen sollen? Sobald die Nacht hereinbrach, konnten wir uns gemütlich davonmachen. Die Mutter war draußen in der Küche und hatte die Tür offengelassen. ‹Honoré›, hörte ich sie sagen, ‹sie machen halt, der Anführer redet mit dem Seph.› Im Augenblick hat mich das gleichgültig gelassen, kann ich dir sagen. ‹Jetzt gehen sie weiter›, sagt die Mutter. Auf einmal war nichts mehr zu hören. Sie hatte die Tür zugemacht. Und dann trappten schwere Stiefel über den Steinboden der Küche... Heilige Muttergottes! War mir da mies unter meiner Matratze! Der Sergeant schnauzte: ‹Ihr habt Freischärler im Haus versteckt!› Man muß ihn schon gehört haben, dieses Schwein, wie er sein gebrochenes Französisch parlierte! Die Mutter blieb ihm die Antwort nicht schuldig und gab ihm gebührend zurück, sie schwor, Freischärler habe sie keine zu Gesicht bekommen; doch der andere behauptete klipp und klar, er sei ganz sicher. Schließlich legte sich der Lärm nach und nach, man hörte nichts mehr. Und dann sagte der Sergeant etwas zu seinen Leuten in ihrem Kauderwelsch. Vermutlich gab er ihnen Befehl, die Scheune und die Speicher zu durchsuchen...»

Ferdinand war bange vor dem, was er wohl noch zu hören bekam. Er wollte dem ganzen unerquicklichen Gespräch ein Ende machen und sagte: «Nun, ihr seid ja schließlich noch gut weggekommen, und das ist doch die Hauptsache.»

«Krepierte ich dabei, nun so krepierte ich halt. Jedenfalls wollte ich nicht, daß man mich bäuchlings unter einer Bettstatt liegend finden sollte. Doch bevor ich noch hervorkriechen konnte, ging die Tür auf. Ich sehe den Rocksaum meiner Mutter, und hinter dem Rock, was? die Stiefel des Sergeanten! Zuerst konnte ich mir das gar nicht zusammenreimen. Dann aber sehe ich, wie der Rock aufgehoben wird.»

«Honoré...» flehte der Veterinär mit erloschener Stimme.

«Ich habe sie zu meinen Häupten miteinander bimsen hören. Und ich konnte und konnte mich nicht rühren. Meine Haut war dabei gar nicht so wichtig, in diesem Augenblick, aber auch wenn ich alles mit einem Schuß hätte erledigen und ins Blei bringen können, so hätte ich's doch nicht gewagt, mich zu zeigen, ich hätte es einfach nicht fertiggebracht...»

Ferdinand wischte sich den Schweiß ab, der unter seinem Hut in Bächlein niederströmte.

«Solche Dinge darf man nicht sagen», murmelte er, «du hättest es mir nicht zu erzählen brauchen.»

«Wundere dich jetzt nur nicht mehr, daß man über die Geschichte in Claquebue nicht geredet hat. Der Vater hat dir nur erzählt, was man ihm davon hatte schonend beibringen müssen. Das übrige wußte niemand außer mir. Toucheur ist acht Tage später ums Leben gekommen, und mir war nachher viel leichter zumut. Nach dem Krieg hätte ich dann die Rechnung mit Maloret begleichen, hätte ihn hinter einem Gebüsch hervor niederknallen können. Kein Hahn hätte danach gekräht. Aus den Augen, aus dem Sinn. Aber solange die Mutter noch am Leben war, wollte ich mir's nicht anmerken lassen, daß ich's nicht vergessen hatte. Und dann ist das auch eine Verrichtung, die ich nicht übermäßig gern betreibe, auch dann nicht, wenn's darum geht, die Welt von einem Seph Maloret zu säubern.»

«So viel ist sicher: Maloret hat sich dreckig benommen», murmelte Ferdinand.

Eine Zeitlang stand er nachdenklich da und sagte nichts. Unwillkürlich kam ihm immer wieder die letzte Unterredung mit Valtier in den Sinn. Der Deputierte schien größten Wert auf Sephs Kandidatur zu legen. Er war bis über die Ohren in Marguerite Maloret verliebt, und man konnte ihm keinen willkommenern Dienst erweisen, als dieser Göre ihren Wunsch zu erfüllen. Und Ferdinand wußte, daß er viel zu gewinnen hatte, wofern ihm der Abgeordnete seine Freundschaft gönnte. Aber ganz abgesehen von jedem persönlichen Ehrgeiz hatte der Veterinär auch noch die Karriere seines ältesten Sohnes Frédéric im Auge und zählte auf Valtiers Unterstützung, um ihm einen glanzvollen Start zu sichern.

«Hör zu, Honoré. Ich will zugeben, daß sich der Seph elend erbärmlich benommen hat. Aber man kann auch annehmen, daß er es aus Angst und Verschüchterung getan hat. Wenn man so auf der Landstraße von einer Abteilung Preußen gestellt wird...»

«Ich kenne den Halunken. Er ist vorsichtig, und Prügel sind nicht gerade seine Stärke. Aber ich bin sicher, ein Feigling und Angsthase ist er nicht. Es ist da etwas anderes...»

«Es ist übrigens keine Rede davon, daß ihm verziehen werden soll», sagte der Veterinär. «So weit bin ich noch nicht. Aber Rachsucht und Nachträgerei hat bei dem Geschäft, mit dem wir uns jetzt befassen, nichts zu suchen. In unserem Interesse, im Interesse unserer Familie ist es unbedingt nötig, daß Seph Bürgermeister wird. So muß man die Sachlage ansehen.»

«In Sachen Interesse siehst du natürlich klarer und weiter als ich. Aber schließlich ist der Seph daran schuld, daß deine Mutter sich von einem verdammten Preußen hat zwiebeln lassen müssen.»

Dieser unverblümte Ausdruck trieb Ferdinand das Blut in die Wangen. Alles in ihm empörte sich gegen eine so unehrerbietige Äußerung, die das Andenken der Genotzüchtigten beleidigte.

«Du solltest wenigstens vor den Toten Ehrfurcht haben!» zürnte er.

«Oh, die Toten, weißt du, die sind nicht zu beklagen. Wären nur die Verstorbenen in unserem Fall betroffen, so würde ich mir auch nicht ein einziges graues Haar darüber wachsen lassen. Aber ich lag doch unterm Bett, und ich bin nicht tot, und der Maloret, der mir den Preußen auf den Hals geschickt hat, damit er sich über meinem Kopf mit der Mutter vergnügte, der ist auch nicht tot! Und gerade das, siehst du, zählt hier!»

«Ich weiß schon. Aber man muß doch die Dinge nehmen, wie sie nun einmal liegen, und wenn Valtier...»

«Schon gut», fiel ihm Honoré mit harter Stimme ins Wort. «Ich habe dir, mein' ich, genug gesagt. Seph wird nie, nie, sag' ich dir, Bürgermeister von Claquebue, solange ich ihm den Weg versperren kann.»

Da begriff der Veterinär, daß er gegen einen zielbewußten, eisernen Willen anrannte. Ihm schwante, daß die Zukunft seines Sohnes durch einen törichten, einfältigen Groll in Frage gestellt war. Seine Ohnmacht trieb ihn zur Verzweiflung, und in seiner kopflosen Angst suchte er völlig verdattert nach einem massiven Argument, einem Mittel, womit er seinen Bruder zwingen konnte. Seine bleichen Augen irrten zu dem Haus empor, dem Haus, das sein Eigentum war, aus dem er Honoré fast von einem Tag auf den andern fortweisen konnte. Es fehlte nicht viel, und er hätte sich von seiner maßlosen Wut hinreißen lassen, ihm den ganzen Bettel hinzuschmeißen; doch dann nahm er sich zusammen und konnte so weit überlegen, daß er übersah, welche Gefahr ihm drohte: Honoré würde keinen Augenblick zögern, sein Bündel zu schnüren und wegzuziehen, und dem Veterinär lag viel daran, daß er im Stammhaus der Haudouin wohnen blieb, weil es seinen politischen Absichten in Claquebue dienlich war. Andererseits hielt Honoré das Besitztum seines Bruders in Stand, als wäre es sein eigenes gewesen. Ferdinand schluckte also eine Aufforderung zur Räumung des Hauses hinunter. Als Honoré jedoch seinem Gesicht ansah, wie zornig er war, als er zudem den Blick auffing, den sein Bruder zum Hause hinübersandte, da erriet er, was in seinem Innern vorging, und er antwortete ihm darauf klipp und klar:

«Ich gehe fort, wann und sobald du's willst, weißt du, und vielleicht warte ich nicht einmal, bis du es mir sagst.»

«Aber nein», protestierte Ferdinand, «was willst du nun schon wieder dahinter suchen?... Ich bin bereit, dir einen Vertrag zu unterschreiben...»

«Ach, du mit deinem Vertrag! Du kannst dir damit den Hintern wischen, wenn's dir Spaß macht.»

Der Veterinär stammelte ein paar unzusammenhängende und wirre Einwände: er habe nie auch nur daran gedacht, seine Rechte als Eigentümer mißbräuchlich geltend zu machen, und solange er lebe, könne sein Bruder sicher sein...

Honoré hörte ihm überhaupt kaum mehr zu. Er schaute in die untergehende Sonne, die am andern Dorfende ihre letzten Strahlen aussandte, ehe sie hinter dem Roten Hügel verschwand. Zuletzt schloß er geblendet die Augen und sagte noch einmal mit schläfriger Stimme:

«Jawohl, den Hintern.»

Von all den Haudouin in Claquebue und anderswo war mir immer Honoré weitaus der liebste. Ihm habe ich es vielleicht zu verdanken, wenn ich die Verzweiflung über meine fruchtlosen Anfechtungen und mein ohnmächtiges Rasen, dem ich doch nie Linderung schaffen durfte, verwinden konnte. Ich habe bei diesem warmherzigen und immer zum Lachen aufgelegten Mann das Geheimnis einer allesumfassenden brünstigen Liebesgier entdeckt, die ihre tiefste Befriedigung immer wieder außerhalb der Wirklichkeit fand. Nicht, daß er etwa mit Fleiß und Absicht keusch geblieben wäre, nein, bewahre: er herzte und liebkoste seine Frau noch und noch, und kein Weib ließ ihn gleichgültig. Aber seine Liebesfreuden hatten so gar nichts gemein mit den vorbedachten und vernunftmäßig betriebenen Lustierungen, wie sie die Liebhaber sittlicher Hygiene mit stirnrunzelnder Freiheit begeistert preisen, auch nicht mit jenen trübseligen ehelichen Pflichten, die der Veterinär niemals ohne Gewissensqualen erledigte. Zuweilen erwuchsen sie aus einem Sonnenstrahl, andere Male überdauerten sie den Augenblick ihrer Betätigung und Verwirklichung, und dann staunte er lange noch einer vorüberziehenden Wolke nach. Wenn er seine Frau umfing, so war es jedesmal, als setze er einen Punkt in einen langen lasziven Traum, in dem die Bilder eines weltweiten Raums, den seine Phantasie ausgeboren hatte, herumgeisterten. Wenn Honoré sich mit seiner Frau paarte, ließ er stets die Kornfelder weitum in der Ebene, den Bach und die Wälder des Raicart daran teilhaben.

Als er achtzehnjährig war, traf es sich einmal eines Sonntags, daß er mit der Magd allein im Eßzimmer war, und da tat sie ihm ihre willfährige Bereitschaft auf eine so unverhohlene und schamlos kecke Art kund, daß er Feuer fing und sie kurzentschlossen anpackte. Draußen lag die Gegend unter einer schimmernden Schneedecke, und ein augenblickskurzer Sonnenschein warf auf diese kalte Fläche einen plötzlichen Glanz. Regenbogenfarbene, flimmernde Lichter blitzten auf und tanzten rings in der hellblendenden Luft. Honoré spürte diesen festlichen Schnee in seinem ganzen Fleisch, er fühlte ihn in sich eingehn und schmelzen, und er ließ sein Beginnen, das schon recht weit gediehen war, auf einmal sein, trat zum Fenster und riß es weit auf. Hellauf lachend blickte er in die tanzenden Sonnenkringel hinaus. Im Laufe von siebzig Jahren habe ich viele, viele Liebende kennengelernt und beobachten können, nie aber habe ich's erlebt, daß einer so nah am Ziel und dicht vor der Erfüllung aufgegeben hätte, bloß weil ihm ein Lichtgefunkel winkte. Aber es war ein Vorrecht just dieses Haudouin, daß er mühelos an den köstlichsten Illusionen festhalten konnte. Allerdings kam es umgekehrt vor, daß Honoré zuweilen den Abhang hinunterrutschte. Auf dem Feld draußen konnte Honoré angesichts der wogenden Kornfelder, die der Wind aufwühlte, oder beim herben Geruch des aufgepflügten Erdreichs seine Arbeit für eine Weile unterbrechen, weil er spürte, wie in seinem Körper das sehnsüchtige Verlangen nach einer allumfassenden Umarmung aufstieg. Dann war ihm, als laste auf seinen schweren, müden Gliedern eine ganze wollusttrunken Welt im Freudentaumel. Bald aber verlor sein Verlangen nach und nach an Spannweite, verengte und verdichtete sich, wurde armselig und winzig und faßte schließlich einen Punkt im Umkreis seines Gesichtsfeldes ins Auge, und dann machte sich Honoré wieder an seine Arbeit und weilte mit seinen Gedanken derweil beim Bauch eines Mädchens aus Claquebue.

Adelaide war nie schön gewesen. Zur Zeit, als Honoré sie umwarb, kündete bereits ihre Silhouette an, daß sie dereinst den hageren, abgehärteten Körper einer schwer arbeitenden Bäuerin bekommen werde, ein knochiges Gestell mit zähen, kräftigen Sehnen und Muskeln. Schon bald nach seiner Hochzeit verhehlte sich Honoré nicht, daß seine Frau aber auch gar nichts in ihrem Mieder verbarg, was zum Zugreifen einlud und der kosenden Hand Spaß machte. Er sah auch, daß sie zänkisch und aufsässig war und wohl schon früh ihre sämtlichen Zähne verlieren werde. Er lachte sich einen Ast und freute sich darüber, als hätte er sich selber einen mutwilligen Streich gespielt, und zur Adelaide sagte er, da sei er an eine ganz tolle Nummer geraten! Natürlich wäre es ihm lieber gewesen, die Adelaide wäre allseitig ein bißchen üppiger im Fleisch gewesen, doch da sie nun einmal seine Frau war, wollte er nicht unnötigerweise Unmögliches verlangen, er liebte sie eben so, wie sie war. Im Grunde (doch das sagte er nicht, ja er äußerte sich sogar mitunter recht ausfällig und abschätzig zu Adelaide über ihre unzulänglich gepolsterten Hinterbacken), im Grunde liebte er sie gerade, weil sie so und nicht anders war. Er ließ sich doch keine grauen Haare wachsen wegen eines bißchen Brust, das hier fehlte, um eines Stückchen anderen Fleisches willen, das hinterwärts nicht vorhanden war. Es fand sich sonst noch genug da. Es war an ihm, im rechten Augenblick für die nötige Ergänzung zu sorgen, und so mager sie auch war, wenn er sie im Bett spürte und abtastete, so fand Honoré jedesmal genug Fleisch an ihr, um beide Arme voll zu kriegen. Zuweilen dachte er, eigentlich sei er doch ein Glückspilz, weil er eine Frau wie Adelaide habe, die es ihm für die dreißig oder vierzig Jahre, die er noch zu leben habe, tun werde, wie auch er für sie so lange ausdauern werde. Ein wahres Glück auch, daß er sie unerschütterlich liebte, ohne auch nur das Bedürfnis zu verspüren, sie zu betrügen: ein Glücksfall, der einfach unbegreiflich war. Doch meistens dachte Honoré überhaupt nicht daran. Er pfiff sich eins draußen auf dem Feld, wenn er seinen Pflug vor sich herschob, hielt dann an, um sein Wasser abzuschlagen, stapfte hierauf weiter, spuckte links auf den Acker, sang ein Liedchen, hielt ein Zwiegespräch mit seinen Ochsen, streichelte ihnen das Fell der Glätte nach und gegen den Strich, lachte schallend und herzhaft, schnitt aus grünem Holz ein Flötchen für seine Buben oder verfertigte ihnen aus Rinde ein Pfeifchen, lachte wieder, zog seine Furche schnurgerade und wunderte sich in einem fort, daß es eine solche Lust zu leben war.

Dem Pfarrer war Honoré Haudouins Lebensfreude ein Greuel und ein Dorn im Auge. Er verspürte ein Gefühl frommer Eifersucht und Neides und erachtete es als ein gräßlich schlechtes und abträgliches Beispiel für Claquebue, daß ein Mensch so offenkundig glücklich sein konnte ohne Zutun der Kirche. Der Pfarrer empfand im übrigen keinerlei Haß gegen Honoré, er mochte ihn sogar ganz gern leiden, und es tat ihm ehrlich leid, daß er so tief im Irrtum befangen war, aber er war vor allem ein Taktiker des Seelenfangs. Er wußte, daß die Seelen in Claquebue, anstatt den schmalen Pfad zum himmlischen Paradies emporzukeuchen, weit lieber auf der Erde herumkrochen, wo sie in jedem Augenblick Gefahr liefen, kleben zu bleiben. Man mußte sie an Orten einhegen, von denen aus sie jederzeit mit einem Satz ins Himmelreich hinanschweben konnten. Der Pfarrer häufte und vervielfachte seine beschwörenden Warnrufe. Er hängte sozusagen Schildchen an den Bauch der Weiber, worauf stand: *Vorsicht, hier sind Fallgruben versteckt!* oder: *Nicht lange verweilen!* Um seinen Warnungen größeres Gewicht zu verleihen, fügte er die Androhung einer Strafe hinzu, und zwar nicht in einer andern Welt und im Jenseits, nein, schon hienieden in diesem irdischen Jammertal. Im Grunde fürchteten die Bauern von Claquebue lediglich die Wechselfälle und Schicksalsschläge dieser Erdenwelt; die Angst vor der Hölle bewahrte sie keinesfalls vor Sünde, aber sie würden ein ganzes Jahr keusch gelebt haben, wenn davon das Gedeihen ihrer Ernte abgehangen hätte, und gerade diese Art von ausgleichender Gerechtigkeit stellte ihnen der Pfarrer in Aussicht. Um seine Seelen unter dem Daumen der ewigen Seligkeit zu halten, mußte er zunächst erreichen, daß sie um ihr Vieh und ihre Ernte bangten. Das war freilich recht demütigend und ein arger Dämpfer, aber es war nun einmal so, und letzten Endes zählte ja einzig und allein der Erfolg. Nun aber war nur schon Honorés Anwesenheit in Claquebue Grund genug, diesen Erfolg in Frage zu stellen. In der Tat kümmerte sich Haudouin nicht im geringsten um die Warnungstäfelchen des Pfarrers, das war eine erwiesene Tatsache. Und doch sah er strotzend gesund aus, sein Vieh krepierte nicht, und er lebte herrlich und in Freuden jahrhaus, jahrein. Der Pfarrer wagte nicht einmal zu behaupten, er werde im Jenseits dafür büßen müssen, denn Honoré galt allgemein, sogar bei den allerfrömmsten in der Gemeinde für einen so gutherzigen Menschen, daß niemand dem Seelsorger beigestimmt hätte. So behalf sich der Pfarrer denn schließlich mit der Erklärung, Gott lege seinen Zorn einstweilen aufs Eis in Anbetracht von Adelaides Verdiensten, die eine gute Katholikin sei, und er versuchte immer wieder mit allerlei durchtriebenen Machenschaften Zwietracht im Haushalt der Eheleute Haudouin zu säen, indem er beispielweise der Frau, wenn er sie im Beichtstuhl vor sich hatte, ins Gewissen redete, sie müsse sich, soweit es tunlich und möglich sei, den Liebkosungen ihres Gatten entziehen, das würde ihnen beiden Ablaß ihrer Sünden einbringen. Adelaide wollte sich um keinen Preis dazu verstehen, Gott dieses Opfer darzubringen, aber jedesmal, wenn sie mit Honoré ihre Lust gehabt hatte, sprach sie unfehlbar ein Gebet oder auch zwei, je nachdem es ihr mehr oder weniger wohlgetan hatte. Hinsichtlich der Liebe war sie weit entfernt von der passiven Zurückhaltung, die Madame Haudouin, Honorés Mutter, stets geübt hatte, ja sie nahm sich sogar gewisse kühne Übergriffe und Eigenmächtigkeiten heraus, die Honoré für beinah anarchisch und auf jeden Fall von seiten einer Ehefrau für höchst unangebracht ansah. Den Ansichten des Pfarrers zum Trotz war er den Traditionen der Familie treu und anhänglich geblieben. Die Dunkelheit war seinen Liebesgelüsten förderlich; anderseits hielt er dafür, jedes Gelüstlein des Mannes sei für die Frau Gesetz und Muß, und er hatte für die Lust der Frau nichts als Verachtung und Geringschätzung übrig. Adelaide jedoch war anderer Ansicht und fand, so sei das nicht gemeint, und das war denn auch der Anlaß zu immer neuen Streitigkeiten. Sie verzichtete nie auf den ihr gebührenden Anteil und verlangte, daß er Rücksicht nehme auf ihre Wünsche und Gelüste, sogar mitten am hellichten Tag. Sie verfolgte ihn umsonst mit ihren zudringlichen Werbungen, kuschelte sich an ihn, ja holte eine mägerliche, schwabbelige und schlaffe Brust aus ihrem Mieder hervor und bot sie seinen verwundert glotzenden Augen zur Schau. Honoré entzog sich jedesmal ihrem zu täppischen Girren und Schmusen, und das ging jeweils nicht ohne Krach ab.

Immerhin beobachtete er die Familientraditionen längst nicht buchstäblich. Seit jeher hatte er nur mit halbem Ohr die Ratschläge seines Vaters hinsichtlich des Haushaltens mit seinen Manneskräften angehört und ließ sich immer und unentwegt von seinen Gelüsten leiten, auch darin das gerade Gegenteil von Ferdinand. Das war nämlich nicht der einzige Punkt, worin die beiden Brüder gegensätzlich veranlagt waren. Schon damals, als Ferdinand noch ein Bübchen war, konnte Honoré diesen heimtückischen Duckmäuser nicht ausstehen, weil er sich oft und gerne versteckte, um den Leuten beim Wasserlassen zuzuschauen. Er wußte schon um die Scham, ehe er noch die Gestalt der Sünde kannte. Ferdinand seinerseits fürchtete seinen ältern Bruder, dessen offenes, ehrliches Wesen ihm ein beständiger, stillschweigender Vorwurf war. Aber er gönnte ihm nie den Vorteil einer Zurechtweisung.

In der warmen Jahreszeit hatte ihre Mutter die Gewohnheit, an jedem ersten Sonntag im Monat sich die Füße zu waschen. Sie ließ sich mit ihrem Becken mitten in der Küche nieder und wählte für ihr Fußbad den Augenblick, wo die ganze Familie beisammen saß, um so die Langeweile dieser unerläßlichen hygienischen Maßnahme durch die Annehmlichkeiten einer Unterhaltung auszugleichen. Jules Haudouin und seine beiden älteren Söhne ließen sich dann mit ihr in ein Gespräch ein, wobei sie es aber geflissentlich vermieden, ihre nackten Beine anzuschauen, während Ferdinand still und stumm dabei saß und sich irgendwie mit Spielen die Zeit vertrieb. An einem Sonntag nun fiel es Honoré auf, daß sein kleinster Bruder, der damals neunjährig war, seine Murmeln des öftern zum Fußbecken hin rollen ließ. Und er erhaschte unter den halbgeschlossenen Lidern einen gespannt lauernden Blick, der unter den baumwollenen Unterrock der Mutter hinaufschielte. «Ferdinand!» Der Schlingel fuhr auf, krebsrot vor Betroffenheit und Angst. «Du verdienst wahrhaftig eine Maulschelle!» setzte Honoré hinzu. Dieses Ertapptwerden auf frischer Tat und diese Zurechtweisung lasteten fortan auf den Beziehungen der beiden Brüder. Sein Leben lang sollte Ferdinand das nicht mehr verwinden und vergessen. Jedesmal, wenn er Honoré gegenübertrat, war ihm unbehaglich zumute, und er hatte das Gefühl, er stehe vor seinem Richter. Auch als er älter wurde, änderte sich nichts daran, ebensowenig vermochte es sein glänzendes Vorwärtskommen in der Laufbahn des Veterinärs. Immer hielt er sich in der Abwehr. Honoré hatte den ganzen Vorfall rasch wieder vergessen, aber in der Folge gingen ihm immer neue Gründe auf, die seine Abneigung in den ersten Jahren bestätigten. Die übertriebene Schamhaftigkeit des Veterinärs schien ihm ein übles Geheimnis zu vertuschen, und dieser Eindruck war um so unangenehmer, als er seiner Schwägerin Helene eine große und herzliche Freundschaft entgegenbrachte, ja sogar eine heimliche Bewunderung für sie hegte. Er stellte sich vor, sie unterziehe sich voll Ekel den diebischen, mit schlechtem Gewissen und gleichsam im Verstohlenen ausgeübten Beischläfen dieses muckerhaften Männchens, das unter allen erdenklichen und bedenklichen und widerwärtigen Vorsichtsmaßnahmen seine mickrigen Gelüste auslüftete, die sonst immer in einem stickig-stinkenden Gefühl fürs Schickliche und Wohlanständige eingeschlossen blieben. Der Ton, in dem sie miteinander verkehrten, verriet zur Genüge, wie tief Honoré seinen Bruder verachtete, und Helene mußte darüber stutzig werden. Sie fragte Ferdinand nach dem Grund, und er gab ihr Auskunft in wüsten Anschuldigungen, die gerade durch ihre maßlose Heftigkeit verdächtig waren. Wenn man ihm glauben wollte, so wußte Honoré nichts Gescheiteres zu tun, als in einem fort den Weibern nachzustellen, und die Geringschätzung, die er ihm gegenüber an den Tag legte, war nichts weiter als ein abgefeimtes Manöver, das darauf hinzielte, eine tugendhafte Ehe zu entzweien und eine abscheulich verworfene Absicht zu vollbringen. Der Veterinär war übrigens allen Ernstes von dem liederlichen Lebenswandel seines Bruders überzeugt, und in diesem Irrtum bestärkten ihn dessen freimütige und lockere Reden.

Honoré betrog seine Frau nie, abgesehen von zeitweiligen gemeinsamen Besuchen der Pferdehändler im Freudenhaus an der Rue des Oiseaux in Saint-Margelon. Aber das war beinahe unumgänglich aus Berufsrücksichten, und andererseits war er der Ansicht, die Huren gehörten einer fast unwirklichen Welt an. Desgleichen darf man die Gefälligkeiten, die er der Magd erwies, damals als er noch eine hatte, nicht mitzählen. In den guten bodenständigen Bauernhäusern war es Brauch, altehrwürdiger Brauch, daß die Magd, die das Vertrauen der Herrschaft genoß, sich mit der Ehefrau in die Bettfreuden ihres Meisters teilte, und Adelaide fand denn auch im Ernst nie etwas daran auszusetzen. In Claquebue bot Honorés Aufführung nie Stoff und Anlaß zu übler Nachrede; die Weiber waren hier überdies leidlich tugendhaft und ehrbar, und Honoré, der seine Frau liebte, hätte ihr nicht vor den Augen der ganzen Gegend einen Schimpf antun wollen.

Adelaide wußte sich dieses Vertrauens würdig zu erweisen. Sie verging sich nur ein einziges Mal dagegen, doch fand sie bei diesem Fehltritt so tiefe Lust, daß sie sich großes Verdienst erwarb, weil sie es nicht zur Gewohnheit werden ließ. An einem Winternachmittag, als sie mit ihrer Magd allein zu Hause war, bat ein Landstreicher, ein rüstiger Vierziger, um die Erlaubnis, im Pferdestall übernachten zu dürfen. Die Magd ging mit ihm und gab ihm ein Bündel Stroh zum Draufliegen, und als sie zurückkam, beklagte sie sich, der Mann habe sie im Stall rücklings hinschmeißen wollen. Adelaide wollte diese Vorstellung nicht mehr aus dem Sinn, nachdenklich und bedrückt ging sie umher, und eine erbarmungsvolle Hitze rötete ihre Wangen. Dann ging sie in den Stall hinaus. Der Mann lag schon langausgestreckt auf dem Stroh zwischen zwei Kühen, die ihm ihre Wärme gaben und ihr Futter wiederkäuten. Sie setzte sich dicht zu ihm heran, und ihre Hände machten sich liebreich an ihm zu schaffen. Dann beugte sie sich über ihn. Der Mann rührte sich nicht, voll Angst, er könnte sonst diesen über ihn geneigten Kopf verscheuchen. Er war ein armer einfältiger Mann, den keine Traditionen hemmten, und er tat sich nicht aus Scham Zwang an, als ihn die Lust überkam. Er fing zärtlich an zu fluchen, und Adelaide stöhnte leise dazu. Über ihnen standen schnaufend die Kühe.

Als Adelaide in der Beichte diese Untreue bekannte, war der Pfarrer zunächst hocherfreut. Zwar tat ihm Honoré im tiefsten Herzen leid, aber er frohlockte gleichwohl, daß der Teufel selbst einen Baustein zum christlichen Gebäude Claquebues beitrug. Der Wurm hatte die Frucht angenagt, und endlich würde das Ärgernis ein Ende nehmen, das dieser Ungläubige bot, indem er in Frieden die Gaben des lieben Gottes genoß. Ein Jahr verging, ohne daß Adelaide sich eines neuerlichen Ehebruchs angeklagt hätte. Der Pfarrer wurde nachgerade unruhig. Jedesmal, wenn ein Landstreicher an seine Tür klopfte, reichte er ihm ein Stück Brot, entschuldigte sich, weil er keinen Platz habe, und zeigte ihm den Weg zu Honorés Haus, wo er bestimmt ein Obdach finden werde. Doch Adelaides Standhaftigkeit kam nie wieder ins Wanken, und dafür verbreitete sich weit im Umkreis von Claquebue das Gerücht, Honoré Haudouin habe eine stets offene Hand für Landstreicher und obdachlose Gesellen.

Zwei Jahre später sollte ich in diesem selben Haus Zeuge eines weiteren Ehebruchs sein, der eigentlich ein recht ehrenhaftes Opfer darstellte, weil nämlich Madame Haudouin, Honorés Mutter, um ihrem Sohn das Leben zu retten, sich einem bayrischen Sergeanten hingab. Sie war schon im Alter, wo Frauen nicht mehr viel vom guten Willen der Mannsbilder gewärtigen, und der Bayer war einer von den wackeren, rotbackigen jungen Burschen, die in einem vollreifen Busen mehr das Geheimnisvolle als die Wirklichkeit sehen. Madame Haudouins Büste wirkte ungemein füllig, zumal im Halbdunkel der Küche; der jugendliche Soldat war gleich schon beim Hereinkommen davon angetan und ließ sie während des ganzen Verhörs nicht aus den Augen. Angesichts dieser verängstigten Frau, die mit flehend gerungenen Händen vor ihm stand, schien ihm die Gelegenheit so dringlich, daß er nicht länger zögerte, selbst auf die Gefahr hin, von seinen eigenen Landsleuten füsiliert zu werden. Als er seine Leute fortgeschickt hatte, damit sie die Nebengebäude durchsuchten, küßte er Madame Haudouin auf den Mund und drängte sie ins Schlafzimmer hinein. Sie war bereits ganz verwirrt von diesem jugendlich feurigen Kuß, den zu erhoffen ihr Alter und auch Wohlanständigkeit untersagten, aber die Angst, die sie beim Gedanken, ihr Sohn sei im gleichen Zimmer, befiel, vergällte ihr jeden Genuß an diesem ersten Kitzel. Sie schloß die Augen, als sie sich aufs Bett hinlegte, schlug sie dann aber wieder auf, als sie merkte, wie ungeschickt sich der Soldat anstellte. Die Zeit drängte, denn sie konnten überrascht werden. Sie wollte ihm helfen, doch hatte sie in ihrem ganzen Eheleben nur recht wenig nutzbringende Erfahrung erworben. Es ließ sich an wie eine Neuentdeckung, die sie gemeinsam und einhellig anstrebten, und dann und wann lächelten sie einander zu und baten sich ihre gegenseitigen Ungeschicklichkeiten ab. Ohne es eigentlich zu wollen, stillte Madame Haudouin eine Neugier, die ihres Gatten eigennützige nächtliche Vergnügungen bisher unbefriedigt gelassen hatten. Nachdem sie den Soldaten auf den rechten Weg geleitet und am gottgewollten Ort untergebracht hatte, spürte sie in ihrem schlummernden Fleisch ein verheißungsvolles, süßes, sehnendes Prickeln. Noch war sie befangen und wie gelähmt, das schlechte Gewissen plagte sie, doch als ihr Peiniger Anstalten machte, sich wegzuheben, hielt sie ihn unwillkürlich heftig umfaßt und zog sein Gesicht zu dem ihren herab. Als sie ihn dann, voll Scham über ihr Gewährenlassen, von sich stoßen wollte, umfing sie der liebeshungrige Bayer ein zweites Mal. Diesmal verklärte ein dankbares und mitschuldbewußtes Lächeln ihr Gesicht; ihren trägen, vom Alter abgestumpften Leib durchzuckte ein jähes, fast schmerzhaftes Wollustgefühl, und sie erstickte mit Müh und Not einen langgezogenen Schrei, mit dem sich ihr Staunen und ihre Überwältigung Luft machen wollte. Der Bayer fuhr plötzlich auf und stieg vom Bett herunter; offenbar hatte er Angst, er habe sich zu lange versäumt. Während er seine Uniform wieder zuknöpfte und in Ordnung brachte, reichte er seinem Opfer die Hand und wollte der Frau beim Aufstehen behilflich sein. Da sah der junge Soldat erst, daß sie eine ältliche Frau war und daß er um einer alten Brust willen Verrat geübt hatte. Ein wehes Lächeln trat auf seine Lippen beim Gedanken, er werde nun ohne jedes stolze Hochgefühl in den Tod gehen müssen.

Madame Haudouin ging in den nächsten acht Tagen zur Beichte. Sie war eine ordnungsliebende Frau, die nichts verschlampte und unerledigt ließ. Sie nahte dem Beichtstuhl leichten Herzens und empfand keinerlei Gewissensnot hinsichtlich einer Handlung, zu der sie eine unbestreitbare Zwangslage genötigt hatte. Sie beichtete, ohne viel Federlesens zu machen, und gestand, aus einem gewissen Schicklichkeitsgefühl, nur das Wesentliche, und das mit der ganzen Würde einer Frau, die sich für eine gute Sache geopfert hat.

«Ja», sagte der Pfarrer, «aber habt Ihr dabei Lust verspürt?»

Da stammelte die arme Frau ein Geständnis und begann vor Schrekken am ganzen Leibe zu zittern. Der Pfarrer dachte gar nicht daran, sie zu beruhigen, er war im Gegenteil hochzufrieden, daß er ihr vorhalten konnte, die edelmütigsten Opfer könnten zu den ärgsten Missetaten entarten, wenn der Teufel dabei die Hand im Spiel habe, und man laufe beständig eine schauderhafte Gefahr, wenn man der Fleischeslust fröne, und wäre es auch einer gerechten Sache zuliebe. Madame Haudouin bereute ihren Fehltritt bitterlich, so daß sie in weniger als drei Jahren das Zeitliche segnete.

4

Da sich seine Mutter gerade über den Herd beugte, huschte Alexis verstohlen hinter ihrem Rücken durch die Küche und setzte sich auf seinen Platz am Tisch, der schon für die Abendmahlzeit gedeckt war. Er hatte seine triftigen Gründe für seinen diskreten Einzug. Klotilde und Gustav schenkten ihrem eintretenden Bruder keinerlei Beachtung; sie lehnten auf dem Fenstersims und spielten, wer am weitesten spukken könne. Gustav spuckte höchst unmethodisch und in raschen Abständen, und jedesmal, wenn er traf, schrie er laut auf. Klotilde hingegen spuckte haushälterisch und mit Überlegung, ohne ein einziges Mal zu schreien. Es kam, wie es kommen mußte: fünf Minuten später ging Gustav die Spucke aus, und seine Schwester übertraf ihn um einen oder zwei Meter.

«Du siehst, daß du nicht einmal spucken kannst!» sagte sie schnippisch. «Es macht keinen Spaß, mit dir zu spielen.»

In diesem Augenblick kam Mohrchen in die Küche hereingezottelt und verkroch sich unter den Tisch, wohin sie ihm nachkrabbelten. Der Hund hieß Mohrchen, weil er schwarz war. Seine beiden Vorgänger hatten den Namen Bismarck geführt, zur Erinnerung an den Krieg. Der erste dieses Namens hatte, wenigstens in der ersten Zeit, viel darunter zu leiden gehabt, denn man zieh ihn der schlimmsten Untaten, bloß um die Genugtuung zu haben, gegen Bismarck, dieses «Aas», nach Herzenslust losfluchen zu können. Mit den Jahren war dann aber Bismarck zu einem Kosenamen geworden, den die älteren Kinder, Juliette und Ernest, ohne sich überhaupt etwas dabei zu denken, auch dem Mohrchen gaben.

Alexis hatte den Kopf in die Hände gestützt und tat, wider alle Wahrscheinlichkeit, als schlummere er, denn die beiden Jüngsten vertrieben sich unter gewaltigem Lärmen damit die Zeit, daß sie den Hund an den Ohren zogen. Unter dem Tisch hervor erscholl lautes Geschrei, dann ein Getuschel von zänkischen Stimmen, und endlich petzte Klotilde mit vernehmlicher Stimme:

«Mama, der Gustav probiert immer, mir mit dem Schwanz des Hundes ins Auge zu stechen.»

«Das ist nicht wahr, Mama! Zuerst hat sie ‹dumme Kuh› zu mir gesagt!»

«Nein! ...»

«Doch, das hast du zu mir gesagt!»

«Aber erst, als du mir das Auge hast ausstechen wollen!»

«Als ob ich dir mit Mohrchens Schwanz das Auge ausstechen könnte!»

«Du hast es aber versucht!»

«Nein!»

Die Adelaide stellte ihnen geistesabwesend ein paar Ohrfeigen in Aussicht und fuhr fort, Brotschnitten für ihre Suppe zurechtzuschneiden. Sie dachte dabei voll Besorgnis an die Unterredung, die ihr Mann vor zwei Stunden mit dem Veterinär gehabt hatte. Noch nie hatte sie Ferdinand so maßlos erzürnt gesehen. Er hatte sie gegrüßt, ohne sich Zeit zum Hereinkommen zu nehmen, und war dann in seinem Kabriolett davongefahren, und den armen Fuchs hatte er in seiner Wut halb zuschanden gehetzt.

Honoré kam erst nach Hause, als die Nacht hereinbrach. Er schien nachdenklich und sorgenvoll und sagte, als er sich zu Tisch setzte:

«Bring mir rasch das Essen. Ich möchte noch geschwind bei Messelon hereinschauen und sehen, wie's dem Philibert geht.»

«Juliette ist heute nachmittag schon hingegangen», gab ihm Adelaide zu bedenken. «Sie ist noch nicht einmal zurück, deine Juliette, und jetzt ist es halb neun.»

«Wieso: meine Juliette?»

«Weil sie weiß, daß ihr Vater ihr alles durchläßt, und das nützt sie aus. Geh nur und schau, wo sie bleibt...»

«Ich meine halt, sie ist wahrscheinlich in die Kirche gegangen und betet noch ein Stündchen», scherzte Haudouin.

«Ach was, du lachst jetzt! Aber nicht mehr lange! Du fühlst dich sicher und beruhigt, weil ihr Großvater dem Mädchen ein paar Groschen hinterlassen hat, aber an dem Tag, wo sie dann ein Balg im Bauch hat, wird sie auch mit ihrer Mitgift keinen rechten Mann kaufen können.»

Honoré erwiderte zornig, immer und ewig schwatze man ihm den Kopf voll mit diesem abgedroschenen Unsinn, der weder Hand noch Fuß habe. Er sehe gar keinen Grund, weshalb er an der Tugend seiner Juliette zweifeln sollte; natürlich bleibe auch sie nicht von jeder Versuchung verschont — ein so bildschönes Mädchen! —, aber sie habe doch ihren Stolz. Andererseits habe er die Beobachtung gemacht, daß die Männer vor allem den armen Mädchen gegenüber frech und zudringlich würden. Die Adelaide zündete die Lampe an und stellte die Suppenschüssel auf den Tisch.

Honoré wollte sich gerade Suppe herausschöpfen, da ging zwischen seinen Beinen ein mörderisches Geheul los. Sogar Alexis hob ganz erschrocken sein Gesicht, die Mutter schrie Zeter und Mordio, sicher habe die Kleine eine Sicherheitsnadel verschluckt, die sich dann in der Leber geöffnet habe, Honoré rückte seinen Hocker zurück und wollte unter den Tisch kriechen. Da ertönte wiederum ein Geheul, noch herzzerreißender als das erstemal, und dann tauchte Klotilde im Lampenschein auf.

«Mama», sagte sie mit entschiedener Stimme, «der Gustav hat mich an den Haaren gerissen, unten an den Beinen.»

Nun tauchte Gustav seinerseits auf. Er war empört. «Das ist nicht wahr! Sie hat gar keine Haare, so wenig wie ich!»

Die Mutter hob das Mädchen auf die Arme und schritt zu einer Besichtigung. Klotilde behauptete steif und fest, sie habe Haare, aber beide Beine waren völlig unbehaart und glatt, jeder konnte das sehen. Sie bestritt, was so sonnenklar zu Tage lag, und erklärte kühnlich, der Gustav habe eben alles ausgerissen. Da gab ihr die Mutter links und rechts um die Ohren, «damit sie sich endlich das Lügen abgewöhne». Das Kind lachte laut heraus, als die Ohrfeigen klatschten, dann kniff es die Lippen zusammen, und sein Gesicht bekam einen Ausdruck kaltschäumender Wut. Gustav legte eine lärmende Freude an den Tag, die ihm um ein Haar Unannehmlichkeiten eingetragen hätte. Sein Vater, voll Wut über den Schrecken, den er ausgestanden hatte, bezog ihn mitsamt seiner Schwester in den gleichen Anschnauzer ein:

«Wartet nur, ihr beiden liederlichen Rangen, ich will euch lehren, zu brüllen, als ob's euch Ernst damit wäre! Kommt sofort zu Tisch, und wehe euch, wenn ihr euch nur rührt!»

Er schaute zu, wie sich die Kinder hinsetzten, und knurrte, während er seinen Teller füllte:

«Schon jetzt Großtuer und Angeber wie ihr Onkel Ferdinand, und dabei ist das Kroppzeug noch keine zehn Jahre alt... Haare an den Beinen! Ah, ganz wie der Veterinär!»

Wenn Honoré einmal mißgelaunt und ärgerlich war, meinte er immer an seinen Kindern eine für sein Gefühl widerliche Ähnlichkeit zwischen seinen Kindern und seinem Bruder festzustellen, als ob ihm nichts Schlimmeres zustoßen könnte, als daß er Kinder hätte, die dem Tierarzt glichen. Übrigens beruhigte er sich am Ende immer wieder. «Nein, das ist nicht möglich! Das habe ich nicht verdient!»

An diesem Abend nun, nach der Unterredung, die er am Nachmittag gehabt hatte, drängte sich der Vergleich auf. Honoré nahm sich im Geiste einen nach dem andern von seinen Söhnen vor. Ernest, der älteste, der seinen Militärdienst in Epinal abdiente, hatte ein hageres, dürres Profil, nicht ganz so arg wie der Veterinär, aber immerhin gab es da allerhand auszusetzen. Und dazu eine dünne, grelle Kastratenstimme wie sein Onkel, grundgütiger Gott! Genau wie sein Onkel.

Als Alexis an die Reihe kam, fand es sein Vater angebracht und gelegen, ihn auch leibhaftig einer Musterung zu unterziehen. Verwundert sah er ihn auf seinem Sessel zusammengesunken dasitzen, mit hängenden Schultern, die Nase dicht über seinen Teller.

«Aber was hast du denn? Sonst vollführst du doch gewöhnlich ein großes Geschnorr...»

«Recht hast du», pflichtete ihm Adelaide bei, «was hat er bloß heut' abend? Du bist doch nicht am Ende gar krank?... Ganz rot bist du.»

Beunruhigt beugte sie sich über den Tisch, um ihn von nahe zu besehen. Alexis krümmte sich noch tiefer zusammen, konnte aber nicht verhindern, daß der aufmerksam spähende Blick seiner Mutter seinen Hemdkragen eräugte.

«Steh auf. Komm her, stell dich hierher, mitten in die Küche und zieh zuerst einmal deine Weste aus.»

Alexis stand gemächlich auf, warf einen flehenden Blick auf seinen Vater, der teilnahmsvoll seiner Not und Bedrängnis zuschaute. Gustav und Klotilde folgten allen seinen Bewegungen mit der herzlosen Hoffnung auf eine vergnügliche Katastrophe. Ihre Erwartung wurde auch nicht enttäuscht: das Hemd war vom Kragen bis hinab zum Gürtel zerrissen, und es fehlte nahezu ein halbes Hosenbein. Die Mutter trippelte mit kleinen Schrittchen rings um den Sünder herum und zwinkerte mit den Augen, als gelte es eine Anprobe. Es entstand ein fürchterlich peinliches Schweigen. Alexis war totenfahl.

«Du weiß, was ich dir das letztemal versprochen habe», sagte Adelaide. «Morgen gehst du mir in diesen Hosen zur Messe. Das zum ersten.»

«Mama, ich will dir sagen...»

«Mit diesen Hosen gehst du in die Messe. Ich muß mich ja genauso schämen wie du. Aber es geschieht mir schon recht.»

«Komm, gehab dich nicht so», mischte sich nun Honoré ein, «laß ihn doch wenigstens erklären, wie das zugegangen ist.»

Diese menschlich-verständlichen Worte gaben dem Alexis einigermaßen sein Gleichgewicht wieder.

«Ich bin nicht dran schuld. Es kam so: Wir haben friedlich und gemütlich miteinander gespielt, ‹Begrab den Gaul› war's, dort drüben bei der Ecke der Drei-Erlen, und da ist einer gekommen...»

«Wer denn?» wollte die Mutter wissen.

Alexis hatte Angst, einen Namen zu nennen. Die elterliche Justiz hat ja immer so lächerliche Verwicklungen im Gefolge. So glaubte er sich denn mit großem rednerischem Aufwand aus der Patsche ziehen zu können.

«So ein großer Kerl, ein vierzehnjähriger Lump, der jedesmal kommt und uns anödet, wenn wir die Kühe hüten. Wir haben gar nichts von ihm gewollt, wir waren da...»

«Wer war's?»

«Tintin Maloret.»

Beim Namen Maloret fuhr Haudouin auf seinem Stuhl, wie von der Tarantel gestochen, in die Höhe. Zornig maß er seinen Buben von unten bis oben: ein Schafskopf war er und ließ sich von einem Maloret das Hemd zerreißen! Auch der gehörte zur gleichen Gattung wie der Veterinär!

«Konntest du ihm denn nicht einen kräftigen Faustschlag in die Zähne stemmen, he? Nein?»

«So wartet doch: Er hat den günstigsten Augenblick benützt, als ich mich gerade bückte, und dann ist er auf mich gesprungen, und erst als ich mich zur Wehr setzen konnte, hat er meine Prügel abbekommen. Ich gebe ja zu, er hat mir das Hemd und die Hosen zerrissen, aber ihr hättet ihn sehen sollen, wie er auf beiden Haxen hinkte, als er abzog.»

Honorés Gesicht hellte sich auf, ein schwaches Lächeln huschte über seine Züge.

«Aha, er hinkte... Recht hast du gehabt, daß du dich gewehrt hast. Dieses Pack muß man hauen, wo man's kann. Sie sind einer wie der andere nichts wert!»

Die Adelaide jedoch blieb dabei, die Prügel, die der Tintin Maloret bezogen habe, machten die Hosen und auch das Hemd ihres Buben nicht wieder heil. Sie bestand darauf, daß gründlich abgerechnet und gesühnt werde, aber Alexis witterte die Gefahr und hielt es daher für ratsam, den Groll seines Vaters zu hätscheln.

«Jedesmal, wenn etwas Dummes passiert, ist der Tintin daran schuld, das kann man schon sagen. Vorgestern hat er die Isabelle Dur hinter die Hecke beim Duclos geschleppt und ihr die Röcke hochgehoben.»

Aber diesmal nickte Haudouin bloß nachsichtig mit dem Kopf. In diesem Alter war das nicht weiter schlimm, und zudem mußte man alles einmal lernen. Solche Rempeleien zwischen Knaben und Mädchen, dieses Beinelüpfen und verstohlene Unter-den-Rock-Greifen dünkten ihn eher und vor allem Spielereien, neckische und lustige Lausbübereien. Da aber Alexis immer und immer wieder auf des großen Tintin verderbte Gesinnung zurückkam, stieg dem Vater sein scheinheiliges Gemaule doch in die Nase, und er warf auf gut Glück ein:

«Du vergißt ganz zu erwähnen, daß du dabei warst und ihm geholfen hast...»

«Ich?!»

«Ja, du...»

Da wurde Alexis nun doch verwirrt.

«Weil nämlich die Isabelle gezappelt und gestrampelt hat», gab er zu, «aber ich habe ihr nur die Beine festgehalten, sonst nichts.»

«Himmelherrgott nocheinmal!» erboste sich Honoré. «Du hast ihr also die Beine gehalten, während der Maloret Hahn im Korb war und am guten Plätzchen!»

«Wenn ich ehrlich sein soll, es kam jeder von uns an die Reihe...»

Dieses Geständnis versetzte Haudouin in unbändige Heiterkeit, und er beruhigte sich wieder. Es war ihm ganz recht und erfüllte ihn recht eigentlich mit Befriedigung, daß in seinem Haushalt die Buben Spaß daran fanden, den Mädchen die Röcke aufzuheben. In dieser Hinsicht waren sie wenigstens nicht dem Ferdinand, diesem Schlappschwanz, nachgeraten, der eine grämliche, freudlose Jugendzeit in steifen Hemdkragen und mit lauter Andachts- und Gebetbüchern verbracht hatte. Vielleicht hatte dem zeitlebens nichts anderes Spaß gemacht als Stutenvulven, diesem Pfaffenknecht, weil es in seiner Natur lag, ein Pfaffendiener zu sein, und er war ein Pfaffenknecht geblieben, was er auch sagen mochte. (In Honorés Vorstellung konnte ein anständiger Mann unmöglich ein Pfaffendiener und ebensowenig Royalist oder Bonapartist sein; es mußte einer schon ein rechter und ausgemachter Schlappschwanz sein, wenn er für eine Republik unempfänglich bleiben konnte, für eine Marianne mit einem so breit ausladenden Becken und üppig im Fleisch!)

Alexis schlich wieder an seinen Platz unter dem wohlwollenden und nachdenklichen Blick seines Vaters; aber die Adelaide sann auf einen Schlich, wie sie ihn hineinreiten konnte. Sie gab also Haudouin zu bedenken:

«Wie du willst, gib du ihm nur immer recht. Aber während der Lümmel mit den Mädchen Schabernack treibt, benützen die Kühe die Gelegenheit und fressen sich voll Klee, bis sie Blähungen kriegen. Wenn dir dann eine umsteht, werden wir ja sehen, ob du immer noch lachst.»

Haudouin wurde auf einmal ernst.

«Ist das wahr, was deine Mutter da sagt?»

«Und ob das wahr ist!» schalt die Mutter. «Erst heut abend ist die Rotfleck mit einem Bauch heimgekommen, daß man meinen könnte, sie wolle kalben.»

«Herrgott im Himmel!» tobte Haudouin, «mir eine Kuh so zurichten!... Willst du mir gleich sagen, was du den ganzen Nachmittag getrieben hast?»

Alexis verteidigte sich schlau und geschickt. Von Blähsucht sei bei der Rotfleck gar keine Rede, die sehe immer so unmäßig dick aus, wenn sie viel gefressen habe.

«Das einzige, was da stimmt, ist, daß sie Reißaus genommen hat, während ich mich mit dem Tintin prügelte, und in die Wiesen vom Rugnonbauer gelaufen ist; aber das gute Gras dort hat ihr nicht schaden können, im Gegenteil.»

«Glaub' ich auch», meinte Haudouin schon milder gestimmt.

Und als seine Frau davon redete, sie wolle die Anais aufsuchen und sie wegen des zerrissenen Hemds, das ihr Sprößling auf dem Gewissen habe, zur Rede stellen, erklärte er kurz und bündig:

«Komm mir nie wieder mit dieser dummen Geschichte, und sei so gut und laß die Anais damit in Frieden. Wenn schon mit den Maloret geredet werden muß, dann will ich das lieber übernehmen.»

Mitten in diese Worte platzte Juliette, ganz außer Atem vom schnellen Laufen, herein und setzte sich neben ihren Vater.

«Nur ein Glück, daß du gerannt bist», meinte die Adelaide, «sonst wärst du erst um Mitternacht heimgekommen.»

«Ja, sie hat recht», setzte Honoré hinzu, «du könntest schon früher nach Hause kommen.»

Doch der Ton, in dem er das sagte, klang keine Spur vorwurfsvoll.

Juliette warf ihm einen Blick zu, und dann fingen sie beide zur gleichen Zeit an zu lachen. Er brachte es einfach nicht übers Herz, mit der Juliette streng zu sein. Voll Vaterstolz wunderte er sich heute noch, daß er seiner hageren und zanksüchtigen Gattin diese stattliche Dirn mit den sanften schwarzen Augen, dem ruhigen Lachen, den prangenden, drallen Formen überall, wo es sich gehörte, abgewonnen hatte.

«Du brauchst ihr nicht etwa noch Komplimente zu machen», stichelte nun die Mutter ärgerlich. «Wenn sie heimgekommen ist, dann ist es sicher, daß um diese Zeit keine Mannsbilder mehr draußen zu finden sind.»

«So ist es, Mama. Aber, weißt du, ich habe ihnen gesagt, sie können jetzt nach Hause gehen.»

«Ich habe dich ja nicht gefragt, ob es ein paar waren.»

«Drei waren es.»

«Wenn drei Anbeter beisammen sind», bemerkte Haudouin, «dann kann man auf beiden Ohren schlafen. Was waren denn das für Strolche?»

Juliette nannte sie alle drei beim Namen: Léon Dur, Baptiste Rugnon und Noël Maloret. Beim letzten runzelte der Vater die Brauen und unterdrückte einen Fluch. Immer und immer wieder stieß man doch auf diese Maloret-Brut. Aber er nahm sich zusammen und fragte obenhin: «Du weißt vielleicht, welcher von den dreien der richtige ist?»

Juliette errötete leicht und erklärte kurzangebunden:

«Kann's euch nicht sagen.»

Dann schlug sie die Augen auf ihren Teller nieder. Haudouin schaute sie lange und prüfend an, zuckte mit den Achseln und ging dann hinaus. Er wollte noch bei Messelon einen Krankenbesuch machen.

Seit dem Besuch des Veterinärs hatte sich Honoré alle die vielen Fragen durch den Kopf gehen lassen, die eine etwaige Kandidatur Malorets aufwarf. Eine offene Opposition, die einzige, die er für würdig hielt, konnte unangenehme Folgen zeitigen. So müßte er beispielsweise aus dem Stammhaus der Haudouin wegziehen, auch wenn ihn sein Bruder nicht dazu zwang. Dann war er obdachlos, hatte kein Haus, kein Geld, sozusagen kein Land, mußte ein Haus in Claquebue mieten und sich selber als Tagelöhner verdingen, um seine Familie kümmerlich durchzubringen. Das Vernünftigste wäre vielleicht, wenn er Arbeit in der Fabrik annähme, denn nur in der Stadt konnten seine Frau und seine Kinder Beschäftigung finden. «Warum denn nicht?» überlegte Honoré, «Alphonse arbeitet ja auch in der Fabrik!»

Aber im Grunde krampfte sich ihm bei dieser Vorstellung das Herz zusammen. Mit fünfundvierzig Jahren in die Stadt fortziehen und Arbeit suchen, nicht mehr die Erdklumpen unter den Füßen spüren, sie nicht mehr mit der Nase seines Holzschuhs, die empfindungsfähig ist wie ein großer Zeh, zerbröseln können, nie wieder erwartungsvoll nach Regen oder Sonnenschein auslugen, nie mehr allein auf weiter Flur stehen mit dem freien Himmel über sich und dem offenen Rundblick ringsumher... sondern immer nur Mauern und Eisenkram vor den Augen haben, jedermanns Werkzeug in die Hand nehmen müssen, zu festgesetzten Zeiten gegen ein Stück Blech sein Wasser abschlagen... Wenn's sein mußte, ja, dann natürlich schon. Honoré gedachte keinesfalls weder mit seinem Groll, noch mit seinem Republikaner-Gewissen sich auf Zugeständnisse einzulassen. Immerhin wäre es ihm nicht unlieb gewesen, wenn er einen Konflikt, für den er allein alle Kosten würde tragen müssen, hätte vermeiden können, und so wollte er gerne hoffen, Messelon werde, seiner Krankheit und seinen zweiundsiebzig Jahren zum Trotz, ein recht zähes Leben haben. So hatte er's denn eilig, sich über den Zustand des Alten Gewißheit zu verschaffen.

Die Messelon saßen gerade beim Nachtmahl und waren eben mit Essen fertig. Sie hockten, ihrer zehn, rings um einen langen Tisch, und die Ahne verzehrte stehend ihr Essen, wie es der Brauch war. Die Lampe war herabgeschraubt, und sie redeten mit leise gedämpfter Stimme miteinander, denn die Tür, die in die Krankenstube hinüberführte, stand halb offen.

«Ich komme spät», sagte Haudouin halblaut. «Ihr wißt ja, wie das ist. Tagsüber hat unsereiner immer dringende Arbeit.»

Die Mutter Messelon gab einem von ihren Kindern einen Wink und bedeutete ihm, einen Sessel zu bringen.

«Es ist immerhin freundlich von dir, Honoré. Der Alte wird sich freuen, wenn er erfährt, daß du gekommen bist. Erst heute früh hat er noch mit mir über dich gesprochen. Du weißt ja, es geht ihm nicht zum besten, meinem Philibert. Ich sehe, es geht mit ihm zu Ende. So ein Mann, wer hätte das gedacht! Munter und lebhaft, wie er war, und noch rüstig und bei Kräften, immer gerade und aufrecht wie ein Baumstamm.» Sie blickte sich, Zustimmung heischend, im Kreise der Messelon um. Ein langanhaltendes, ernstes Nicken und Stühlerücken lief durch die Reihe der Anwesenden hin, und alle murmelten:

«Ja, das ist schon wahr, kräftig war er und rüstig. Und munter, das muß man gesehen haben. Der war ein Schaffer und konnte arbeiten wie sonst keiner.»

Die Alte lächelte voll Stolz und Verzweiflung.

«Jetzt sind es dann acht Tage, daß er mir nicht mehr essen will, sozusagen. Morgen sind's acht Tage, mein lieber Honoré. Ein so rüstiger, ein so kräftiger Mann, nicht wahr?»

Haudouin brachte ein paar tröstliche und hoffnungsvolle Sprüche an, die auch seiner eigenen Überzeugung ein wenig aufhalfen. Da tönte eine dünne, schwache Stimme, die jeweils am Satzende schepperte und wie ein Meckern klang, durch die halboffene Tür.

«Bist du's, Honoré? Dich hör' ich doch in der Küche reden? Komm doch hier herein.»

Honoré ging in die Stube hinüber, hinter der Alten, die ihm mit der Lampe leuchtete. Philibert Messelon lag in seinem Bett mit hohlen Wangen und erloschenen Augen. Als er ihn so brandmager, so totenbleich daliegen sah, daß man meinen konnte, er sei gestorben, wäre nicht der fadendünne Atem gewesen, der zwischen den weißen Lippen mit dem Röcheln eines Verscheidenden hervorzischte, spürte Honoré, wie sich ihm vor Mitleid und Erbarmen die Kehle zuschnürte. Doch zwang er sich zu einem leutselig-muntern Ton und sagte gemacht-fröhlich:

«Guten Tag auch, Philibert. Ich habe gehört, Ihr seid krank. Aber Ihr seht ja ganz gut aus.»

Da blickte ihn der Alte mit seinen glanzlosen Augen an und lud ihn mit einer Handbewegung zum Sitzen.

«Recht, daß du gekommen bist. Es war höchste Zeit.»

Er sprach immer noch mit der gleichen leisen, knappen Stimme, im selben Befehlston, wie er ihn im Gemeinderat anzuschlagen liebte; heute aber geriet er rasch außer Atem, und die Stimme versagte ihm manchmal.

«Mit mir geht's dem Ende zu», keuchte er.

Honoré und die Alte erhoben beide zugleich Einspruch. Philibert winkte ungeduldig ab.

«Man hat ja keine Wahl», fuhr er fort, «aber gerade mitten in der Erntezeit, das kommt einen schwer an.»

«Ihr werdet zum Grummet wieder auf den Beinen sein», tröstete Honoré.

«Den Nachheuet werde ich nicht mehr erleben», lächelte Messelon. «Das Gras mag ruhig wachsen.»

Erschöpft schloß er die Augen; seine Hand krampfte sich über der keuchenden Brust zusammen, und ein pfeifendes Röcheln entrang sich seinem Mund. Honoré ging auf den Zehenspitzen beiseite, damit er ruhen konnte, doch er sagte, ohne die Augen zu öffnen:

«Bleib da, Kleiner. Du, Frau, gehst in die Küche. Und mach die Tür zu, ich habe mit ihm zu reden.»

Als die Alte hinausgegangen war, schlug Messelon die Lider ein Spältchen weit auf. Honoré hatte sich neben das Bett hingesetzt und wartete wißbegierig ab. Dann hob er fragend das Kinn. Der Alte antwortete zunächst nicht, es sah aus, als habe er Honorés Anwesenheit gänzlich vergessen. Plötzlich aber richtete er sich in seinen Kissen auf, seine weit offenen Augen blickten in feurigem Glanz, seine Hände und sein Gesicht belebten sich, Zorn und höhnischer Ingrimm verzerrten seinen müden Mund. Endlich sagte er mit deutlicher, harter Stimme, so laut er's überhaupt konnte:

«Es scheint also, daß den Pfaffenknechten wieder der Kamm schwillt.»

Honoré überlegte einen Augenblick schweigend und fragte sich, ob Messelon wohl schon Wind von Malorets Machenschaften bekommen habe. Dann nickte er und äußerte vorsichtig:

«Ihr wißt ja, mit ihrem General Boulanger, da kommt man nicht so recht dahinter. Er hat manche Republikaner für sich, und auch sehr viele Klerikale stehen auf seiner Seite. Ich verstehe mich nicht sonderlich gut auf Politik, aber eins kann ich Euch sagen: ich traue ihm nicht über den Weg...»

Doch Philibert schnitt ihm mit einer ungeduldigen Handbewegung das Wort ab. Er hielt große Stücke auf den General Boulanger und erwartete von ihm wirklich republikanische Taten, beispielsweise die Wiedereroberung von Elsaß-Lothringen, das Abwürgen der Reaktion, die Befreiung Polens und die Vertreibung aller Tyrannen aus ganz Europa.

«Was wir brauchen, ist ein Soldat», sagte er, «und zwar einer, der kein Marquis ist. Doch darüber wollte ich nicht mit dir reden. Heute gibt es Dringlicheres zu tun. Honoré, es ist da allerhand im Gange, es wird allerlei angezettelt und eingefädelt, was den Bürgermeisterposten angeht.»

«Wo denkt Ihr hin, Philibert, das bildet Ihr Euch so ein.»

«Es gibt da Leute, die können es kaum erwarten, bis ich abgekratzt bin, damit sie sich an meine Stelle setzen können. Ja, Schlafmützen sind die Klerikalen ganz und gar nicht.»

«Aber sie sitzen doch nur zu viert im Gemeinderat», wandte Honoré ein.

«Aber alles Starrköpfe und gefährliche Wühler. Und wenn's noch bloß die allein wären...»

Haudouin fühlte, wie alle seine Befürchtungen sich verdichteten. Er dachte an das Haus des Veterinärs, dies bequeme, wohnliche Haus, in dem Leute und Vieh reichlich Platz hatten; ein solidgebautes Haus war's mit Kaminen, die gut zogen, mit einem Garten vorn und einem Garten hinten und Feldern ringsum. Er wollte sich aber seine Unruhe nicht anmerken lassen und nahm sich zusammen, um den Sterbenden zu beruhigen.

«Hört mich an, Philibert, ich bin ja auch kein gestriger Republikaner. Ich rede mit dem und mit jenem, ich kenne viele Leute weitherum, und erst am Donnerstagabend war ich noch im Gemeinderat. Ihr könnt Euch darauf verlassen, daß ich die Augen offen halte. Nun eins kann ich Euch sagen: für den Augenblick droht keine Gefahr.»

«Aber, du Grundgütiger im Himmel, auch ich sehe doch ab und

zu Leute. Der Pfarrer ist diese Woche schon dreimal bei mir auf Besuch gewesen...»

«Oh, der Pfarrer... Kaum legen sich die Leute mit einem Schnupfen ins Bett, so kommt er auch schon gelaufen.»

Philibert zitterte auf einmal vor rasender Wut, so daß es ihn ganz schüttelte.

«Aber was brauchte er die ganze Zeit mit mir zu politisieren? ‹Der Geist der Eintracht›... Solches Zeugs sagte er mir, und: ‹Fordert Eure Freunde zur Mäßigung auf›, und ich weiß nicht, was sonst noch... Wenn ich nicht auf ihn angewiesen wäre zum Abkratzen, ich hätte ihn von meinen Buben vor die Tür setzen lassen. Der Geist der Eintracht ... Wenn ich dir aber nun sage, daß dieses Pack uns immer nur drankriegen und hochnehmen will...»

Vor Ermüdung und Zorn fand er keinen Atem mehr; ein kurzatmiges, stoßweises Keuchen hob seine Brust, Schmerz und Angst höhlten seine Augen, spannten die Halsmuskeln zum Springen an. Sein Mund öffnete sich weit, er streckte die Arme aus und stieß ein lautes Röcheln aus. Einen Augenblick lang glaubte Honoré ernstlich, der Kranke werde jetzt gleich in seinen Armen verscheiden. Er faßte seine Hand und rief ihn leise an:

«Philibert... He, Philibert...»

«Uns... uns hochnehmen...» stieß der Alte mit einem dünnen Stimmlein hervor.

Honoré fächelte ihm das Gesicht mit seinem Hut. Der Atem ging wieder regelmäßiger, das verzerrte, verkrampfte Gesicht entspannte sich ein wenig. Der Alte verlor keinen Augenblick:

«Solange man ihnen nicht ein für allemal das Maul gestopft hat, muß man immer Angst haben.»

«Sicher», stimmte Honoré zu.

«Sicher ist auch, daß Seph Maloret nach dem Bürgermeisteramt schielt», keuchte Messelon und starrte Honoré scharf an.

«Was sagt Ihr da, Philibert?»

«Mach doch kein Theater mit mir! Du weißt wohl, daß der Seph seine Fäden spinnt. Ihr seid ja jetzt neuerdings auf einmal gut Freund.»

Nachdenklich ging Honoré unter dem ironischen Blick Philiberts eine Zeitlang im Zimmer auf und ab, dann setzte er sich wieder hin und sagte:

«Wenn Ihr doch schon alles wißt, so müßt Ihr auch wissen, daß er mir den Buckel herunterrutschen kann, der Seph!»

Da lachte der Alte kurz auf, voll Hohn und Geringschätzung.

«Das sagt man so, das sind leere Redensarten. Dein Vater war auch schon so: großmäulig gegen die Leute, die ihm nicht paßten, aber jederzeit noch so gern bereit, ihnen den Hintern zu küssen, wenn er dabei etwas herausschlagen konnte.»

Honoré hegte nicht allzu große Ehrfurcht vor dem Andenken seines Vaters; als er noch lebte, hatte er ihn von Herzen verachtet. Aber er sprach nie anders als lobend und höchst achtungsvoll von ihm. Das tat er nicht etwa aus Pflichtgefühl und Pietät, auch nicht aus Kindesstolz; er betrachtete das Andenken seiner Eltern ganz einfach als ein gut verwendbares Haushaltstück, für das man wohlweislich Sorge tragen mußte. Nun zerbrach er sich den Kopf nach einer ausgesucht unverschämten Antwort, mit der er Messelon eine Abfuhr erteilen wollte. Doch der Alte hatte wieder Schnauf genug und verpfuschte ihm den ganzen Knalleffekt.

«Dein Bruder ist heut am späten Nachmittag bei mir vorbeigekommen und hat mir das ganze Geschwafel des Pfarrers noch einmal aufgewärmt, immerhin hat er noch dicker aufgetragen. Zu guter Letzt meinte er, es bereiteten sich allerlei ernste Ereignisse im Ausland vor, und wir müßten uns bereit halten und zu diesem Zweck sei es unbedingt nötig, daß wir im Landesinnern zusammenhalten!»

Während Philibert diese Ansichten zum besten gab, konnte er ein Grinsen nicht verkneifen. Für ihn gab es einen erfreulichen Aufbruch an die Grenzen erst dann, wenn einmal das Land von dem reaktionären Krebsgeschwür gesäubert war, das die Kraft Frankreichs auffraß.

«Versöhnung, Mäßigung, Geist der Eintracht. Ganz der Pfarrer, sag' ich dir. In Claquebue haben die Klerikalen vier Gemeinderäte, man könnte seinen guten Willen beweisen und ihnen die Bürgermeisterwürde gönnen. Ich habe dabei erfahren, daß der Seph Maloret keineswegs ein wildwütender Weihwassersäufer und im Gegenteil den Republikanern eigentlich freundschaftlich gesinnt sei. Dein Bruder meint, die Sache werde auf keinen Fall Schwierigkeiten machen, zumal ja du mit ihm einig gehst.»

Honoré fiel es schwer, Philibert sein Herz auszuschütten, doch überwand er sich schließlich trotzdem und sagte:

«Ich kann Euch schon alles sagen, weil Ihr ja doch nicht mehr lange zu leben habt. Wenn es auch nicht offen zutage trat, so habe ich mich doch nie mit meinem Bruder gut verstanden und vertragen, und erst heute nachmittag habe ich ihn angebrüllt. Ich habe ihm gesagt, er werde mich immer und jederzeit gegen sich und gegen den Maloret haben, und wenn er sich für diesen ekelhaften Dreckkerl einsetze, werde ich nicht länger in seinem Haus wohnen bleiben. Es gehört, wie Ihr wißt, dem Ferdinand. Versprochen ist versprochen.»

Der Alte wand sich vor Lachen in seinem Bett, er lachte fast lautlos und schüttelte sich vor unbändigem Vergnügen.

«Wußte ich's doch!... Himmeldonner, Haudouin... Das Lachen tut mir weh.»

Er holte mühsam Atem und setzte in ernsterem Ton hinzu:

«Und mach dir keine Sorgen um das Haus, du brauchst nur einfach zu uns zu kommen. Wo Raum für ein Dutzend ist, da haben auch zwanzig Platz. Deine Buben schlafen mit den unsern zusammen, und die Mädchen beieinander. Selbstverständlich wirst du für uns arbeiten.»

«Gleichwohl», versetzte Haudouin, «würde ich es lieber sehen, wenn sich die Dinge einrenkten. Wenn mich die Leute erst einmal meine Habseligkeiten packen und mein Bündel schnüren sehen, dann habe ich nicht mehr den Einfluß, der nötig sein wird, um dem Seph entgegenzutreten. Wenn Ihr bloß noch eine Zeitlang durchhalten könnt...»

«Auf mich darfst du nicht zählen», entschuldigte sich Messelon. «Was willst du schon, ich habe da nichts mehr auszurichten...»

«Nur einen Monat. Ich hätte dann Zeit, mich umzuhören und umzusehen.»

«Nein, Honoré, du bist ja nicht bei Verstand. Wenn man mit den drei Tagen, die man noch zu leben hat, haushalten muß, dann ist das ein hartes Muß. Und noch etwas: Kranksein kostet Geld.»

«Ich will Euch draufzahlen, was es mehr kostet. Nicht was Ihr eßt natürlich...»

«Da sind die Arzneien, die Zeit, die mit der Pflege verlorengeht.»

«Ich sag' Euch ja, ich zahle das. Ihr wollt doch bestimmt nicht, daß der Seph Bürgermeister von Claquebue wird?»

«Hör zu: drei Wochen. Das ist das Höchste, was ich dir versprechen kann.»

«Von morgen ab gerechnet, morgen nachmittag also.»

«Wenn du willst. Aber es bleibt dabei: du zahlst den Apotheker und obendrein noch fünfundzwanzig Sous für jeden laufenden Tag?»

Honoré versprach es bei seiner Ehre. Da flog ein Lächeln über des Alten Gesicht beim Gedanken, daß er immer noch seinen Lebensunterhalt verdienen konnte, und dann schraubte er sein Lebenslichtlein so tief wie möglich herunter für drei Wochen, vom nächsten Tag, einem Sonntag, an gerechnet.

5

Der Veterinär setzte sich an seinen Schreibtisch, nahm einen Bogen Briefpapier mit Briefkopf, hob die Augen zur grünen Stute empor und überlegte sich eine Zeitlang seinen Brief. Er sollte zugleich fest im Ton, herzlich, zurückhaltend und doch überredend wirken. So angestrengt dachte er nach, daß seine Backen rosig anliefen, seine Stirn sich in Falten zusammenzog und er an den Spitzen seines schütteren Schnurrbarts zupfte. Endlich war er mit sich im reinen und schrieb, ohne die Feder abzusetzen:

«Mein lieber Honoré,

Der Rappen hat anfangs der Woche Koliken bekommen, und ich darf nicht daran denken, ihn vor geraumer Zeit an den Landauer zu spannen. Andererseits nimmt sich der Fuchs nur vor einem Kabriolett gut aus; das Tier ist noch jung und übermütig, es versteht nicht, mit seinen Kräften hauszuhalten und sie richtig zu bemessen. Vor den Landauer gespannt, würde er die gleiche Gangart einschlagen, die er sonst gewöhnt ist, und dann besteht die Gefahr, daß er sich überanstrengt. Sonntag in der Frühe werden wir also den Zug bis nach Valbuisson nehmen, und Mainehal, der mir noch Geld schuldet, bringt uns dann nach Claquebue, wo er uns am Abend wieder abholt und an den Zug fährt, der um halb sieben abgeht.

Die Kinder werden sich freuen, den Tag mit ihren Vettern und Basen zu verbringen, und meine Frau freut sich auf das Wiedersehen mit Adelaide. Es ist ja immer eine Freude, wenn man so die ganze Familie beisammen sieht. Unser lieber Papa sagte ja oft und oft, ein gutes Einvernehmen zwischen Geschwistern sei so viel wert wie eine Geldanlage beim Staat. Bei dieser Gelegenheit fällt mir ein, daß wir letzten Samstag nach einem ein wenig heftigen Wortwechsel auseinander gegangen sind. Ich habe mir diese schmerzliche Geschichte lange und reiflich überlegt; Du hättest sie mir längst schon anvertrauen sollen! Und ich habe mir darüber ein paar Gedanken zurechtgelegt, die ich aber unmöglich den Fährlichkeiten eines Briefes, der immerhin verlorengehen kann, aussetzen möchte. So werden wir am Sonntag in aller Muße und mit kühler Überlegung darüber reden. Aber es wird nichts schaden, wenn ich Dich schon heute bitte, Dich vor Deinem jähzornigen Aufbrausen in acht zu nehmen, denn wenn Du Dir's recht überlegst, ist es nur berechtigt, wenn man nicht über die eigene Nase hinausschaut. Du wirst mir doch nicht bestreiten wollen, daß in dieser ganzen Angelegenheit zwei Gesichtspunkte walten, die man klar auseinanderhalten muß: Einerseits ist da unsre Pflicht, Claquebue zu einem Bürgermeister zu verhelfen, der den augenblicklichen Gegebenheiten, den momentanen Erfordernissen entspricht. Und anderseits ist es Dein alter Groll gegen S. ... (Du weißt schon, wen ich meine). Diesen Deinen Groll teile ich mit Dir. Es ist Dir bestimmt nicht unbekannt, wie tief ich alles empfinde, was unsere Familie angeht, und daß ich, um der Ehre unseres Namens willen, zu jedem Opfer bereit bin. Doch über die Familie, ich möchte sogar sagen: über meine politischen Überzeugungen stelle ich ohne Zögern das Vaterland! Darin folge ich übrigens nur dem Vorbild und den Lehren unseres teuren Papas, der nicht davor zurückgeschreckt ist, im Interesse des Landes und seiner alten Anhänglichkeit ans Kaiserreich zum Trotz, seine Dörfler in den Schoß der neugebackenen Republick zu führen. Die Erinnerung an diese erhabene Lektion wahren Patriotismus kann zu keiner gelegeneren Stunde wieder in uns auftauchen als in der, die wir gegenwärtig durchleben. Gerade jetzt, im Augenblick, da Frankreich, seit langer Zeit der Wachsamkeit des Generals Boulanger im Kriegsministerium beraubt, erneut den heimtückischen Provokationen der deutschen Barbaren ausgesetzt ist, ist es fehl am Platze, sich einem Gefühl persönlicher Rachsucht hinzugeben. Noch ehe zwei Jahre herum sind, vielleicht schon nächstes Jahr, werden wir den Krieg haben; das haben mir Leute, die dank ihrer Stellung wohlunterrichtet sind, im Vertrauen gesagt. Darum ist es notwendig, daß das Land angesichts der drohenden Gefahr einig wird und bleibt, in den Grenzen, soweit die Verbindung mit den Reaktionären zulässig und schicklich ist, wohlverstanden. Ein solches Einvernehmen, das im Augenblick einzig und allein um den Namen Boulanger möglich ist, ist naturgemäß ein heikles Unterfangen und nur schwer zu verwirklichen. In Claquebue zum Beispiel sind die Männer, deren Verhältnisse und Person beiden Parteien Vertrauen einflößen können, bald aufgezählt. Bei den Republikanern sehe ich, außer Dir und Maxime Trousquet, niemanden. Aber Du willst ja nicht Bürgermeister werden, und das ist übrigens auch besser so, denn Du würdest immerhin, wenn Du Dich gar zu laut auf einen General berufen wolltest, dessen Zukunft noch im ungewissen liegt, Gefahr laufen, den Namen der Haudouin im ganzen Bezirk bloßzustellen. Was Maxime betrifft, so halte ich ihn für fähig, ein geschickter und pflichtbewußter Beamter zu sein, doch die Tatsache, daß er weder lesen noch schreiben kann, mahnt doch zur Aufmerksamkeit.

Bleiben die Klerikalen. Du kennst sie ja. Die meisten haben zuviel Unduldsamkeit und zu große Unversöhnlichkeit an den Tag gelegt, um bei den Republikanern Vertrauen zu finden. Ich wüßte nur einen, der die Verbindung herstellen könnte. In den letzten Sitzungen des Gemeinderates hat jeder sehen können, wie er sich redlich Mühe gab, anläßlich der Debatten über die Holzverteilung entschlossen die beiden Parteien miteinander auszusöhnen. Dieser Mann, ich muß es zugeben, ist ausgerechnet jener S. ... (Du weißt schon, wen ich meine). Nach meinem Dafürhalten heißt es als echter Patriot und aufrechter Republikaner handeln, wenn man ihm den Weg zum Bürgermeisteramt ebnet.

Außerdem, ohne die ärgerlichen Folgen seiner unbedachten Handlungsweise beschönigen oder herabmindern zu wollen, glaube ich, es gäbe da mancherlei zu sagen über ein rachsüchtiges Gefühl, auf das wir uns reichlich unbesonnen und unüberlegt versteifen. Daß unser Mann mitverantwortlich ist für die Gefahr, in der Du (ein wenig als Folge Deiner eigenen Unvorsichtigkeit) Dich befunden hast, will ich Dir zugestehen, obschon er sich darauf hinausreden kann, er sei unerwartet dem Feind in die Hände gelaufen. Doch das ist schließlich eine Angelegenheit, die Ihr beide miteinander ausmachen müßt, das geht mich nichts an. Allerhöchstens werd' ich mir erlauben, an Deinen Großmut zu appellieren, um über diesen ersten Punkt zum Schluß zu kommen. Bliebe noch der schmerzliche, so peinliche Vorfall zu untersuchen, der unserer Mutter zugestoßen ist und der offensichtlich eine Folge der vorlauten Redseligkeit jenes S.... war. Du wirst begreifen, weshalb ich ‹offensichtlich› sage, wenn Du gütigst die Situation in Betracht ziehen willst, in der sich unsere Mutter im Augenblick dieser peinlichen Prüfung befand.

Als der bayrische Sergeant mit seiner Gruppe an der Biegung der Landstraße auftauchte, als er dieses alleinstehende, fast menschenleere Haus vor sich sah, in dem nur eine einzelne Frau zum Fenster hinauslehnte, muß man da nicht vernünftigerweise annehmen, sein trauriger Entschluß habe schon nahezu festgestanden? Du sagtest es mir selbst letzthin, diese Bayern sind Rohlinge, die ihre Kampfwut nur mit Morden, Plündern und vor allem mit Vergewaltigen wachhalten können. Es mag mir genügen, Dich unter andern Beispielen an den Fall der Louise Bœuf zu erinnern, die elf von diesen Schweinekerlen über sich ergehen lassen mußte. Es scheint somit nicht von der Hand zu weisen, daß die Anwesenheit eines Freischärlers im Hause für den Sergeanten einen bequemen Vorwand ergab, einen Vorwand, der ihn der Notwendigkeit enthob, seine Zuflucht zur Gewaltanwendung zu nehmen, und ihm erlaubte, von Mensch zu Mensch zu handeln und ohne den Beistand seiner zwölf oder fünfzehn Landsknechte. Ohne diesen Vorwand wäre es ja nicht auszudenken — nur mit Entsetzen denke ich jedenfalls daran! —, welcher Erniedrigung unsere liebe Mutter wohl ausgesetzt gewesen wäre. Der Handel ist und bleibt empörend, gewiß und selbstverständlich, aber schließlich hat sie sich doch nur einem einzigen hingegeben, einem Sergeanten, einem Unteroffizier. Vielleicht war dieser Mann sogar ein Offizier? Und dann war unsere Mutter ja nicht mehr die Jüngste, und wenn eine Frau die Fünfzig überschritten hat, empfindet sie gewisse Zumutungen und ein beleidigendes Zunahetreten nicht mehr so ungehörig und beschämend wie in der Blüte ihrer Jahre.

Doch treten die Argumente so haufenweise und mit solcher Überzeugungskraft vor meinen Geist, daß ich mich habe hinreißen lassen, trotz meiner ursprünglichen Absicht, dieses heikle Gesprächsthema unserem nächsten Zusammensein vorzubehalten. Nun weiß ich nicht recht, soll ich Dir diesen Brief schicken, in dem ich einige Schlußfolgerungen angedeutet und niedergeschrieben habe, die für Dein Gefühl vielleicht ein bißchen überstürzt und voreilig sein mögen, die aber, dessen bin ich gewiß, wohlbegründet sind und bei eingehender Erörterung auch ihre Bestätigung finden werden.

Mein lieber Honoré, Helene und die Kinder schließen sich meinen herzlichen Grüßen und dem Ausdruck unserer liebreichen Gesinnung an Dich und Deine Angehörigen an. Vor allem eins: sprich nur mit allergrößter Zurückhaltung über all das, was ich Dir vom General Boulanger geschrieben habe. Es ist besser und vorsichtiger, sich nicht allzufrüh einem Wege zu verschreiben, der noch nicht ganz freigelegt ist. Valtier selbst scheint eine zögernde Haltung einzunehmen. Vergiß nicht, wenn Du mir wieder schreibst, mir mitzuteilen, wie es um den armen Messelon steht. Herzlich,

Dein Bruder Ferdinand.»

Der Veterinär las seinen Brief nur einmal durch. Entzückt, ja begeistert von seinen glücklich getroffenen Wendungen und Übergängen, der eingänglichen, einnehmenden Festigkeit seiner Beweisgründe, steckte er ihn in einen Umschlag ohne länger zu zögern, nahm seinen runden Hut und ging zur Tür hinaus. Draußen auf der Straße sagte er sich halblaut noch ein paar Stellen und besonders wirksame und wohlgelungene Redensarten auf, freute sich selbstgefällig über ein treffend angebrachtes Komma. Ein paar Leute, die ihm begegneten, konnten beobachten, daß sein Gesicht geradezu lächelte, und zwei Tage lang ging das Gerücht um, er habe eine Erbschaft gemacht. Nachdem der Veterinär den Brief in den Kasten geworfen hatte, spürte er gleichwohl, wie ihm eine Welle von Schrecken und Reue unter seinem Jackett den Rücken hinabfuhr, als er das fürchterliche Geheimnis bedachte, das er nun der Post anvertraut hatte. Doch alsbald faßte er sich wieder und bezichtigte sich feiger Verzagtheit.

Der Brief wurde im Laufe des Nachmittags abgestempelt, lag über Nacht im Bureau zu Saint-Margelon und nahm am andern Morgen den Zug nach Valbuisson, wo er um halb neun eintraf und gegen neun auf der Post einging. Die Beamtin stempelte ihn, steckte ihn in ein Bündel Briefschaften, und der Postbote von Claquebue ergriff davon Besitz.

An diesem Morgen hatte Déodat fünfzehn Briefe und drei Drucksachen auszutragen. Er verließ Valbuisson kurz vor zehn Uhr, um die neun Kilometer zurückzulegen, die ihn von Claquebue trennten. Seine Briefe waren schön geordnet in der Ledertasche verwahrt, die er an einem Riemen umgehängt trug, und er schritt rüstig aus, ohne sich jedoch sonderlich zu beeilen, gerade soweit es nötig und ratsam war. Er dachte an seine Briefschaften, sagte sich die Namen der Empfänger her, in der Reihenfolge, in der er sie erreichen würde. Und dabei unterlief ihm niemals ein Irrtum, ein Beweis dafür, daß er sein Handwerk verstand.

Unten am Roten Hügel sagte Déodat zu sich selber: «Wenn ich dort oben angelangt bin, dann ist schon das wieder getan und erledigt.» Und er mußte lachen, weil es doch die lautere Wahrheit war. Wenn er die Anhöhe erstiegen hatte, so war schon wieder so viel getan und erledigt. Er ging bedächtig fürbaß, wie ein bedächtiger und besonnener, ein verträglicher und sanft veranlagter Mann eben einhergeht, wie ein verständiger Mann, der seine Pflicht kennt, eben ein guter Briefträger, seines Weges geht. Es war ihm heiß von der sengenden Sonne, die herabstach, aber auch weil er eine Uniform aus gutem, dickem Tuch trug. Er würde sich darüber nicht beschweren. Fiel ihm nicht ein.

Déodat stapfte den Hügel hinan und war sich dabei bewußt, daß er der Briefträger war. Das war ein guter Posten. Wenn er ihn nicht verdient hätte, so hätte er ihn auch nicht gekriegt. Um einen guten Briefträger abzugeben (denn es gab eben, wie in allem, Briefträger und Briefträger!), mußte man vielerlei Dinge im Kopf haben, Grips und Verstand und anderes mehr. Und zuallererst mußte man gut auf den Beinen sein. Das konnte nicht jeder, der's meinte. Angenommen, es würde einer wie ein Faßbinder nach Valbuisson rennen und dort die Briefschaften holen, was würde unweigerlich geschehen? Nun, er würde auf dem Heimweg das Bein nachziehen, und auch wenn er seinen Rundgang zu Ende brächte, wie würde er dastehen weit und breit im Lande? Was ein rechter Briefträger ist, der muß es verstehen, mit dem Empfänger sein Späßchen zu treiben, und Leute, denen die Füße weh tun, sind doch nicht so recht zum Spaßen aufgelegt. Und wenn erst gar einer auf wolligen Haxen nach Valbuisson latschen wollte? Aber nein, alles konnte man doch nicht für möglich halten! Was vor allem ins Gewicht fiel und nicht zu umgehen war: man mußte bedächtig ausschreiten, wie's einem bedächtigen Mann geziemte, und dabei schauen, wo man hintrat, sonst trampelte man in einen Kuhfladen. In einem fort mußte man sonst neues Schuhwerk kaufen, wenn man nicht gut acht gab.

Déodat ist oben auf dem Roten Hügel angelangt. Nun sagt er laut vor sich hin: «So, da haben wir Claquebue.» Jeder hat so seine Marotten und Angewohnheiten. Er jedenfalls sagt jedesmal, wenn er oben auf dem Roten Hügel angelangt ist: «So, da haben wir Claquebue.» Und es stimmt auch jedesmal; da liegt Claquebue, das erste Haus rechter Hand, das zweite Haus zur Linken. Dann geht's abwärts ins ebene Land, und während er niedersteigt, denkt er immerzu daran, daß er der Briefträger ist. Ein guter Posten ist das, ein guter Beruf. Man kann über den Briefträgerberuf sagen, was man will — und im Grunde genommen, gibt's da gar nichts zu sagen —, aber ein guter Beruf ist es schon. Die Uniform, ja, dafür muß man Sorge tragen, selbstverständlich, aber wenn einer dafür Sorge trägt, dann sieht er proper aus. So oft man einem Briefträger begegnet, sieht man doch gleich, daß er ein Briefträger ist.

Das erste Haus zog seine Rolläden hoch und sagte zu Déodat:

«Du machst deine Runde?»

«Aber sicher», antwortet Déodat, «ich mache meine Runde.»

Das zweite Haus sagt nichts. Es ist eben niemand daheim. Beim dritten greift Déodat in seine Tasche und ruft, während er den Hof betritt: «Witwe Dominé!»

Die Witwe Dominé ist vermutlich in ihrem Garten. Er könnte nun den Brief aufs Fenstersims legen und ihn mit einem Stein beschweren. Aber er wartet. Die Alte hat ihn gehört, sie kommt in ihren Holzschuhen um die Hausecke geschlurft.

«Guten Tag, Déodat, macht's dir heiß auf deinem Rundgang?»

«Guten Tag auch, Justine. Es macht auch heiß beim Gärtnern.»

Sind dann die üblichen Höflichkeiten ausgetauscht, reicht er ihr den Brief hin und sagt mit seiner dienstlichen Stimme: «Witwe Dominé.»

Mißtrauisch beäugt die Alte den Brief, ohne ihn entgegenzunehmen, und klopft die Taschen ihrer Schürze ab, um ihre Brille hervorzusuchen. Aber eine Brille ist zu nichts nütze, wenn man nicht lesen kann.

«Das kommt von meiner Angèle. Du mußt mir sagen, was sie schreibt.»

Déodat liest ihr also den Brief vor, aber ohne sich damit wichtig zu machen oder gar zu brüsten. Er denkt ganz einfach, eine gute Bildung sei doch etwas gut Verwendbares. Wie er dann zu Ende gelesen hat, tritt die Alte ganz nahe an ihn heran und fragt:

«Also, was schreibt sie nun?»

Die Witwe Dominé hat nämlich kein Wort von dem Brief ihrer Tochter verstanden. Wenn man Geschriebenes liest, so ist das nicht das gleiche, wie wenn man redet. Déodat erklärt ihr, der Angèle gehe es gut, man biete ihr eine Stelle an, wo sie neunzig Franken im Jahr und dazu noch ihre Holzschuhe bekomme.

«Zum Schluß schreibt sie: Liebe Mutter, ich hoffe, Ihr seid bei besserer Gesundheit und macht so weiter. Ihr versteht doch? Sie will Euch etwas Liebes sagen und empfiehlt Euch, Sorge für Eure Gesundheit zu tragen.»

Die Witwe Dominé nickt. Das hätte sie nicht gedacht.

Déodat hat inzwischen wieder einen Kilometer hinter sich gebracht und dabei drei Briefe verteilt. In Claquebue unterhalten die Leute keine umfangreiche Korrespondenz, und er hätte gar zu gern viele, viele Briefschaften ausgetragen, so daß zwischen dem Kraftaufwand und der vollbrachten Arbeitsleistung ein gerechtes Verhältnis bestanden hätte. Am liebsten wäre ihm ein Brief für jedes Haus gewesen. Da er aber nicht so viele hat, na, dann eben nicht. Schließlich gibt er, was er hat. Er kann ja nicht gut Briefe fabrizieren. Déodat geht mitten auf der Landstraße, bedächtig wie ein rechter Mann, der weiß, wohin er geht. Wenn ein Wagen daherkommt, weicht er nach rechts aus. Wenn ein Gefährt kommt oder eine Herde oder auch eine Prozession. Im Beruf eines Briefträgers muß man auf alles gefaßt sein. Er geht zwischen einem Lebhag und einem Akaziengehölz dahin. Hübsch ist das, wie der Tau in der Hecke glitzert, die großen Akazienbäume. Er aber weiß nichts davon, er braucht daran nicht zu denken. Ruhig und gemütlich geht er seines Weges. Auf seinen Schultern trägt er seinen dikken, runden Kopf, der ihm für seinen Beruf recht nützlich ist. Die Wahrheit zu sagen, er könnte gar nicht ohne ihn auskommen, just weil er der Briefträger ist. Und dann, wenn er seinen Kopf nicht hätte, wohin mit seinem Käppi?

Bevor Déodat an der Wegbiegung anlangt, weicht er nach dem rechten Straßenrand zur Seite aus, weil er ein Gelärme hört. Was es sein kann, weiß man noch nicht. Ich habe noch Zeit, in Ruhe mein Wasser abzuschlagen, denkt er bei sich. Wenn man neun Kilometer zu Fuß hinter sich gelegt hat, so ist das nicht verwunderlich, und darum läßt er sich Zeit. Es gibt freilich Leute, die pissen quasi blindlings, ohne recht hinzusehen, was sie machen. Ein rechter Briefträger aber kann das nicht. So wie man alle Dinge macht, so verrichtet man auch seinen Beruf. Wie er fertig ist, geht Déodat in eine sehr leichte Kniebeuge, um es sich in seinen Hosen wieder bequem zu machen, und dann geht er weiter. Das Lärmen wird lauter, und kaum ist er um die Wegkrümmung gebogen, so ist ihm alles klar: die Schulkinder kommen aus der Schule und treiben unterwegs allerlei Unfug, liegen sich in den Haaren und raufen miteinander. Déodat erkennt sie alle, denn darin besteht ja gerade sein Beruf, daß er in Claquebue alle Leute kennt. Da sind die beiden Jüngsten von Haudouin, Gustav und Klotilde, mit den drei Messelonbuben, ferner Tintin Maloret, Narcisse Rugnon, Aline Dur und noch andere. Sie sind gut ein Dutzend und nehmen die ganze Breite der Straße ein, und sie brüllen und schreien einander an, händeln und streiten, als wären sie schon erwachsen und bei Verstand.

Der Streit ist losgebrochen, weil ein Vogel aus der Hecke aufgeflogen ist. Niemand hat Zeit gehabt, ihn wegfliegen zu sehen, der Tintin Maloret ebensowenig wie die andern alle, aber er hat steif und fest behauptet, es sei eine Lerche, und außerdem hat er es mit einer Miene gesagt, die allgemein mißfallen hat. Judas, der älteste von den Messelonbuben, hat ihm seelenruhig zurückgegeben:

«Siehst du, ich hätte jetzt eher gedacht, es sei ein Krebs!»

Das war natürlich so eine Redensart voll Hohn und Ironie. Noch nie hat man ja einen Krebs fortfliegen sehen. Der Tintin war nun schon wütend.

«Und was ist es denn», schrie er, «wenn's keine Lerche ist?»

Da erklärte Gustav Haudouin, der Vogel sei eine Meise, und die drei Messelonsprößlinge schlossen sich seiner Ansicht an. Tintin Maloret brach in ein unbändiges Gelächter aus; seiner Meinung nach mußte einer schon Roßjauche in den Augen haben, wenn er eine Meise gesehen haben wollte. Judas wollte Maloret nun diesen Triumph nicht gönnen und hielt ihm ganz sachlich und ohne alles Aufhebens vor: «Das sind mir so rechte klerikale Ideen, wenn man eine Meise für eine Lerche ansieht!»

Im Handumdrehen bekam nun die Angelegenheit ein ganz anderes Gesicht. Narcisse Rugnon, Aline Dur, Tintin Maloret, Léon Bœuf und Nestor Rousselier traten geschlossen gegen die Meise auf. Die drei Messelonbuben und die beiden Haudouin blieben dabei, es sei eine Meise gewesen.

Wie Déodat vor den erhitzten Gegnern steht, haben sie alle schon den Vogel völlig vergessen, der Anlaß zu diesem Streit gewesen ist. Sie sind bereits bei handgreiflichen und eindeutigen Schimpfnamen angelangt, hängen einander allerlei saftige Kraftwörter an, titulieren sich gegenseitig Mucker, Engelsgesindel, geweihte Rindviecher, Hurensöhne, Bankerte, Karnickelmist, arschige Republikaner. Das Dazutreten des Briefträgers könnte nun die Leidenschaften beschwichtigen, doch Judas Messelon nimmt ihn zum Zeugen.

«Seht nur diese Saukerle da, sie öden uns an, weil man bei uns für die Republik stimmt.»

Déodat ist zunächst betreten und ratlos. Er hat sich nie für Politik erwärmen können, davon versteht er rein gar nichts. Trotzdem versucht er eine einfache Gleichung aufzustellen. Insofern er nämlich Briefträger der Regierung ist, ist er Briefträger der Republik, folglich ist er Republikaner.

«Man muß für die Republik sein», erklärt er daher. «Die Republikanischen ...»

Doch Tintin Maloret fällt ihm ins Wort. Er höhnt, Republikaner habe ihre Muttersau zu Hause letzte Woche vierzehn Stück geworfen, und dann schlägt er sich auf sein Gemächte und bietet sich an, dem Briefträger eine Brille von seiner eignen Machart aufzusetzen. Vor Bestürzung und gerechtem Zorn bringt Déodat kein Wort heraus und bleibt mit offenem Maul verdattert stehen. Unterdessen fliegen die Schimpfworte aufs neue hin und her. Auf einmal, aus einer plötzlichen Eingebung heraus, fängt Nestor Rousselier an zu singen, und alle Parteigänger der Lerche stimmen mit ihm nach einer Weise, die an die Melodie vom «Hänschen klein, geht allein» anklingt, das schöne Liedlein an:

«Republi-
kanerschwein,
Hungerleider groß und klein!
Tunk den Arsch in Dung hinein ...
wasch dir drin die Hosenbein ...
Republikanerschwein ...»

Jetzt aber vergißt Déodat mit einem Schlag, daß er der Briefträger ist, ein kriegerischer Begeisterungsrausch steigt ihm ins Hirn, seine

Äuglein, sonst mild und sanft wie Porzellan, schießen jetzt todbringende Blitze. Er hat alles vergessen. Mit einem Mal hat er die Landstraße vergessen, die man bedächtig und gemessen entlanggeht, wie sich's für einen rechten Briefträger schickt, für einen Briefträger von Gottes und der Regierung Gnaden. Seine Briefträgertasche, die ihm an der Hüfte baumelt, ist nurmehr ein Schulranzen, in dem sein Rechenbuch, seine Heiligengeschichte und seine Fibel stecken. Jetzt steigen ihm der Tau in den Lebhagen, der Duft der Akazien in Augen und Nase und berauschen ihn. Er sieht, wie sich Klotilde Haudouin an Aline Durs Zöpfe hängt, wie der Tintin den Messelonbuben ins Gesicht spuckt, da vergißt er sein Alter. Auf einen Schlag vergißt er alles, alles. Würde er an seinen grauen Schnauzbart greifen, die Erinnerung würde ihm schon wieder kommen. Aber Déodat hört Ohrfeigen und Maulschellen klatschen. Bei den Republikanern bricht ein Schlachtgesang los. Da stürzt er sich ins Kampfgetümmel, er überragt alle um Haupteslänge, er fällt mit voller, lauter Stimme in den Kriegsgesang ein, überbrüllt alle andern Rangen mit seinem grölenden Baß, während er zugleich den Maloret vermöbelt.

«Pfaffensöldling, halt das Maul!
Dreck und Unflat im Gedärm,
stinkt wie ein verreckter Gaul!
Pfaffenknecht macht Stunk und Lärm!»

Von vorn verboxt, von hinten mit Fußtritten traktiert, zieht sich Maloret mit seinen Spießgesellen zurück. Der Kriegsgesang der Reaktion ist verstummt, und der Schlachtruf der andern Rotte scheucht die letzten Meisen noch auf, die im Lebhag herumgetrödelt haben... «Stinkt wie ein verreckter Gaul!...» tönt es grimmig. Déodat ringt nach Atem, er reckt seine riesenhafte Gestalt inmitten seiner Schulkameraden hoch auf: Er lacht ein schallendes Lachen, gutmütig, versöhnlich und sieghaft, so daß die Spitzen seines mächtigen grauen Schnurrbarts wackeln. Judas lacht mit.

«Herrgott im Himmel oben, Déodat! Für einen Briefträger seid Ihr schon ein verdammt strammer Briefträger!...»

Aber nun kehrt Déodat wieder aus dem Krieg heim, ganz plötzlich und unvermittelt, wie er auch ausgezogen war. Sein Schülerranzen ist im Kampfgewühl aufgeplatzt, die Briefe sind in den Staub der Landstraße gefallen.

Ach, Briefträger Déodat, wahrhaftig, mein Lieber, man hört sich die Lieder an und vergißt darob, daß man Briefträger ist.

«Es fehlt mir einer!»

Er überzählt seine Briefe noch einmal, betastet seine Taschen, schaut in seinem Käppi nach.

«Vielleicht ist er in die Hecke geflogen», läßt sich Judas Messelon vernehmen.

Nun durchstöbern die Buben die Hecke, suchen alle Gräben ab. Hundert Meter davon entfernt haben sich die andern wieder gesammelt und neu formiert, und nun fangen sie wieder mit ihrem Singsang an: «Tunk den Arsch in Dung hinein!...» Aber Déodat hört es nicht mehr. Er denkt nur noch an seinen Brief, der ihm jetzt viel mehr ans Herz gewachsen ist als alle andern, jetzt, wo er verlorengegangen ist. Es war sein bester Brief. Er denkt an den Weg, den er zurückgelegt hätte (bedächtig, wie sich's für einen bedächtigen Mann schickt, für einen Briefträger, der sich bewußt ist, daß er der Briefträger ist), um ihn dem Honoré Haudouin auszuhändigen. Honoré hätte zu ihm gesagt: «Soso, Déodat, jetzt bist du ja dann bald herum in deiner Runde.» Und er hätte ihm zur Antwort gegeben: «Jawohl, ich bin bald am Ende mit meiner Runde.» Und dann hätten sie über dies und über das miteinander geplauscht... Da richtet sich Judas Messelon, der auf allen vieren im Graben herumkriecht, plötzlich wieder hoch. Ihm ist ein Licht aufgegangen.

«Den Brief, den hat der Tintin Maloret genommen. Ich weiß noch gut, daß er sich gebückt und etwas in die Tasche gesteckt hat, gerade als ich ihm einen Fußtritt hinten an den Kopf versetzt habe.»

Klotilde versichert, sie habe es auch gesehen.

«Du hast es gar nicht sehen können», widerspricht ihr Judas, «du hast ja immer noch flach auf dem Bauch gelegen, weil dir die Aline einen Tritt ins Schienbein gegeben hat.»

«Ich habe es aber gesehen!»

Klotilde runzelt wütend die Brauen, und wie sie nun der Judas der Lüge überführt, wird sie käsebleich im Gesicht und rümpft zornig die Nase. Dann erklärt sie mit schneidend kalter Stimme:

«Nieder mit den Republikanern!»

Déodat hat sich Hals über Kopf an die Verfolgung des Tintin gemacht. Er rennt, was er kann, der wackere Briefträger. Schuld ist ein Liedchen, das ihm ins Ohr geklungen hat, schuld ist ein Akazienwäldchen, dessen Duft er mit seiner Nase eingesogen hat, und jetzt läuft er auf der Landstraße dahin, jetzt rennt er auf seinen Beinen, die im Dienst der Regierung stehen. Anstatt daß er im gemächlichen Briefträgerschritt seines Wegs geht, nicht zu schnell und auch nicht zu langsam.

«Tintin! So wart' doch, mein Kleiner!»

Tintins Bande hat sich über die Feldwege hin verkrümelt. Déodat hört, schon weit vorn, Gelächter und Fetzen eines Lieds: «Tunk den Arsch in Dung hinein...» Abgehetzt und außer Atem lehnt er sich an den Stamm eines Kirschbaums, ohne zu bedenken, daß die rissige Rinde womöglich seine Uniform beschädigen könnte. Es ist ihm ein Brief abhanden gekommen, und sein Herz ist schwer.

«Déodat, was ist denn mit Euch los?»

Juliette Haudouin stützt sich mit einer Hand gegen den Kirschbaum und lächelt den Briefträger an.

«Du wirst ja immer schöner, Juliette. Ich habe einen Brief für deinen Vater verloren, und es heißt, der Tintin Maloret habe ihn wahrscheinlich stibitzt.»

«Ihr könnt doch ganz einfach zu seinem Vater gehen und ihn zurückverlangen.»

Daran hat Déodat auch schon gedacht. Aber wie soll er Seph Maloret erklären, daß er sich mit Schulbuben herumgeprügelt hat? Er schließt Juliette sein Herz auf. Sie muß lachen, doch ohne jeden Spott, sie findet es ganz natürlich, daß man sich von einem Liedlein konnte hinreißen lassen.

«Wißt Ihr was? Sagt doch einfach dem Seph, Ihr hättet ein paar Schulbuben auseinandergetrieben. Das wird er schon glauben.»

Déodat geht seines Wegs im rechten Briefträgerschritt, und in seinen Porzellanaugen funkelt es schlau und verschmitzt, wie sonst nur ein Mädchen schalkhaft blickt. Juliette schaut ihm nach, während er sich entfernt, und dann geht sie quer über die Wiese und springt in den Hohlweg hinab, der zwischen zwei Hecken durchführt, und dort wartet Noël Maloret auf sie. Er ist ein untersetzter, dunkelbraunhäutiger Bursche, dem bereits der Schnurrbart sproßt.

«Ich habe mich schon gefragt, ob du überhaupt kommst», sagt er.

«Du kannst schon eine Viertelstunde auf mich warten, scheint mir.»

Sie messen einander fast feindselig. Aber Juliette hat so einen gelassenen, kühnen Blick, und Noëls Augen ertragen ihn nur schlecht. Sie haben einander nichts zu sagen, und darum sagen sie auch nichts. Und doch ist jede Minute, die verrinnt, eine Enttäuschung für Juliette.

«Es ist warm», sagt schließlich Noël.

«Das liegt an der Jahreszeit», spottet Juliette.

«Zeit zum Nachtessen», meint dann Noël. «Ich sehe dich doch heute abend, wie gewöhnlich?»

«Wenn du willst.»

Sie gehen auseinander, und Juliette denkt einmal mehr, Noël sei eigentlich reichlich blöde.

Zuerst hofft Déodat, er habe es günstig getroffen. Seph steht unter der Haustür, und Tintin ist bei ihm.

«Stell dir vor», sagt der Briefträger, «da bin ich ein paar Rangen begegnet, die sich verkeilten.»

Seph dreht sein ernstes Gesicht seinem Buben zu.

«Und ich will wetten, dieser Lausbub da war einer von den tobsüchtigsten?»

«Jawohl, eben gerade», bestätigt Déodat, der ganz vergißt, schlau vorzugehen. «Und während ich mich mit ihnen herumraufe, hat er mir einen Brief stibitzt, der aus meiner Posttasche gefallen war.»

«Ist das wahr?» fragt nun der Vater.

Tintin verteidigt sich gut. Er sollte einen Brief genommen haben? Er hätte gerade Lust, Briefe aufzulesen, während man ihm den Kopf und den Hintern von allen Seiten mit Püffen traktierte. Eher als daß er übrigens den Schimpf eines solchen Verdachts auf sich sitzenlasse, wolle er sich auf der Stelle durchsuchen lassen.

Seph blickt Déodat mit seinen schönen, freimütigen Augen an.

«Wenn er deinen Brief gemaust hat, muß er ihn immer noch bei sich tragen. Seit er zurück ist, hat er keinen Schritt von mir weg getan. Wenn du's willst, können wir ihn ja durchsuchen.»

Tintin wird also vom Kopf bis zu den Füßen genau untersucht. Er muß seine Hosen ausziehen, man schüttelt sein Hemd aus, betastet ihm das Gesäß, man schnüffelt in seinen Schulbüchern.

«Wie du siehst, nein», stellt der Vater fest. «Du siehst ja, es ist nichts damit.»

Der Briefträger muß es zugeben.

«Was wird der Honoré dazu sagen? Vielleicht war's ein dringender Brief.»

Ein Flämmchen flackert in den großen, ehrlichen Augen Malorets auf. Es gibt mindestens ein halbes Dutzend Männer in Claquebue, die den Vornamen Honoré führen. Seph scheint neugierig zu erfahren, für welchen von ihnen der Brief bestimmt war.

«Der Fehler liegt ja nicht bei dir», sagt er, «du mußt Haudouin nur erklären, wie's gekommen ist.»

«Ich werde es ihm wohl sagen müssen», seufzt der Briefträger.

Déodat geht also weiter. Er muß Honoré aufsuchen, und er denkt überhaupt nicht mehr daran, daß er unterwegs noch andere Briefe auszutragen hat. Fünfhundert Meter weit ist sein Leben zerbrochen.

Seph Maloret hat seinen Buben in den Stall geschleppt. Dort nimmt er eine vierfach geflochtene Peitsche vom Nagel, schlägt ihm damit um die Waden und sagt dazu mit seiner leisen, gleichmütigen, eintönigen Stimme, vor der das ganze Haus zittert:

«Du wirst mir jetzt sofort sagen, was du mit Haudouins Brief angestellt hast, sonst schlage ich dir sämtliche Rippen mit dem Peitschenstiel ein.»

Die Stute erzählt

Honoré liebte seine Frau auch noch um der Kinder willen, die sie ihm schenkte. Jedesmal, wenn er sie wieder guter Hoffnung sah, wunderte er sich auch schon, daß seine Lust ihr den Leib so mächtig auftreiben konnte. Er betrachtete seine Kinder als einstige Gelüste und sehnsüchtige Wünsche, über die er sich immer wieder von Herzen freute, wenn er sie so warm, mit so lebhaften Augen und gesundfarbiger Haut wiederfand. Seine beiden Töchter und seine drei Söhne gehörten zu einer großen, zahlreichen Familie, sie waren die bestgeratenen, die stärksten unter all den Sehnsüchten und verlangenden Gelüsten, die er seiner Frau anvertraut hatte; aber sie waren so schön, so vorlaut und zudringlich, daß er fast nur noch an sie denken konnte. Ihre Worte, ihre Lieder, er glaubte sie selbst zu sprechen, er meinte sie selbst zu singen. So nahmen seine Liebeslüste nie ein Ende, sie lebten im Lächeln seiner Töchter, in Händeln zwischen seinen Buben auf, und noch ihre junge Liebe erlebte er als seine eigene. Oft, wenn er draußen auf dem Feld arbeitete, überkam ihn jäh und unwillkürlich das Heimweh, und er mußte nach Hause gehen, und das Blut schoß ihm ins Gesicht, weil er an Gustav und Klotilde, die beiden Jüngsten, dachte, die Nesthäkchen und Nestlinge, die ihm als letzte geschenkt worden waren und nun seine Liebe dauernd wachhielten und ihn allaugenblicklich daran erinnerten. Wahrscheinlich spielten sie mit dem Hund oder schauten den Käfern und andern Tierchen zu, die auf dem Brunnenrand herumkrabbelten. Er, ihr Vater, mußte lachen, wenn er nur daran dachte. Während er sich gerade damit abgab, kamen ihm die andern in den Sinn, alle seine Kinder auf einmal, aufwärts gerechnet von Klotilde bis zu Ernest oder abwärts aufgezählt, oder auch von der Mitte an, wie's gerade kam. Und dann lachte er wieder, wenn er sich sagte, da habe er eine verflucht tolle, eine Sackermentsernte gehalten, und zwar mühelos, im Gegenteil, unter Lachen und sozusagen spielend und zum Vergnügen, einfach weil er gutes Samenkorn im Sack hatte.

Wenn er Gustav und Klotilde auf die Knie setzte oder mit den Älteren Unsinn trieb oder sich mit ihnen zum Spaß herumstritt, schien er seinem Liebesverlangen von ehemals Ausdruck zu verleihen, ihm eine schönere Form zu geben. Die Liebkosungen, die zärtlichen Regungen, die er für seine Kinder hatte, sie stiegen gelegentlich auch in ihm auf, wenn er mit seiner Frau zusammen war, ohne daß es ihm freilich bewußt wurde. So hatte er's ein wenig seinen Kindern zu danken, wenn er immer noch hinzulernte und sich je länger je lustvoller und lieber paarte, und mit zunehmendem Alter wurde Honoré reicher und reicher an Liebe, so daß das Haus ganz damit erfüllt war.

Die äußere Form dieser väterlichen Liebe, die Lust und ihre Betätigung in eins vermengte, empörte die hausbackene Ehrbarkeit des Veterinärs. Jedesmal wenn er in Claquebue auf Besuch war, mußte er jeden Augenblick über die Schweinigeleien und Schändlichkeiten erröten, denen er in der Familie seines Bruders auf die Spur kam. Was die Kinder redeten, das Lachen des Vaters, ihr ganzes Verhalten zeugten von einer Freimütigkeit und einem wohlgefälligen Suhlen in der Vorstellung der Sünde, die wahrhaftig nach der Hölle schmeckten. Das ganze Haus und was darin leibte und lebte, ausgenommen vielleicht die Adelaide, schien sich ein Vergnügen daraus zu machen, haarscharf an einer verdammungswürdigen Gefahr vorbeizustreifen, die der Veterinär unverblümt beim rechten Namen nannte. Hätte er sich getraut, mit Honoré frei heraus und frisch von der Leber weg zu reden, so hätte er ihm gesagt, Kinder aus wohlanständigen Familien trieben nie miteinander so abscheuliche Spiele, wie daß sie einander beispielsweise zwischen die Beine guckten. Das taten nämlich Klotilde und Gustav. Eines Tages hatte er sie dabei erwischt, wie sie den blanken Hintern entblößt hatten und Vergleiche anstellten, einander beäugten und betasteten. So was ist schon bei einem Knaben und einem Mädchen widerlich, die keine verwandtschaftlichen Bande vereint. Und als sich dann die Rangen entdeckt sahen, schämten sie sich kein bißchen, sondern taten, als wäre ihr Onkel mitten in eine Klickerpartie hereingeplatzt; sie hatten seelenruhig ihre Hemdchen herabgelassen und ihm einen guten Tag gewünscht. Was hätte es schon genützt, ihren Vater davon in Kenntnis zu setzen – abgesehen davon, daß es ihm peinlich gewesen wäre –, er hätte ihn doch nur ausgelacht oder angeschnauzt. Einmal – es war an einem Wochentag – hatte der Veterinär Honoré besucht, der mit seiner Tochter auf den Matten bei der Flize beim Heuen war. Juliette war damals sechzehnjährig. Der Onkel Ferdinand gab ihr einen Kuß auf die Wange und sagte leutselig:

«Wie sie groß wird, die kleine Juliette.»

«Ja, du hast recht», pflichtete ihm der Vater bei, «sie ist jetzt schon ein schönes Mädel.»

Juliette lachte und lehnte sich an seine Schulter, und er, der sie um eine Kopflänge überragte, küßte sie aufs Haar und nahm eine ihrer Brüste in die Hand (zwar nur in der Bluse, aber immerhin ...).

«Schau dir das einmal an, wie schön sie geworden ist, meine Juliette.»

Sie lachten beide und schauten einander an, der Vater und die Tochter. Da konnte der Veterinär mit seiner Entrüstung nicht hinter dem Berg halten angesichts solcher Schweinereien. Der Magen drehte sich ihm um vor Scham. Er protestierte:

«Nein, alles, was recht ist, Honoré! Alles, was recht ist!»

Zuerst starrte Honoré seinen Bruder verständnislos an, dann lief er puterrot an, ließ seine Tochter los und machte einen Schritt auf ihn zu. Er war wie rasend und knirschte wutschäumend:

«Du Schweinehund, mußt du denn immer wie eine Schmeißfliege alles verdrecken, was du siehst! Mach, daß du fortkommst!»

Da war Ferdinand wieder einmal feig ausgekniffen und hatte seinen mickrigen, spitzen Hintern ängstlich unterm Jackett zusammengeklemmt. Er war purpurrot vor Verwirrung. Was ihn dabei am meisten aufbrachte, war gerade das, daß er wie ein schuldbeladener Missetäter das Weite suchen mußte und daß er sich obendrein noch schuldig fühlte, wo er doch soeben mit glühendem Eisen hatte eine garstige Schwäre ausbrennen wollen. Er entrüstete sich, wie sich eben ein rechtlich denkender, tugendhafter Mann, der weiß, was verboten ist, empören muß, und Honoré hatte mit einem Wort, während seine Hand noch den Abdruck des Corpus delicti bewahrte, ihm Zweifel daran erweckt, ob er nicht am Ende Ausgeburten der Hölle im Hirn habe. Zum Glück konnte er sich auf den landesüblichen Sittenkodex all dessen, was für schicklich zu gelten hatte, berufen, und anderseits sprach die Tatsache deutlich für sich: ein Vater, der seine Tochter umarmt und küßt und dabei ihre Brust umfaßt hält, so etwas ist unerlaubt, das ist eine Schweinerei.

Nachher erzählte er den Vorfall seiner Frau.

«Da siehst du, wie weit es mit seinem aufgekrempelten und hemdärmeligen Benehmen und seiner Unart, alles frei heraus zu sagen, gekommen ist. Er meint, er habe das Recht, den Liederjan zu spielen, bloß weil er's vor aller Augen tut!»

Helene hielt ihm zaghaft entgegen, vielleicht sehe er etwas Böses, wo es gar nichts zu sehen gebe.

«Du nimmst ihn also noch in Schutz? Und das Mädchen, das Saugör, das nur noch lachte, als er's abknutschte, das nimmst du wohl auch in Schutz?»

«Aber nein doch, ich versuche zu begreifen ...»

«Das dachte ich mir ja», feixte Ferdinand verbittert, «es gibt eben zweierlei Arten zu begreifen.»

Und er wurde den Gedanken an die immer noch brennende Scham nicht mehr los, als er damals vor fünfundzwanzig Jahren dabei erwischt wurde, wie er zwischen die Schenkel seiner Mutter hinaufschielte. So gab es also Menschen, die als Familienväter die Brust ihrer Töchter in der Hand halten oder als Bruder und Schwester sich zu gegenseitiger Besichtigung aufmuntern konnten; sie sahen nichts Schlechtes dabei, sie schämten sich nicht, wenn man sie dabei sah, sie sündigten nicht. Und dann gab es andere Menschen, die auf Erden schon der höllischen Verdammnis anheimfielen, weil sie auf die Schenkel ihrer Mutter neugierig waren und sich dabei verrieten.

Zu verschiedenen Malen hatte somit der Veterinär Gelegenheit, gegen das anzustoßen, was er die Gedanken- und Gewissenlosigkeit seines Bruders nannte. Als er zuletzt immer nur abgeputzt wurde, als er sah, wie seine tugendhaften Anläufe sich immer nur gegen ihn kehrten und sich als Abfuhren auswirkten, wie seine Schamhaftigkeit, bei Lichte besehen, zuschanden wurde und ein anderes Gesicht bekam, verfiel er zuletzt gar auf den Argwohn, diese Versündigungen hätten keinerlei andere Wirklichkeit außer in seiner Einbildung. Er hielt sich für besessen, bei seinen berechtigtsten Gelüsten und Begierden brach ihm der kalte Angstschweiß aus allen Poren. Alle diese Anfechtungen hätte er gar zu gern gebeichtet, er hätte gewünscht, er könnte sie im Dunkel des Beichtstuhls sichten und aussondern, aber seine politische

Verhaltenslinie untersagte ihm praktisch den Zugang zu allen Beichtstühlen im ganzen Bezirk. Er war in allen Dörfern der Umgegend wohlbekannt, man hatte ihn mit Valtier, dessen Kandidatur er unterstützte, zusammen gesehen. Nirgendwo hätte er es gewagt, einem von den Priestern Auge in Auge entgegenzutreten, über die er, zuweilen freilich provoziert, allerlei tendenziöse Gerüchte und faustdicke Verleumdungen in Umlauf gesetzt hatte. Wenn er in seinem Kabriolett über Land fuhr oder über den Kirchplatz zu Saint-Margelon ging, betrachtete er mit einer Art lüsterner Begehrlichkeit die Kirche, deren Tür sich, wie ihm schien, über einem Abgrund wollüstigen Vergessens auftat. Er war mit seinen Nerven völlig am Rande und suchte allerlei Vorwände zum Reisen; mehrmals verreiste er für einen oder zwei Tage nach einer weitabgelegenen Stadt. Wie die sattsam bekannten notorischen Lebemänner, die den Zug nehmen, um irgendwo in der Fremde in übelbeleumdeten Häusern ihre Seitensprünge zu verstekken, fuhr der Veterinär hundert Kilometer weit, um einen Beichtstuhl aufzusuchen. Seine Reisen brachten ihm aber keinen Frieden; der Priester hörte sich jeweils nur mit halbem Ohr den Sünder an, der sich nichts vorzuwerfen hatte als gute Absichten. «Mein Sohn», sagte er dann, «Ihre Sünden wiegen nicht sehr schwer... Möge Ihr Glaube nie ins Wanken kommen, und Sie werden im Schoße der Kirche immer glücklich sein...»

Der Veterinär verließ den Beichtstuhl noch niedergeschlagener, noch elender. In der Kirche war sein Platz nicht, seine Versündigungen figurierten nicht im Gesamtregister der Todsünden oder läßlichen Sünden, sie waren nicht einmal vorsätzlich. Sie waren nicht faßbar, waren unwirklich, sie waren bloße Scheinsünden, gemodelt nach der obszönen Form seiner Einbildung. Nach der morgendlichen Kommunion, wenn er in der Stadt umherirrte und auf den Zug wartete, mit dem er heimwärts fahren wollte, kam ihn oft der blasse Neid auf die Nachtschwärmer und Hurer an, die aus den Absteigehotels hervorkamen, auch vor einer ganz unflätigen Welt, die er sich unter Qualen ausmalte, einer Welt von dicken, sattgefressenen Kneipwirten, von Pennbrüdern und Nachtdieben und ausgekochten Dirnen. Die alle hatten, glaubte er, Sünden, die schwer wogen, die in den Netzen des Priesters genügend Gewicht hatten. Hätte er auch nur ein einziges von deren Verbrechen geltend machen können, so hätte seine innere Unruhe die Gestalt einer greifbaren Gewissensnot angenommen, die Hand und Fuß hatte, und der Kontakt mit Gott wäre wieder hergestellt. Er kam schließlich so weit, daß er sich einredete, Erlösung könne er nur in diesen verrufenen, abgesonderten Gäßchen finden, wo die Huren und Kupplerinnen die Passanten mit handgreiflichen und plump massiven Verheißungen angelten. Er betrat diese Lastergassen ohne Lust noch Verlangen, die Kehle wie ausgedörrt vor Scham, und lief dann mit langen Schritten, ohne aufzusehen oder links und rechts zu schauen, hindurch, von den Lockrufen der Weibsbilder erst recht zur Eile angetrieben. Schließlich wurde ihm klar, daß er vor lauter allzugroßer Ehrbarkeit niemals den Wagemut dazu aufbringen werde, und so verzichtete er von nun an auf diese Reisen. Außerdem fand er sie viel zu kostspielig. Trotz allem witterte der Pfarrer von Claquebue beim Veterinär so etwas wie einen Geruch der Heiligkeit. Er ahnte Ferdinands Anfechtungen, seine Todesängste, seine schaumig quirlenden, übelriechenden Skrupel, seinen schaudernden Abscheu vor dem Mysterium des Geschlechts, und er sagte sich, ein Mann wie der da könne eine Gemeinde durch seine bloße Gegenwart erbauen. Er für seinen Teil hätte gewünscht, er wäre in Claquebue wohnhaft gewesen, sogar als Radikaler, ja auch als Antiklerikaler. Zuweilen verstieg sich der Pfarrer soweit, daß er davon träumte, Ferdinand Haudouin, Mitglied der Kirchgemeinde Claquebue, komme zu ihm zur Beichte und bekenne. Bei solchen Gedanken wässerte ihm der Mund. Er hätte ihm dann nicht, wie jene Stadtpfarrer, die ja keine rechten Praktiker des Seelenfangs sind, mit nachsichtigen und beiläufigen Worten geantwortet.

Er hörte sich schon zu dem Unseligen sagen: «Aber das ist ja ganz grauenvoll! ...» mit einer hervorgezischten Stimme, die alle schwärzesten Finsternisse der Kirche in den Beichtstuhl hereinbeschworen. Und dann sah er den Sünder niedergeschlagen und kleinlaut, von Trauer und Furcht beklemmt durch Claquebue wanken und unter den Dörflern das heilige Mißtrauen gegen die Fleischeslust säen, welches ja die erste Stufe zum Paradies ist. Bei Seelen, wie der Veterinär eine sein eigen nannte, konnte man sich darauf verlassen, daß ein apostolischer Nutzen herausschaute, und es kostete sozusagen keine Mühe. Das war schon etwas anderes als die schwachen Gottesgeschöpfe, die einmal wöchentlich eine Stunde vor Tisch noch rasch zur Beichte kamen und erklärten: «Mein Vater, ich habe meinen Mann mit dem Léon Corenpot betrogen», und sich hernach ruhig und unangefochten wieder trollten, nachdem sie das übliche Quantum *Ave, Paternoster* und *Confiteor* abzubeten zubemessen bekommen hatten. Ein guter Katholik war er schon, der Ferdinand ...

Der Veterinär hatte keine Ahnung, welch große Bewunderung er dem Pfarrer von Claquebue abnötigte. Je länger je mehr fühlte er sich allen bösen Geistern verfallen und preisgegeben. Als Buße für seine platonischen Perversitäten zwang er sich zur Keuschheit. Wenn er übrigens seine ehelichen Pflichten vollzog, so verschlug es ihm vor lauter Angst alle Kraft, oder dann hinterließ die genossene Lust eine so schwerlastende Reue, daß er nachher keinen Schlaf finden konnte. Er lebte in einem beständigen argwöhnischen Angstzustand und bangte vor allem, was seinen obszönen Phantasiegebilden zum Vorwand dienen konnte, und so verfiel er zuletzt einer eigentlichen Sucht, aufsässig seine eigene Familie zu verdächtigen und auszuspionieren. Die Knaben wurden einer strengen Beaufsichtigung unterworfen, Antoine vor allem, dessen Trägheit und Faulenzergewohnheiten ihm den Verdacht eintrugen, er fröne heimlichen Lastern. «Müßiggang ist aller Laster Anfang», pflegte der Veterinär zu sagen und dachte dabei an das, was er sagte. Frédéric war ein fleißiger Streber und erfreute sich deshalb eines verhältnismäßig unerschütterten Vertrauens. Immerhin setzte es einen denkwürdigen tragischen Auftritt ab, als der Vater einmal unter seinen Schulbüchern ein Aufklärungswerk über das Geschlechtsleben des Menschen entdeckte. Dieses aufklärende Traktat war in blaues Papier eingeschlagen und unterschied sich in gar nichts von den übrigen Büchern Frédérics; aber der Veterinär hatte eine ausbündig feine Witterung für Ärgernisse und Anstößigkeiten jeder Gattung. Er hatte es auf gut Glück aufgeschlagen und war zufällig auf den Längsschnitt durch ein Testikel, in vierzehnfacher Vergrößerung, gestoßen. Zitternd vor Wut platzte er plötzlich ins Eßzimmer herein, wo die Familie gerade in trautem Verein beim Abendessen beisammen saß, und schwenkte das Testikel vor der Nase des Missetäters hin und her.

«Auf die Knie! Du Dreckfink! Du verkommener, entarteter Sohn! Nicht einmal vor deinen eigenen Eltern kennst du Ehrfurcht...»

Seiner Frau, die voll Entsetzen um Aufschluß bat, schrie er zu:

«Er weiß alles! Mehr kann ich nicht sagen... Ah! der Elende! Bitte mich kniefällig um Verzeihung! Du bekommst keinen Nachtisch mehr, bis du volljährig bist!...»

Noch lange Zeit nach diesem Auftritt wich der Vater dem Blick seines Sohnes Frédéric aus und konnte ihn nicht anschauen, ohne bis hinter die Ohren rot zu werden. Er verschonte nicht einmal seine Tochter mit seinem Mißtrauen, und als er Lucienne einmal, wie er glaubte, bei einer verdächtigen Bewegung ertappte, mußte sie ein halbes Jahr lang mit auf den Rücken gebundenen Händen schlafen.

Seine berufliche Betriebsamkeit litt nicht unter dieser Rastlosigkeit eines Halbirren, ganz im Gegenteil. In fieberhafter Arbeitsbesessenheit war er ohne Rast und Ruh unterwegs auf den Landstraßen und lief von kalbenden Kühen zu brandigen Schweinen, unermüdlich und bei Tag und Nacht. Er wünschte, daß seine Söhne in ihren Klassen die besten Noten haben sollten, und Lucienne sollte ein Ausbund untadeliger Jungmädchentugenden sein. Sintemal die Kirche über keinerlei Beschwörungsformeln und Exorzismen verfügte, da sie keine Waage hatte, auf welcher seine Scheinbilder sündiger Taten gewogen werden konnten, da er gleichsam aus ihrer Kommunion ausgestoßen war oder doch von ihr ignoriert oder kaltgestellt wurde, war es das eifrige Bestreben des Veterinärs, daß seine ganze Familie durch ihren Arbeitsfleiß und ihr einwandfreies Betragen Zeugnis ablege für die Ehrenhaftigkeit ihres Hauptes. Er trieb sein Haus himmelwärts wie einen neuen Turm zu Babel.

«Antoine, nimm die Hände aus den Taschen und sag mir zwei Seiten aus deiner Grammatik auf... Du überspringst ja ganze Regeln» – und dann wurde er feuerrot, denn «überspringen» hat in einer bestimmten Sprache einen zweideutigen Sinn, zumal wenn man es mit dem Wort «Regeln» in Zusammenhang bringt. «Woran denkst du eigentlich? Sag mir, an was für Wörter du jetzt denkst! Heraus mit der Sprache. Was habe ich denn gesagt, daß du eine solche Miene aufsetzt? Du solltest dich was schämen, du Schmutzfink...»

Im Winter unternahm Ferdinand mit seiner Familie nur selten und ausnahmsweise die Reise nach Claquebue und blieb am Sonntag meistens zu Hause. Ich habe diese trübseligen sonntäglichen Nachmittagsfamilienzusammenkünfte miterlebt und mit angesehen. Helene und ihre Tochter arbeiteten an einer Stickerei oder nähten. Antoine und Frédéric lernten ihre Schulaufgaben oder taten doch so, und allen war das Herz zusammengeschnürt von jener Verschwörerangst, die über den Arbeitssälen lastet. Der Veterinär war nämlich zugegen. Er holte seine Buchhaltung und seine Korrespondenz nach und sandte von Zeit zu Zeit einen zugleich angstvollen und drohenden Blick zu ihnen hinüber. Zweifellos vergewisserte er sich, daß Lucienne und ihre Brüder nicht die Gelegenheit, da er in eine ehrbare Arbeit vertieft war, ausnützten und sich an ihren unkeuschen Körperteilen anrührten oder einander unanständige Postkarten zusteckten. Dann aber neigte er den Kopf wieder über seine Arbeit, weil ihn der Anblick des Schlüssellochs oder der Kerzen am Klavier zu seinem Unbehagen auf unzüchtige Gedanken brachte. Von den fünfen war er höchstwahrscheinlich der unglücklichste; doch keine Qual kam der meinen gleich, wenn er seine Augen zu mir aufhob. Dann spürte ich jedesmal, wie das tumultuöse und regungslose Leben, das Murdoires Pinsel unter meinem grünen Pelzkleid hatte aufblühen lassen, erstarb. Heute noch, vierzig Jahre später, sträubt sich meine Feder, wenn ich nur daran zurückdenke.

6

Auf dem Weg zum Bahnhof gingen der Veterinär und seine Frau links und rechts von ihrer Tochter Lucienne, die ein weißes Kleid trug. Sie hatte es im Laufe des Winters eigenhändig bestickt und sich dafür bei den Fräulein Hermeline Rat geholt. Die beiden Knaben gingen, voll Stolz über ihre Gymnasiastenuniformen, ihren Eltern voraus und trugen die Pakete. Die Aussicht auf einen Tag in Claquebue, eine Zeit also, in der sie bis zu einem gewissen Grad der väterlichen Disziplin entgehen würden, machte sie zu Herzensergießungen geneigt.

«Dir ist das natürlich Wurst», sagte Antoine, «du kriegst einen Preis für vorzügliche Leistungen, und man wird dich in den Ferien in Ruhe lassen. Ich aber...»

«Man kann nie wissen, vielleicht bekommst du einen Preis oder gar zwei.»

«Nein, der Hilfslehrer im kleinen Arbeitssaal hat meine Noten zu sehen gekriegt. Ich bekomme knapp noch eine Ehrenmeldung im Turnen. Er hat es mir gesagt. Du kannst dir ja denken, wie der Veterinär das Maul aufreißen wird. Ich höre ihn jetzt schon toben: ‹Die Opfer, die ich mir auferlege, um dir eine Zukunft zu bereiten, über die sich deine Familie nicht zu schämen braucht!› Altes Arschloch!»

Frédéric konnte nichts dagegen tun: er bekam eben den Preis für vorzügliche Leistungen, und das tat ihm eigentlich manchmal recht leid, denn sein Bruder mußte darunter leiden, weil der Vergleich, der natürlich gezogen wurde, nicht zu seinem Vorteil ausfiel. An diesem Morgen artete sein Bedauern regelrecht in Gewissensnot und Reue aus, aber Antoines Respektlosigkeit gegen seinen Vater verletzte ihn in tiefster Seele, und er schluckte seine mitfühlenden Worte hinunter. Antoine bestand nicht länger auf dem Thema und fing von etwas anderem an.

«Hast du sie gesehen, vorhin, die kleine Jasmin? Wir sind ihr an der Ecke der Rue de l'Ogre begegnet. Hübsch ist sie, verdammt hübsch, nicht?»

Frédéric war immer noch böse auf ihn. Er schüttelte den Kopf. Nein, er finde nicht, daß die kleine Jasmin so hübsch sei.

«Sie hat eine lange, spitze Nase, strähnige, schlecht gekämmte Haare... Und dann, was willst du schon? Nein, sie ist doch viel zu jung, so ein Gör...»

«Trotz allem», murmelte Antoine begeistert und überzeugt.

«Nein, sag' ich dir, sie ist viel zu jung! Sie hat ja noch gar keinen Busen, deine Jasmin. Da hast du's. Der Busen, mein Lieber, erst der macht die Frau aus.»

Sie gingen fünfzig Meter ihren Eltern voraus. Der Veterinär konnte es nicht hören, und doch streckte er beunruhigt den Hals vor, seine Nase krauste sich schnüffelnd und witterte in der Luft. Frédéric war mächtig stolz auf seine bemerkenswert sachkundige Äußerung über die Frauen, die er obendrein noch mit einer überlegen-freimütigen Burschikosität des Ausdrucks vorgebracht hatte, so daß es unverfälscht studentisch und weltmännisch wirken mußte, richtig so, wie's ein Schwerenöter und Weiberheld auch hätte sagen können. Antoine dachte mit angestrengt gerunzelter Stirn nach, er überlegte es sich ehrlich betroffen. Endlich erklärte er:

«Natürlich, ich sage ja nichts gegen den Busen. Aber, wenn man mit den Mädchen nichts anstellt, wozu braucht es den dann? Was zählt, ist das Gesicht, die Augen vor allem. O ja, weißt du, die Augen. Bei der Jasmin, da sind's die Augen.»

«Du bist jetzt dreizehn», gab ihm Frédéric schonend und mitleidig zu bedenken.

«Weil du schon fünfzehn bist, möchtest du wohl angeben. Was willst du damit sagen? Komm, sag's mir.»

«Nichts, gar nichts», versetzte Frédéric mit geistesabwesender Unbekümmertheit, «reden wir nicht mehr darüber.»

Und da er spürte, wie in Antoine der Zorn hochstieg, wartete er auf die Eltern.

Der Veterinär, der sich mit einem Plänchen trug, erkundigte sich nach den Fortschritten, die Lucienne auf dem Klavier gemacht hatte.

«Wenn du die Ferien in Claquebue zubrächtest, würdest du dir's zutrauen, das Harmonium in der Kirche zu spielen?»

Halb abgestoßen von der ekelhaften Aussicht auf einen zweimonatigen Aufenthalt in einem Bauernhof und auch wieder halbwegs angelockt von der Versuchung, eine wichtige Rolle spielen zu können, zögerte Lucienne mit ihrer Antwort. Seitdem die Nichte des Pfarrers geheiratet hatte, bekam die Gemeinde die Stimme des Harmoniums nur an jedem fünften Sonntag zu hören, wenn die Gräfin de Bombrion nach Claquebue in die Messe kam, und Lucienne überlegte bei sich, es sei immerhin vorteilhaft, als Stellvertreterin einer Gräfin zu wirken. Der Veterinär erklärte seiner Frau:

«Das wäre eine Geste, die niemanden bloßstellen würde. Eine Kleinigkeit, wenn du willst, die aber trotzdem für die Klerikalen ein Entgegenkommen bedeuten würde. Und für die Lauesten unter den Republikanern ist es ein Zeichen, daß sich der Wind dreht. Vielleicht braucht es gar nicht mehr, wofern Honoré nur ein wenig guten Willen an den Tag legt oder sich auch bloß gleichgültig verhält. Maloret würde es gebührend herausstreichen; die Atmosphäre bei einer Wahl ist ja ein Gemisch aus solchen Nichtigkeiten, die auf die einen beruhigend wirken, für die andern jedoch bedeutsame und vielsagende Anzeichen sind. Auf jeden Fall, das sage ich dir noch einmal, ist es für mich keineswegs irgendwie kompromittierend. Das Kind ist dort in den Ferien. Da kein Klavier vorhanden ist, macht sie ihre Fingerübungen auf dem Kirchenharmonium. Das ist doch ganz harmlos und selbstverständlich.»

Helene hörte ihm gelangweilt zu. Sie konnte und konnte sich nicht für diese Techteleien und Ränkespielchen der kleinlichen Dorfpolitik erwärmen, trotz ihrem inständigen Wunsch, Valtier möchte die Laufbahn ihres Sohnes Frédéric fördern. Dessen ungeachtet hatte sie eine Rolle in dem vom Veterinär fein angesponnenen Komplott übernommen. Da ihr Honoré stets freundschaftliche Gefühle entgegengebracht hatte, sollte sie sich nun diese liebevolle Wohlgesinntheit zunutze machen und ihn zum Einlenken bewegen. Da, wo die Verstandesgründe des Veterinärs nichts ausrichteten, sollte sie das Gefühlsargument liefern.

Am Schalter verlangte der Veterinär fünf Fahrkarten zweiter Klasse. Seine gesellschaftliche Stellung verbot ihm die Benützung der dritten, seine politische Überzeugung die der ersten Klasse. Also reiste er jeweils in der zweiten, aber er bedauerte es stets, daß es nicht noch eine weitere Klasse gab, die gleichzeitig seinen Vermögensverhältnissen entsprach und seiner persönlichen Eigenart und Auserwähltheit entgegenkam. Zum Beispiel ein Wagen zur Benützung für die gutsituierte Elite: *zweite Klasse (Elite).*

«So ein Tag kommt immerhin doch auf zwölf, dreizehn Franken zu stehen», gab Ferdinand seiner Frau zu bedenken. «Wenn du den Preis für die Fahrkarten rechnest, dazu die Geschenke, die du für Adelaide gekauft hast, dann ist das keine Ersparnis.»

«Man kann trotzdem nicht mit leeren Händen anrücken, wenn man fünfe hoch zum Essen kommt», meinte Helene.

«Gewiß nicht. Ich sagte das auch nicht, weil mich die Pastete oder die Wurst reut. Ich habe mir ganz einfach einmal die Kosten überschlagen.»

In ihrem Zweiterklasse-Abteil war die Familie Haudouin allein. Es fuhren immer nur wenige Reisende auf dieser Linie, die nur lokale oder im Hinblick auf die Wahlen eine gewisse Bedeutung hatte. (Das war eine Erinnerung, die den Veterinär immer noch schmerzlich erregte; es war ihm nämlich seinerzeit nicht gelungen, die Eisenbahnlinie durch Claquebue hindurchzuführen, weil der Neffe irgendeines mächtigen Ministers, ein schwerreicher Pachthofbauer in der Umgegend, es zuwege gebracht hatte, daß sie nun in einem weiten Bogen, fünfzehn Kilometer Umweg, um das Dorf herumfuhr). Die Gesellschaft verwendete auf dieser Linie abgenütztes Rollmaterial, das Anno 70 arg Schaden gelitten hatte und nun so verbraucht und verlottert war, daß es, wie ein lahmendes Tier, hin und her schwankte, rüttelte, wackelte und schleuderte. Sogar in der zweiten Klasse wurde man arg geschüttelt, durchgerüttelt, und jeden Augenblick gegeneinander geworfen, und man mußte seinem Nachbar ins Ohr schreien, wenn man sich in dem Getöse des klappernden und rumpelnden Eisengerümpels und dem Ächzen und Kreischen der heillos abgenützten Eisenbahnwagen verständlich machen wollte.

Die Eltern und die beiden Knaben saßen in den vier Ecken des Abteils. Lucienne schwebte gewissermaßen am Rand der Bank und vermied es tunlichst, sich mit dem Rücken anzulehnen, aus Angst, sie könnte sonst ihr weißes Kleid beschmutzen oder zerknittern. Sie starrte hinab auf ihre weißleinenen Stiefelchen und fragte sich mit zimperlicher Ängstlichkeit, was wohl die Fräulein Hermeline denken würden, wenn sie ihnen mit diesen weißbaumwollenen durchbrochenen Strümpfen, die sie heute zum erstenmal trug, im Pensionat unter die Augen träte. Und diese Annahme gehörte schon fast in den Bereich der Wirklichkeit, denn die Sonntagsstrümpfe endeten meistens zuletzt als Alltagsstrümpfe. Es lag in der Tatsache, daß sie weiße durchbrochene Strümpfe trug, ein Mangel an Züchtigkeit und Wohlgesittung, dessen sie sich bestimmt in einer ihrer nächsten Gewissensprüfungen schriftlich würde bezichtigen müssen. Andererseits hatte sie die Strümpfe nur aus Folgsamkeit gegen ihre Mutter, die sie ihr gekauft hatte, angezogen. Mußte man die Sünde der Koketterie um den Preis des Ungehorsams, also einer andern Sünde, vermeiden? Denn es war gar nicht so sicher, daß ihre Mutter ihren Gründen zugestimmt hätte. Das Dilemma stand schließlich unter einem praktischen Blickpunkt vor ihren Augen, denn es kam ihr in den Sinn, daß das Heft, in dem sie ihre Gewissensprüfungen eintrug, keineswegs nachgeführt war. Von heute bis zum Montagabend mußte sie also noch vier oder womöglich fünf Versündigungen ausfindig machen, die sie in ihrem Heft aufführen konnte, und das war ein Mindestprogramm, denn wer kann schon von sich behaupten, ohne Hoffart und Eigendünkel, er habe weniger als viermal in der Woche gesündigt? Die jüngere von den Fräulein Hermeline, Mamsell Bertrande, die in der ersten Klasse den Unterricht erteilte und für die Gewissensprüfung zuständig war, duldete nicht, daß man ihr statt richtiger Sünden irgendwelche Kleinmädchenlappalien angab, die nicht einmal zu einer moralischen Auslegung Anlaß boten. Die Zöglinge mußten sich zwar ausschließlich auf läßliche Sünden beschränken, aber sie hatten doch Sünden anzuführen, die schwer genug wogen, daß man sie zu ihrer Beschämung, d. h. zur Erbauung der ganzen Klasse auslegen konnte. Unter dem Druck ihrer Notlage kam Lucienne der rettende Gedanke; sie wollte zwei Fliegen auf einen Schlag treffen: als erste sündhafte Tat würde sie sich das Tragen von durchbrochenen weißen Strümpfen vorwerfen; als zweite Sünde obendrein anführen, sie habe den Wunsch in sich aufsteigen gespürt, ihrer Mutter ungehorsam zu sein, als sie von ihr dazu gezwungen wurde. Kein Zweifel war möglich: Mamsell Bertrande würde zuerst lange über diesen frommen Zwiespalt nachdenken und ihr dann die Note 9 oder 10 zubilligen, was in «tätiger christlicher Nächstenliebe» nur höchst selten vorkam. Blieben noch drei weitere Sünden, die gefunden und in den nächsten drei Tagen begangen werden mußten, und Lucienne wagte zwar nicht sie sich vorsätzlich und wohlüberlegt vorzunehmen, aber sie fragte sich doch, was für Versuchungen ihr der Zufall im Verlauf des Tages wohl bescheren werde, damit sie, mit seiner Hilfe, ihr Heft nachführen könne. Plötzlich drang die hohe, schrille Stimme des Veterinärs durch das laute Scheppern des lotterigen Eisenkrempels.

«Lucienne, du hast mir keine Antwort gegeben. Glaubst du, du kannst das Harmonium in der Kirche spielen?»

Abgelenkt und zum Träumen und Sinnieren verführt vom lärmigen Geratter des Zugs und vom Anblick der wogenden Kornfelder draußen im ebenen Land, der sich, so weit man sah, dem Auge bot, hatte Ferdinand soeben eine fast poetische Vision erlebt, die mählich in ihm gereift war. Zuerst hatte er Lucienne am Harmonium in der Kirche vor sich gesehen, da, wo er selbst seine erste Kommunion empfangen hatte, und dieses In-Beziehung-Setzen hatte ihn weich gestimmt. Die Gemeindeglieder von Claquebue nahmen, auf Grund eines heimlich wirksamen Geraunes und Gemunkels, die Tochter Ferdinand Haudouins für voll, war er doch einer aus ihrem Dorf, der sich eine geachtete Stellung geschafft hatte. Auch war er ein guter Republikaner, der's aber verstand, stets gerecht und maßvoll zu bleiben. Ein echter Republikaner, ein wahrer Patriot, den man allezeit bereit fand, wenn es um die Ehre des Landes ging. Er lauschte den weihevollen Klängen der liturgischen Musik, die immer feierlicher und hoffärtiger erbrauste. Er hörte sie, obschon er nicht in der Messe war, denn es war nicht seine Sache, die Messe zu besuchen. Dazu war er ein zu aufrechter und überzeugter Republikaner. Ein überzeugter Republikaner und ein wackerer Patriot, und gleichwohl schickte er seine Tochter in die Messe, ja, er nötigte sie sogar ans Harmonium, warum? Weil die Stunde ernst und entscheidungsschwanger war! Das Harmonium spielte eine inbrünstig-glühende Weise, der Pfarrer sang die Messe fürs Vaterland. Der Veterinär fühlte, wie sein Herz sich weitete und schwellte. Truppen scharten sich im Türrahmen; sie trugen prachtvolle Uniformen und hielten sich musterhaft. Von dieser Seite hatte er nichts zu befürchten. Die Fahnen flatterten und fächelten kühlend seine purpurrote Stirn. Er schwang sich auf die grüne Stute, die den Rappen des Generals beschnupperte und liebevoll mit ihren Zähnen zupfte, und galoppierte vor die Front der Truppen. In der Kirche hatten sich die Gläubigen in ihren Bänken aufgerichtet und stießen, von Lucienne mitgerissen, einen langhinhallenden Schrei aus, einen Schrei der Liebe zum General Boulanger und zum Vaterland. Malloret nahm in prachtvollem Schwung das Bürgermeisteramt in Besitz, und Frédéric, ordengeschmückt, berühmt, die Brust mit einer dreifachen Goldkette behangen, reiste erster Klasse auf allen Eisenbahnlinien Frankreichs mit einem staatlichen Ausweis.

Beim Klang der Stimme ihres Vaters waren die Kinder aufgefahren. Antoine staunte, das Herz von Zärtlichkeit überflutet, in die sanften Augen der kleinen Jasmin, die so liebevoll und holdselig strahlten, daß auf dem Plüschbezug der Sitzbänke ein wundersamer Blumengarten aufblühte, daß das Leben, so weit er sah, einfach und seidiglind wurde. Durch die Tür des Abteils ging er mit Jasmin auf und davon, mit Jasmins Augen, die er an seine Seele preßte. Er wollte ihr Lächeln erwidern und sprang zur Tür hinaus und schwebte über die Wiesen dahin. Als Antoine seinen Vater mit seiner essigsauren Stimme Jasmins Bild zerstören hörte, warf er ihm einen empörten Blick zu und stellte, einmal mehr, fest, daß der Veterinär ein gemeines Gesicht habe, ein Gesicht, das unvornehm, pferdemäßig, kiefergewaltig, kaltschnauzig, tückisch, bösartig, lasterhaft, grausam, stumpfsinnig, selbstzufrieden und tobsüchtig war. «Ein Glück, daß ich ihm nicht gleiche! Ich bin nicht schön, aber ich sehe ihm wenigstens nicht ähnlich. Jasmin hat mir zugelächelt!» Frédéric, der irgendwelchen Universitätsdiplomen nachträumte und runden steifen Hüten nachhing, wandte sich zu seinem Vater um, der ein weiteres Mal fragte:

«Ja oder nein, kannst du das Harmonium spielen?»

«Ich weiß nicht, ich habe es noch nie versucht», gab Lucienne mit dünner, schwacher Stimme zur Antwort, doch der Lärm des fahrenden Zuges verschlang ihre Worte.

Madame Haudouin kam ihrem Töchterchen zu Hilfe.

«Sie kann doch nicht von einem Tag auf den andern Harmonium spielen. Dazu braucht es eine gewisse Gewöhnung.»

Ferdinand winkte ungeduldig ab. Ihm lag sehr viel am Harmonium.

«Sie kann ja Stunden nehmen. Und wenn sie auch noch so falsch spielt, wird's kein Mensch merken!»

Helene wandte ein, die Kleine werde sich in Claquebue zu Tode langweilen, doch Ferdinand hielt dem entgegen, ein verständiges Mädchen langweile sich nicht an dem Ort, wo das Grab seiner Großeltern sei.

«Hab' ich nicht recht, Lucienne?»

«Gewiß, Papa... Ich werde die Gräber unserer teuren Entschlafenen mit Blumen schmücken.»

Dem Veterinär kam dabei das klare Augenwasser. Helene widersetzte sich dem Plan ihres Gatten lediglich aus hilfsbereitem Erbarmen mit ihrer Tochter, denn sie wußte, wie ungern Lucienne in Claquebue gelebt hätte. Als sie nun sah, daß sie sich ganz vernünftig darein zu schicken schien, fehlte gar nicht viel, und sie hätte sie, gereizt und aufgebracht, den teuren Entschlafenen überlassen. Einzig die rührselige Befriedigung des Veterinärs brachte sie dazu, daß sie den Wortstreit weiterführte.

«Du hast dir nicht überlegt, daß Lucienne in den paar Wochen, die sie dort verbringt, ganz sich selbst überlassen sein wird. Niemand wird über sie wachen, sie hat nichts als schlechte Beispiele vor Augen. Du sagst ja selber, der Umgang mit ihren Vettern sei verheerend.»

«Man müßte... Mein Gott, was für ein gräßlicher, lästiger Lärm...

Wenn Honoré uns wenigstens doch unterstützen und uns nicht entgegenarbeiten wollte. Ach, wenn Messelon ein Jahr länger hätte leben können, oder auch nur ein halbes! Dann hätte Valtier alle Zeit, sein Schnepfchen zu vergessen, und alles ließe sich einrenken.»

Ferdinand schien mit einem Schlag zusammengesackt zu sein, und seine Frau verspürte darüber eine leise Freude. Sie gab sich ohne jede Begeisterung zu den Machenschaften her, mit denen der Schützling Valtiers zum Bürgermeister durchgesetzt werden sollte. Sie hatte wenig Sympathie für den Abgeordneten übrig und fand sich nur schlecht in die Vorstellung, daß ihr Sohn Frédéric eines Tages in seinem Schlepptau und Fahrwasser segeln müsse, wenn er eine glänzende Karriere als Anwalt und Rechtsberater oder sonstwie machen wollte. Dieser geistreiche, zynische, freßgierige Biedermann dünkte sie ein etwas beängstigender Mentor für einen jungen Mann, der ohnedies schon allzu große Neigung verriet, seinen Lehren ein offenes Ohr zu leihen. Überdies war es ihr heimlicher Ehrgeiz, daß aus Frédéric einmal ein Kavallerieoffizier werden sollte. Helene hatte seit jeher eine Schwäche fürs Militär gehabt. Seinerzeit, als sie noch das Pensionat der Fräulein Hermeline besuchte, träumte ihr mindestens einmal in der Woche, sie werde von einem forschen Leutnant entführt. Seit sie verheiratet war, hatten sie die Leute, mit denen der Veterinär Umgang pflog, stets arg enttäuscht, weil er fast ausschließlich mit Angehörigen des Handel treibenden Bürgertums in Saint-Margelon verkehrte. Sie aber sehnte sich nach den hochvornehmen Salons der Offiziersdamen, in denen Flügel und keine schäbigen Klaviere standen und wo die Lehnstühle keine Überzüge hatten.

Saint-Margelon war Waffenplatz eines Husaren- und eines Infanterieregimentes, die sich am allerliebsten mit der blanken Waffe gegenseitig ausgerottet hätten. Die Husaren sahen geringschätzig auf die Fußsoldaten herab, weil sie nicht beritten waren, und die Infanteristen behaupteten, die Husaren seien höchstens für Paraden zu gebrauchen. Der Haß, der sie entzweite, war somit ein durchaus verständliches Gefühl. Die Nummer 17 an der Rue des Oiseaux war alle Augenblicke für die Truppe gesperrt, weil wieder einmal eine Keilerei zwischen Soldaten der beiden feindseligen Regimenter stattgefunden hatte. Sagte etwa ein Husar: «Da kommen ja die Briefträger von ihrer Runde heim!» Oder ein Infanterist höhnte: «So was sagt ‹Herr Leutnant› zu einem Adjutanten.» Auch zwischen den Offizieren der Garnison herrschte kein besseres Einvernehmen. Die Kavallerieoffiziere hießen de Bugard de Montesson, spielten Klavier, wenn nicht gar Harfe, machten Schulden, schliefen mit den Töchtern aus besserem Hause, speisten hoch zu Roß, gingen auf Stelzen in die Messe, waren Royalisten und nahmen ihre Kollegen von der Fußtruppe nicht zur Kenntnis. Währenddessen spielten die Infanterieoffiziere Piquet oder zählten sich die

Namen der Generäle aus der Revolutionszeit auf, deren Väter noch Schlächter, Bäcker, Färber oder Stallknechte gewesen waren. Sie litten ein wenig darunter, daß sie von den berittenen Herren geschnitten und beiseitegeschoben wurden, und bedauerten es, daß es in der Stadt nicht ein Regiment Trainsoldaten gab, auf die sie ihrerseits mit Verachtung herabblicken und denen sie ihre Geringschätzung zu spüren geben konnten, denn ein Troß- und Trainoffizier war eine fast ebenso lächerliche Figur wie ein Verwaltungsoffizier. Die guten Leute in Saint-Margelon murrten jahraus, jahrein über das hochnäsige Benehmen der Kavallerieoffiziere; am Morgen des vierzehnten Juli aber flogen alle Herzen den Husaren zu, die mit einer wahren Schlußapotheose, einer im Galopp gerittenen Attacke, die Truppenschau abschlossen, so daß die Begeisterung keine Grenzen mehr kannte. Der Veterinär hatte eine uneingestandene Vorliebe für die Husaren. Eines Tages stand er bei der Preisverteilung an die Gymnasiasten, in seiner Eigenschaft als Generalrat, neben dem Obersten de Prébord de la Chastellaine auf der Estrade, und da hatte der Oberst sein Monokel sauber geputzt und zu ihm gesagt: «Ich finde, es ist heute heiß.» Vor so viel schlichtem Menschentum war Ferdinand zutiefst ergriffen, und von diesem Tag an datierte seine Anhänglichkeit an die Husaren. Mehrmals war er in Abwesenheit des Militärveterinärs zu Konsultationen ins Quartier der Husaren gerufen worden. So lernte er den Leutnant Galais kennen, und sie hatten eine Auseinandersetzung über das Wallachen der Fohlen, derzufolge sie beide große Wertschätzung füreinander faßten. Der Leutnant war ein junger, ernster Mann, Reiter aus innerer Berufung, und verwendete seine Mußestunden auf die Abfassung eines Werks über das Pferdegeschirr der Reiterei, das bei den Sequanern zur Zeit der Eroberung Galliens in Gebrauch war. So großes Wissen und so viel ernstes Mühen hatten es Ferdinand angetan, und er rühmte beim Nachhausekommen den Husaren in den höchsten Tönen.

«Der beste Reiter im Regiment... Ich habe gehört, er habe überhaupt kein Vermögen und lebe inmitten dieser Herren *von und zu* sowieso ein wenig kaltgestellt...»

Dieses «überhaupt kein Vermögen» ging Madame Haudouin zu Herzen. Sie spann den Roman, den sie hundertmal schon bei den Fräulein Hermeline ausgedacht hatte, aufs neue an; von einem wundersam armen jungen Offizier angebetet, trieb sie ihre Eltern in den Tod, weil sie nicht dekorativ genug waren, und legte, was sie ererbte, zu ihrer Brautgabe. Der Veterinär fand Gelegenheit, sich ein weiteres Mal mit dem Leutnant in ein Gespräch über Pferde einzulassen, und eines Tages schleppte er ihn mit sich nach Hause unter dem Vorwand, er möchte ihm ein paar anatomische Tafeln zeigen. Helene guckte durch die Ritzen der Rolläden auf die Straße hinunter, und als sie die beiden Männer kommen sah, setzte sie sich geschwind ans Klavier und stieß einen Überraschungsschrei aus, als der Leutnant ins Zimmer trat. Als dieser ihr Erröten sah, fühlte er sich geschmeichelt und bat sie, die unterbrochene Sonate weiterzuspielen. Noch am selben Abend machte er sich ans Studium der Notenlesekunst, damit er Madame Haudouin jeweils das Blatt umwenden konnte. Schließlich kam er regelmäßig auf Besuch. Der Veterinär war manchmal geradezu ungehalten, weil seine Frau sich ihres Gastes nicht liebevoll und entgegenkommend genug annahm. Sie sprach auch in der Tat nur wenig mit ihm, und der Leutnant seinerseits hatte nicht die geringste Neigung zum Anhimmeln und Süßholzraspeln. Sie schauten einander stets nur ernst in die Augen, im sichern Gefühl beiderseitiger Liebe, und sogar wenn der Veterinär zugegen war, ließen sie sich in ihrem Glück nicht stören. Einmal traf der Leutnant Helene am Nachmittag allein zu Hause. Sie spielte Klavier, er wandte ihr die Seiten um, und wenn ihre Geständnisse auch zärtlicher waren als sonst gewöhnlich, so blieb es auch diesmal bei einem stummen Austausch ihrer Gefühle. Immerhin, als sich der Husar verabschiedete, als er Helenes Hand in der seinen zittern spürte, flüsterte er hauchleise ihren Vornamen und verließ dann fluchtartig das Haus, wobei er noch über seinen krummen Säbel stolperte. In der Folge blieben ihre keuschen Liebesbeziehungen ein Geheimnis ihrer Augen.

Der Zug näherte sich Valbuisson, und ein Husar und Jasmins Augen gaben ihm das Geleite. Mainehal, der Mann, der Ferdinand noch Geld schuldete, erwartete die Reisenden vor dem kleinen Bahnhof, wo sein Wagen bereits angespannt war. Er war ein dicker, höflicher Mann, fest entschlossen, nie mit dem Geld herauszurücken.

«Die Ernte scheint heuer gut zu stehen», begann Ferdinand das Gespräch.

«Es scheint so. Aber bei mir steht alles voller Disteln.»

«Das dürft Ihr doch nicht sagen, wo denkt Ihr hin ...»

«Die lautere Wahrheit, Herr Haudouin!»

«Ihr übertreibt, Mainehal, Ihr übertreibt ...»

«Nein, Herr Haudouin, nein. Warum sollte ich auch übertreiben? Ich wollte Euch Euer Geld auf jeden Fall heuer nicht zurückzahlen. Sogar wenn die Ernte gut ausgefallen wäre, hätte ich es nicht machen können.»

Vor so viel gemütsruhiger Unverfrorenheit verlor der Veterinär denn doch die Fassung. Wutschnaubend stieg er in den Wagen und überlegte sich, was für Zwangsmaßnahmen ihm zu Gebote stünden. Antoine wandte alle erdenklichen Schliche und Tücken an, damit er nicht neben seinen Vater und auch nicht gegenüber zu sitzen kam. Er wartete, bis alle auf den beiden Sitzbänken untergebracht waren, und wollte dann zum Kutscher auf den Bock klettern, unter dem Vorwand, der Wagen sei viel zu klein; doch sein Vater holte zwischen den Beinen eine Art Klappstühlchen hervor und nötigte ihn, darauf Platz zu nehmen. Der Wagen fuhr an und rollte durch Valbuisson, und alle Insassen hingen erneut ihren Wunschträumen nach, der eine seiner Jasmin, der andere dem Husaren, dem runden steifen Hut der, und ihren läßlichen Sünden jene.

Antoines Kopf verschwand fast unter der Weste seines Vaters, und er verrenkte sich beinah den Hals, um Jasmins Augen, die neben dem Wagen einherschwebten, nicht aus dem Blick zu verlieren.

«Woran denkst du?» fragte der Veterinär. Er sah es nicht gern, wenn wohlerzogene Kinder vor sich hin grübelten.

«An gar nichts», gab Antoine kurzangebunden und ohne umzusehen zurück.

«Wenn du schon an gar nichts denkst, kannst du mir ja sagen, in welchem Jahr die Friedensverträge von Westfalen unterzeichnet wurden.»

Antoine tat keinen Mucks und blieb stumm und eigensinnig sitzen. Da machte der Vater seiner Entrüstung mit einer so schrill-gellenden Stimme Luft, daß sogar der Gaul die Ohren spitzte.

«Ihr seid Zeugen, er weiß nicht einmal das Datum der Westfälischen Friedensverträge! So ein fauler Schlingel! Er bringt noch Schande über uns alle, ganz wie sein Onkel Alphonse wird er verkommen! Heute nachmittag aber geht er mir nicht mit seinen Vettern spazieren, sondern bleibt bei seinem Vater, bei mir!»

Im Wagen trat ein bestürztes Schweigen ein. Lucienne sandte für ihren Bruder ein Stoßgebet zum Himmel und sprach für sich ein Bittsprüchlein, das die Fräulein Hermeline besonders anempfahlen, wenn einem die wichtigen Daten der Weltgeschichte nicht einfallen wollten. Frédéric malte mit dem Finger Ziffern in die Luft, und Madame Haudouin suchte einen Blick ihres Jüngsten zu erhaschen, denn sie hätte ihm gar zu gerne den Trost eines mütterlich-zärtlichen Lächelns gespendet. Doch Antoine stierte mit niedergeschlagenen Augen auf seine Sonntagsschuhe hinab und wollte nichts sehen. Da sagte der Veterinär noch einmal:

«Bei mir. Den ganzen Tag!»

Da fühlte Antoine, wie ein Seufzer, ein Seufzer der Sehnsucht nach Jasmin, seine Brust weitete. Er schluckte seinen Speichel herunter und murmelte mit erstickter Stimme:

«1648.»

7

An den Sonntagen, wo die Familie des Veterinärs nach Claquebue kam, war Honorés Familie seit vier Uhr früh hundsmüde und zum Umfallen überanstrengt. Zuerst mußte, wie alle Tage, der Stall ausgemistet und neue Streu hineingeschafft werden, dann bekamen die Kühe, die Schweine, Hühner, Kaninchen und zuletzt auch die Menschen ihr Futter, es galt noch Bohnen abzufäden und Salat für zwölf Personen zu rüsten, man mußte die Füße waschen, saubere Hemden anziehen, man mußte sie waschen, bügeln, flicken, mußte Geschirr aufwaschen, den Boden kehren, und dazu war ein gewaltiges Gezeter im ganzen Haus, man werde unmöglich zur Zeit bereit sein.

Um halb neun Uhr kletterte jeweils Alexis auf den Nußbaum und paßte auf, ob der Wagen oberhalb des Roten Hügels auftauchte. Dann brüllte er aus Leibeskräften – und zuweilen schlug er auch falschen Alarm, rein zum Spaß, auf die Gefahr hin, daß er einen Tritt mit dem Holzschuh in den Hintern abbekam, sobald er von seinem Auslug herunterkam:

«Onkels Wagen kommt auf dem Roten Hügel an!»

Daraufhin ging ein schauriges Gelärme in der Küche los. Honoré rief unter wilden Flüchen nach seiner Frau, weil er seinen Kragenknopf nicht fand. Was hatte man denn zum Teufel mit seinem Kragenknopf angestellt? Adelaide rannte rund um die Küche, ein Plätteisen in der rechten und eine Nadel in der linken Hand, und bügelte und nähte alles, was ihr in den Weg lief, im Galopp, ohne stehen zu bleiben, und schrie dazu noch lauter als ihr Mann, niemand rühre einen Finger, um ihr zu helfen, alles bleibe immer nur auf ihr sitzen, aber an dem Tag, wo sie dann einmal unter der Arbeit zusammenbreche und den Geist aufgebe, da werde man es vielleicht doch endlich einmal merken.

«Hoffentlich recht bald! Dann könnte ich wieder heiraten, Himmelherrgott noch einmal!»

«Das möchte noch mancher, soviel ist sicher!»

«Und eine Frau, die nicht in einem fort meine Kragenknöpfe verlegt.»

«Ich hab' dir doch gesagt: in der Schublade! Muß ich denn überall sein?...»

Mohrchen lief allen in die Beine, immerzu versperrte er die Tür, überall kam er ihnen in die Quere, wo jemand vorbei oder hinaus wollte, und man wurde gar nicht fertig, ihn mit Fußtritten immer wieder fortzujagen. Juliette rief Gustav und Klotilde herein. Sie kamen nicht. Endlich entdeckte man sie irgendwo in einem Graben, verschmutzt und verdreckt, oder sie waren gerade im schönsten Zug, einen Tunnel im Misthaufen auszuhöhlen. Zum Glück zog man ihnen die Sonntagskleidchen immer erst im letzten Augenblick an. Sie hätten ihre saubern Kleider genauso übel zugerichtet. Juliette säuberte und wusch sie noch rasch, kämmte sie und kleidete sie an. Honoré quälte sich mit seinem Kragenknopf herum und zwängte ihn ins Knopfloch: er war natürlich, wie sich's gehörte, in der Schublade. Adelaide zog ihr schwarzes Kleid an und nähte derweil ihren Rangen noch zwei, drei Knöpfe auf der bloßen Haut an, und als der Wagen in den Hof einbog, kam die ganze Gesellschaft strahlend und lächelnd heraus und rief: «Da seid ihr ja!» Der Veterinär — gewöhnlich lenkte er das Gefährt selber — hielt sein Pferd an und gab mit seiner dünnen, verklemmten Stimme zur Antwort: «Ja, da sind wir!» Und dann sprang er als erster von seinem Sitz herunter und half seiner Frau beim Aussteigen.

«Ja, da sind wir also», sagte er, wie zur Bestätigung, noch einmal.

«He nu», meinte Honoré, «ich sehe doch, daß ihr da seid.»

Nun ging's los mit überschwenglichen Begrüßungssprüchen und -ergüssen; die Küsse klatschten auf den Wangen der Vettern, vervielfachten sich mit den Wangen der Tanten und Onkel, addierten sich und ergaben schließlich achtundvierzig als Endresultat.

«Die lieben Schätzchen!»

«War's euch heiß?»

«Ich habe ihm noch gar kein Küßchen gegeben!»

«Du hast mir noch keinen Kuß gegeben.»

«Hast du dem Onkel einen Schmatz gegeben?»

«Mohrchen! Mein schönes Hundchen!»

«Wie sie groß werden!»

«Wir haben fünf Minuten beim Bahnübergang verloren.»

«Kusch dich, du Aas! Er könnte euch die Kleider zerreißen.»

«Es fahren jetzt so schrecklich viele Wagen auf den Landstraßen.»

«Obacht, er macht euch mit seinen Dreckpfoten schmutzig.»

«Laß ihn doch ...»

«Ein Gaul geht so leicht durch!»

«Erst zwölf ist er? Ihr werdet sehen, er überholt unsern Antoine noch!»

Volle zehn Minuten ging es hoch her mit Juchheien und freudigem Begrüßen, man versetzte Mohrchen einen Fußtritt, klebte Gustav eine Maulschelle, und Alexis spannte das Pferd aus, mit ehrerbietiger Behutsamkeit und allem Respekt vor dem vornehmen Luxusgeschirr, das der Familie so große Ehre machte. Die Schwägerinnen gingen ins Haus, und der Veterinär — er war ja nicht umsonst Veterinär! — sagte zu Honoré:

«Jetzt sehen wir uns einmal das Vieh an.»

Und erst wenn sie im Stall anlangten, fühlten die beiden Brüder, wie das Gefühl feindseligen Mißtrauens aufs neue in ihnen aufstieg, diese gegenseitige Abneigung und Unverträglichkeit, die sie im Überschwang der ersten Wiedersehensfreude völlig vergessen hatten. Ferdinand betätschelte mit ernstem Gesicht die Tiere.

«Die Kuh da kriegt zu trockenes Futter.»

«Das kann schon sein. Auf alle Fälle gibt sie ihre zwölf Liter.»

Honoré stand mit Vorbedacht und geflissentlich weit abseits hinter den Kühen und gab dem Veterinär zu spüren, daß ihn seine Ratschläge und Ansichten nur wenig angingen und kühl ließen. Desungeachtet fuhr der Veterinär in seiner Untersuchung fort und rechnete dabei aus, daß diese unentgeltliche Konsultation, die immerhin gut und gern und im Grunde genommen alles in allem ihre fünf Franken unter Brüdern wert war, nahezu allein schon die Mahlzeit ausglich und abzahlte, die seine Familie nachher bei seinem Bruder sich einverleibte, so daß eigentlich die Pastete nebst der Wurst, die er aus Saint-Margelon mitgebracht hatte, eine angenehme und willkommene Dreingabe darstellten.

An diesem Sonntag nun ging gar nichts, aber auch gar nichts so wie sonst an den andern Sonntagen. Von seinem Nußbaum herab hatte Alexis wohl den Wagen gesichtet, doch der war so verschieden von dem Landauer seines Onkels, daß er ihm überhaupt keine Beachtung schenkte. Mainehals Ankunft kam für die ganze Familie völlig überraschend. Honoré trat in geflickten, zusammengestückten Hosen, die vorne unordentlich und schlechthin unanständig auseinanderklafften, aus dem Haus. Die Söhne hatten ihre Alltagskleider an, ihre Mutter trug einen rosarotgestreiften Flanellunterrock. Der Veterinär war darüber höchst ungehalten, fand er doch, dieses Sich-gehen-lassen vor Fremden mache einen üblen Eindruck; er war sogar wegen seiner Frau und Lucienne leicht peinlich berührt und gab zu verschiedenen Malen Honoré mit heimlichen Winken zu verstehen, der Wind pfeife ihm vorne in den Hosenladen. Doch Honoré hatte sich von seinem Erstaunen noch nicht erholt und wollte einfach nicht begreifen.

«Ich hätte nie gedacht, daß ihr mit Mainehals Wägelchen kämet. Ist denn dein Rappen nicht gut auf den Beinen?»

Da spürte der Veterinär, wie er leichenfahl wurde. Er machte dem Umarmen und Abküssen ein jähes Ende und murmelte mit gebrochener Stimme:

«Komm, wir schauen uns die Tiere an.»

Und als Honoré noch mit Mainehal ein paar Worte wechselte, stieß er ihn mit dem Ellbogen an und bat:

«Komm, das Vieh ...»

Kaum standen sie draußen im Stall, schaute Ferdinand mit angsterfüllten Augen zu seinem Bruder auf.

«Hast du denn meinen Brief nicht bekommen?»

«He nein, und du wirst lachen: Déodat hat ihn nämlich verloren. Stell dir vor, er ist ihm abhanden gekommen, das heißt, er ist ihm aus der Tasche gefallen, während er sich mit den Schulbuben herumprügelte, die aus der Schule kamen. Er hat es mir dann erzählt, der arme Déodat, völlig niedergeschlagen war er, und wie ein geprügelter Hund hat er dagestanden ... Aber was hast du denn?»

Ferdinand hatte sich auf den dreibeinigen Hocker gesetzt, der als Melkschemel diente.

«Gott im Himmel! Mein Brief! Er hat meinen Brief verloren ...»

Er vergrub den Kopf in beide Hände, und ein verzweifeltes Stöhnen entrang sich seiner Kehle. Honoré packte nun doch eine leise Angst, es fiel ihm ein, daß des Briefträgers Verdacht zuallererst auf den Tintin Maloret gefallen war. Aber Ferdinands Verzweiflung ging ihm zu Herzen, er richtete seinen Bruder auf und legte ihm die Hand auf die Schulter.

«Sei doch vernünftig, Kleiner. Du wirst doch nicht den Kopf verlieren wollen, bloß weil ein Brief abhanden gekommen ist! Komm, sei ruhig, Kleiner.»

Da sank der Veterinär seinem älteren Bruder an die Brust. Er kam sich so schwach, so elend vor, und jedesmal wenn sein Bruder «Kleiner» zu ihm sagte, stieg ihm ein Schwall zärtlicher Zuneigung in die Nase. Auch Honoré fühlte, wie er weich wurde. Wer weiß, vielleicht war Ferdinand gar nicht durch und durch schlecht; hätte man ihn nicht im Kollegium zu Saint-Margelon verdorben und auf Abwege gebracht, so wäre noch ein rechter und urwüchsiger Haudouin aus ihm geworden.

«Na, na, gib dich schon! Jetzt ist wahrhaftig nicht der Augenblick, sich gehenzulassen! Wenn du schon eine Dummheit angestellt hast, so werde ich dir bestimmt deswegen keine Vorwürfe machen. Außerdem ist es gar keine Dummheit, sondern eher ein ekliges Pech. Kein Mensch konnte doch voraussehen, was dann passiert ist. Was hast du mir denn eigentlich geschrieben?»

«Ich habe dir geschrieben ... Nein, siehst du, ich traue mich kaum, es dir zu sagen. Du wirst sicher wieder wütend.»

«Wo denkst du hin! Ich kann dein Mißbehagen recht gut verstehen. Erzähl mir einmal ganz ruhig, was vorgefallen ist, und dann wollen wir zusammen überlegen, was zu tun ist.»

«Ich habe dir über ein paar politische Fragen geschrieben, doch das hat hier nichts zu suchen ... Ich habe auch über unsere Mutter mancherlei gesagt ...»

«Du hast doch aber nicht geschrieben ...»

«Doch, eben gerade. Ich habe die Begebenheit bei ihrem Ausgangspunkt aufgegriffen, als der Bayer kam ... Kurzum, ich habe alles erzählt ...»

Da schwang Honoré drohend die geballten Fäuste über Ferdinands Kopf. Noch nie habe er ein so saudummes Vieh gesehen wie diesen verdammten Steinesel von einem dreckigen Scheißveterinär, tobte er. Das habe er nun von seiner gottverdammten Bildung, nun habe er glücklich das ganze umliegende Land weitherum und eselsdeutlich ins Bild gesetzt, daß sich seine Mutter von einem Preußen habe hernehmen lassen. Würde es ihn so sauer und hart ankommen, die Feder zu führen, wie er's heillos ungern tue, dann wäre er gewiß nicht auf den hirnverbrannten Einfall gekommen, einen Brief zu schreiben, der ihr ganzes Leben und noch die Zukunft ihrer Kinder versauen werde. Honoré beschimpfte seinen Bruder aufs maßloseste, nannte ihn einen hirnerweichten Blödian, einen Arschlecker, einen Stehkragenheiligen, Tintenkacker, Hahnrei und Hörnerhelden, und während er drauflos schimpfte und wetterte, ging er mit langen Schritten im Stall auf und ab, unter den erstaunten Blicken der Kühe, die ihre Hälse verdrehten und ihm verwundert nachglotzten. Ferdinand blieb ihm dicht auf den Fersen und versuchte ein vernünftiges Gespräch anzuknüpfen, aber die Schimpfworte und Flüche hagelten so dicht aufeinander, daß er mit keinem Wort dazwischenkam. Der «Hahnrei und Hörnerheld» ging ihm mehr als alles andere ans Herz, und er wollte schon dagegen aufmucken. Doch Honoré warf ihm einen bitterbös drohenden Blick zu.

«Hahnrei, sag ich dir, und die ganze Familie mit Hörnern gesegnet! Und wer ist schuld daran? Ein schreibwütiger Federfuchser, der das, was ich ihm gesagt hatte, nicht für sich hat behalten können! Was? Nein, ich will gar nichts hören. Was hätte ich auch mit deinen vollgeschmierten Papierblättern anfangen sollen? Du hast doch nicht gehofft, du könnest mich damit kleinkriegen und mir den Kopf verdrehen, oder? Jetzt ist dein Brief beim Maloret, beim Seph! Sein Bub, der Schlingel, hat ihn gestohlen, wie ihn der Seph auch gestohlen hätte. Es liegt ihnen ja im Blut, das Klauen und Petzen und Angeben. Schon der Alte, der letzte von den Maloret, der abgekratzt ist, war so einer, und so einer war auch der Vater des Alten. Lauf ihm jetzt nach, deinem Brief, lauf nur!»

Bebend vor Zorn lehnte sich Honoré gegen die Raufe, zwischen zwei Kuhmäuler, und dann beruhigte er sich wieder, während er überlegte. Es war kaum ein Zweifel daran möglich, daß Seph im Besitz des Briefes war, auch nicht daran, daß er ihn irgendwie auszuschlachten versuchen würde. Aber Honoré sagte sich, nach reiflicher Überlegung und auch wenn er alles im schlimmsten Lichte sah, Maloret werde ihm nicht hinterrücks einen üblen Possen spielen. Fraglos wußte schon in nächster Bälde ganz Claquebue, daß die Mutter der Haudouinbrüder mit einem Bayern geschlafen hatte, und die Umstände und auch der Anlaß mochten noch so wenig ehrenrührig gewesen sein, so blieb eben doch nur die nackte Tatsache im Gedächtnis haften. Honoré mußte wohl oder übel zugeben, daß er bei dieser leidigen Sache die öffentliche Meinung trotz allem sehr wichtig nahm; aber schließlich ging es hier um eine Tote, und für ihn und sein Gefühl bestand ein wesentlicher Unterschied zwischen einem Toten und einem Lebenden. Was man laut heraus über einen Verstorbenen sagt, fällt bei weitem nicht so ins Gewicht wie das, was man ganz leise über einen Lebenden denkt, das ist nicht halb so schlimm, kaum ein Viertel so arg. Auch sagte sich Honoré, er lebe ja nicht vom Ruf und Leumund der Toten – das überließ er dem Veterinär, für den war es just das Rechte — und er habe lediglich den Vorsatz, ihrem Nachruhm dienlich und förderlich zu sein. Andererseits faßte er einen Gegenschlag ins Auge; er sollte die Demütigung ausreichend aufwiegen, die ihm das Umlaufen des Briefes in Claquebue bereitete. Seine Rachegelüste gegen Seph, die er so lange schon aufs Eis hatte legen müssen, daß er sie schließlich gänzlich aufgegeben hatte, fanden hier einen neuen Vorwand. Das Gefühl des Unbehagens und des Widerwillens, das er Maloret gegenüber hegte, erstarkte und wuchs. Sein Haß konnte sich künftig ruhigen Gewissens austoben, und er fühlte sich erleichtert wie ein guter Staatsbürger, wenn er erfährt, daß der Krieg endlich erklärt sei.

Voller Rücksicht störte Ferdinand seinen Bruder in seinem Brüten und Sinnieren nicht, er versuchte bloß seinem Gesicht abzulesen, welchen Lauf seine Gedanken nahmen. Honoré hütete sich wohlweislich, seinen Optimismus merken zu lassen. Er hatte auf den ersten Blick schon erfaßt, welchen Vorteil ihm die Sachlage über den Veterinär verschafft hatte, einen durchaus redlichen Vorteil übrigens, den er dem Vertrauen verdankte, das er ihm einflößte.

«Und jetzt?» fragte Honoré.

«Ich weiß nicht», gab Ferdinand mit einer jammervollen Stimme, die auf seine Sonntagsstiefel niederfiel, zur Antwort.

«Diesmal bist du doch sicher zufrieden? Du wolltest ja den Seph als Bürgermeister von Claquebue sehen! Jetzt hat er dich nicht mehr nötig, wenn er mir Beine machen will. Mit deinem Brief hat er mich besser in der Hand als mit deinen billigen Sprüchen. Ah, jetzt kann ich nichts mehr gegen ihn ausrichten; ich kann nur froh sein, wenn er freundlicherweise das Maul hält. Ist er dann aber erst Bürgermeister, dann wird er Geld von dir verlangen, noch und noch, zwanzig-, dreißig-, fünfzigtausend Franken und mehr. Was das anlangt, so bin ich meinerseits ganz ruhig. Ich habe keins. Nach dem Geld will er dein Haus, nach dem Haus ...»

Die Aufzählung dieser katastrophalen Möglichkeiten versetzte Ferdinand in tödliches Entsetzen, und er sackte erneut auf dem dreibeinigen Hocker zusammen und fing an, jämmerlich zu ächzen und zu stöhnen.

«Wir dürfen uns aber auch nicht hinreißen lassen oder in Harnisch geraten», begütigte Honoré. «Vielleicht hat Tintin den Brief gar nicht seinem Vater gegeben. Es würde mich freilich eher wundern.»

«Warum hätte er ihn auch behalten?»

«Klar: er hat ihn bestimmt nur genommen, um ihn dem Seph heimzubringen. Zwar, mit diesen Lausbuben weiß man ja nie. Sie haben so ihre eigenen Gedanken. Eines Tages habe ich den Alexis dabei erwischt, wie er ein Fünfsousstück in den Bach schmiß, und ich habe nie in Erfahrung bringen können, warum.»

Der Veterinär zuckte die Achseln. Es war schon ganz blödsinnig, wenn einer Geld ins Wasser warf.

«Du hast ihn doch hoffentlich verhauen?»

«Nein. Die fünf Sous gehörten ihm, das ging also nur ihn etwas an.»

«Das war nicht recht von dir. Das Bürschlein verdiente eine Strafe. Du hast ihn machen lassen, und dann wunderst du dich später, wenn er das Geld zum Fenster hinausschmeißt. Man ist immer zu gut mit ihnen...»

Wenn sich Antoine je einfallen ließe, so etwas zu tun, setzte der Veterinär hinzu, so würde er ihm den Wert des Geldes im Handumdrehen beizubringen wissen, und nun fing er in einem Tobsuchtsanfall, der ihm in seiner Herzensangst Erleichterung verschaffte, an, gegen Antoine loszuziehen mit Fluchen und Schimpfen, als hätte sein Sohn allbereits damit begonnen, sein Hab und Gut zu verschleudern.

«Ein Faulpelz und Tagedieb! Nicht einmal die Geschichte von Frankreich kennt er! Ich hätte ihn vorhin arg in die Enge getrieben, wenn ich ihn weiter über den Westfälischen Frieden gefragt hätte! Ein Taugenichts und Tunichtgut, ein ganz verdorbenes Früchtchen! Und da soll ich mich halb zu Tode rackern, damit dieser Lümmel mein Geld unüberlegt und sinn- und kopflos vergeudet? Ich würde ihm das Ausgehen verbieten und den Nachtisch entziehen, so würde er rasch begreifen, was das Geld wert ist...»

«Ah, grundgütiger Gott! Du verdienst doch Geld wie Heu, und da kann er's ruhig zum Fenster hinauswerfen, wenn er einmal das Alter dazu hat.»

«Natürlich und selbstverständlich wirst du ihn nur allzugern darin unterstützen; du hast ja auch nie verstanden, einen Sou zusammenzuhalten!» tobte Ferdinand.

«Ich habe getan, was mir Spaß machte und noch einiges obendrein. Wenn's dir nicht paßt, so kommt es aufs gleiche heraus.»

«Man hat eben nicht das Recht, zu tun, was einem Spaß macht, wenn man nicht allein auf der Welt steht. Du wirst den Antoine zum Geldausgeben ermuntern und dich einen blauen Teufel drum kümmern, wenn er später einmal seinem Bruder auf der Tasche sitzt.»

Ferdinands Worte waren eine deutliche Anspielung, die Honoré nicht überhören konnte.

«Wenn man auf seine Brüder zählen müßte...»

«Ich glaube, du kannst dich nicht beklagen», entfuhr es Ferdinand.

Diese Antwort bezweckte und fürchtete Honoré zugleich.

«Aha, du willst mich daran erinnern, daß ich in deinem Hause wohne! Schon gut, ich hau nächste Woche ab! Dann kannst du damit machen, was du willst, mit deinem Haus! Ich hab's nun satt und zuoberst, mir andauernd unter die Nase reiben zu lassen, ich wohne zu Gast in meines Bruders Haus!»

Er brüllte, was die Lungen hergaben, und der Veterinär versuchte umsonst, sein dünnes, grelles Stimmchen zu Gehör zu bringen.

«Lieber will ich draußen im Freien nächtigen, als daß ich eine Woche länger in deiner Hütte bliebe! Am Mittwoch ziehe ich aus und gehe aus Claquebue fort. Du kannst dich dann in deinen vier Mauern häuslich niederlassen, wenn du willst, und deine Rechnung mit dem Seph kannst du auch allein auskarten. Ich bin dann kein Hiesiger mehr!»

Bei diesen letzten Worten sah Honoré, wie sein Bruder gänzlich die Fassung verlor, und er setzte hämisch grinsend hinzu:

«Deinen Brief, für den würde ich dem Maloret keine zehn Sous zahlen.»

Der Veterinär war vor Entsetzen regelrecht stumpfsinnig. Er fing an, wie ein Hampelmann im Stall auf und ab zu stelzen, hob da und dort einer Kuh den Schwanz hoch, rein aus alter beruflicher Gewohnheit, und stierte dabei seinen Bruder mit blick- und ausdruckslosen Augen an. Honoré kochte immer noch vor Wut, und es fehlte nicht viel, und er wäre aus dem Stall davongestürmt und hätte das ganze Haus von seinem Wegzug verständigt, und das hätte ihn dann genötigt, seine Drohung auch wahrzumachen. Die Verzweiflung seines Bruders, die ihm nicht entging, hemmte seinen Schwung. Er zuckte die Achseln und trat auf ihn zu. Ferdinand blieb ebenfalls stehen; er hielt noch einen Kuhschwanz in der Hand und lächelte blöde. Honoré krampfte sich angesichts dieses Lächelns das Herz zusammen, und er tat ihm leid.

«Ferdinand...»

Ferdinand rührte sich nicht und murmelte zusammenhanglose Worte vor sich hin. Honoré verstand nur:

«Der Brief...»

«Ferdinand... was hat es für einen Sinn, uns noch länger anzubrüllen? Laß doch endlich den Kuhschwanz los, und reden wir ruhig miteinander. Dein Brief ist in Malorets Händen, und wir werden alles tun müssen, um ihn herauszubekommen. Komm, setz dich hierher. Ich mag dich nicht so jammerhaft dastehen sehen. Du siehst ja drein wie ein Irrsinniger. Zu allererst aber möchte ich einmal ganz genau und bis ins kleinste wissen, was du mir geschrieben hast. So, nun überleg dir's gut.»

Ferdinand wußte alle seine Briefe und auch die Reden, die er im Laufe des Jahres gehalten hatte, nahezu auswendig. In seiner Verstörung zögerte und stockte er zunächst ein wenig, dann aber ereiferte er sich, während er seinen Brief aufsagte, er belebte und rundete seine Sätze mit an- und abschwellender, auf- und niedersteigender Stimme und Kopfnicken und -schütteln: «Mein lieber Honoré, der Rappe hat anfangs der Woche Koliken bekommen...»

«Da sitzen wir ja schön in der Tinte», meinte Honoré, als sein Bruder ausgeredet hatte. «Ja, man kann füglich sagen, du hast nichts vergessen und ausgelassen.»

«Was ich dir da geschrieben habe, war doch ganz richtig...»

Honoré gönnte ihm nicht einmal eine Antwort. Er setzte sich auf den Melkhocker und versuchte sich die spitzbübische Schadenfreude des Seph Maloret auszumalen, während er den Brief las und wieder las. Er stellte sie sich höchst lebhaft vor, und das war für ihn die ärgste Demütigung. Der Gedanke, daß der Brief bestimmt im ganzen Dorfe bekannt wurde, war nichts im Vergleich damit. Seph hielt nun den sichern Beweis dafür in Händen, daß die Worte, die er damals mit dem Bayern gewechselt hatte, Folgen gezeigt hatten, just die Folgen nämlich, die er wohlberechnet im Auge gehabt hatte. Je länger Honoré sich die Sache überlegte und hin und her erwog, um so unwichtiger dünkte es ihn, den Brief wieder in die Hände zu bekommen. Zunächst war es ihm wichtig, Rache zu nehmen, und zwar eine solche Rache, daß Maloret nur noch voll Bitterkeit und Reue an das Vorkommnis mit dem Bayern zurückdenken konnte.

Der Veterinär hielt den Atem an und wartete auf etwaige Orakelsprüche. Da sein Bruder mit den Augen zwinkerte und auf die Nase seines Holzschuhs spuckte, wollte ihm scheinen, seine Überlegungen zeitigten allerlei Ergebnisse, und aus Besorgnis, seine Gegenwart könnte dabei lästig wirken, schlich er sich auf den Zehenspitzen weg und wollte an die allsonntägliche Untersuchung des Viehbestandes schreiten.

«Laß doch meine Kühe in Ruhe», brummte Honoré, ohne den Kopf zu heben. «Auch wenn du sie abgetätschelt hast, ist niemand klüger als zuvor.»

Für gewöhnlich tat sich Honoré keinerlei Zwang an, wenn er seinen Bruder heruntermachte, immerhin hatte er's noch nie gewagt, in diesem kategorischen Ton den beinah ehrwürdigen Brauch der Konsultation zu verbieten. Ferdinand spürte deutlich, daß sich plötzlich etwas an ihren Beziehungen geändert, daß sich das Blatt gewendet hatte. Der Bruder, den er unwillkürlich stets als seinen Pächter betrachtet hatte, wurde zum Familienoberhaupt, zum Meister der Haudouin, und er gehorchte ihm noch so gern unter den augenblicklichen Umständen.

«Wenn's doch nichts kostet», wandte der Veterinär zaghaft ein.

«Laß meine Kühe in Ruhe, sag' ich dir!»

Der Veterinär ließ also fügsam seine Untersuchung bleiben.

«Weißt du», sagte er fast widerwillig, «ich muß dich drauf aufmerksam machen, daß die Schecke stierig ist.»

«Wenn's dir Spaß macht...»

Dem Veterinär waren die obszönen Späße und Zotereien in tiefster Seele zuwider, sie malten ihm allerlei gar zu deutliche unzüchtige Bilder vor Geist und Sinne, so daß er zuweilen tagelang, wie von einem Alpdruck, davon beeindruckt und besessen war. Er lief glutrot an, warf einen Blick auf die Schecke, da er sich nicht enthalten konnte, gewisse Möglichkeiten abschätzend zu begutachten, und erst dann begehrte er gegen die freimütigen, ja ungehörigen Reden des Bruders auf.

«Ich begreife einfach nicht, wie ein Mann in deinem Alter noch Gefallen an solchen Sauereien finden kann. Nein, ich kann's nicht begreifen...»

Honoré hatte die angekreideten Ausdrücke, die seines Bruders Schamgefühl verletzt hatten, längst schon vergessen.

«Was für Sauereien?» fragte er.

«Die Sauereien, die du vorhin gesagt hast.»

«Ich habe dir eine Sauerei gesagt?»

«Wenn's dir Spaß macht...»

«Wieso: wenn's dir Spaß macht?»

«Ja, du hast mir gesagt, wenn es mir Spaß mache...»

«Ich komme nicht nach.»

«Oder vielmehr: wenn's dir Spaß macht!»

Ferdinand verlor allgemach die Geduld. Honoré warf einen beunruhigten Blick auf ihn; er dachte wirklich, die Aufregung habe ihm den Verstand verwirrt.

«Du solltest einen Happen essen», riet er ihm. «Bis das Mittagessen so weit ist, kann dir ja die Adelaide einen Milchkaffee brauen.»

Der Veterinär gab keine Antwort. Er war zutiefst gekränkt. Nicht genug, daß er in seiner Ehrbarkeit und seinen Schamgefühlen getroffen worden war, mußte er sich nun auch noch gefallen lassen, daß man ihn als Idioten hinstellte. Einmal mehr, so stellte er fest, zeigte sich hier der Lohn, den einem Unverdorbenheit und Züchtigkeit einbrachten.

Als das Brüderpaar den Stall verließ, konnte ein jeder beobachten, daß der Veterinär gelb war wie ein Kerzenstock und seinen Hintern ängstlich in seiner Joppe zusammenkniff. Honoré hingegen schien strahlender Laune, seine Augen funkelten und er fühlte seine Kleider prall und strotzend aus. Man hörte, wie er zu Ferdinand sagte:

«Vor allem mische dich jetzt nicht mehr ein. Du hast ohnehin schon genug Eseleien angestellt! Ich verbiete dir, sein Haus zu betreten!»

Was die Stute berichtet

Es wurde in Claquebue vierzehn verschiedenen Arten der Liebesbetätigung gefrönt, die der Pfarrer nicht alle billigte. Ihre Beschreibung hat hier keinen Platz, und außerdem müßte ich befürchten, ich könnte dabei in Hitze geraten. Diese Bräuche und Gepflogenheiten stellten freilich keineswegs ein Gemeingut des Dorfes dar, es war sozusagen niemand im Dorfbann, der auch nur den vierten Teil gekannt hätte. Es handelte sich dabei vielmehr um Familienrezepte, um beweglichen Besitz, der von einer Familie zur andern vererbt wurde, sei's durch Heirat, Kindheitserinnerungen oder vertrauliche Geständnisse unter Freunden. Auf den ersten Blick scheint es nun, daß in einer Dorfschaft von wenigen hundert Seelen solcherlei Gedanken- und Erfahrungsaustausch im Nu alle Familien in die Lage hätte versetzen müssen, den Kreis der vierzehn Wollüste zu durchlaufen. Doch war dem keinesfalls so, vielmehr spielte da mancherlei, dem entgegenwirkend, mit: eine gewisse Vorliebe für die oder jene Art, die geschämigen hemmenden Gefühle einer Ehefrau oder auch der gebieterische Wunsch eines Gatten hatten zur Folge, daß manche Arten bevorzugt und häufiger betätigt wurden — eine oder zwei vor allem — während neuerdings zugelernte Künste in Vergessenheit gerieten, zuweilen sogar althergebrachte Überlieferungen, denen eine Familie schon seit hundert Jahren nachlebte. Zwischen Jungverheirateten kam es nur selten vor, daß Überlieferung zu Überlieferung hinzukam; fast immer zwang der Mann die seinen der Frau auf. Es gab wohl wißbegierige und neuerungssüchtige Familien, die sich vom Zauber des Neuen und der Abwechslung einnehmen ließen.

Bei den Berthier zum Beispiel schliefen die Männer ihren Frauen auf vier oder fünf unterschiedliche Arten bei. Doch waren das Ausnahmefälle, und keine einzige ehrbare und arbeitsame Familie ging bis zu dreien. Die Haudouin in Claquebue hielten sich nahezu immer an das vom alten Haudouin Ererbte, und Alexis, der kühnste unter Honorés Söhnen, bereicherte das angestammte Hauserbtum lediglich durch Einzelfinessen. Und doch hatte Alexis in seiner frühesten Jugend schon eine brennende Wißbegier hinsichtlich der Mysterien des Liebeslebens an den Tag gelegt, er hatte über alle Möglichkeiten, die ihm seine Kenntnisse der Anatomie des Menschen boten, fleißig nachgedacht, und in seinen versuchsweisen Techteleien und Probenächten mit gleichaltrigen Mädchen hatte er sich erfindungsreich und bar aller Scham erwiesen. Um sein achtzehntes Jahr sollte er dann mit einem Schlag der ganzen Frucht seiner Erfahrungen verlustig gehen, da er sich anschickte, eine Welt zu betreten, wo Künsteleien, Überfeinerungen, Lüsteleien und Hübschheiten nur unnötiger Ballast und hinderndes Gepäck waren. So war es auch seinem Vater ergangen, desgleichen seinen Brüdern und der Mehrheit der Männer in Claquebue. Im vorgerückten Jünglingsalter legten sie ihre unbekümmerten turbulenten, arglos draufgängerischen Liebesgewohnheiten ab und gingen in sich, erkoren sich eine Frau, wurden häuslich und schränkten sich in jeglicher Hinsicht ein. Sie trafen ihre Wahl höchst ungern, etwa wie Kranke, die Diät halten müssen und ihr weiches Ei unter sehnsüchtigen Wunschträumen hinunterwürgen, in denen die Kaldaunen und

Blutwürste ihrer schönen gesunden Zeiten spuken, die sich dann aber doch daran gewöhnen, weil die Hauptsache ja ist und bleibt, daß man lebt, um Geld zu verdienen. Wenn man sich abplacken, abrackern und abschwitzen muß, um einem Fleckchen Boden seinen Lebensunterhalt abzuringen, dann gibt es keine vierzehn Arten, auch nicht zwölf oder auch nur ihrer sechs. Es gibt nur eine, und man denkt nicht oft daran. Die Mannsbilder in Claquebue vergaßen nicht nur die Errungenschaften ihrer jungen Jahre, sie vergaßen auch, daß die Liebesspiele und -freuden einen großen Platz in den Spielen ihrer Kinder einnahmen; oder vielmehr taten sie, als hätten sie es vergessen.

In ihrer Jugendzeit lebten die Knaben in einer Gemeinschaft nahezu hemmungsloser Neugier und Wißbegier all dessen, was ihre geschlechtlichen Triebe befriedigen konnte. Sie bildeten eine zucht- und zügellos geile Schar ohne jede Scham und bar jedweder heiligen Scheu, gleich jungen bäurischen Göttern, deren ausgelassenes Herumtollen nicht von der Sorge um das hart und mühselig erarbeitete tägliche Brot beeinträchtigt wird. Es war eine Vereinigung, die nichts als Lust und Vergnügen zum Ziel hatte und wo jeder sein Teil beitrug: einen sinnreichen Einfall, eine Zote, eine Beobachtung, die er im Familienkreis gemacht hatte. Nach der Schule versammelten sie sich regelmäßig und urinierten in trautem Verein, sie nahmen sich mit einem Grashalm das Maß ihrer Zipfelchen, oder wenn sie zwischen zwei Hecken ein Mädchen erwischten, zwangen sie es, seine Blöße zu zeigen. Das bot Gelegenheit und Anlaß zu allerlei hämischen Glossen und höhnischen Bemerkungen, die sich in schmutzigen Ausdrücken Luft machten. Die Mädchen mischten sich in solche Auseinandersetzungen nicht ein und, wenn sie nicht gerade selbst als Opfer dieser Schaustellungen herhalten mußten, wohnten sie immer in ziemlicher Entfernung den Kundgebungen bei, die Grund und Anlaß dieser Kontroversen waren. Ein vorreifes Gefühl für ihre religiösen Pflichten wog ihre neugierigen Gelüste auf. Der Pfarrer übte auf sie den maßgeblichen Einfluß aus, den Frauen gewöhnlich dem Pfarrer wie auch dem Arzt zugestehen. Er kannte seine Macht über das weibliche Element in Claquebue, und zu diesem Punkt pflegte er sich dahin zu äußern, wenn es im Dorf keine Frauen gäbe, so brächte er's vielleicht fertig, Heilige aufzuziehen, aber keine gute Katholiken.

Die erotischen Bekundungen der Buben äußerten sich nicht bloß in Worten oder mimischen Gesten. Das Feld ihrer Wißbegier war sozusagen unbegrenzt, ihr Interesse galt ebenso sehr der Sodomie und anderen Verderbtheiten und lästerlichen Betätigungen als der schlichten, in der Familie geübten Tradition, und hatten sie auch zumeist davon recht unvollkommene Vorstellungen, die ihnen mehr oder weniger die Realitäten verschleierten, so fanden doch hie und da, trotz dieser Unkenntnis, in zahlreichen verbürgten Fällen Paarungen aller Art statt, die sich nicht auf bloße Mimik beschränkten. Und dabei spreche ich nun gar nicht von den einsamen Vergnügungen, die jedes Alter kennt, und die in der Stadt genauso im Schwang sind wie auf dem Lande.

Zur Sommerszeit, wenn die Kinder der Schule fernbleiben und das Vieh hüten mußten, verfehlten sie nicht, ihre Mußezeit nutzbringend anzuwenden und ihre ungebundene Freiheit auszunützen. Die Mädchen ließen sich reichlich oft von der kecken Beredsamkeit der jungen Hirten betören und gaben sich wahllos hin, eher noch aus Trägheit und Gleichgültigkeit und um die Zeit totzuschlagen, als aus wirklichem Gelüst. Es war wenig gebräuchlich, daß solche gelegentliche Beilager in andächtiger Stimmung und mit der gebührenden Weihe vollzogen wurden; sie boten nahezu immer eine Augenweide für einen oder zwei Schlingel, die warteten, bis sie an die Reihe kamen und nun ihrerseits mit dem willigen Opfer ihre Lust büßen durften. Der Flurhüter, Wächter über Eigentum und sittlich-einwandfreien Wandel in Claquebue, platzte dann und wann mitten in solch ein ländliches Fest hinein, doch konnte er gar nicht daran denken, die Sünder aufzuschreiben und ein Protokoll aufzunehmen. Unsittlich und verwerflich ist ja nur das, was das Eigentum angreift und schädigt, was ihm Abbruch tut oder es herabwürdigt, und diese kindlichen Spielereien gingen weder im Guten noch im Bösen die Ordnung und auch das Eigentum der Bürger von Claquebue viel an; sie waren lediglich Probestücke und Übungen im geschlossenen Kampfplatz, dem Tummelfeld der Kindheit, und sozusagen rein theoretisch. Der Flurhüter begnügte sich denn auch jeweils, die Sünder abzukanzeln, und zeigte nur diejenigen von ihnen bei ihren Eltern an, die gewohnheitsmäßig ihre Kühe auf fremden Weideplätzen grasen ließen. Diese offenkundige Ungerechtigkeit war für die guten Hirten ein Gotteslohn und bewies ihnen, daß in einer wohleingerichteten Welt alles sich zum Besten derer wendet, die anderer Leute Eigentum und Besitz nicht antasten. Die Eltern, vom Flurhüter ins Bild gesetzt, ließen sich nicht ins Bockshorn jagen und nahmen die schlechten Triebe ihrer Sprößlinge nicht allzu tragisch. Im allgemeinen schlotterte der kleine Übeltäter fünf Minuten lang in seiner Haut, wenn er hörte, wie sein Vater fluchte und tobte, er schäme sich in den Boden hinein, daß er ein so schlechterzogenes Kind habe, während die Mutter bei sich überlegte, ob sie ihn nicht im Laufe der Woche zur Beichte schicken solle. Am nächsten Morgen aber war die ganze Familie mit Gedächtnisschwund geschlagen, und man schickte den Sünder schon wieder zum Kuhhüten hinaus aufs Feld, ohne sich groß um die Versuchungen zu kümmern, die da seiner harrten.

Die gleichen, die sich an diesen schamlosen Spielen begeisterten, konnten hinwiederum eine schüchterne, hauchleichte und reine Liebe heimlich im Herzen mit sich herumtragen, eine Liebe, die war wie eine Seifenblase, aus dem himmlischen Paradies herabgeweht. Sie dachten überhaupt nicht daran, daß Fleischeslust zum Abschluß solcher zarten Wonnen folgen könnte. Späterhin, wenn sie das mannbare Alter erreicht und gelernt hatten, wie bequem es ist, alles unterschiedslos in einen Topf zu werfen, lachten sie roh und gefühllos über diese verlorene Jugendunschuld. Die Besten unter ihnen aber dachten zuweilen voll zärtlicher Rührung daran zurück.

Honoré Haudouins Kinder ergaben sich rückhalt- und hemmungslos den unzüchtig-schamlosen Spielen ihres Alters. Ihr Vater sah darin nichts Ungutes oder Abträgliches, er freute sich eher, wenn er sie so liebeshungrig sah, und neidete es ihnen sogar ein wenig, weil ihnen dabei so säuisch wohl war, während er sich seinerzeit hatte von Familienbräuchen beeindrucken lassen. «Es wird ja nicht lange so bleiben», dachte er schwermütig, «auch sie werden sich des Glücklichseins schämen, sobald sie einmal unter Sorgen arbeiten müssen.»

In seinem dreizehnten Lebensjahr versagte sich Alexis kein Vergnügen, das ihm seine kühne Einbildungskraft eingab. Seine Gespielen bewunderten seine Mundfertigkeit, seine bedenkenlose Kühnheit, seinen Einfallsreichtum. Er setzte fast alles, was er sagte, in die Tat um, und was er machte, das beschrieb er jeweils mit einer solchen Überfülle an Einzelheiten, einer so peinlichen Exaktheit, und mit einem so bilderreichen Wortschatz, daß man sich um den Umgang mit ihm geradezu riß und er ein sehr gesuchter Unterhalter wurde. In der Schule hatte er die Hände öfter unter seiner Bank als an seinem Federhalter, nicht etwa aus eingefleischter Gewohnheit, sondern eher in der Absicht, ein kleines bißchen Menschlichkeit in die öden Stunden des Schulmeisters über die Regeldetri oder die widerwärtigen Verdienste Colberts hineinzutragen. Seine Augen waren behende, seine Hand rasch bereit, wenn es galt, eine gute Gelegenheit beim Schopf zu fassen. Im Verkehr mit den Mädchen erwies er sich geschickt, flink und überredungsfertig, er hatte eine unwiderstehliche Art, unter Lachen ihre Hand zu ergreifen und sie dahin zu führen, wo er sie haben wollte. Die Kleinen waren dann immer ganz verwirrt, und es gab welche unter ihnen, die ihm gerne bis zum Ende zuhörten. Ihm widerfuhr es häufiger als den andern, daß er vom Flurhüter erwischt wurde, wenn seine Hosen neben ihm im Grase lagen. «Du bist und bleibst mir doch ein Höllenbraten», sagte dann jedesmal der Wächter, «jetzt ertappe ich dich schon zum drittenmal in diesem Sommer, und schließlich werde ich's doch einmal dem Honoré sagen müssen.» Doch das waren lauter leere Drohungen. Alexis konnte manchmal so überraschende Ansinnen an die Mädchen stellen, daß der Flurhüter bisweilen, hinter einem Gebüsch versteckt, wartete, bis die Missetat vollbracht war, ehe er seine Gegenwart verriet. Alexis glaubte nie, ein Mädchen habe sich ihm völlig hingegeben, und er gab sich eifrig Mühe, herauszubekommen, was es ihm noch an geheimnisvollen Reizen preisgeben könnte, sowohl auf der Vorder- wie auf der Kehrseite. Trotz alldem waren seine Eroberungen und Liebeserfolge dünn gesät und spärlich; die Tatsache, daß sich ein Mädchen einmal hatte unterkriegen lassen, bedeutete noch lange nicht, daß es an den darauffolgenden Tagen wieder mittat. Die Erwachsenen finden sich mit dieser Verzahnungslogik ab, die Kinder aber haben mehr Stolz, und überdies halten sie dafür, es sei schon genug an dem, daß man seinen Eltern gehöre. Der Not gehorchend, oder vielmehr eher aus Opportunitätsgründen, hatte Alexis die Beobachtung gemacht, daß bei den Knaben und bei den Mädchen das Gräbchen zwischen den Hinterbacken sich ganz gleich darbietet. An dem Tag, als der Flurhüter ihn dabei erwischte, wie er den Beweis dafür einem gleichaltrigen Knaben beibrachte, fand er, das Maß sei nun voll und übervoll, und lief zu seinem Vater, um ihm davon Mitteilung zu machen.

«Ich schäme mich fast, Honoré, daß ich dir das sagen muß. Aber dein Junge treibt's schon ärger als eine Sau!»

Honoré schüttelte einmal ums andere den Kopf, während er sich den Bericht des Wächters anhörte. Dann antwortete er:

«Das ist wirklich ärgerlich. Sie könnten sich schon anderswie die Zeit vertreiben, die Lausbuben! Das geht ja schließlich vorüber! ...»

«Ich habe dir das nur sagen wollen ...»

«Du hast ganz recht gehabt», versetzte Honoré. «Das ganze Gescher und alle Mühe hast ja du damit gehabt. Aber du kannst dich darauf verlassen: ich werde ihn dir knuffen und verwamsen, daß er dran denken soll, sobald er heimkommt.»

An diesem Abend getraute sich Alexis nicht nach Hause, und seine Mutter ängstigte sich, als sie die Nacht hereinbrechen sah. Honoré wußte, daß der Junge sich vor dem Zornausbruch fürchtete, der ihn erwartete; da bekam auch er's mit der Angst. Bei Kindern weiß man ja nie, dachte er bei sich, genauso wie sie lachen, weinen sie auch und tun sich ein Leids an. Honoré machte sich nach den Weideplätzen am Bach auf. Im Abenddunkel schienen die Wiesen viel tiefer und ausgedehnter als sonst, und er ängstigte sich je länger je mehr. Er wurde den Gedanken an die Angst nicht los, die sein Sohn jetzt irgendwo ganz allein in einem stockfinsteren Winkel ausstand, vielleicht trieb er sich auch drunten am Ufer des Baches herum. Da zog er seine Holzschuhe aus; so konnte er schneller laufen. Als er auf der Gemeindewiese anlangte, sah er zunächst überhaupt nichts. Es war fast stockfinstere Nacht geworden, und der Nebel qualmte über den Bach herauf und hüllte die Wiesen in grauen Dunst. Aus der Finsternis kam griesgrämig und argwöhnisch der Hund hervorgezottelt und beschnupperte ihn. Honoré wagte nicht zu rufen; er hatte Angst, er könnte keine Antwort bekommen. Endlich sah er die Kühe, die sich, schön in einer Reihe wie daheim im Stall, ins feuchte Gras zur Ruhe gelegt hatten. Alexis lag eng an eine von ihnen angeschmiegt und suchte sich zu wärmen. Er schaute der undeutlich umrissenen Gestalt seines heranschreitenden Vaters entgegen und war zugleich erleichtert und erschrocken. Honoré schloß seinen Buben in die Arme und drückte ihn an die Brust, die noch vom raschen Laufen und auch von der ausgestandenen Angst wild klopfte.

«Du mußt vor mir keine Bange haben», sagte er.

Und als sein Sohn sich sperrte und stemmte, weil er sich noch schämte, setzte Honoré hinzu:

«Du tust es einfach nicht wieder. So, das ist erledigt.»

Dann gingen sie Hand in Hand nach Hause, im gleichen Schritt und Tritt wie die Kühe, die sich nicht wenig wunderten, was ihnen da so mitten in der Nacht geschah; doch wagten sie nichts dagegen zu sagen, weil ihr Herr und Meister dabei war. Vater und Sohn sahen einander nicht, und der dicke Nebel hatte den Wiesenboden so aufgeweicht, daß sie einander auch nicht gehen hörten. So stapften sie beide Hand in Hand dahin und waren glücklich, weil sich beide geängstigt hatten, einer um den andern. Alexis spürte, wie von Zeit zu Zeit die große warme Hand seines Vaters zusammenzuckte, wie wenn man an eine große Angst zurückdenkt, die man durchgemacht hat.

«Ich tu's nicht wieder, du kannst dich drauf verlassen.»

«Ich weiß schon», sagte der Vater.

Und dabei dachte er, er habe seinen Jungen wiedergefunden, und alles andere sei unwichtig. Alexis hielt auch wirklich Wort. Wenn ihm ein Hüterbube ein solches Spiel antrug, schlug er's ihm mit weithin vernehmlicher Entrüstung ab und brachte andersgearteten Zeitvertreib in Vorschlag, der freilich kaum weniger ausgefallen und abwegig ausgedacht war. Denn er hatte den Teufel im Leib, einen quicklebendigen, lach- und spottlustigen, verteufelt neugierigen Teufel, der sich nicht scheute, seinen Schwanz sehen zu lassen.

Der Pfarrer von Claquebue, dem nichts von alledem entging, drückte beide Augen zu, solange er's irgend konnte, und sah nicht, welch heillose und unverbesserliche Wildfänge seine jugendlichen Pfarrkinder waren und was für gottverbotene Untaten sie trieben. In der Beichte ging er nur rasch, flüchtig und obenhin über gewisse Versündigungen hinweg. Auf seine Frage: «Hast du dich mit einem Mädchen vergnügt?» oder: «Hast du mit einem Burschen gesündigt?» gab er sich mit einem Ja zufrieden und verlangte keine weitere Auskunft. Dabei dünkte ihn aber beileibe nicht etwa die Sünde der Wollust bei Kindern verdammenswerter als bei Erwachsenen, im Gegenteil. Er hatte überdies vieles mit angesehen und kannte die arge Welt aus langer Erfahrung, und darum nahm er kaum jemals Anstoß. Doch entschied er nie bloß leichthin unüberlegt, handelte vielmehr beständig zum Besten Gottes, der Kirche und seiner Gemeinde, welche drei Belange er schließlich in einer einzigen ingrimmig streitbaren Liebe durcheinandermengte, einer Liebe, die sich letzten Endes recht wirksam erwies. Er haßte nicht so sehr die Sünde, als ihre Folgen und Auswirkungen. Er hatte die Beobachtung gemacht, daß die geschlechtliche Betätigung der Kinder ein rein körperliches Spielen war, das nichts mit Liebe, Glauben, Freundschaft oder Haß zu tun hatte, und so wollte er darin allenfalls höchstens ein Kennzeichen und Merkmal der Unschuld sehen. Die Kinder spielen, dachte er sich, und sind sie erst einmal erwachsen, dann spielen sie nicht mehr; sie werden dereinst abwechselnd die Fleischeslust mit der Mühsal des Daseins vermischen, und dann erst wird man ihnen mit einigem Nutzen daraus ein Schreckbild und einen Popanz machen können. Abgesehen davon dachte der Pfarrer auch, das beste Alter, um sich die Hörner abzulaufen, sei die Kindheit und nicht etwa das Jünglingsalter, wo sich die schlechten Gewohnheiten mit dem erwachenden Selbstbewußtsein festigen und erstarken und dann ausarten in Auflehnung oder liederliches Austoben der Sinne. Er tat nicht bloß, als wisse er nichts von den lockeren Spielen der Kinder, sondern er vermied in seinem Religionsunterricht geflissentlich jede Anspielung, auch in Gestalt eines Verbots, auf die Sünde der Wollust und reinigte desgleichen die Heilige Schrift sorgsam und mit Vorbedacht von allen ungeschminkten Geschichten. Die Kinder sahen das göttliche Mysterium stets in einem Dämmerhauch himmelbläulicher Weiblichkeit und jeder Geschlechtlichkeit beraubt vor sich, so und nur so ließ es der Pfarrer vor ihnen erstehen, wenn er in der Kinderlehre von der Jungfrau Maria, dem Jesuskind, den Schutzengeln und den verehrungswürdigsten Heiligen mit ihren vertrauenerweckenden Vollbärten erzählte. Erst später, als halbwüchsige Jünglinge, wenn sie mit der Liebe Schwierigkeiten kriegten, bekamen sie's mit Gottes Zorn zu tun. Bis dahin liebten sie ihn und suchten ihm zu Gefallen zu leben, soweit er sie dabei unbehelligt ließ. Zum Beispiel hielten die zehn- bis dreizehnjährigen Buben, um Gott angenehm zu sein, die kleineren abseits von allen liederlichen Spielen, die sie trieben; allerdings lag ihnen auch daran, Rangunterschiede zu schaffen, das gab ihnen eine stolze Befriedigung. Die Kleinen fühlten sich dadurch herabgesetzt und übten sich daher um die Wette in unflätigen Reden, und sie brachten es darin eher noch weiter als ihre älteren Gespielen. Im übrigen ließ die Regel durchaus Ausnahmen zu, die größeren Buben gaben sogar ganz gerne hie und da eine Probe ihres Könnens zum besten, womit sie den jüngeren ihre Überlegenheit zeigen und nachdrücklich klarmachen konnten, und wenn jeweils die Umstände bei ihren Spielen das Dabeisein eines Rotzbübchens nicht vermeiden ließen, so taten sie sich auch keinen Zwang an. Alexis aber duldete nicht, daß Gustav und Klotilde dabei waren, wenn anstößige Reden geführt wurden. Aus Gottesfurcht und auch aus einem Gefühl für seine Verantwortung übte er über seinen Bruder und seine Schwester eine strenge Aufsicht aus, und davor hatten sie noch mehr Angst als vor ihren Eltern. Er nahm sie ins Gebet und stellte ihnen im Kreuzverhör allerlei verfängliche Fragen über die Art, wie sie ihre Zeit verwendet hatten, er untersagte ihnen den Umgang mit gewissen Kindern und geriet mit Tintin Maloret öfters in Streit, weil der jede Gelegenheit, wo er die beiden Kleinen aufklären konnte, beim Schopf ergriff. Er gefiel sich in der Rolle eines Schutzengels, und wenn sich seine beiden Schutzbefohlenen beklagten, er befleißige sich einer Sittenstrenge, die durch seine Aufführung Lügen gestraft werde, gab er ihnen jeweils zur Antwort: «Wenn ihr dann einmal zehn Jahre alt seid, werden wir ja sehen.»

Alexis sah es vor allem nicht gern, wenn Gustav und Klotilde mit den alten Männern zusammen waren. Er wußte noch gut, wie es in den letzten Jahren mit dem alten Großvater Haudouin gestanden und wie hemmungslos er sich hatte gehen lassen und zynisch immer rundheraus und ungeschminkt die Dinge beim rechten Namen genannt hatte. Diese Mummelgreise hatten noch ein, zwei Jährchen zu leben, sie hatten auf Erden das ihre geleistet und vollbracht und nun nichts mehr zu gewinnen, wenn sie sich schamhafter Zurückhaltung befleißigten. Arbeiten konnten sie nicht mehr, und so wurden sie wie die kleinen Kinder, die sich ums Geldverdienen keine Gedanken machen. «Grundgütiger Gott im Himmel», sagten die Mummelgreise, «wir haben uns das Schweinigeln nun lange genug verkneifen müssen, jetzt wollen wir's wenigstens mit dem Maul nachholen!» Und weil die Leute, die ihrer Arbeit nachgehen mußten, keine Zeit und auch keine Lust hatten, ihnen zuzuhören, schwätzten sie eben mit den Kindern, und manchmal zeigten sie ihnen, was man mit fünfundsiebzig Jahren wird. Dem Pfarrer war nicht so sehr wegen der Kinder bange, als vielmehr um die alten Männlein, die Gefahr liefen, vom Riß einer Pulsadergeschwulst oder sonst einem Übel dahingerafft zu werden, während sie eine schwarze Sünde auf dem Gewissen hatten. Darum setzte er das Gerücht in Umlauf, die alten Männer seien allesamt gottesfürchtige und ehrfurchtgebietende Leutchen, deren Augen in innerem Frieden leuchteten. Er lebte der Hoffnung, die alten Mummelgreise würden es auf ihre Ehre nehmen, diesen Ruf der Ehrbarkeit und Tugendhaftigkeit zu untermauern und wahrzumachen, und in der Tat hatte er das Rechte getroffen, als er mit ihrer Eitelkeit rechnete. Die meisten von ihnen nahmen sich wichtig und ernst, und, eine andere unvorhergesehene Folge, man sah immer und immer wieder vollblütige und lebenstrotzende Vierziger bei jeder erdenklichen Gelegenheit die alten Männer um Rat angehen, wo Mutterwitz, gesunder Menschenverstand, Weitblick und Kraft erforderlich waren.

8

DÉODAT ging im strammen Briefträgerschritt fürbaß, und seine Augen strahlten klarblau wie gewöhnlich. Wenn er durch die Gärten oder an den Gartenzäunen entlang ging, blühten die Sommerblumen rascher auf. Er aber wußte das nicht und ging ruhig seines Wegs. Er machte seine Runde, fing am Anfang an und setzte sie dann schön der Reihe nach fort. Das war seine Pflicht, seine Berufspflicht, weil er ein Briefträger war. Am Sonntag machte er seine Runde wie an den andern Tagen und beklagte sich nicht deswegen: das brachte sein Beruf so mit. Déodat konnte nicht in die Messe gehen, aber der Pfarrer ließ ihm das durchgehen, vorausgesetzt, er hörte von Zeit zu Zeit eine Frühmesse. Von dieser Seite hatte er keine Unannehmlichkeiten zu gewärtigen; er verpaßte lediglich eine Gelegenheit, seiner Frau eine Höflichkeit zu erweisen; sie ruhte seit zehn Jahren auf dem Gottesacker. Doch da sie nun einmal tot war, nahm er sich's nicht allzu sehr zu Herzen. Er dachte gar nicht mehr daran. Damals, als sie krank lag, hatte es ihm leid getan, wenn er mitansehen mußte, wie sie litt. Und als sie dann, von vier Männern getragen und mit den Füßen voraus, von ihm gegangen war, hatte es ihm arg zugesetzt. Und dann hatte er sie vergessen. Sie war gestorben, und nun war sie eben tot. So was kommt oft vor, und es gehört zum Allergewöhnlichsten auf der Welt. Da ging er doch nicht hin und rannte mit dem Kopf gegen die Wand. Da konnte er auch nicht mehr helfen. Er blieb trotz allem auf der Welt zurück, mit seiner Uniform und seinem Beruf als Briefträger. Und er ging seinem Beruf nach, bedächtig und gesetzten Schrittes, wie's einem wohlbestallten Briefträger ansteht, bis auch er dereinst einmal an der Reihe ist, und seine Leiche über die Hausschwelle hinausgetragen wird. Nun wartete er, bis er dran war, und dachte überhaupt gar nicht daran, war er doch springlebendig und hatte es kein bißchen eilig damit.

Der Briefträger bog von der Landstraße ab und schlug den von Apfelbäumen links und rechts bestandenen Weg ein, der zu Seph Maloret führte. Die Messe war längst schon aus, aber die Männer waren noch nicht zu Hause. Die Anais war vorausgegangen und hatte sie auf der Landstraße zurückgelassen. Wenn die Anais nicht mit ihren Mannsbildern zusammen war, lachte sie den Briefträger an, und ihre großgewachsene stattliche Gestalt, füllig wie so oft bei Blondinen, ihr schönes reifes Antlitz, schön noch in den Vierzigern, boten ihm eine lustvolle Augenweide. Déodat dachte dabei nichts Böses: seit er Witwer war, kam er ganz gut ohne Weiber aus, er behalf sich und tat das in aller Bescheidenheit mit sich selber ab. Sie lachten beide, sie, weil sie den Briefträger hereinkommen sah, und er, weil er der Briefträger war. Wenn er ein Haus betrat, so war das immer so: man lachte. Man sagte: «Da kommt der Briefträger.» Und er gab dann zur Antwort: «Ja, da bin ich.» Man lachte, weil es vergnüglich ist, einen guten Briefträger hereinkommen zu sehen.

«Ich bringe dir Neuigkeiten», sagte er nun zur Anais.

Er händigte ihr einen Brief auf hochvornehmem Briefpapier aus, adressiert an Herrn und Frau Joseph Maloret in Claquebue bei Valbuisson.

«Von meiner Ältesten, der Marguerite. Sie schreibt mir aus Paris», sagte die Anais.

Das wußte er bereits; er kannte die Schrift. Aber er wollte es sich nicht anmerken lassen. Das war höflicher.

«Um so besser, wenn er von der Kleinen ist! Wenn die Jugend von sich hören läßt, ist's immer etwas Gutes.»

Die Anais zog aus ihrem hohen flachsblonden Haarknoten eine Haarnadel, riß damit den Briefumschlag auf und schaute zuallererst unten auf der Seite nach.

«Ich komme morgen abend, schreibt sie. Das letzte Mal wußte sie's noch nicht, und nun kommt sie plötzlich morgen abend. Ah, Déodat, was bist du doch für ein wackerer Briefträger!»

«Wo's drauf ankommt, daß ich meinen Beruf versehe, versehe ich meinen Beruf schon», begehrte Déodat auf, «aber allwissend bin ich nicht!»

Doch die Anais hörte ihm gar nicht zu; sie lachte, weil ihre Tochter schon am nächsten Tag heimkam.

Als der Briefträger aus Sephs Haus ins Freie trat, lachte er immer noch, so freute er sich. Mitten auf der Apfelbaumallee murmelte er vor sich hin: «Ihre Tochter kommt morgen.» Und dann setzte er seine Runde fort. Zwar hatte er nicht einen Brief, keine Zeitung mehr auszuteilen, doch das war kein Grund, umzukehren. Er ging gleichwohl den Weg bis zum Wäldchen weiter, damit die Leute wußten, daß die Post vorbei war, dann ging er den gleichen Weg zurück und hernach ein Stück weit auf der Landstraße, bis er zu Hause war. Zuerst aber machte er noch bei Honoré Haudouins Haus halt. Das war am Sonntag so Brauch.

Nach der Auseinandersetzung draußen im Stall, von der schon die ganze Familie Haudouin Wind bekommen hatte, hätte man glauben können, das Mittagessen sei nun in bedrücktem Schweigen hinabgewürgt worden. Doch nein, nie bisher hatte wohl das Eßzimmer der Haudouin von so lärmiger Fröhlichkeit widerhallt, noch nie war so viel gelacht worden. Der Onkel Honoré machte für sich allein mindestens ebenso viel Betrieb wie die Kinder. Er trank wie ein Bürstenbinder, redete in einem fort so laut er konnte, lachte schallend los und unterhielt die ganze Tischgesellschaft aufs lustigste. Alles drehte sich um ihn, und sein Bruder Ferdinand wirkte neben ihm wie ein weit entfernter Verwandter, den man einlädt, wenn man sonst dreizehn bei Tische wäre. Für gewöhnlich war es nämlich nicht so. Was der Veterinär äußerte, hatte sein Gewicht, heischte volle Aufmerksamkeit und wollte durchaus ernst genommen sein, und sogar Honoré war jedesmal beeindruckt, wenn er ihn sagen hörte: «Ich bin Deist wie Victor Hugo», oder: «Ich achte jede Überzeugung, verlange aber, daß man auch meine Ansichten respektiert.» Dann bot das Familienessen ein wunderschönes Bild. Die Frauen, die für metaphysische Fragen nicht viel übrig hatten, konnten ihre Kinder beaufsichtigen und derweilen Küchenrezepte und allerlei gute Ratschläge über die beste Art, ihre Wäsche blitzblank zu waschen, miteinander austauschen; denn Wohl und Wehe eines guten Haushaltes hängt ja von solcherlei Dingen ab. So kam jeder auf seine Rechnung bei diesen ernsthaften Familienmählern, und sogar die Kinder empfingen, ohne es zu ahnen, mancherlei förderliche und nutzbringende Belehrungen, für die sie später einmal ihrem Onkel Ferdinand noch dankbar sein würden, wenn sie erst an Weisheit und Reife gewachsen waren.

Schon bei der Fleischsuppe brachte Honoré in diesen ehrbaren Familienkreis eine sozusagen hemdärmelige und angriffslustige Freude. Es sah beinahe danach aus, als sei er glücklich und höchst zufrieden über den unseligen Vorfall mit dem gestohlenen Brief, der den ehrlichen und ehrenwerten Namen der Haudouin in Gefahr brachte. Er brannte vor Ungeduld, den Kampf gegen Seph aufzunehmen, und diese Kampfbegier hörte man seinem Lachen an, sie blitzte aus seinen Augen, ein triumphierendes, frohlockendes Gefühl, das sich in einer Art mannhaftem Übermut kundtat, erfüllte ihn. Er gab mächtig an, spielte sich groß auf, bramarbasierte und führte das große Wort, stichelte und witzelte boshaft und höhnisch über den Veterinär, zeigte sich galant und zuvorkommend gegen seine Schwägerin, spielte mit den Kindern, röhrte, brüllte, grölte und lachte überlaut und lärmend, gab sich maulheldisch und großtuerisch wie ein Umstürzler, der die Errichtung einer provisorischen Regierung aus Säufern und anderm Abschaum aus der Hefe des Volkes verkündet. Der Onkel Ferdinand fühlte sich höchst unbehaglich und saß zugleich eingeschüchtert und ungeduldig da. Ein andermal hätte er sich die krakeelende Trotzerei seines Bruders nicht gefallen lassen, jetzt aber mußte er sie hinnehmen um das Briefes willen. Vorbei war's mit dem gemütlichen Geplauder, dem Austausch politischer Maximen und Orakelsprüche. Er verbiß seinen Ärger, schluckte seine Wut und seinen Unmut hinunter, hütete seine Zunge und gab sich liebenswürdig und beflissen, ja, er wagte nicht einmal seinen Sohn Antoine zu züchtigen, der offenkundig und absichtlich jedesmal in beifälliges Gelächter ausbrach, wenn der Onkel Honoré über seinen Vater einen übeln Witz riß. — Aber diese Rechnung, das nahm er sich vor, würde schon noch beglichen werden, das letzte Wort über den Westfälischen Frieden war noch nicht gesprochen! — Der Onkel Ferdinand dachte bei sich, Eltern lüden doch zuweilen schwere Schuld auf sich; in der Tat wirkte Honorés schlechtes Beispiel ansteckend auf die Kinder, und sie führten sich auf wie rechte Strolche und Tunichtgute, redeten mit vollem Mund, fielen den Erwachsenen ins Wort und trieben noch schlimmeren Unfug. Frédéric, der neben seiner Kusine Juliette saß, hatte in einem fort die linke Hand unter dem Tisch, anstatt sie manierlich neben seinen Teller zu legen, wie es sich für einen wohlerzogenen Menschen gehörte. Die andern benahmen sich keine Spur besser, und sogar Lucienne, die doch sonst ein so vernünftiges Mädchen war, hatte in weniger als einer halben Stunde übergenug Verstöße und Versündigungen gegen Anstand und gute Sitte in ihr Kerbholz gegraben, um ihr Gewissenprüfungsheft damit reichlich nachführen zu können. Bei der ersten Bemerkung, die Ferdinand machte, war ihm sein Bruder übers Maul gefahren:

«Laß ihnen doch ihr Vergnügen, den Rangen! Ich hab's gerne, wenn etwas los ist und wenn sie ihr Mundwerk laufen lassen. Nimm mir's nicht übel, wenn ich dir das sage, aber deine Bälger tun viel zu ernst und zahm, sie schreien und reden nicht laut genug, und ich habe fast Angst, sie werden später einmal genau die gleiche Küstermiene aufsetzen, die doch nur ihrem Vater ansteht.»

Da hatten die Kinder schallend losgelacht, und Antoine wäre beinah vor Lachen erstickt. Das war nun regelrecht von obenherab geduldeter und geförderter Ungehorsam, das war glatte Anarchie, und es war nicht schwer abzusehen, daß dies ein böses Ende nehmen mußte. Und wirklich wäre es um ein Haar zum Schlimmsten gekommen. Gustav, der sich schon den Unwillen seiner Mutter zugezogen hatte, weil er einen Hühnerflügel heimlicherweise in die Tasche seiner Sonntagshosen gesteckt hatte, versuchte daraufhin, dem Hund ein gestrichenes Glas voll Rotwein einzuschütten, und vergoß dabei ein halbes Glas voll auf das weiße Kleid seiner Kusine Lucienne. Gustav bekam ein paar links und rechts um die Ohren, und die Frauen erhoben das dazugehörige Zetergeschrei, aber der Veterinär war so empört und aufgebracht, daß er seinen Zorn nicht verkneifen konnte.

«Sobald er das Gefühl hat, sein Vater sehe es gar noch gern, wird er's später nicht bei dem bewenden lassen!»

«Du willst also sagen, ich habe ihn dazu ermuntert, der Kleinen Rotwein aufs Kleid zu schütten?»

«Ich habe nicht gesagt, du habest ihn dazu ermuntert. Ich habe gesagt, er habe das Gefühl, du sähest es ganz gern. Du mußt doch zugeben, wenn du nicht so nachsichtig gewesen wärest, wäre das Mißgeschick nicht passiert.»

«Gar nichts gebe ich zu. Du sagst ja selber, es sei ein Mißgeschick gewesen.»

«Ein Mißgeschick, das unschwer vorauszusehen war!»

«Hattest du's denn vorausgesehen?»

«Ich hatte kommen sehen, daß so etwas Ähnliches passieren würde.»

«Ja? So, so, dann ist es jammerschade, daß du nicht jüngsthin schon eine so gute Witterung hattest, dann wäre jetzt dein Brief nicht beim Maloret ...»

Daß er vor der ganzen Familie an sein Mißgeschick erinnert wurde, kränkte und demütigte den Veterinär zutiefst. Seine Frau spürte, daß der Streit eine böse Wendung zu nehmen drohte, und sie glaubte, sie könne da Frieden stiften.

«Es ist ja nur halb so schlimm», begütigte sie, «man braucht nur da, wo der Flecken ist, ein wenig mit Seife auszuwaschen, das genügt.»

Ferdinand, dem noch die Ohren von seiner beschämenden Abfuhr brannten, warf einen hohnvollen Seitenblick auf sein Weinglas und feixte:

«Oh, nein, der macht keine Flecken!»

Doch tat ihm sein Grinsen fast augenblicklich leid. Honoré, der die Adelaide im Verdacht hatte, sie wässere jeweils den Wein für die Gäste, begriff die Anspielung sofort. Nun fragte er:

«Ist das wahr, was der Ferdinand sagt? Du panschst den Wein mit Wasser?»

Die Adelaide und Ferdinand erhoben zur gleichen Zeit Einspruch.

«Jetzt soll ich Wasser in den Wein geschüttet haben!»

«Sowas habe ich nie gesagt!» protestierte der Veterinär mit seiner allerspitzigsten Stimme.

«Doch, das hast du gesagt!» donnerte Honoré, «und du hast es nicht einmal rundheraus gesagt, weil du nämlich nie etwas offen und aufrichtig sagen kannst, weil du immer und ewig der gleiche verschlagene Jesuit bleibst mit deinen Mätzchen und Mienchen, als ob du jeden Morgen für die Republik in den Tod gehen wolltest! Du bist genau wie dein General Boulanger! Was ist der schon? Ein Hundsfott von einem Kuttenheuchler, der beide Stiefel voller Rosenkränze mit herumträgt! Himmeldonnerwetter! Wasser in meinen Wein ...»

«Ich versichere dir, du hast mich falsch verstanden, Honoré, das habe ich nicht gesagt ...»

«So ist's recht! Jetzt bin ich obendrein noch ein Trottel! Ich habe es nicht begriffen, und ihr andern alle auch nicht? Ihr habt es auch nicht verstanden?»

Honoré wandte sich mit dieser Frage an niemanden besonders und erwartete auch keine Antwort. Es trat ein verlegenes Schweigen ein, und mitten in die Stille hinein erklärte auf einmal Antoine mit einer leise bebenden Stimme, weil er wohl wußte, daß das, was er sagte, nicht mit einer Strafaufgabe von fünfhundert Zeilen wieder abgebüßt werden konnte:

«Ich habe, glaub' ich, verstanden, ihr hättet Wasser in den Wein getan, soviel mein Vater sagte!»

Der Veterinär lief blaurot an vor Wut, als wolle ihn der Schlag treffen. Und der Onkel Honoré ermaß, wie groß das Opfer war, das ihm sein Neffe gebracht hatte, und was für Repressalien er sich damit aussetzte, und er tat sich Gewalt an, um seinen Vorteil nicht auszunützen. Die Auseinandersetzung hätte damit ihr Bewenden haben können, wenn nicht Ferdinand über die Aussage seines Sohnes, die er für einen Verrat ansah, völlig außer sich geraten wäre. Nun aber war es vorbei mit seiner Selbstbeherrschung, und er ließ seiner rasenden Wut die Zügel schießen.

«So weit ist es also schon gekommen! Jetzt hetzest du bereits meinen eigenen Sohn gegen mich auf! Ah, viel Mühe hat es dich ja nicht gekostet, ihn anzustiften. Er war eh und je dafür geschaffen, sich mit dir gut zu verstehen, wie auch mit seinem Onkel Alphonse! Hans wie Heinrich, und einer wie der andere! Wenn es sich darum handelt, mir einen üblen Streich zu spielen, dann seid ihr alle in der Familie ein Herz und eine Seele. Lauter Neidhammel seid ihr und undankbare Gesellen, Geuder und Verschwender, Schürzenjäger und Taugenichtse und Tagediebe ...»

«Du würdest jetzt gescheiter den Mund halten!» fuhr ihn Honoré an, der sich noch in der Gewalt hatte.

«Den Mund halten soll ich? Ich brauche nicht den Mund zu halten! Ich bin keinem Menschen etwas schuldig. Nicht einen roten Sou!»

«Schade, jammerschade. Es gibt da so gewisse Gelder, die dich nicht viel Mühe gekostet haben ...»

«Fünf Franken! Fünf Franken verlange ich für die Konsultation, ich verdiene mir meinen Lebensunterhalt mit meiner Arbeit!»

«Außer wenn du die Puget auspfänden und ihre Habe versteigern läßt und ein schäbiges abgekartetes Spiel treibst, dich mit ...»

«Das ist nicht wahr! Du lügst!»

Honoré war aufgesprungen. Seine Schwägerin hielt ihn am Arm zurück und suchte ihn zu beruhigen. Er hörte es gar nicht.

«Du wagst mir das ins Gesicht zu sagen?! Du Erzdieb, du elendiger Lügner ...»

Der Veterinär war ebenfalls aufgesprungen. So standen sie, den trennenden Tisch zwischen sich, einander gegenüber und starrten sich mit so wildwütenden Haßblicken an, daß der ganzen Familie vor Entsetzen das Blut stockte.

«Ich habe mir nichts vorzuwerfen!» würgte Ferdinand mit erstickter Stimme hervor.

«Mir», versetzte Honoré, «hat keiner etwas vorzuwerfen!»

«Keiner?» hohnlachte der Veterinär. «Nicht einmal die Adelaide, wenn du regelmäßig an den Tagen, wo Jahrmarkt abgehalten wurde, des Nachmittags dorthin gegangen bist? Du weißt schon, wohin ...»

Die Adelaide wollte einwenden, das sei ihr völlig gleichgültig und kümmere sie kein bißchen. Aber Honoré hieß sie schweigen.

«Laß gut sein. Ich nehme ihn jetzt am Kragen und setze ihn vor die Tür!»

Er mußte um den Tisch herumgehen, wenn er seinen Bruder am Schlafittchen nehmen wollte. Wie er aber den ersten Schritt machte, bog just der Briefträger in den Hof ein, gemessenen Ganges und gemütsruhig, hocherhobenen Hauptes, das ihm stolz oben auf den Schultern saß, und die Hand auf seiner Ledertasche. Sie sahen, wie er den Sims aus altersglattem Stein berührte, als er beim Brunnen vorbeikam. Da gingen die beiden Brüder geschwind wieder an ihre Plätze und dachten, da seien sie noch einmal gut weggekommen.

«Komm doch herein», sagte Honoré. «Gerade überlegte ich: der Briefträger ist ja noch gar nicht vorbeigekommen. Komm, setz dich hierher.»

«Da seid ihr also alle beisammen, die ganze Familie sozusagen, so viele seid ihr?»

«Wie du siehst», gab ihm der Veterinär zur Antwort, und seine Stimme klang glücklich und zufrieden.

«Dann habt ihr's wieder einmal, wie ich oft sage: die Haudouin haben fast Sonntag für Sonntag ein Fest im Haus.»

«Natürlich», beteuerte Honoré, «man ist ja immer so froh, wenn man wieder einmal beisammen sein kann.»

Das sagte Honoré ganz aufrichtig und ohne einen Hintergedanken. Er sprach die Wahrheit, die Wahrheit nämlich, die wahr ist für einen wackeren Mann, für einen biederen Briefträger.

«Wenn man sich gut versteht», setzte Ferdinand hinzu, «ist das doch das Beste, was einem das Leben bieten kann, und es erinnert mich immer an die schöne Zeit, wo der Vater noch am Leben war.»

«Ein lieber, guter Mensch war er, dein Vater. Ich weiß noch gut, wie er eines Tages in Valbuisson ... Aber das war vor zwanzig Jahren, als es noch keine Bahn gab, und damals dachte ich noch nicht, daß ich einmal Briefträger werde ... Ja, ich weiß es noch gut. Wie alt war ich da? So dreißig, zweiunddreißig Jahre ... Ich weiß noch gut, beim letzten Haus im Dorf – nicht beim Rouquet, nein, sein Haus ist ja erst seither gebaut worden – und dann sind die Rouquet ja auch erst nach 75 nach Valbuisson gekommen ... Im selben Jahre, wo's bei meinem Schwiegervater gebrannt hat. Nein, das letzte Haus gehörte damals den Viard. Ich weiß nicht, ob du dich noch erinnern magst. Die Viard ... Sie hatten zwei Buben, ja, freilich ... Der Ältere hat es bei den Landjägern weit gebracht. Kein schlechter Beruf, wenn einer Grips im Kopf hat. Aber es ist eben wie bei uns Briefträgern: man muß den Kopf bei der Sache haben ...»

Nun stockte der Briefträger und brach ab. Der verlorene Brief war ihm in den Sinn gekommen, und er schwieg verlegen. Honoré durchschaute den Grund seiner Betretenheit und ermunterte ihn zum Weiterreden:

«Du warst also meinem Vater begegnet?»

«Ich hatte ihn angetroffen, jawohl. Ich weiß noch, es war just Jahrmarkt, oh, nur so ein kleiner Markt — in Valbuisson hat ja nie viel herausgeschaut. Es mag so gegen elf Uhr gewesen sein, und dein Vater ging schon heimwärts. Du weißt doch, wie er war. Hatte er einmal seine Geschäfte erledigt, so war er keiner von denen, die noch lange in den Wirtshäusern herumhocken, und doch verstand er's, seine Kunden zu wickeln und zu nehmen, und ein Auge hatte er fürs Vieh, ob er nun Käufer war oder verkaufen wollte. Soll ich dir etwas sagen? Ich habe ihm einmal zugeschaut, wie er eine Färse kaufte. Eine Färse, sag' ich dir. Kein übles Tier, sicher nicht, ein schmuckes Stück Vieh, wenn du willst, aber sie hatte einfach keinen Liebhaber gefunden, war unbeachtet geblieben. Und er hat sie gekauft, bar auf die Hand bezahlt, wie ich etwa für zwei Batzen Rauchtabak kaufen würde, und eine Viertelstunde später hat er sie wieder losgeschlagen, mit einem Gewinn von zweiunddreißig Franken, keine fünfzehn Meter von dem Ort weg, wo er sie erstanden hatte. Das habe ich mit meinen eigenen Augen gesehen!»

Déodat schlug mit der Faust auf den Tisch und rückte sein Käppi nach hinten. Den Haudouin krampfte sich das Herz vor Stolz zusammen, und sie waren ganz gerührt und weich bei dieser Erinnerung. Die meisten von ihnen hatten ja triftige und stichhaltige Gründe dafür, daß sie das Andenken ihres Vorfahren nicht sonderlich in Ehren hielten oder gar haßten, und sie machten für gewöhnlich aus ihrem Herzen keineswegs eine Mördergrube, aber wenn sie im Familienkreis oder vor Außenstehenden über ihn sprachen, dann erschien ihnen der Alte jedesmal eigentlich verklärt und mit den Zügen einer biblischen Gestalt und eines wackeren Biedermannes. Sogar Antoine war beeindruckt, obschon er sich gegen Erregungen solcher Art sträubte. Honoré ließ den Kopf hängen und murmelte:

«Man kann schon sagen: er war ein Mann, der seine Verdienste hatte.»

Der Briefträger zuckte mit der Achsel, als dünkte ihn dieses Lob auch gar zu bescheiden und unzulänglich.

«Das will ich meinen, daß er seine Verdienste hatte! Man muß ihn gekannt haben, wie ich ihn kannte... Er ging also vom Markt nach Hause, und ich ging dort hinab, ich weiß nicht einmal, was ich vorhatte... Wartet mal, jetzt erinnere ich mich wieder! Nein, ich weiß doch nicht mehr. Kurz und gut, ich wollte nach Valbuisson, kann ich euch sagen. Und als ich in die Nähe von Viards Haus kam, da sehe ich Haudouin mir entgegenkommen, in seiner eigentümlichen Art; es sah immer aus, als habe er's gar nicht eilig, und doch brachte er mit jeder halben Stunde eine ganze Meile hinter sich. Er hatte mich gar nicht näherkommen sehen. Er hing ja immer seinen Gedanken nach, nicht wahr. Der rechte Grübler und Spinner. ‹Geht Ihr schon heim, Jules?› sage ich zu ihm. Da sagt er zu mir: ‹Guten Tag auch, Déodat, stell dir vor, ich habe meinen Regenschirm vergessen.›»

Der Briefträger lächelte, sein Lächeln drückte zugleich seine hohe Achtung und anhängliche Liebe aus, und er schloß:

«Er hatte seinen Regenschirm vergessen.»

Honoré und Ferdinand schauten einander über den Tisch hinweg an, aller Groll war wie weggeblasen, sie waren wieder ausgesöhnt, ihre Augen tränten vor zärtlicher Rührung. Da lag der Regenschirm längelang auf dem Tisch. Sie sahen ihn deutlich. Sein grüner Regenschirm war's. Ein guter Regenschirm, er hatte immer nur diesen einen gehabt. Es war der Familienregenschirm, der Schirm der Eintracht. Sie brauchten nur das Wort Regenschirm zu denken, so lief ihnen das Wasser im Mund zusammen vor Versöhnlichkeit und gutem Willen. Sie hätten viel darum gegeben, wenn sie ihn noch hier hätten haben können, seinen Regenschirm (und hätte der Alte versucht, aus seinem Grab zu steigen, sie hätten ihn vielleicht mit wuchtigen Hieben ihrer Holzschuhe auf sein Haupt wieder hinabgetrieben!). Sie waren die beiden Brüder, die beiden Buben von Anno dazumal, als der Regenschirm noch lebte. Honoré machte sich Vorwürfe, weil er Ferdinand ein bißchen hitzig angefahren hatte, und der Veterinär dachte: ‹Er ist nun einmal so, wie er ist, mein Bruder. Ich habe ihn gern, so wie er ist.›

Die andern Sprossen der Haudouinsippe fühlten, wie der Frieden dank dem Regenschirm wieder im Eßzimmer Einkehr hielt. Trotzdem waren sie enttäuscht von dem Bericht des Briefträgers, vor allem die Kinder; sie hatten auf einen spannenderen und zügigeren Schluß gehofft. Zum Beispiel, so überlegte Gustav im stillen, hätte ein wutschäumender Stier aus dem Stall der Viard hervorpreschen können, und der Großvater hätte ihn am Schwanz gepackt, hätte ihn überm Kopf herumgeschwungen und -gezwirbelt wie eine Schleuder und ihn dann weithin bis in den Weiher geschmissen. Sogar mit weniger effektvollen Geschehnissen hätte man vorlieb genommen. Alexis konnte und konnte sich mit dem Regenschirm nicht abfinden.

«Und weiter, Déodat?»

Diese Frage brachte den Briefträger aus dem Konzept. Er machte sich seinen Reim zu dem versonnenen Schweigen seiner Gastgeber, und plötzlich befiel ihn die Angst, er habe unzulänglich und stümperhaft erzählt.

«Ob er aber seinen Regenschirm zu Hause oder auf dem Markt vergessen hatte, das könnte ich nicht sagen.»

«Er hatte ihn daheim stehen lassen», versetzte der Veterinär. «Ganz bestimmt.»

Déodat genehmigte einen Schluck Wein und fragte ihn, was er von einem dreimonatigen Hühnchen halte, das nur zwischen den Beinen der Schweine fressen wolle und beharrlich jeden Abend nach vier Uhr absichtlich zu hinken anfange. Er habe nämlich zu Hause ein solches Junghuhn.

«Solche Hühner sind ganz lasterhafte Biester, und man muß auf sie achtgeben, wegen der Jungen. Ich habe einmal ein Huhn gekannt...»

Mit einem Schlag lebte das Gespräch auf. Verschiedene Geschichten von lasterhaften Hühnern wurden aufgetischt. Frédéric benützte die Gelegenheit und griff seiner Kusine an die Schenkel. Juliette schaute ihn mit strahlenden, sanften Augen an, eine heiße Zärtlichkeit hob ihre Brust, und Frédéric lief vor Wonne und Glück rot an. Das Stimmengewirr, das Klirren der Flaschen, das Klappern der Gabeln und das schlingende Drucksen der gierigen Schlünde, die das Rindfleisch dem Magen zuschoben, dies herzliche Raunen und Brummen und gemütliche Dröhnen, das von einer Tafelrunde aufsteigt, die sich zwar den Bauch vollschlägt, sich dadurch aber keineswegs vom Reden und Gegenreden abhalten läßt, war ihnen ein wenig zu Kopfe gestiegen. Sie mußten beide lachen, und Frédéric flüsterte:

«Gleich nachher, sobald die Ente verzehrt ist, drücke ich mich und gehe hinaus in die Scheuer.»

Sie nickte und gab ihm damit zu verstehen, sie werde auch hinkommen. Der Veterinär ahnte nichts von alldem, er war fast wunschlos glücklich, denn er hörte, wie seine Frau und seine Schwägerin Küchenrezepte austauschten:

«Du fettest den Pfannenboden gut ein, setzt über einem schwachen Feuer auf, und alle halben Stunden gießt du den Saft darüber.»

«Ich tue ein bißchen Knoblauch daran.»

«Nein, gerade mit Knoblauch darfst du's nicht würzen...»

Die Adelaide unterbrach sich und fing von einem Hühnchen an zu erzählen:

«Es hatte einen Schnabel, der wie eine Schere übereinanderging, und so konnte es die Körner natürlich nicht aufpicken... Anstatt mit Knoblauch zu würzen, machst du feingehacktes Fleisch...»

Mitten in dem ohrenbetäubenden Lärm saß Klotilde mucksmäuschenstill da, sprach kein Wort, und machte ein strenges, nachdenkliches Gesicht. Gustav sah, daß die ganze Tischrunde in eifriges Gespräch vertieft war, und so benützte er die Gelegenheit, wo seine Eltern kein Auge auf ihn hatten, nahm die Weinflasche und goß sich sein Glas randvoll mit Wein ein. Er leerte es auf einen Zug, und eben wollte er es ein zweites Mal vollschenken, da petzte Lucienne dem Veterinär:

«Papa, er hat ein ganzes großes Glas Wein ausgetrunken!»

«Ist gar nicht wahr!» schrie Gustav. «Du lügst, du dreckige Kuh, es ist gar nicht wahr!»

Dann platzte er mit einem lautschallenden Lachen heraus, weil ihm der Wein bereits in den Kopf gestiegen war und ihn taumelig machte. Seine lärmige Heiterkeit zog nun die Aufmerksamkeit der Tafelrunde auf sich. Er hatte ganz verschmierte Lippen und hielt noch die Flasche mit beiden Händen umfaßt.

«So ein Stumpfsinn!» schalt der Veterinär. «Davon kann er schwer krank werden, der Kindskopf!»

Honoré faßte seinen Jungen ins Auge und bekam es nun doch mit der Angst, als er seine glühendroten Backen sah.

«Vielleicht müßte man ihn kotzen lassen», meinte er.

Dieser ungehobelte Ausdruck machte auf Helene einen recht peinlichen Eindruck. Antoine, der seine Mutter beobachtet hatte, empfand das höchst ungehörig und nahm es dem Onkel Honoré schrecklich krumm. Und doch hatte es der Onkel gar nicht bös gemeint und war sich nicht im geringsten bewußt, wie flegelhaft es tönte, ja, es hätte ihm weh getan, wenn man es ihm zu verstehen gegeben hätte.

«Das kann nie etwas schaden», gab nun auch Déodat seinen Senf dazu. «Es gibt nichts, was einem den Magen so gründlich putzt!»

So trug denn Honoré seinen Sohn in den Hof hinaus und steckte ihm dort den Finger in den Hals. Des Kleinen verzweifeltes Aufstoßen und dann das Platschen des erlösenden Ausgusses war bis ins Zimmer herein zu hören.

«Es ist soweit», verkündete Déodat.

Er war heilfroh, daß alles so gut abgelaufen war. «Es geht nicht immer so glimpflich ab», gab er zu bedenken. «Manche Leute, die würgen und würgen und können es doch nicht hergeben.» Helene war bleich geworden, und Frédéric verzichtete auf den Entenbraten und bedeutete der Juliette, er gehe jetzt hinaus in die Scheune. Sie ging ihm nach, schloß die Tür hinter sich ab, ohne jede Hast, und legte ihm die Hand auf die Schulter. Sie war größer als Frédéric, und er mußte den Kopf emporheben, um sie auf den Mund zu küssen. Sie rührte sich nicht, als ließe sie die Glut des Jungen völlig kalt, und das schüchterte ihn ein. Seine Hand fuhr behutsam und zögernd über eine Brust, dann spürte er die Brustwarze auf der Handfläche und griff zu. Juliette schien es gar nicht zu merken. Da wollte Frédéric das Mädchen mit sich nach hinten in die Scheune zerren, doch als er spürte, daß sie sich dagegen sträubte, getraute er sich nicht, auf seinem Vorhaben zu beharren. Heimtückisch und voll Hinterlist gewann er Boden und rückte einen Schritt weiter. Schon hatte er ein paar Meter gewonnen, da schlang mit einemmal Juliette ihre Arme um ihn, drückte ihn an sich, preßte ihn auf ihren Bauch, ihre Brust, ihre Wange. Zwischen ihre Beine klemmte sie eines von seinen Knien, und dann flüsterte sie ihm, den Mund auf seine Wange gepreßt, heiß ins Ohr:

«Frédéric, ich möchte, du wärst Noël Maloret. Ich möchte, du wärst der Noël!»

Enttäuscht und gedemütigt wollte sich Frédéric freimachen und warf den Kopf zurück. Da drückte sie ihn noch fester an sich und riß mit einem leidenschaftlich brutalen Ruck seinen Kopf wieder zu sich heran.

«Noël, wärst du doch jetzt der Noël, ja?»

Immer noch sträubte und wehrte er sich, aus Stolz und Selbstgefühl, aber Juliettes klammernde Umarmung berauschte ihn, und als er ihren Mund auf seinen Lippen spürte, gab er nach und sperrte sich nicht länger.

«Ich bin Noël», keuchte er mit heiserer, ungeduldiger Stimme.

«Noël?» keuchte nun auch Juliette.

Mit einem jähen Vorbäumen bog sie ihm den Oberkörper zurück, beugte sich hinab über das Gesicht des Jungen und starrte ihm mit irrem Blick in die Augen. Dann lächelte sie und stieß ihn sanft von sich.

«Ich bin dumm, mein kleiner Frédéric. Geh jetzt, laß mich. Komm, wir gehen.»

Mit hängenden Armen stand Frédéric da; er wollte etwas Böses, Grausames zu ihr sagen, und brach in Tränen aus. Juliette suchte das Taschentuch, das er in der Hosentasche hatte, und tupfte ihm die Augen trocken.

«Komm, Kleiner, weine nicht mehr. Ich wollte dir doch nicht wehtun. Ich habe es ganz unabsichtlich gesagt, weißt du. Ich will nie wieder davon reden...»

Er schluchzte nur noch verzweifelter. Da faßte ihn Juliette um den Hals, führte ihn ganz zuhinterst in die Scheuer, setzte sich zu ihm auf die Korngarben, wiegte ihn in ihren Armen und streichelte ihm die Wangen. Ganz leise redete sie auf ihn ein:

«Weine nicht, mein kleiner Frédé. Ich habe dich auch lieb, das weißt du doch. Du kannst mich immer und jederzeit küssen, und mich auch anrühren, wie du's nur willst... Aber weine jetzt nicht. Wir müssen doch wieder hineingehen, sonst sucht uns der Onkel Ferdinand. Heute nachmittag darfst du mich wieder küssen und umarmen, willst du?»

Frédéric versuchte zu lächeln, und als Juliette aufstehen wollte, hielt er sie zurück.

«Ist es wahr: du liebst ihn, den Maloret?»

«Ich weiß nicht. Ich habe das bloß so gesagt, ohne mir etwas dabei zu denken. O nein, ich habe mir gar nichts dabei gedacht, weißt du... Ich weiß nicht, was auf einmal in mich gefahren ist und mich so außer Rand und Band gebracht hat.»

Als Frédéric wieder hereinkam und sich auf seinen Platz neben Juliette setzte, vergaß der Veterinär, auf seiner Uhr die Zeit, die er draußen verbracht hatte, nachzukontrollieren. Er saß tief vornübergebeugt am Tisch, sein Kinn patschte einmal übers andere auf die Tischplatte, und er stammelte:

«Was?... Was?... Seid Ihr sicher?»

Déodat, der eben die Neuigkeit ausgekramt hatte, rüstete sich zum Fortgehen. Er stand hinter seinem Stuhl und antwortete gemütlich:

«Ich sag's Euch doch. Die Anais hat den Brief vor meinen Augen aufgemacht. Die Kleine kommt morgen.»

«Daran ist weiter nichts Erstaunliches», meinte Honoré mit träger Stimme. «Man hat sie ja nie mehr hier gesehen, seit sie nach Paris gegangen ist.»

«Seph hat mir einmal erzählt, sie habe fast nie Urlaub, seit sie Ladenjungfer geworden sei.»

«Ladenjungfer?» grinste Adelaide. «Da muß sie wohl die Kunden auf dem Rücken bedienen und dazu alle viere in die Luft strecken, ja?»

«Was weißt denn du davon?» wandte Honoré ein.

«Da braucht man nicht noch besonders drauf gestoßen zu werden, daß die Mädchen bei den Malorets seit jeher Huren und Schlampen gewesen sind!»

«Das ist noch kein Grund...»

Kaum war der Briefträger draußen vor der Tür, so fing Ferdinand an zu ächzen und zu stöhnen. Warum hatte ihm Valtier keine Nachricht gegeben? Was wurde da gegen ihn angesponnen? War es nicht überraschend, daß dieses Mädchen just drei Tage, nachdem Seph den Brief abgefangen hatte, nach Hause kam?...

Honoré zuckte bloß die Achseln. Des Veterinärs kopflose Angst und Verzweiflung ging ihm auf die Nerven. Was ihn selber anbetraf, so freute ihn der bevorstehende Besuch Marguerites; warum, wußte er nicht. Es dünkte ihn einfach, das Spiel, das er gegen den Seph austragen wollte, werde dadurch noch lustiger und schöner. Wenn er bedachte, wie manche Gelegenheit zur Rache er früher hatte ungenutzt vorbeigehen lassen, so wollte ihm scheinen, er habe Maloret auch darum geschont, weil er seine Kräfte sparen, weil er sie für heißere Kämpfe vorbehalten wollte. Und er dachte voll Freude an alle seine Kinder, die vier Köpfe hoch rings um seinen Tisch saßen, Ernest nicht mit eingerechnet, der in Epinal seinen Militärdienst versah.

9

IN DER SCHEUNE droschen Honoré und Juliette das Korn mit dem Dreschflegel. Zuerst hatte es der Vater nicht dulden wollen, daß ihm seine Tochter bei dieser Männerarbeit half. Er schützte vor, das Getreide sei schön ausgereift, und man brauche es bloß ganz leicht zu streicheln, das genüge, um es aus den Ähren fallen zu lassen. Notfalls, da die Zeit drängte — denn das Korn war nahe am Ausgehen im Hause — könne er ja einen Tagelöhner anstellen. Aber zur Erntezeit war es schwierig, in Claquebue einen Tagelöhner aufzutreiben, und überdies — wie die Adelaide mit Recht zu bedenken gab — überlegte man sich's zweimal, ehe man Leute anstellte, die fünfunddreißig Sous am Tag und die Verköstigung obendrein verlangten, lauter Faulpelze und Tagediebe, die es schamlos ausnützen, wenn sie an anderer Leute Tisch mitessen dürfen, und sich den Bauch so vollschlagen, daß sie nachher kaum mehr arbeiten mögen. So hatte die Adelaide denn verfügt, daß sie mit Honoré zusammen dreschen wolle. Sie war zwar ausgemergelt und abgehärtet, aber sie hatte keine Muskeln, und dazu fehlte ihr die jugendliche Ausdauer, die allein die Gewöhnung ersetzen kann. Abgesehen davon war, zufolge ihrer verschiedenen Geburten, die Bauchhaut schlaff und entspannt, und wenn sie sich anstrengte, spürte sie es in den Eingeweiden. Nach einer halben Stunde emsiger Arbeit erlahmte ihre Kraft, der Dreschflegel fiel nur noch matt und müde nieder, verlor den Takt, und jeden Augenblick schlug sie sich beinah damit auf den Kopf.

«Scher dich zum Kuckuck», hatte Honoré sie angeschnauzt, «du stehst mir nur beim Dreschen im Wege, das ist alles, was du kannst.»

Daraufhin hatte Juliette unbedingt darauf bestanden, sie wollte an Stelle ihrer Mutter helfen.

«Ich arbeite bestimmt nicht mehr, als ich leisten kann. Wenn ich spüre, daß ich müde werde, höre ich auf, das verspreche ich dir.»

Honoré hatte seiner Tochter lachend zugeschaut. Ein schmuckes, dralles, stattliches Mädel war sie, ja, das mußte er auch sagen, aber doch noch gar jung, zart wie lindes Hühnchenfleisch. Er hatte sie gewähren lassen, nur um zu sehen, rein zum Spaß, und innerlich lachte er beim Gedanken, sie werde recht bald schon genug kriegen. Sie aber hatte aus Stolz nicht klein beigegeben und den ganzen Morgen unermüdlich und ohne nachzulassen Hand angelegt. Erst hatte sie sich noch an die ungewohnte Arbeit gewöhnen müssen, doch dann klopfte ihr Flegel immer schön im Takt mit; nie verlangsamte sich das rastlose, stetige Geklapper. Sie leistete wackere, treffliche Männerarbeit.

In der Scheuer war es fast so heiß wie draußen im Freien. Juliette war mit einem langen ärmellosen Hemd bekleidet, das sie um den Leib mit einer Schnur zusammengerafft hatte. Der strömende Schweiß klebte ihr das Linnen am Rücken fest bis hinab zu den drallen, strammen Waden. Jedesmal, wenn sie mit dem Flegel aufzog, spannte ihre Brust das dünne Hemd, immer an der gleichen Stelle, und die Spitzen stachen mitten aus zwei schweißnassen Rundungen hervor, die so breit waren wie Untertassen. Vater und Tochter ließen ihre Dreschflegel im Wechseltakt niedersaußen und verliehen ihren abwechselnden

Schlägen jedesmal mit einem vernehmlichen keuchenden Gurgeln Nachdruck, das tief unten in der Kehle röhrte, damit sie den Mund nicht öffnen mußten. Es stieg nämlich aus dem gedroschenen Stroh ein feiner Staub auf, der ihnen in die Nase drang. Wenn sie den Mund auftaten, schluckten sie immer einen tüchtigen Schwaden, und Zunge und Kehle wurden ihnen davon weich und trocken wie Zunder.

In regelmäßigen Abständen brachte ihnen die Mutter zu trinken und benützte die Ruhepause dazu, ihrer Verbitterung Luft zu machen.

«Die brauchen ihre Tochter nicht zum Arbeiten anzuhalten, weißt du. Ich habe sie gesehen, ihre Kleine, das freche Ding. Mit buntgeblümten Schürzen stolziert sie herum, na! Und Knopfstiefelchen hat sie auch an. Und dazu wackelt und scharwenzelt sie mit dem Hintergestell, wie wenn so ein Balg auf lauter Herrenschlössern aufgezogen worden wäre.»

«Das kannst du uns dann ein andermal erzählen», fertigte Honoré sie kurz ab.

Er spülte sich den Hals mit einem Schluck Wein, schnupfte einen Fingervoll in die Nase, um sich die Nüstern gründlich zu säubern; dann schmiß er das Glas auf ein Strohbündel und nahm wieder den Flegel auf. Die Adelaide aber zog ab unter Murren und Schimpfen, innerlich wutschäumend und zähneknirschend und von dunklen, unheilverkündenden Ahnungen erfüllt. Noch nie, bis auf diesen Tag, hatte sie nach ihrem Empfinden einen so berechtigten Zorn verspürt. In der vergangenen Nacht hatte ihr nämlich Honoré alles erzählt. Sie lagen beide im Bett, wälzten sich schlaflos auf ihren Matratzen hin und her wegen der Hitze, die aus der Erde ausströmte und drückend über der Kammer lastete. Honoré, dem seit zwei Tagen der Kopf von seinen Kümmernissen rauchte, so daß er es einfach nicht mehr für sich behalten konnte, hatte ihr alles, ganz von Anfang an, berichtet. Neben ihr auf dem Kopfkissen hatte er ihr alles erzählt. Vom Einzug der Preußen, von dem Bayern auf dem Strohsack und bis zum letzten verhängnisvollen Vorfall, dem entwendeten Brief, hatte er ihr alles gesagt. Und als er damit zu Ende war, fing er wieder von vorne an. Und vor lauter Zuhören und Erzählen hatten sie sich beide erhitzt und aufgeregt, alles wegen der rüpelhaften Zudringlichkeit des Sergeanten. Da hatte Honoré auf einmal seine Frau eng umschlungen, mit beiden Armen und mit wilder Gier, just im rechten Augenblick, als ihnen beiden das Hirn dampfte und sie's vor hitziger Brunst kaum noch aushielten. Er hatte sie so wildwütend und ungestüm gestopft, drangsaliert und genudelt, daß sie beide laut herausgeröhrt hatten wie zwei paarende Esel, und hernach hatten sie schweißbedeckt, schnaufend und keuchend, eng umschlungen und lange so dagelegen und hatten ihren Gedanken nachgehangen, bis sie darüber einschliefen.

Während nun die Adelaide draußen in der Küche über die vergangene ereignisreiche Nacht nachdachte und über ihrem Zorn brütete, streckte Klotilde den Kopf zur Tür herein und zeigte ein ängstliches, bitterböses Gesicht. Die Mutter hängte ihren Schaumlöffel am Topfhenkel auf, packte das Kind beim Arm und zog es ans helle Licht.

«Zeig mir einmal die Zunge... Das hätte ich mir ja denken können... Dabei habe ich mir solche Sorgen gemacht. Am ersten Regentag bekommst du ein tüchtiges Abführmittel.»

Die Adelaide war nämlich der Meinung, es sei nicht ratsam, an Tagen, wo die Sonne heiß brannte, ein Abführmittel einzugeben. Dann sei der Körper voll von gefährlichen Stoffen, die mit Leichtigkeit in bittere verdorbene Säfte und Ausschläge ausarten können. Eine rechte Erhitzung kurz nach einem Abführmittel, und schon kommt einem das Öl hoch, greift das Herz an oder vermischt sich gar mit dem Blut! Das war schon mehrmals vorgekommen, das hatte sie schon verschiedentlich erlebt. Der Mann der alten Dominé war auf diese Art dahingerafft worden. An einem vierzehnten Juli, als er unbedingt seinen Stuhlgang hatte abführen wollen, da waren ihm seine drei Löffel voll Rizinusöl den ganzen Tag schwer im Magen gelegen und hatten ihn arg molestiert, und am Abend war ihm dann der helle Schweiß in Bächen ausgebrochen, und dann war er so weit, daß er um die Mitternachtstunde sterben konnte, wie's auch eingetroffen war. Ein Mann, der alles hatte, um sich zu schonen und rüstig zu erhalten.

Klotilde starrte ihre Mutter entsetzt an. Sie erinnerte sich noch gut an den Tag im vergangenen Jahr, wo Ernest ihr die Nase zuklemmte, während die Mutter ihr den vollen Löffel mit dem schauerlich stinkenden Abführmittel in den Mund stopfte.

Tränen traten ihr in die Augen, und sie sandte ein Stoßgebet zum Himmel: «Lieber Gott, es ist nicht wahr, daß ich ein Abführmittel brauche. Ich kann doch ganz leicht zu Stuhle kommen. Mach doch, daß es nie, nie, gar nie regnet!...» Da verließ die Mutter die Küche und wollte den beiden Dreschern zu trinken bringen. Klotilde brach ihr Gebet ab, lachte kurz und schnippisch auf und lief dann ins Eßzimmer, wo sie sich einschloß und die Tür verriegelte.

Als Adelaide hinauskam, hockten Vater und Tochter auf einem Garbenhaufen und ließen die Hände zwischen den Knien herabhängen.

«Ich spucke schon ganz weiß, so trocken ist mir der Mund», brummte Honoré. «Nein, schau einmal her, wie ich spucke, was?»

«Ich auch», erwiderte Juliette, «ich spucke womöglich noch weißer als du.»

Die Adelaide reichte ihnen die gefüllten Gläser und machte leidenschaftlich ihrem Mitleid Luft.

«Jetzt seht mir nur einmal her, in was für einem Zustand sie beide sind! Patschnaß ist das Hemd der Kleinen! Man sollte aber noch nicht dreschen bei der Bruthitze! Klar, wir müssen eben sofort dreschen, ich weiß schon. Wir können's uns ja nicht leisten, zu warten wie andere Leute, die ich kenne! Ja, die haben es gut, die haben Glück. Die können von Glück reden, daß sie so ein Schnepfchen in der Familie haben, das Geld für sie verdient, wie, weiß man ja! So können sie auch mit Dreschen warten, bis es kühl ist in der Scheune...»

Honoré und Juliette hörten ihr kaum zu; sie tranken gierig und lächelten einander wohlig und in animalischer Seligkeit an.

«Und wenn dann fertig ausgedroschen ist, muß man schwingen, sich die Arme kaputtschinden und Rücken und Kreuz lahm rackern, will man die Schwinge gerade halten. Und dann heißt es schütteln und rütteln und hin und her schwingen, wurst was der Rücken dabei spürt. Sie aber haben diese mühselige Arbeit nicht vor sich; die haben sich eine Fegemühle angeschafft. Mit dem Geld, das die Metze mit ihrem Hintern verdient hat, selbstverständlich und wohlverstanden!»

«So eine Fegemühle ist etwas ganz Praktisches», meinte Honoré geistesabwesend.

«Und ob das praktisch ist! Sie brauchen bloß an der Kurbel zu drehen, und die Arbeit läuft ganz von selber. Ja, die tun sich Fegemühlen zu! Und das ist noch lange nicht alles...»

Da faßte Honoré seine Tochter um den Hals, zog sie zu sich heran an seine Schulter und sagte lachend:

«Da haben sie ja den Vogel abgeschossen mit ihrer Fegemühle! Freilich werden sie sich nicht mit Schwingen krumm und lahm plakken, nein, das werden sie nicht. Dafür aber tun sie's mit etwas anderem. Unsereiner läßt die halbe Ernte am Halm stehen, um sofort Korn zu kriegen. Und dann? Dann streckt man in der Scheune die Zunge zum Maul heraus, und die Maloret strecken an der sengenden Sonne die Zunge heraus, wenn sie die Ernte fertig einbringen. Nur etwas geht mir wider den Strich; unser Getreide wird eben ab und zu verregnet. Abgesehen davon, gleichgültig wie und ob man nun eine Fegemühle hat oder nicht, läuft das Alltagsleben trotz allem darauf hinaus, daß man arbeitet. Man arbeitet, um seine Lebensnotdurft zu verdienen, jawohl, und dann arbeitet man um der Arbeit willen, weil man sonst nichts anderes zu tun weiß. Ich beklage mich nicht. Ich arbeite gern, und zu tun habe ich noch für lange Zeit. Komm, schenk uns den Rest der Flasche ein. Es ist heiß.»

Die Adelaide schenkte die beiden Gläser voll und sagte nach einer Weile:

«Ich arbeite auch gern und willig. Aber manche Dinge können einen doch ärgern, wenn man sich nichts vorzuwerfen hat und ein reines Gewissen besitzt.»

Honoré stieß zum Spaß mit Juliette an, leerte dann sein Glas und sagte kopfschüttelnd:

«Oh, das Gewissen... Vielleicht schon... Was das anbelangt, sind von mir aus alle Maloret samt und sonders Mistfinken, und ich gedenke ihnen demnächst einen Denkzettel anzuhängen. Sie werden eines Tags von mir hören, und daran werden sie weniger Freude haben als an Ferdinands Brief. Die Saukerle ...»

Da hob Juliette den Kopf von der Schulter ihres Vaters und fiel ihm mit schroffer Stimme ins Wort.

«Warum: die Saukerle? Das ist schnell gesagt!»

Überrascht und bereits beunruhigt blickte Honoré seine Tochter an. Sie war aufgesprungen und zog die Schnur, die ihr Hemd um den Leib zusammenhielt, fester an. Es sah aus, als rüste sie sich zum Kampf. Die Adelaide wurmte sich schrecklich, als sie sah, wie das Mädchen herummaulte, und sie bemerkte:

«Zu meiner Zeit hätte ein Gör, das in diesem Ton zu seinem Vater gesprochen hätte, ein paar links und rechts um die Ohren bekommen.»

«Man hängt nicht den Leuten für nichts und wieder nichts Schimpfnamen an, wegen eines Briefs, der abhanden gekommen ist», versetzte Juliette. «Und sogar wenn der Seph den Brief gestohlen hätte, ist das noch lange kein Grund, daß man über die ganze Familie loszieht!»

«Sie sind schon alle die gleichen», behauptete die Mutter, «man braucht sie bloß einen um den andern zu nehmen.»

Nun stand auch Honoré auf, beugte sich über seine Tochter und sagte mit ungewohnter Heftigkeit:

«Nein! Nicht einen um den andern, Herrgott im Himmel! Für mich gibt's nur die Maloret alle aufs Mal! Verstanden?»

Juliette konnte nicht länger an sich halten und stammelte:

«Ja, ich habe begriffen ... Aber ihr wißt ja nicht, ihr könnt nicht wissen ...»

Honoré sah, wie sie bleich im Gesicht wurde, wie ihre Lippen bebten.

«Komm», sagte er und nahm seinen Flegel auf. Und seine Lippen zitterten auch.

Die Adelaide nahm ihre Tochter an der Hand und wollte sie mit sich aus der Scheune hinausziehen.

«Die Arbeit drängt», sagte Juliette und machte sich mit einem jähen Ruck frei, «laß mich los!»

Während ihre Mutter davonging, hob Juliette ihren Dreschflegel und machte sich wieder an die Arbeit. Das Dreschen ging weiter, ohne abzusetzen, im selben regelmäßigen sichern und eintönigen Takt. Doch das abwechselnde Klopfen der Flegel auf dem festgestampften Boden vermochte das beklommene Schweigen nicht auszufüllen, das Vater und Tochter entzweite. Sie schauten einander nicht in die Augen, beobachteten sich aber verstohlen, gereizt und angstvoll. Von Zeit zu Zeit stieß der Vater, damit sie beide immer schön im Takt blieben, ein kehliges Ha! aus, und Juliette tat es ihm nach, während sie mit ihrem Flegel niederschlug. Einmal gab sie ihm mit schwächerer Stimme Antwort, und es wollte Honoré scheinen, er höre ein Kind kläglich weinen. Da warf er seinen Flegel weg und schrie:

«Juliette!»

Doch sie ließ ihren Dreschflegel niedersausen und zog wieder damit auf.

«Juliette!» sagte er nun ganz leise und sanft.

Sie blickte zu ihm auf; ihre Augen schwammen in Tränen.

«Ich wollte dir noch sagen... wegen der Maloret...»

Da zog er sie an sich und drückte ihr verweintes Gesicht an seine Brust.

«Du brauchst mir gar nichts zu sagen.»

«Ich wollte dir sagen...»

Er preßte sie enger an sich und spürte, wie ihr feuchter Mund auf seiner Brust ruhte. Juliette versuchte sich zu wehren, wollte sich losreißen, dann aber entspannte sie sich, bezwungen und gebändigt. Wildes, unaufhaltsames Schluchzen schüttelte ihre Schultern. Er hob sie auf seine Arme, wie er's zum Spielen oft tat, und trug sie auf den Garbenhaufen, wo sie sich bäuchlings hinwarf und die Hände vor die Augen schlug. Honoré packte seinen Dreschflegel und arbeitete mit zusammengebissenen Zähnen traurig und bekümmert allein weiter bis zum Mittag.

Was die Stute erzählt

In Honorés Haushalt war die Liebe so ähnlich wie der Wein eines der Familie gehörigen Weinbergs; man trank ihn, jeder in seinem eigenen Glas, aber er verschaffte eine Trunkenheit, die der Bruder seinem Bruder anmerkte, der Vater bei seinem Sohn spürte, eine Trunkenheit, die sich in unhörbaren Liedern des Schweigens breitmachte. Es gab Morgenstunden, wo die Eltern sich auf ihr Tagewerk mit schlafschweren, glücklichen Gesichtern vorbereiteten. Die Kinder löffelten ihre Suppe und äugten voll unverhohlener Mitfreude nach ihrer unverkennbar frohbewegten Mutter hinüber. «Ja, ich sehe schon, es hat heute nacht geklappt!» Das sagten sie nicht, sie wagten es nicht einmal zu denken, aber sie wußten es und freuten sich darüber. An solchen Vormittagen war ihnen allen das Lachen zuvorderst. Oder dann kam des Abends einer von den Buben nach Hause und setzte sich glückstrahlend und schweigsam zu Tisch. Niemand fragte etwas, aber man schaute ihn verstohlen an und suchte ein wenig von der Lust für sich zu erhaschen, die in seinem ermatteten Fleisch eingeschlummert war. Honoré blinzelte seiner Frau zu. Er zwinkerte immer nur, wenn er sicher war, daß ihn sein Sohn nicht sehen konnte; er wollte ihn nicht in Verlegenheit bringen, weil er doch dieses süße Wohlbehagen ins Haus gebracht hatte. Die Mutter zuckte die Achseln und sagte nichts, als fände sie es ungehörig und fast anstößig, ihren Buben so vor sich sitzen sehen zu müssen, mit gerötetem Gesicht und müden Lidern von der genossenen Lust. Sie kannte ihn doch, seit er auf die Welt gekommen war, der große Lulatsch! So winzig klein war er damals! Und jetzt spielte er den Schwerenöter bei den Mädchen. Womit auch nur, mein Gott?! Das frage ich euch! Die Mutter zuckte also die Achseln und hantierte mit ihren Pfannen und Kochtöpfen, aber nur ganz leise, um niemanden aufzuwecken, und das Blut pochte ihr wild in den Schläfen, auch ein wenig, weil ihr Mann ihr zugezwinkert hatte. Vater und Sohn, sie waren einer der gleiche Schlingel wie der andere! Während sie sich über ihren Herd beugte, lachte sie beim Gedanken an Honorés Zwinkern. Als das Essen vorüber war, sahen die beiden Kleinsten, daß ihre Mutter ausgeruht war und ihre Augen einen ganz sanften Blick bekamen, sie gingen zu ihr und legten die Köpfchen auf ihren Bauch, bis sie einschliefen. Sie wagte sich nicht mehr zu regen, und ihre zärtliche Mutterliebe versetzte das ganze Haus in schläfrige Erstarrung.

In Saint-Margelon, in Ferdinands Haus, war diese Solidarität, dieses Gemeinschaftsgefühl im Lustgenießen nicht zu finden. Jeder ging dort seine eigenen Wege und suchte Liebe da, wo nur er allein sie zu finden wußte. Von der ganzen Familie war der Veterinär der einzige, der sich über die Heimlichkeiten der andern den Kopf zerbrach, aber er tat es einzig und allein, um ihnen dauernd das Leben sauer zu machen. Die unablässige argusäugige Aufsicht, die er über seine Frau so gut wie über seine Kinder ausübte, setzte niemals aus. «Du bist elf Minuten auf dem Örtchen geblieben», tadelte er und schaute auf die Uhr. Dieser Ort war und blieb, ungeachtet des argwöhnischen Augenmerks, das der Vater darauf hatte, der beste und sicherste Zufluchtsort. Niemand betrat ihn, ohne zugleich mit einem Schamgefühl auch einen wollüstigen Kitzel zu verspüren. Im sichern Schutz vor der vorwitzigen Schnüffelei des Veterinärs konnte jeder dort schlüpfrigen Vorstellungen und heimlichen lustbringenden Verrichtungen nachgehen. Diese einsamen Spielereien und Versuche, diese trübseligen, lustlosen Lustbefriedigungen, die in ängstlich verschüchterten, phantasiearmen Seelen gereift waren, zeigten eine erschreckend öde Ähnlichkeit. Es sah aus, als hätte eine Familiendisziplin ihre Form, Häufigkeit, ja sogar ihr Objekt zwingend vorgeschrieben. Man stellte sich jeweils einfach vor, man mache es mit einer Person aus der Nachbarschaft, und zwar ohne großen Phantasieaufwand. Diese Nachbarn, deren Mitwirkung man benötigte, waren wenig zahlreich. Eigentlich waren es sogar nicht mehr als zwei. Gegenüber dem Hause des Veterinärs wohnte ein Polizist mit seiner Frau. Der Polizist maß nahezu zwei Meter und versperrte mit seinen Schultern den Eingang zu einem geräumigen Gang. Seine Frau nannte einen Brustvorbau ihr eigen, der es ihr unmöglich machte, vor sich auf den Boden zu schauen. Gerade das brauchte man, etwas Fülliges, Üppiges, zum Greifen Massives. Wenn man nur daran dachte, so spürte man das Gewicht in seinem Kopf. Diese ganze Fleischmasse bewegte sich langsam, hockte sich fest und fleischte sich sozusagen ein; sie war weit bequemer vorzustellen und auszumalen als die geschmeidigen Frauen und die schlanken jungen Männer.

Jedesmal am Sonntagmorgen standen Frédéric und Antoine in aller Frühe auf und legten sich, jeder an einem Dachfenster, in den Hinterhalt, um von da aus die Frau des Polizisten zu beobachten, wenn sie in ihrem rosafarbenen Korsett und mit bloßen Armen auf der andern Straßenseite ihre Fensterläden hochzog. Ihre unförmig dicken Arme hatten die fahlweiße, mit hochrosa Flecken marmorierte Farbe, wie sie die Schweine am Bauch aufweisen. Büschel schwarzer Haare guckten aus den kurzen Ärmeln ihres Hemds hervor. Sie warf einen Blick auf die Straße und lehnte sich dazu mit beiden Händen auf das Fenstersims, und dann bildeten sich bei den Achselhöhlen tiefe Falten, die genauso aussahen wie das Gräbchen zwischen zwei Hinterbacken, ebenso tief und geklafft. Was aber die beiden Knaben am meisten erregte und recht eigentlich in Rausch versetzte, war das rosa Korsett. Was darin enthalten war, konnte man zwar nicht sehen, denn es lag satt einem kaum ausgeschnittenen Hemd an. Doch in diesem Vorbau, hinter diesem mit Fischbein und rosa Linnen geharnischten weitausladenden Rundgewölbe malten sich die beiden Brüder ein Gewoge geheimnisvoller Wollüste aus, ein Konglomerat außerhalb aller geometrischer Formen, einen unerschöpflichen Vorrat an Weiblichkeit, der in einem muffigen Dunst aus Schweiß und Milch brodelte und strudelte. Jahrelang beobachteten Frédéric und Antoine so das Erscheinen der Polizistenfrau, ohne daß sie es jemals miteinander abgemacht hätten, jeder für sich an seinem Dachfensterchen, und keiner wußte um das lüsterne Gieren des andern. Vielleicht hätten sie überhaupt nie etwas davon erfahren, wäre nicht eines Morgens ganz unvermutet der Veterinär auf leisen Sohlen herzugeschlichen; er ertappte Antoine hinter seinem Dachfensterchen und entdeckte gleichzeitig auch das Ziel seiner Neugier. Geleitet von der nachtwandlerischen Intuition, die ihm in derlei Dingen zu Gebote stand, war er schnurstracks zum andern Dachfenster gerast, wo Frédéric auf der Lauer lag. Dann hatte er plötzlich selber den Kopf aus dem Fenster herausgestreckt und mit ungeduldig ungehaltener Stimme auf die Straße hinuntergerufen:

«Gehen Sie hinein! Marsch, hinein mit Ihnen! Ziehen Sie sich sofort und augenblicklich zurück!»

Die Frau des Polizisten begriff überhaupt nicht, was er meinte, und glotzte neugierig zu dem von Scham verwüsteten Gesicht empor, das da zu einem Dachfenster herausschaute.

«Wollen Sie wohl hineingehen?!» ereiferte sich der Veterinär. «Sie sind eine liederliche Weibsperson! Jawohl, eine liederliche Person sind Sie!»

Sie suchte hinter den Sinn dieses zornwütigen Gebelfers zu kommen und beugte sich noch weiter vor. Da quoll die ganze Brust auf eine Seite, und das rosafarbige Korsett wogte und bebte. Der Veterinär wäre um ein Haar in seiner Dachluke erwürgt worden. Daraufhin setzte es fürchterliche Repressalien ab. Der Polizist entging mit knapper Not der Entlassung, er mußte sich eine andere Wohnung suchen und wurde zeitlebens nicht zum Wachtmeister befördert. Vorsichtshalber wurden die beiden Dachfenster zugemauert. Die beiden Sünder aber bekamen ein halbes Jahr lang keinen Nachtisch und mußten zur Strafe fünfzehnmal die Leichenrede der Henriette von England abschreiben, und obendrein tat man ihnen die Schande an, daß sie von nun an der Hausdiener in die Schule begleitete und dort bei Schulschluß wieder abholte. Das rosafarbene Korsett sahen sie nie wieder, und um das Verschwinden dieses suggestiven Anblicks einigermaßen wettzumachen, machten sie sich's zur Gewohnheit, jeden Sonntag morgens fünf zusätzliche Minuten auf dem Örtchen zu verbringen.

Wenn dann der Veterinär von Argwohn gepeinigt in den Abtritt einbrach, in dem die Schatten des Polizisten und seiner Gattin schwebten, so witterte er darin den Brodem der Sünde. Am allerliebsten hätte er kurzerhand die Geschlechtswerkzeuge und Gemächte seiner beiden Söhne konfisziert; später einmal, wenn sie dann verheiratet in geordneten Verhältnissen lebten, hätte er sie ihnen von Zeit zu Zeit ausgeliehen, einmal jeden Monat und für fünf Minuten. Übrigens erstreckten sich seine argwöhnischen Ahnungen nicht nur auf Frédéric und Antoine, sondern ebenso sehr auch auf Lucienne und seine Frau, und sie waren nicht minder berechtigt.

Ein für allemal hatte Lucienne fünfe gerade sein lassen und ließ brennen, was ohnehin nicht mehr zu retten war. So gab es unterm Himmelsdach ein winziges, geheimnisvolles und abgeschlossenes Reich, wo sie ohne den Schatten einer Gewissensregung die massige Silhouette des Polizisten heraufbeschwören konnte. Ihr Gewissen hatte nichts dabei zu suchen. Was sich an diesem Ort abspielte, ging weder den Beichtvater, noch die Demoisellen Hermeline etwas an. Das Heft mit den Gewissensprüfungen tat dessen mit keiner Silbe Erwähnung. Wenn Lucienne außerhalb des Hauses daran dachte, so war das einzige, was sie dabei wirklich reumütig und schuldbewußt stimmte, der Umstand, daß der Polizist untergeordneten Standes war. Sie hatte versucht, sich an seiner Stelle nacheinander den Husarenoberst, den Kommandanten, den Notar, den Staatsanwalt vorzustellen, doch war es ihr nicht gelungen, ihr Bild faßlich und handgreiflich auf dem Abort in Erscheinung treten zu lassen. Der Polizist war und blieb der einzige

Mann, dessen vertrauter und geheimnisvoller Verführung sie immer wieder erlag. Im übrigen verschwendete Lucienne keinen allzugroßen Aufwand an Phantasie auf ihre heimlichen Ausschweifungen. Ihre Unkenntnis der anatomischen Gegebenheiten war so erstaunlich, daß sie der guten Führung des Pensionats der Demoisellen Hermeline alle Ehre machte. Der Polizist spielte lediglich die Rolle eines förderlichen Zuschauers, eines unerklärlicherweise lustfördernden Zeugen, und Luciennes Versündigung war so schlicht triebhaft, daß sie dafür eher das Fegefeuer als die Hölle verdiente. Die größte Gefahr lag darin, daß sie ihre Sünde ohne irgendwelche Beunruhigung und mit einer Anteillosigkeit ohnegleichen hinnahm, denn es war vorauszusehen, daß auch drangsäligere Anfechtungen und Spiele eines Tages in dem nämlichen Bettelsack des Vergessens untertauchen könnten.

Hinsichtlich Madame Haudouins bestand keinerlei Hoffnung, daß sie jemals den Polizeimann würde vergessen können. Die Liebkosungen des Veterinärs verschafften ihr nicht die geringste Lust. In den ersten Zeiten ihrer Ehe hatte Ferdinand ihr noch etwas vormachen können. Damals verlor er seine Jungfräulichkeit und legte sich recht vielversprechend ins Zeug. Zwar kam bei der überstürzten Hast, die er aus eingefleischter Geschämigkeit darauf verwendete, seine Gattin regelmäßig zu kurz, doch das konnte bei einigem gutem Willen ja noch werden. Es lag keinerlei Grund vor, die Flinte ins Korn zu werfen. Gewiß war Helene bereits damals leicht enttäuscht; bei den Demoisellen Hermeline, wo sie aus und ein ging, schnappten die Backfische allerlei Tratsch und Klatsch auf, und so kamen sie auf die Wahnvorstellung, das Liebesleben der Eheleute spiele sich auf eigens dazu geschaffenen schwellenden Lotterbetten und in boudoirartigen Gemächern ab. Andererseits legten ihre Eltern, die seit zwei Generationen in der Stadt ansässig waren, in ihren Reden und ihrem ganzen Gebaren und Gehaben eine reichlich familiäre, saloppe, ja sogar ein wenig ordinäre und pöbelhafte Ungezwungenheit an den Tag. Vor den Augen ihres Töchterleins kniffen und zwickten sie einander, machten sich gegenseitig mit allerlei zweideutigen Anspielungen, mit verfänglichen und herausfordernden Blicken und Worten gelüstig, und Helene hatte daraus geschlossen, daß es keine Liebe, auch nicht in der Ehe, ohne vorheriges Einverständnis geben könne.

Zuerst mußte sie auf die schwellenden Pfühle und das ganze Drum und Dran und sämtliche Zubehör verzichten, auf alles, was die Illusion eines verbrämten jähen Liebesgelüstes aufkommen lassen konnte, einer plötzlichen Laune, die mitten aus einem stimmungsvollen Beisammensein selbzweit erwuchs. Solcherlei Firlefanz und Schnickschnack war nicht nach dem Geschmack des Veterinärs. Für ihn gehörte das im Bett abgetan, und zwar zu der Zeit, wo man vernünftigerweise eben zu Bette ging. Bevor Ferdinand ins Bett stieg, ging er jeweils noch aufs

Töpfchen und besorgte sein Bedürfnis ins Nachtgeschirr. Es war dies die einzige Gelegenheit, wo er in Gegenwart seiner Frau völlig ungeniert und ohne Hemmungen an sein Gemächte griff. In dieser Haltung fühlte er sich bestärkt und sozusagen von uraltersher eingesetzt durch alle die Haudouin-Männer, die es auch so gehalten hatten. Es war eine durchaus ehrbare Verrichtung, die keinerlei Geheimtuerei brauchte, und dieses Geplätscher, an das er von Kindsbeinen auf gewöhnt war, tönte ihm wie ein Liedchen gutbürgerlicher Friedlichkeit. Helene brauchte einige Zeit, bis sie sich daran gewöhnt hatte. Er hätte, so fand sie, auch vorher diese Vorkehrungen erledigen können, (wie ein Kavallerieoffizier, dachte sie). Letztlich war das ja nicht die Hauptsache. War Ferdinand noch entschuldbar, wenn er in der ersten Zeit ihrer Ehe sich ungeschickt und täppisch zeigte, so machte er in der Folge leider Gottes gar keine Anstrengungen, seiner Unerfahrenheit abzuhelfen, und wies beharrlich die fürsorgliche Hilfe seiner Frau zurück. Zuletzt wurde Helene ernstlich böse, denn die Irrwege des Veterinärs taten ihr weh, und meistens konnte er mit Müh und Not gerade noch im letzten Augenblick das rechte Türlein finden, wenn er selbst schon seiner Beglückung nahe war. Sie hielt ihm vor Augen, wie vorteilhaft es für sie beide wäre, wenn sie sich gegenseitig Handreichungen böten, will sagen: mit der Hand nachhülfen; für sie handle es sich nur um einen zielgerechten, augenblickskurzen Zugriff, der gerade dadurch, daß er so kurz vonnöten sei, durch keinerlei wollüstigen Kitzel ihren ehelichen Umarmungen vorgreife. Der Veterinär wollte darüber nicht einmal geredet haben und gab seiner Frau rüd zu verstehen, er machte das, was seiner Überzeugung und Ansicht nach getan werden müsse, wolle aber nichts davon hören und auch nicht darüber sprechen, und überdies, sollten ihre intimen Annäherungen Anlaß und Vorwand zu anstößigen Äußerungen bieten, so gedenke er zukünftig lieber darauf zu verzichten. Daraufhin hütete sich seine Gattin, je wieder ein Wort darüber zu äußern, doch versuchte sie, ihre Argumente durch tätliches Eingreifen zu erhärten. Doch umsonst. Ferdinand konnte und wollte es nicht dulden, daß sie mit ihrer Hand an seine Mannheit langte, denn im fleischlichen Akt, so wie er ihn verstand und übte, wirkte es auf seine Schamhaftigkeit stets beruhigend und einigermaßen tröstlich, daß er zwischen zwei Schamteilen erfolgte, weitab von den Körperteilen, in denen er den Sitz des sittlichen Bewußtseins sah. Und die Finger einer Hand, dünkte ihn, gehörten ausgerechnet zu diesem Bewußtsein.

Madame Haudouin war darum nach und nach wieder auf ihre Jungmädchengewohnheiten zurückgekommen und verquickte sie nun mit dem anreizenden Bild des Polizisten, der mit seiner vierschrötigen Gestalt, seinem gutmütigen Bullengesicht einen ausruhenden Gegensatz zum Veterinär bot. Das Auftauchen des Leutnants Galais in ihrem Leben sollte an der hergebrachten Ordnung nichts ändern. Helene brachte es nicht über sich, sich Husaren in einer Rolle vorzustellen, die sie in ihrem Phantasieleben einem Schwerarbeiter zugedacht hatte, und so blieb ihre Liebe rein wie eine Jungmädchenschwärmerei.

Ungeachtet der politischen Einstellung ihres Mannes war Madame Haudouin sehr fromm geblieben und ging mehrmals im Jahr zum Abendmahl. Sie beichtete dann jedesmal äußerst gewissenhaft, manchmal einem hochbetagten Priester, der sie kaum anhörte und jeweils rasch mit ein paar beruhigenden Worten wieder heimschickte, manchmal auch einem jungen, der ihren Fall bis ins Kleinste prüfte und erwog und sich alle erdenkliche Mühe gab, da Abhilfe zu schaffen. Als Madame Haudouin einmal zwei Tage in Honorés Haus verbrachte, ging sie mit ihren Kindern zum Pfarrer von Claquebuc zur Beichte. Er ermahnte sie zum Verzicht und gab ihr in taktvollen Worten zu verstehen, sie hätte keinen besseren und christlicheren Ausweg finden können, als die jeweilige Beschwörung des Polizisten. Er wollte darin nicht einmal eine intentionelle Sünde sehen, ja kaum einen sündhaften Gedanken. Es war eben die Kehrseite einer bewundernswerten Bescheidung, wie sie einer Gattin wohl anstand.

10

Honoré las laut vor:

«Liebe Eltern, ich schreibe euch hiermit, daß ich übermorgen aus dem Krankenzimmer entlassen werde. Ich hatte mir nämlich den Knochen auf der Treppe zum Zahlmeister ausgerenkt, als ich dem Adjutanten die Handschuhe bringen mußte. Jetzt geht es mir wieder gut, aber ich habe nicht bei der Truppenschau vom Vierzehnten Juli sein können, und das ist in einem gewissen Sinne langweilig, aber es geht mir wieder gut. Ich habe es Euch nicht schreiben wollen, um Euch nicht zu ängstigen. Die Handschuhe waren nämlich im Büro des Hauptmanns liegen geblieben, und ich habe also fünf Tage Urlaub, und ich werde mich freuen, am nächsten Mittwoch bei Euch einzutreffen. In die Manöver gehe ich nicht, vielleicht versetzen sie mich in eine andere Kompanie, und ich werde meine Kompanie nur ungern missen, weil mein Sergeant immer freundlich mit Eurem Sohn gewesen ist. Ich habe Glück gehabt, daß ich Urlaub gekriegt habe, und will ich das Euch dann erklären. Andererseits freue ich mich sehr, Euch bei guter Gesundheit vorzufinden, wie auch ich mich von meiner Schulter gut erholt habe, so kann ich Euch bei der Ernte helfen. Euer Sohn, der an Euch immer denkt:

Ernest Haudouin

«Es freut mich, daß er kommt», sagte der Briefträger. «Nur schade, daß dein Bruder Ferdinand einen Augenblick zu früh weggefahren ist. Er hätte sich über die Nachricht auch gefreut.»

«Ferdinand? Der ist aber doch heute gar nicht gekommen. Es liegt kein Anlaß vor...»

«Dann wird er gleich kommen. Ich habe seine Kutsche vor Sephs Haus halten sehen.»

Honorés Gesicht lief vor Wut purpurrot an. So ein Dreckkerl, dieser Veterinär! Der gottverdammte Schwulitätenkrämer! Kaum war der Briefträger weggegangen, schrie Honoré:

«Gib mir meinen Hut!»

«Nein doch, bleib da!» riet die Adelaide. «Es ist viel besser, du läßt den Ferdinand kommen...»

«Meinen Hut her, sag' ich dir!»

«Du wirst auch nicht besser dran sein, wenn ihr euch vor den andern Leuten gestritten habt. Ferdinand führt sicher nichts Böses im Schilde.»

«Himmel, Arsch und Wolkenbruch! Ich will ihn dir herausholen, den Veterinär!»

Honoré war noch keine hundert Meter weit gegangen, so hatte sich seine Wut auch schon ziemlich gelegt. Er dachte bei sich, wenn er Krach schlage, so müsse das, anstatt die Sache einzurenken, den Veterinär unter Umständen erst recht bockig machen, nachdem er sich auf diesen gefährlichen Weg begeben hatte. Bei Maloret stand die Küchentür weit offen, und er brauchte gar nicht erst anzuklopfen. Ferdinand war allein mit den beiden Frauen und redete auf Marguerite mit der dünnen hüstelnden Stimme ein, die er jeweils annahm, wenn er heikle Dinge zu besprechen hatte. Als er seinen Bruder hereinkommen sah, bekam sein Gesicht einen ärgerlichen und ängstlichen Ausdruck.

«Ich kam gerade vorbei», sagte Honoré, «und habe deine Kutsche da stehen sehen. So so, Anais, ich sehe, deine Marguerite ist heimgekommen.»

«Jetzt haben wir sie für drei Wochen wieder bei uns, ja, und genug ist das nicht, siehst du. Drei Wochen sind bald herum, wenn man sein Kind bei sich hat, und nachher wird uns die Zeit dann lang.»

«Zu einem bildschönen Mädchen hat sie sich in Paris herausgemacht», meinte Honoré.

Er betrachtete sie prüfend und eingehend, von Kopf bis Fuß, verglich sie mit ihrer Mutter, mit einer Unverfrorenheit, die Ferdinand verblüffte und schlechthin aus der Fassung brachte. Marguerite war nicht ganz so groß wie die Anais, aber schlanker, um zweiundzwanzig Jahre schlanker. Auch weniger blond war die Kleine und hatte nicht so regelmäßige Züge und kein so liebes, zärtliches und gottergebenes Gesicht wie ihre Mutter, vielmehr dreiste Augen, ein behäbiges, sinnliches Lachen und eine ganz eigene Art, ihre Brust so recht augenfällig den Männerblicken hinzustrecken. Gekleidet war sie in ein blaues Röckchen, und darüber trug sie die geblümte Schürze, die Adelaide als allzu herausfordernden Luxus beanstandet hatte.

Honoré bestritt die Unterhaltung mit Marguerite ganz allein, er gab sich galant und liebenswürdig, lachte und brachte die andern zum Lachen, klatschte sich auf die Schenkel. Der Veterinär saß dabei kleinlaut und still auf seinem Stuhl. Die Anais verhielt sich kühl abwartend, weniger aus Schüchternheit als vielmehr aus Vorsicht. Wenn sie sich einmal so weit hatte gehenlassen, daß ihr ein Lachen entfuhr, warf sie rasch einen Blick zum Fenster hinaus und schaute, ob ihre Männer nicht bald kamen. Marguerite ging nur allzugern auf Honorés Gespräch ein. Sie unterhielten sich miteinander über Paris; Honoré war Anno 85 dort gewesen, auf Gemeindekosten hatte er an der Beisetzung Victor Hugos teilgenommen. Philibert Messelon, der altershalber nicht hatte hinfahren können, hatte Wert darauf gelegt, daß Claquebue an der Leichenfeier vertreten war.

«Leute waren scharenweise bei dieser Beerdigung», erzählte Honoré. «Aber gesehen habe ich nicht viel, wenn ich überhaupt sagen kann, ich habe etwas gesehen. Und die Leute waren nicht sehr gesprächig. Doch das macht nichts, ich habe trotzdem zwei schöne Tage dort verlebt.»

Der lebhafte Blick der Kleinen tat es ihm an, und die vollbusige Sanftmut der Anais stimmte ihn versöhnlich, und als er aufstand und weggehen wollte, hatte er den Grund seines Besuchs völlig vergessen. Als Ferdinand allerdings Miene machte, als wolle er noch länger dableiben, packte er ihn energisch beim Arm und herrschte ihn an:

«Komm jetzt mit, die Frau erwartet uns mit der Suppe.»

«Bleibt doch noch einen Augenblick», schlug die Anais vor. «Seph muß jetzt gleich da sein, er ist draußen auf dem Kirchenfeld mit den Jungen beim Ernten.»

«Es ist nicht so dringend, daß ich ihn jetzt gleich sehen muß», versetzte Honoré hochfahrend. «Ich werde ihn schon zu finden wissen, wenn ich will.»

Draußen nahm er das Pferd des Veterinärs am Zügel, weil er das Stück Wegs bis zu seinem Haus mit Ferdinand zu Fuß zurücklegen wollte.

«Willst du mir jetzt vielleicht sagen, was du hinter meinem Rücken und ohne mir etwas zu sagen bei ihnen zu suchen hattest?»

«Ganz einfach, du wirst es schon begreifen.»

«Das will ich nun ein für allemal nicht haben! Laß es dir nicht einfallen, noch einmal damit anzufangen.»

«Hör zu, heute morgen habe ich einen Brief erhalten ... Einen Brief, von wem, weißt du ...»

«Einen Brief von wem?»

«Bist du aber schwer von Begriff! Einen Brief von Valtier», sagte der Veterinär und dämpfte vorsichtig die Stimme.

«So sag's doch gleich, daß er von Valtier ist. Dein Gaul wird's doch wohl kaum weitersagen, oder?»

«Ich habe ihn heute früh erhalten. Er schreibt mir darin, er habe das Mädel zu seinen Eltern nach Hause geschickt, weil er für einen Monat verreisen müsse.»

«Er hat eben gedacht, seine Wähler würden es nicht wagen, sie ...»

«Weißt du, ich glaube, man übertreibt da maßlos. Er interessiert sich für das junge Ding, das ist alles.»

«Weiter, ich höre dir zu. Und nun hat er dich gebeten, mit Seph alles für die Bürgermeisterwahl abzukarten?»

Der Veterinär erhob Einspruch: er sei lediglich gekommen, weil er sich habe vergewissern wollen, daß sich Marguerite bei ihrer Familie nicht langweile, einzig weil Valtier ihn darum gebeten habe. Er beteuerte hoch und heilig, einen andern Auftrag habe er nicht; doch war er sichtlich verwirrt.

«Ich kann dir ja nicht alleweil auf den Hacken bleiben», drohte Honoré. «Aber nimm dich in acht und sag dem Seph kein Wort von dem gestohlenen Brief. Mir gehört dieser Brief, mir und keinem andern sonst!»

Eine Zeitlang gingen sie schweigend weiter, dann sagte Honoré auf einmal ganz aufgeräumt und fröhlich:

«Ein anstelliges, unterhaltsames Mädel ist sie schon, ihre Marguerite, ein bildschönes Kind! Es tut einem ganz wohl, wenn man daran denkt.»

Ferdinand hob nur schwach mißbilligend die Schultern.

«Ein junges Mädchen mit guten Zukunftsaussichten», sagte er sanft zurechtweisend.

«Ob sie gute Zukunftsaussichten hat, weiß ich nicht, aber sie hat so ein verflixt gefälliges Hintergestell und wackelt so verlockend damit, daß einem regelrecht der Mund wässert. Und dann zwei Brüstchen, Donnerwetter noch einmal!»

«Honoré! Benimm dich doch, Honoré!»

«Und lecker, zum Anbeißen frisch! Ein Schnütchen, daß einem das Herz im Leibe lacht... Du, während wir miteinander schwätzten, hab' ich ihr Bein bis hinauf zur Wade gesehen! Ah! Herrgott im Himmel droben! Das war allerhand!»

Honoré leckte sich genießerisch die Lippen, nicht so sehr aus Begehrlichkeit, sondern eher um seinen Bruder vor den Kopf zu stoßen. Ferdinand war bereits scharlachrot im ganzen Gesicht. Nun protestierte er:

«Solche Dinge solltest du nicht sagen, nein, das darfst du nicht... Und was hast du schon davon?»

«Wie du sagst: was habe ich schon davon? Aber man kann sich's immerhin ausdenken.»

Honoré malte sich einzelne Reize gelüstig aus. Der Veterinär war blutrot im Gesicht und einem Schlagfuß nahe, und sein Gewissen machte ihm eine gräßliche Szene. Honoré begeisterte sich an seinem eigenen Spiel und schwärmte:

«Ich kann's mir vorstellen, als hätte ich sie leibhaftig vor mir! Stell dir das doch einmal vor, he! So ein Stück Maloretweiberfleisch sich zu Gemüte führen können!... Mir wird dieser köstliche Happen ja zwar am Maul vorbeigehen. Man geht seinen gewohnten Trott, man stapft hinter dem Pflug einher, plackt sich ab und schuftet und schindet, und so vergehen die Tage, und man hat an gar nichts gedacht...»

Er seufzte auf und sagte nochmals leise und grollend:

«Ach nein, an gar nichts hat man gedacht!»

Hundert Meter wurden schweigend zurückgelegt. Ferdinand schaffte wieder Ordnung in seinem Gewissen, er fühlte sich hinterm Rücken den Puls. Honoré ging schweren Schrittes weiter. Er dachte an ein verpaßtes Abenteuer, ohne genau zu wissen, wann er es eigentlich verpaßt hatte.

«Sag einmal», fing Honoré auf einmal an, «du weißt ja gar nicht, daß Ernest am Mittwoch kommt? Er hat fünf Tage Urlaub. Es ist nicht viel, aber immerhin...»

«Ich denke, Ernest wird uns zum mindesten einmal in Saint-Margelon besuchen.»

«Ah nein!» protestierte Honoré. «Fünf Tage sind ohnehin nicht zuviel!»

11

Die Schuhe waren fast gleich, aus dickem, derbem, hartem Leder, die Schäfte verbeult und ausgelatscht, die Sohlen bis zu den Absätzen mit Nägeln gespickt. Aber die Füße des Briefträgers waren länger und breiter als die des Soldaten. Déodat machte Ernest mit einigem Stolz darauf aufmerksam.

«Siehst du, Kleiner, ich möchte fast glauben, ich habe größere Flossen als du.»

Sie blieben mitten auf der Landstraße stehen und maßen ehrlich, den rechten Fuß am rechten Fuß, ihr beiderseitiges Schuhwerk.

«Ich sehe mindestens drei Nummern Unterschied», versicherte der Briefträger.

Dann gingen sie schön im Schritt miteinander weiter, Claquebue zu.

Der Soldat war ein wenig niedergeschlagen und bedrückt wegen seiner Füße. Endlich sagte er leichthin, jedoch mit arglistigen Hintergedanken:

«Darum kommt Ihr auch daher wie ein Landjäger zu Fuß.»

Déodat mißverstand den Sinn dieses Vergleichs und fühlte sich zuerst geschmeichelt.

«Das hat man mir noch nie gesagt... Ein Landjäger zu Fuß, ja, der kommt auch weit herum.»

«Was das Zu-Fuß-Gehen anlangt, klar, zu Fuß geht er allerdings auch. Aber die Art, wie er geht, hat etwas höchst Ungefälliges.»

Ernest ging auf einen andern Gesprächstoff über, war er doch sicher, daß er im Gemüt des Briefträgers Verwirrung gestiftet hatte. Déodat hörte ihm kaum zu und starrte unentwegt auf seine Füße und auf die Füße des Soldaten herab.

«Und wie geht er denn, deiner Meinung nach, daher, der Landjäger?»

«Er schlenkert den Fuß nach vorn und knallt ihn dann auf die Straße nieder. Das weiß doch jedes Kind. Während ich da, schaut einmal her, wie ich gehe...»

Ernest ging ein paar Schritte voraus und sagte über die Achsel:

«Ich trete mit der Fußspitze auf, und der Absatz tritt erst nachher ab, und dann stoße ich mit der Fußspitze ab und mache wieder einen Schritt. Der Landjäger hingegen tritt mit der ganzen Sohle aufs Mal auf. Versteht Ihr? Beim Regiment sieht man ja allerhand Kostgänger Gottes. Ich habe zum Beispiel sogar Offiziersburschen gekannt, die hatten Plattfüße...»

«Aber Himmeldonnerwetter! Ich habe doch keine Plattfüße!»

«Davon red' ich ja gar nicht. Ich wollte Euch nur sagen, daß es eben Füße und Füße gibt.»

Sie wanderten schweigend weiter. Déodat hatte angebissen und fraß seinen Zweifel in sich hinein. Vielleicht hatte er das rechte Gehen doch nicht los? Einen Augenblick lang tat es ihm fast leid, daß er keinen Militärdienst geleistet hatte. Die Offiziere und Unteroffiziere verstanden sich auf Füße – sie bekamen ja so viele zu Gesicht! – und sie hätten sich auch der seinen angenommen. Der Urlauber schaute auf die Landstraße, wo die höchsten Bäume von Claquebue und die Spitze des Kirchturms über dem Roten Hügel auftauchten.

Doch da stupfte ihn der Briefträger mit dem Ellbogen:

«Ich habe mir sagen lassen, beim Regiment seien immer ein paar Fußkranke?»

«Ja, das stimmt. Es sind immer ein paar mit wundgelaufenen Füßen dabei.»

«Eben ja, und ich, weißt du, habe mir die Füße noch nie wundgelaufen. Ich schwitze freilich auch dran, aber mehr nicht, und man kann wahrhaftig nicht sagen, daß mir die Füße je weh tun, nein, nein, mein Junge, das gibt's bei mir nicht. Ja, so ist das.»

Als sie bei den ersten Häusern anlangten, begegneten sie Honoré, der seinem Sohn entgegenkam. Haudouin war bewegt. Er küßte seinen Sohn, schaute ihm eine Weile in die Augen und trat dann einen Schritt zurück, um ihn besser bewundern zu können. Der Briefträger stand dabei und bemerkte:

«Er kommt in Urlaub.»

Nun nahmen die drei Männer den Weg wieder unter die Füße. Honoré hielt nicht Schritt mit den beiden andern, und das war ihnen geradezu peinlich. Als sie ein gutes Stück Wegs schweigend zurückgelegt hatten, sagte Ernest zu seinem Vater:

«Die Frau vom General Meuble ist gestern vormittag gestorben. Wir haben es gestern am Abend erfahren. Sie war dreiundfünfzig.»

«Das ist kein Alter», meinte Honoré.

«Nein, ein Alter ist das nicht», bestätigte Déodat. «So, jetzt lasse ich euch allein weitergehen... Ich habe noch Briefe für ein paar Häuser.»

Als Ernest mit seinem Vater allein geblieben war, erkundigte er sich nach der Familie. Honoré gab ihm kurz Auskunft, und seine Worte klangen so ungeduldig, daß der Junge erstaunt aufhorchte. An einer Wegkreuzung gerieten sie aneinander, weil jeder eine andere Richtung einschlagen wollte. Ernest hätte lieber einen Umweg gemacht, um noch rasch bei den Viard vorbeizugehen.

«Deine Germaine ist gar nicht zu Hause», sagte Honoré. «Die Viard sind alle draußen auf dem Feld beim Kornmähen.»

«Ich weiß aber, daß sie daheim ist. Ich habe ihr geschrieben, ich komme heute.»

«Schreibst du ihr oft?» fragte der Vater und blickte seinen Sohn unbehaglich an.

«Ich schreibe ihr.»

«Und sie antwortet dir?»

«Ja.»

Honoré verbiß seinen Ärger. Schrieb der Briefe, der Rotzjunge! Das war er, wenn er auch noch so lang Achselstücke am Rock hatte!

«Wenn du mit einem Mädchen gehst und ernste Absichten hast, habe ich doch wohl auch noch das Recht, ein Wörtlein mitzureden, oder etwa nicht?»

«Ich wollte grade mit dir darüber sprechen.»

«Ist gut. Aber du kannst sie dann später besuchen, deine Germaine. Komm zuerst zur Mutter und sag ihr guten Tag. Das erfordert der allermindeste Anstand.»

Ernest konnte sich nun nicht gut länger drücken und ging, wenn auch ungern, mit seinem Vater nach Hause.

«Ich habe euch doch geschrieben, daß ich mir die Achsel ausgerenkt habe?»

«Ja», bestätigte Haudouin. Es wurmte und genierte ihn, daß er nicht gleich davon angefangen hatte. «Wie geht's dir denn jetzt?»

«Jetzt hat es nichts mehr zu sagen; aber in den ersten Tagen hat es mir schon weh getan.»

Und er erzählte bis ins Kleinste den ganzen Vorfall. Der Adjutant, der für seinen Sturz verantwortlich war, hatte Ernest dafür diesen fünftägigen Urlaub erwirkt.

«Der Sanitätskorporal hat mir gesagt, der Major habe den Urlaub nicht bewilligen wollen. Ein Landwirt, habe er gesagt, die sind alle gleich, diese Schweine! Wenn man sie nach Hause läßt, dann rackern sie sich auf dem Feld zuschanden, und wenn sie wiederkommen, sind sie noch kränker als zuvor!»

«Einesteils hat er ja recht. Aber du kannst ganz ruhig sein, du bist nicht zum Arbeiten heimgekommen.»

«Du kannst dir doch denken, daß ich euch nicht beim Ernten zuschaue, wo ich doch jetzt gar nichts mehr spüre.»

«Nicht so viel!» erklärte Haudouin gutgelaunt. «Ich möchte, daß du deine fünf Tage genießen kannst. In deinem Alter macht man sich gern ein wenig lustig, und ich werde dich bestimmt nicht davon abhalten.»

Haudouin meinte, auf die schmucke Uniform werde ihm jedes Mädchen fliegen, auch sei es jetzt im Unterholz herrlich kühl. Doch sein Sohn erwiderte ihm ruhig und bestimmt:

«Von der Arbeit wird es mich ja nicht abhalten, wenn ich der Germaine guten Tag sage. Sie hat auch zu tun, verstehst du?»

Gekränkt und gedemütigt über diesen Widerstand, sagte Haudouin zornig:

«Sephs Tochter ist für drei Wochen auf Besuch gekommen. Ein blitzhübsches Hürchen ist mir das, rundum und vom Scheitel bis zum Zeh! Und man sieht's ihr an den Augen an, daß sie nicht bekommt, was ihr nottut! Aber warum haben sie dir eigentlich Achselstücke gegeben, frag' ich mich...»

Ernest war verwirrt und benommen. Er blickte über die Bachmatten hin, hinüber zu den Wäldern, die, Baum an Baum gedrängt, rings um den metallisch spiegelnden Weiher standen, und auf die Ebene hinaus, die sich zwischen Wald und Bach grün und gelb erstreckte; wie schwellende Brüste standen die Bäume darauf. Nie hatte er sie so gesehen, auch nicht seit Epinal. Honoré blieb stehen und klönte in der Sonnenglut:

«Noch einmal zwanzigjährig möchte man sein... Ja, das möchte man gern! Dann könnte man einmal alles nachholen... Ich zeige dir das Maloret-Mädel, damit du dir's ansiehst, damit du nicht daran vorübergehst und gar nicht siehst, daß sie schön ist. Wenn dir das nicht die Haut hitzt, dann pfeife ich auf deine zwanzig Jahre! Dann hast du nichts davon!»

Der Soldat starrte seinen Vater verwundert an. Wenn Ernest je einmal überhaupt an das Liebesleben seines Vaters dachte, so kam es ihm vor wie eine häusliche Gewohnheit, ein Brauch, der einfach da war und Nachahmung und Respekt heischte, eine Selbstverständlichkeit, die ein für allemal im Hause heimisch war und dazu gehörte. Und nun auf einmal sah er seinen Vater erfüllt von einem Liebestraum, den er mit sich herumtrug auf Wegen und Stegen, den er außerhalb des Hauses auslebte, und zwar mit solch jugendlichem Ungestüm, daß die Gegend ringsum ein völlig neues Gesicht bekam.

«Sie muß ja schon verflixt schön sein», seufzte der Bursche. «Bereits vorher, bevor sie nach Paris gegangen ist...»

«Nein, nein! Da hast du noch gar nichts gesehen! Jetzt ist sie unvergleichlich viel schöner!»

Honoré faßte seinen Sohn unter und schilderte ihm hell begeistert Marguerites Reize.

«Und dann, was soll ich noch mehr sagen? Du weißt ja, für uns sind alle Maloretweiber schön!»

Honoré schien Marguerite zu vergessen und fing nun mit seinem Sohn ein Gespräch über Familiensachen, die Ernteaussichten und das Garnisonleben an. Jegliche Gezwungenheit war jetzt von ihnen gewichen, sie redeten ganz ohne Hintergedanken.

Der Soldat war glücklich. Er hatte die Freude gefunden, die er erwartet, die er sich bei seiner Ankunft in Claquebue versprochen hatte. Honoré ließ sich von der frohen Stimmung seines Sohnes anstecken und mitreißen; er lachte und lachte, er lachte zum Wald hinüber und zum Bach hinunter, als wollte er sagen:

Da habt ihr meinen Jungen. Er ist der älteste von meinen Söhnen mit seiner Uniform. Ich habe ihn mir vor zwanzig Jahren gezeugt, und jetzt ist er stark und kräftig wie ein zwanzigjähriger Junge. Kräftig ist er und gewandt, geschickt mit den Händen und mit dem Kopf. Der könnte euch ein Sechsergespann lenken und brauchte bloß leise mit der Zunge zu schnalzen und zu pfeifen. Das habe ich ihn gelehrt, alles habe ich ihm beigebracht, und heute könnte ich von ihm allerhand lernen. So sind die Buben!

Wenn sie unterwegs einem Bauern aus der Umgegend begegneten, erzählte der Vater jedesmal, was in Epinal vorging, was sich in der Kaserne und unter der Stubenbelegschaft tat, als wäre er selber dabeigewesen, obwohl er noch gar nie dort gewesen war, als käme er von dort in Urlaub. Und der Soldat seinerseits redete vom Getreide, von den Sorgen, die man jahrüber mit dem Korn gehabt habe, weil der Winter nicht habe hereinbrechen wollen. So schnappten sie einander ihre Korn- und Kasernengeschichten vor der Nase weg, und es sah aus, als spielten sie zusammen, als mache es ihnen beiden ungeheuer Spaß, sie einander wegzustibitzen. Und wenn der Mann dann weiterging —

Berthier, oder Corenpot, oder Dur, oder Rousselier — dann zwirbelte er seinen Schnurrbart und dachte bei sich:

Da geht Haudouin mit seinem Ältesten heim.

Sie aber gingen ebenfalls ihrer Wege und waren beide glücklich, weil sie miteinander über Land gehen konnten und auf dem Heimweg waren. Zuweilen rief ihnen jemand nach — Leute, die zu weit weg waren, so daß man nicht auf sie warten konnte:

«Schon lange nicht mehr mit deinem Jungen gesehen!»

Und Haudouin schrie zurück, jeder beliebige konnte ihn hören, er hatte ja meistens nichts zu verstecken:

«Siehst du, der Ernest kommt aus Epinal!»

Und dann sagte er lachend zu seinem Sohn:

«Der Berthier war's» (oder auch Corenpot, oder Dur, oder Rousselier).

Seph Malorets Mädel begegnete ihnen, fünfzig Meter von der Landstraße, auf einem Fußweg. Sie drehte den Kopf nach den beiden Männern, die Brust zeigte sie nur im Profil.

«Gehst du spazieren?» fragte Haudouin.

«Ich geh nach Hause», gab Marguerite lächelnd zur Antwort. «Und Ihr mit Ernest?»

«Er kommt auf Urlaub aus Epinal. Und ich spute mich, weil ich gern vor Mittag daheim wäre; seine Mutter kann's kaum erwarten, bis er da ist. Das kannst du dir ja denken.»

«Es ist schon wahr: schön ist sie!» meinte Ernest, als sie das Mädchen aus den Augen verloren hatten.

Zu Hause aber erwiderte der Urlauber die überschwengliche Wiedersehensfreude seiner Angehörigen keineswegs mit der erwarteten Begeisterung, wie sie nach so langer Abwesenheit eigentlich am Platze gewesen wäre. Sofort nach dem Essen stand er vom Tisch auf und nahm sein Käppi dem kleinen Gustav vom Kopf.

«Ich bin in einer guten Stunde wieder zurück», sagte er. «Ich komme dann gleich zu euch aufs Feld hinaus.»

«Kümmere dich bloß nicht um uns», wandte Honoré ein. «Du weißt ja, was ich dir gesagt habe.»

Als sein Sohn dann draußen war, zuckte er die Achseln.

«Er geht zu Germaine Viard. Hat der's aber eilig! Was sagst du dazu?»

«Sie sind schon miteinander gegangen, bevor er zum Regiment einrückte», gab ihm die Mutter zu bedenken.

«Es ist auch gar nichts gegen sie einzuwenden», erklärte Juliette angriffslustig.

«Wer behauptet denn das Gegenteil?» gab Haudouin zurück.

«Ich dachte, vielleicht hätte ja ihr Großvater mit unsrem vor vierzig, fünfzig Jahren einmal Krach haben können, so einen Streit unter Kegelbrüdern. Mehr braucht's ja nicht mehr, damit eine Heirat nicht zustande kommt.»

Juliette lachte bitter auf, und Haudouin warf ihr einen vorwurfsvollen Blick zu. Doch sie lachte nur desto lauter; da lief er rot an, beugte sich über den Tisch und schrie:

«Aber so heirate ihn doch, guter Gott! heirate ihn doch, deinen hundsföttischen Jammerbuben! Meinen Segen hast du! Ja, du hast meine Zustimmung, das ist versprochen, und mein Wort gilt! Da gibt's nichts mehr zurückzunehmen. Los, heirate! Heirate ihn geschwind!»

Juliette brachte vor Staunen kein Wort mehr heraus und starrte ihn nur verzweifelt an, aber Haudouin tobte immer noch in maßlosem Zorn und schrie herausfordernd:

«Geh doch und heirate ihn, du bist frei! Vorwärts, so geh doch und heirate ihn ...»

Doch alsbald bereute er sein Drängen. Juliette hob den hingeworfenen Fehdehandschuh auf und sagte:

«Ich danke dir. Ich werde also heiraten, so rasch wie nur möglich, sobald er soweit ist.»

«Wen willst du heiraten?» fiel nun die Adelaide wutschäumend ein. «Vielleicht bekomme ich das auch noch zu wissen, bevor der Hochzeitstag anbricht?»

Honoré blickte seiner Tochter fest in die Augen; er hoffte immer noch, der verhaßte Name werde nicht über ihre Lippen kommen, und die ganze Sache werde keine weiteren Folgen haben. Doch Juliette antwortete, jede Silbe abgehackt und betont hervorstoßend:

«Noël Maloret.»

Alexis stürmte fluchend aus der Küche hinaus. Die Adelaide ließ beide Arme kraftlos hängen und stierte ihre Tochter an, als zweifle sie an ihrem Verstand. Sie äußerte keinen Vorwurf, kein Wort des Tadels, sondern zog nur ihre Schürze ab und ging zur Tür.

«Ich will rasch bei ihnen hereinschauen, bei den Maloret!»

Haudouin hatte keinen Schritt getan. Erst eine Minute später rief er sie zurück: «Delaide!» Doch sie war bereits quer über den Hof gegangen; er sah zum Fenster hinaus, wie sie mit raschen, energischen Schritten in der heißen Mittagssonne davonging. Da ging er ihr nach, und Gustav zottelte mit Mohrchen hinterdrein. Juliette blieb mit Klotilde allein in der Küche zurück. Sie seufzte bedrückt auf, und Klotilde hob den Kopf und fragte leise:

«Sind sie auf dich auch böse?»

«Aber nein, du Schäfchen, sie sind überhaupt auf niemanden böse ... Sie machen sich Sorgen wegen des Briefs, und ich habe auch meine Sorgen. Wäre nicht diese dumme Geschichte mit dem Brief dazwischengekommen, so würde alles ganz von selber gehen.»

Auf einmal spürte Juliette, wie heiße Tränen auf ihre Hand niedertropften, und sah, daß Klotildes Schultern vor Schluchzen zuckten. Da nahm sie das Kind sanft ins Verhör, schloß die Kleine in ihre Arme. Das Kind ließ sich eine Weile hätscheln und wiegen, ohne etwas zu antworten, dann stand es auf und nahm die Schwester an der Hand. Juliette ließ sich fortziehen, als hätten sie zusammen ein Spiel gemacht. Klotilde führte sie in's Eßzimmer, verriegelte die Tür hinter sich und zerrte Juliette mit sich vor den Kamin. Dort stellte sich die Kleine auf die Zehenspitzen, lüpfte die Glashaube der Stutzuhr und fuhr mit den Fingern unter den Sockel, der eine Allegorie aus vergoldeter Bronze, den Ackerbau und die Industrie in Balltoiletten, trug.

«Ich schenke ihn dir», sagte sie und reichte ihr einen Brief.

Noch bevor Juliette die Handschrift des Onkels Ferdinand erkannt hatte, wußte sie auch schon mit Gewißheit, daß sie den gestohlenen Brief in Händen hielt. Der Umschlag war aufgerissen. Sie nahm den Brief heraus, entfaltete ihn und las: «Mein lieber Honoré — Der Rappen hat anfangs der Woche Koliken bekommen...»

Juliette wußte nicht recht, was sie tun sollte; sie hielt den Brief unschlüssig zwischen zwei Fingern. Dann wurde sie auf einmal rot und sagte leise zu Klotilde:

«Leg ihn wieder unter die Uhr und sag keinem Menschen etwas davon.»

Als sie wieder hinausgingen, stupfte Klotilde ihre Schwester mit dem Ellbogen und sagte:

«Und jetzt, was sagst du? Die Großmutter mit dem Preußen!»

Als Juliette bei ihrem Vater vorüberkam, der gerade die Ochsen einspannte, warf er ihr einen zornigen und zugleich zärtlichen Blick zu und knurrte: «Du dickköpfiger Racker!» Juliette blieb stehen.

«Ich habe immer noch deine Zustimmung», sagte sie.

«Aber ich habe mir's überlegt. Ich will nicht, daß es aussieht, als heirate ich, um den Brief wiederzubekommen. Wir werden dann sehen, wenn du ihn wieder kriegst...»

Um drei Uhr erschien Ernest wieder auf dem Feld und wollte seinem Vater bei der Ernte helfen. Er kam eben von seiner Germaine und hatte gefunden, sie sei doch schöner als Marguerite Maloret. Sie war eine untersetzte, kurzbeinige Dirn, aber mit weichem, molligüppigem Fleisch, auch roch sie stark aus dem Mieder. Sie hatte die Nummer 42 an ihren Schuhen, ließ sich also nicht so leicht von einem Windstoß umblasen, und sie konnte für ihn in jeder Hinsicht eine vortrefflich brauchbare Frau abgeben.

«Mach, daß du hier fortkommst!» rief ihm Honoré herüber. «Es ist kein Platz da für dich! Geh heim und zieh deine Uniform wieder an!»

«Kein Platz da für mich? Aber so schau dir doch einmal die Garben an, ob die nicht Arbeit genug geben! Du brauchst obenweg sechs Wagen, so umfänglich und schwer sind sie. Gar nicht gerechnet, daß sie sich entleeren und die halbe Ernte unter den Rechen kommt. Das ist keine Arbeit für Alexis.»

Ernest fing an Garben zusammenzubinden, und Alexis brachte die Kornbündel auf die Bänder, während der Vater die Garben auf den Wagen lud, wobei ihm die Adelaide und Juliette an die Hand gingen. Die Arbeit ging rasch vonstatten, und Haudouin schaute seinem Jungen mit unverhohlener Bewunderung zu. Der konnte arbeiten, so ein Schaffer war sein Junge! Er zog seine roten Hosen und den Waffenrock aus, und kaum war er draußen auf dem Feld, so legte er sich ins Zeug wie keiner sonst.

«Schau mir einmal gut zu», sagte Ernest zu Alexis. «Wenn man eine schöne Garbe binden will, ist es nicht damit getan, daß man stark ist. Wenn du sie schön aufgehäuft hast, wie sich's gehört, kommt es drauf an, daß du ihr keinen Spielraum mehr läßt, sobald du sie zusammenschnürst. Wenn du zu zaghaft zugreifst, wenn du an der Schnur ziehst, anstatt sie sofort zuzudrehen, dann quillt das Stroh an der Stelle auf, wo du ihm Raum läßt, und die ganze Mühe war umsonst. Siehst du, du kniest kräftig drauf und drehst den Strick.»

Gerade als die beiden Burschen auf der Höhe des Gespanns waren, ging Sephs Tochter auf einem Weg vorbei, der zum Raicart-Wäldchen führte. Sie trug ein rosarotes Musselinkleid und ließ auf ihrer Schulter einen Sonnenschirm in der gleichen Farbe rundum drehen. Adelaide ließ ihre Heugabel fallen und zischte zwischen den zusammengepreßten Zähnen hervor:

«So eine Schlampe... Jetzt auch noch ein Sonnenschirm!»

Über seine Ernte gebeugt, blickte Haudouin vergnügt und höchst angetan diesem vorüberschwebenden Flitterstaat nach, der dem Waldesschatten zustrebte. Dann wandte er sich nach seinem Sohn um; er wollte wissen, was er davon hielt. Aber Ernest hatte nicht einmal den Kopf gehoben. Er stand grätschbeinig über seine Garben gebückt da und band eine um die andere, ohne sich eine Rast zu gönnen. Haudouin zuckte ärgerlich und in verhaltenem Groll die Achseln. Tüchtig war er schon, der Junge, und unermüdlich bei der Arbeit, ja, das schon. Er ging hinter die Arbeit, wie wenn es ans Walzern ginge. Wenn aber dicht vor seiner Nase ein Mädel im hellichten Sonnenschein in einem rosa Kleidchen vorbeistolziert, dann sieht er sie nicht einmal. Im Grunde war er doch wie sein Onkel Ferdinand...

«Vielleicht hat sie den Brief vorne in der Bluse», spöttelte Juliette.

Ernest stellte sich taub und bückte sich über eine andere Garbe.

«Willst du sie wohl anschauen, sapperlot!» brach nun Haudouin los. «Solche Weiber siehst du nicht in Epinal, auch wenn du dich noch so großartig aufspielst!»

Ernest blickte dem Mädchen nach, das schon ganz nahe am Waldrand angelangt war, und sagte kopfschütelnd:

«Gar nicht übel sieht sie ja aus, soviel ist sicher. Aber was hat sie schon davon? Allerhöchstens kann sie ihre Schenkel in irgendeinem Tingeltangel der Garnisonstadt zur Schau bieten...»

«Hört euch das nur an... Er fragt, was sie davon hat! Ich sage euch: der Veterinär, wie er leibt und lebt!»

«Wenn er doch schon aus Holz ist», meinte Adelaide, «so laß ihn in Frieden.»

Was die Stute zu erzählen weiß

Dem Veterinär war für seine Kinder angst und bange vor dem Umgang mit ihren Vettern in Claquebue und sogar vor dem Zusammensein mit ihrem Onkel Honoré. Dieses immerwährende und ausgeschämte Großtun und Breitschlagen ihrer Liebeslüste und Unflätereien, das unter den Dorfjungen gang und gäbe war, von dem er selbst seinerzeit freilich bloß spärliche, magere und verschämte Fetzen erhascht hatte, erfüllte ihn mit Bangnis. An den Sonntagen, wenn er mit seiner Familie zu seinem Bruder hinüberfuhr, hätte er am allerliebsten seinen Angehörigen samt und sonders die Ohren verstopft und Honorés Zunge mit einem ausgewachsenen Ochsen beschwert. Er stellte sich vor, wie Alexis seinem Vetter Antoine allerhand unzüchtige Anträge ins Ohr tuschelte, wie seine Nichte, die Juliette, Frédéric um seine Jungfräulichkeit beluchste, mit demselben wiegenden Steißwackeln, das sie auch zur Augenweide bot, wenn sie einen Eimer Wasser trug. Er stellte sich den ganzen Vorgang leibhaftig vor und verzehrte sich in verhaltener Wut gegen Juliette, seinen Sohn und auch gegen Honoré. Solches Steißwackeln durften Eltern bei ihrer Tochter einfach nicht dulden! Oder er sah vor sich, wie die beiden Kleinsten Lucienne das erheiternde Schauspiel ihrer kindischen Schweinigeleien und schmutzigen Zurschaustellungen boten. Die Gefahren, die wohlerzogenen Kindern drohten, waren zahllos in dieser ebenen Gegend, die zärtlich war wie eine erwartungsvoll lustbereite Frau. Und am Rande der Ebene, in den großen Wäldern, die auf einer Seite den ganzen Horizont umsäumten, in den dichten, unergründlich tiefen Waldungen, die feuchtlaue Finsternis bargen, brüteten schwüle, geile Träume, deren Raunen die laue Brise über die Felder herübertrug. Welch ein Unflathaufen! Dahin also führte er sonntags seine Kinder, seine unverdorbenen, strengbehüteten Kinder, deren schlechte Gelüste und sündige Neigungen die ganze Woche hindurch in der düsteren öden Stille des Örtchens bleichsüchtig vegetierten. Er, ausgerechnet er, tat ihnen dies weite Blickfeld auf! Er versetzte sie einen ganzen Tag lang in diese große schamlose Freude, unter diese Leute, die zusammen mit ihrem Vieh in einer Atmosphäre der Brunst, der Schändung und der Geilheit lebten. Ferdinand sog das nicht etwa aus den Fingern. Er hatte mit eigenen Augen gesehen, eigentlich mehr noch als mit eigenen Augen gesehen (denn schließlich war er ja nicht aus Holz! So leid es ihm tat, er war eben doch nicht aus Holz ...), er hatte mitangesehen, wie die ganze Familie seines Bruders, die Kleinsten zuvorderst, im Kreis rings um den Bullen, den Prachtstier, herumstanden, während er gerade im Hof vor dem Haus eine Kuh besprang. Er war unerwartet dazugekommen, aber niemand hatte sich seinetwegen auch nur umgeblickt. Der Stier sprang auf die Kuh, riß ihr mit den Vorderbeinen Flanken und Weichen blutig, wuchtete brünstig mit dem Hinterteil und stieß machtvoll mit dem Schwanzstück, das Halsband verschwand gänzlich in seinen gewaltigen Achselwülsten, die Augen traten ihm blutrot aus den Höhlen, und sein Maul stand voll Schaum und Geifer. Die ganze Familie schaute schweigend zu, erregt von dieser viehischen Brunst, atemlos hinstarrend auf das, was jetzt kommen mußte, und als Honoré die Rute des Stiers in die Hände nahm — nicht nur mit dem helfenden Griff, wie ihn der Veterinär angewendet hätte, sondern feierlich wie ein Opferpriester, mit beinah liebreicher Sorgfalt —, und als er sie in die brünstig klaffende Vulva der Kuh eingeführt hatte, da entrang sich aller Lippen ein bewunderndes Gemurmel. Ferdinand hatte schon öfters anderswo solchen Vorgängen beigewohnt, aber stets als Tierarzt und in beruflicher Funktion, und dabei hatte er immer nur die berufmäßige Seite der Sache ins Auge gefaßt. Diesmal hatten ihm die Überraschung, die ansteckende Erregung der Umstehenden einen Schock versetzt und ihn sozusagen begeistert. Voll Scham über eine so abstoßende Schwäche gab er alle Schuld dem Einfluß der Atmosphäre von Claquebue und der schamlosen Lebensweise von Honorés Familie. Wäre Lucienne hier gewesen, dachte er, so wäre es kein bißchen anders zugegangen. Welch eine Erinnerung für ein Mägdlein, das die Kurse der Demoisellen Hermeline besuchte! Die Ärmsten, so vornehme, so feine Damen, sie ahnten ja nicht, daß solcherlei Abscheulichkeiten überhaupt vorkamen, und daß der Onkel ihrer besten Schülerin in Gewissensprüfungen so hilfsbereit und beflissen mit Hand anlegte. Zum Glück feierte der Stier am Sonntag und blieb solid angekettet im Stall. Aber Honorés Sprößlinge waren nicht festgebunden, und Ferdinand fragte sich angstvoll, was sie wohl alles noch zum Verderben ihrer Vettern aushecken mochten.

Des Veterinärs Schamgefühl ängstigte sich zu Unrecht. Seine Kinder konnten in Claquebue nichts Abträgliches oder gar Verderbliches zulernen. Schlimmstenfalls konnten sie beim Onkel Honoré ein paar gar zu drastische und vollsaftige Kraftausdrücke aufschnappen, die ihrem Vater nicht genehm waren. In Tat und Wahrheit war der Sonntag in Honorés Hause, so gut wie überall auf dem Lande, ein Ruhetag und Schonzeit, eine einschneidende Synkope in den Gewohnheiten des Alltagslebens. Das Flachland des Ackerbodens und der Wiesen verlor für einen Tag eine gewisse Eintönigkeit des Daseins, die ihr die werktätigen

Männer, die Zurufe, die dem Vieh galten, das emsige Geraune der arbeitenden Bauern, das Scharren und Trampeln der Gespanne während der Woche verliehen. Wenn Honoré draußen auf seinem Feld hinter dem Pflug einherging, brauchte er nur den Kopf zu heben, und er sah die andern Männer aus dem Dorf, wie sie pflügten und sein Bild bis weit ins Land hinaus vervielfacht wiederholten, und dann überkam ihn ein tiefes Gefühl der Sicherheit, weil er sich mit ihnen eins fühlte in der schweren Arbeit auf dem Ackerland. Am Sonntag bekam das Leben etwas Ungebundenes, es ging gleichsam aus den Fugen; dann blickten die Dörfler aus dem Innern ihrer Häuser aufs Land hinaus und sahen darin nur noch ihren Grundbesitz, ihre umfriedeten Wiesen. Der Tag des Herrn war auch der Tag des Eigentümers, und wer nichts sein eigen nannte, machte sich da nicht dick und wichtig. Es war ein Tag der Rechnungsablage, wo man immer ein wenig erschrocken war über alle die Ausgaben, die man gehabt hatte. Ein Tag, an dem man geizte und in sich ging, wo man keine Lust hatte, etwas zu schenken, weder Liebe noch Freundschaft. Da waren auch die Sonntagskleider, in denen es einem nicht sonderlich wohl war und die kaum zum Liebesspiel anregten oder nicht einmal zu einem verliebten Plauderstündchen. Ein jeder litt unter der drückenden sonntäglichen Öde, die zum Verzweifeln, zum Sterben traurig über der menschenleeren, verwaisten Landschaft brütete.

Die Frommen, die Kirchgänger, ergingen sich zwischen den Grabsteinen auf dem Friedhof, sprachen von den Verstorbenen, die ja nie völlig tot waren, und wenn es dann Zeit für die Messe war, gingen sie hinein zur Beerdigung ihrer Sünden. Der Pfarrer von Claquebue stieg auf die Kanzel und brandmarkte die Unbeständigkeit alles Zeitlichen, wies auf die Gefahr hin, die für seine Schäflein darin lag, daß sie den Teufel just da am Schwanze zupften, wo er seine Hörner nicht zeigte. Neugier und Lust seien der Arbeit, dem Reichwerden abträglich. Er führte Beispiele dafür an, Leute aus der Umgegend, nannte sogar Namen. Das Ehepaar Journier hatte beim Hochzeitsmahl den sündigen Wunsch gefaßt, wollüstig Gottes Erlaubnis zu mißbrauchen, und sie waren dann so arm geworden, daß sie sich nicht einmal mehr in der Messe zu zeigen wagten. So mußte es kommen. Gott habe zwar die vernünftige und erlaubte Anzahl der ehelichen Umarmungen nicht offenbart, doch gerade da stelle er seine Geschöpfe auf die Probe. Alles, was man sich zusätzlich herausnehme, müsse teuer bezahlt werden, auf Erden wie im Himmel, und vornehmlich auf Erden. Das Beste, was man noch tun könne, das Bequemste jedenfalls, wenn man's genau überlege, sei Enthaltsamkeit zu üben, so gut man es fertigbringe. Voll ausgefüllte Arbeitstage, sagte der Pfarrer immer und immer wieder, und obendrein ein herzhaftes Gebet, so komme man zu einem gesunden, tiefen und erholsamen Schlaf, auf diese Art mehre man sein Hab und Gut und auf einen Schlag auch gerade noch die Aussichten, ins himmlische Paradies zu kommen. Während sie seinen eifernden Worten lauschten, dachten sie an ihren Grund und Boden, stellten sich ihren Besitz angezapft, geschmälert und zerfressen von der Wollust vor und suchten nach unheilvollen und gefahrdrohenden Zusammenhängen zwischen ihren Liebesnächten, den Ernteaussichten und dem göttlichen Zorn. Furcht und Reue gaben ihrer Gottesfurcht und Frömmigkeit einen Geschmack bitterer Schwermut. Den ganzen Sonntag über mied Gott, der Herr, die Äcker und Matten und weilte unter der Herde seiner Gläubigen. Wenn die Kirche aus war, spürte manch einer von den Männern, die sich auf den Wegen verkrümelten, unter seinem freudlosen Sonntagsgewande die Müdigkeit von den Arbeitstagen her schwer in seinen Gliedmaßen lasten, und angesichts der verwaisten Felder und Wiesen krampfte sich ihm Herz und Fleisch zusammen.

In Honorés Familie verspürte groß und klein dies sonntägliche Nirgends-zu-Hause-sein, auch Honoré selbst, der nur zweimal alljährlich in die Messe ging, an Weihnachten und zu Allerheiligen. Er tat sich zwar viel darauf zugute, daß er weder an den lieben Gott noch an den Teufel glaubte, warf dem Pfarrer vor, er sei ein bösartiger Mensch, hatte aber doch wieder das Gefühl, er sei ihm Rechenschaft schuldig über seine an die Wollust vergeudeten Augenblicke, und litt insgeheim darunter, daß er den Gottesdienst nicht besuchte. Es kam ihm vor, als verkupple ihn der Pfarrer in seiner Abwesenheit mit dem Himmel und verfüge, in einem gewissen Maß, über sein Geschlecht. Wenn er am Sonntagmorgen allein zu Hause saß, konnte es ihm zuweilen passieren, daß er aus einer Frucht oder einer Kartoffel allerlei priapische Figürchen schnitzte; ganz unbewußt gab er ihnen die Gestalt der bedrohten Wirklichkeit, und ohne sich einzugestehen, daß er damit Hexenwerk und Zauberei betrieb, wie sie ja in der Stadt wie auch auf dem Lande gang und gäbe sind. Sein ahnungsvoller Eindruck einer drohenden Gefahr hatte übrigens bei weitem nicht die plump greifbare Gestalt angenommen, wie sie mir gar zu leicht in die Feder fließt; er blieb undeutlich und verschwommen genug, und bot keine Handhabe zu einem vernünftigen Versuch einer Prüfung. Honoré glaubte ihm Ausdruck gegeben zu haben, wenn er sagte, er öde sich an. Doch getraute er sich nur selten, etwas gegen diese verborgene Drohung des Sonntags vorzukehren, und überdies lud auch die Atmosphäre des Hauses nicht dazu ein.

An gewöhnlichen Werktagen legte die Adelaide keinen großen Wert auf Frömmigkeit und gottgefälliges Benehmen; es machte ihr gar nichts aus, wenn sie hören mußte, wie Honoré über die Pfaffen und ihr Keuschheitsgelübde seine zotigen Witze riß. Am Sonntag aber war sie zutiefst erfüllt von der Angst vor all den mißlichen und unerfreulichen Zufällen, die über eine Familie hereinbrechen konnten. Hatte sie, mit dem Zuwachs ihrer fünf Kinder, die Messe besucht, so war sie den ganzen Tag durchdrungen von ihrer Wichtigkeit vor Gottes Angesicht, von ihrer Anfälligkeit und Verwundbarkeit, und entsagte dem Satan und seinen Versuchungen bis zum nächsten Tag.

Für Alexis, Gustav und Klotilde bot der Sonntag nur ein negatives Interesse: sie mußten nicht zur Schule gehen. Sonst aber war es ein Tag ohne Inhalt, ein Tag, an dem es ganz untadelig und vollkommen her- und zuging, eine schlechte Kopie der anderen Tage, trübselig und trostlos wie die ersten Tage in der Bibel, als die Menschen noch keinen Unterschlupf gefunden hatten und sich noch nicht vor dem lieben Gott verstecken konnten, der sie unausgesetzt hinter einem Wölklein hervor beobachtete, oder auch ganz einfach sein Auge, in einem Dreieck eingerahmt, auf die Lauer legte. Sie hatten es zwar auch lustig miteinander und trieben allerlei Kurzweil, hatten aber doch stets das Gefühl, sie stünden, wie in einer Schulpause, unter der Aufsicht eines strengen Lehrers, dessen Auge nichts, aber auch gar nichts entging. So war denn auch keine Rede davon, daß sie verbotene Spiele trieben.

Die Kinder des Veterinärs genossen es mit einem wahren Hochgefühl, daß sie den Latrinen ihres Vaterhauses entronnen waren. Die Weiträumigkeit und Leere der flachen Landschaft machten ihnen nicht den Eindruck, als stehe hier das Leben still. Sie sahen darin einen weiten Tummelplatz voll Ungebundenheit und schrankenloser Freiheit und gerieten jedesmal in einen leichten Rauschzustand, der ihre Vettern zunächst ein wenig schockierte. Frédéric und Antoine brauchten bloß auf die Wälder und den Bach hinüberzuschauen, und schon glaubten sie ein bißchen an Nymphen und Dryaden. Die vergnügliche Vorstellung, daß da waldaus, waldein Gottheiten herumstreunten, die es nach der Unberührtheit und unschuldsvollen Reinheit schulpflichtiger Jünglinge gelüstete, verleidete ihnen die schmuddeligen Mysterien des rosaroten Korsetts, und wenn sie bei ihrem Onkel Honoré waren, dachten sie nur mit einem leisen Ekelgefühl an die Frau des Polizeimanns. Die beiden Brüder sollten freilich nie auch nur eine einzige Nymphe zu Gesicht bekommen. Das hatten sie auch gar nicht im Ernst gehofft, und trotzdem gingen sie jedesmal, wenn sie auf die Pilzsuche auszogen oder im Walde Veilchen oder Maiblumen oder Erdbeeren oder Maulbeeren pflücken wollten, in diesem Zustand von Erregung von zu Hause fort, wie er Soldaten befällt, wenn sie mit einem Mitternachtsurlaub die Kaserne verlassen. Alexis fand das idiotisch und machte sich voll Nachsicht darüber lustig. Was ihn allerdings ärger in Verlegenheit brachte, war das offenkundige und augenfällige Werben um die Mädchen von Claquebue. In der Messe und nach der Messe war des Hinäugens und Hinstarrens kein Ende. Alexis war das peinlich, und er schämte sich weidlich, weil er es für gänzlich unwahrscheinlich ansah, daß ein Mädchen an so lächerlichen Bürschlein Gefallen oder

Geschmack finden konnte, waren sie doch so ganz anders gekleidet als die Buben hierzulande und gaben in piekfeinem, mustergültigem Französisch Antwort, wenn man sie im heimischen Dialekt ansprach. Was sie redeten, hatte auch fast nicht Hand noch Fuß und bewies, daß die Knaben nicht gerade viel Verständnis für die besondere Atmosphäre des Sonntags aufbrachten. Alexis empfand keinerlei feindselige Gefühle, er verachtete sie auch nicht, weil sie noch mit keinem Mädchen so richtig etwas gehabt hatten, aber sie hatten so eine eigene Art, über die Mädchen zu reden oder ihm nahezulegen, er solle sie ihnen doch vorstellen (vorstellen!), daß er arg darunter litt. Dann vergaß er völlig, daß er erst vorgestern auf der Wiese drunten beim Bach ein Mädchen gepelzt hatte, und setzte eine tugendhafte und beleidigte Miene auf wie ein Sakristan, wenn er sich in schlechte Gesellschaft verirrt hat.

Lucienne erlebte in Claquebue eine hochwillkommene und wohltuende Entspannung. Zu Hause oder bei den Demoisellen Hermeline war die Erforschung der verbotenen Welträtsel und Mysterien ein heikles Unterfangen, ein schwieriges Wilddieben. Man mußte seine Wißbegier vor den Eltern, den Lehrerinnen geheimhalten, mußte geduldig und unverdrossen Beobachtungen sammeln und zusammenstellen, zwischen sich widerstreitenden Hypothesen abwägen und hin und her überlegen, auf gewisse Vorstellungen und Ansichten zurückkommen, aufgeschnappte Gesprächsfetzen behutsam deutend auslegen, und all dies erst noch, ohne sich der Beharrlichkeit in der Sünde schuldig zu machen. In Claquebue jedoch wollte ihr scheinen, das Buch der Mysterien liege vor einem jeden aufgeschlagen da, sie hörte, wie seine Blätter im Winde der Ebene raschelten und raunten, und allaugenblicklich hatte sie das Gefühl, sie sei irgendeiner neuen Erkenntnis auf dem Sprung. Doch war es jedesmal nichts damit.

Der Veterinär, der den größten Teil seiner Sonntage in Honorés Gesellschaft verbrachte, wo er mehr als nur einmal Grund hatte, Ärgernis zu nehmen, ahnte nichts von der schamhaften Zurückhaltung, die seine Neffen gegenüber ihren Vettern aus der Stadt übten, und da er allezeit zu den schlimmsten Verdächtigungen neigte, stellte er sich allerlei Schweinigeleien vor, die ihm regelrecht Fieberschauer einjagten. In diesem Mißtrauen bestärkte ihn das verständnisinnige Lächeln, das sich Juliette und Frédéric von Zeit zu Zeit zuwarfen. Die Dinge standen übrigens nicht halb so schlimm, wie er sie sich in seiner Angst ausmalte. Frédéric, der immer äußerst weitblickend in allem war, was er tat, hatte es sich schon in seinem zartesten Alter zur Gewohnheit gemacht, seine Hand auf Juliettes Brust zu legen. Damals war ihre Kleinmädchenbrust noch vollkommen flach gewesen, und kein Mensch hatte daran Anstoß genommen. Als Juliette dann vierzehnjährig war, erntete Frédéric allgemach den Lohn für seine Beharrlichkeit, und drei, vier Jahre später machte es auch ihr selber Spaß. Ihr Vetter hatte ein hübsches Gesicht, und sie küßte ihn nicht ungern, aber darüber hinaus gewährte sie ihm nie etwas von Wichtigkeit. Abgesehen von einigen Vertraulichkeiten, und ihnen zum Trotz, bestand zwischen den beiden dieselbe Fremdheit und der gleiche Abstand wie zwischen ihren Familien.

12

DER VETERINÄR hielt seinen Landauer vor Honorés Familie an und eröffnete ihr mit betont trauriger Stimme:

«Philibert Messelon ist gestorben. Wir haben es gerade im Vorbeifahren gehört.»

Honoré sagte kein Wort, aber in seiner Empörung darüber, daß der Alte seinen Tod um eine Woche vorverschoben hatte, sprang er auf den Bock, setzte sich neben Ferdinand, riß ihm die Zügel aus der Hand, nahm die Peitsche, drehte um, so kurz, daß der Wagen auf zwei Rädern kehrtmachte, und schlug mit dem Peitschenstiel auf den Rappen ein. Juliette, die aufs Trittbrett gestiegen war und ihre Tante Helene begrüßen wollte, wurde im Galopp mit fortgetragen und konnte unmöglich mehr abspringen und ebensowenig im Wageninnern Platz nehmen.

«Der alte Sauhund!» schäumte Honoré. «Ich möchte bloß wissen, was dem angekommen ist!»

«Aber das ist doch ganz einfach: er war doch krank...»

«Das werden wir ja sehen! Wir werden ja sehen!»

Ein schmerzliches Wehgeschrei ertönte aus sämtlichen Öffnungen in Philiberts Haus. Die zwölf Messelon und die teilnehmenden und klagewilligen Nachbarinnen schrien mit vereinten Kräften, der beste Mann in ganz Claquebue sei tot, der beste Gatte, der beste Vater, der beste Nachbar, der Mann, dessen Hand vor allen gesegnet gewesen sei, sei's beim Pflügen, beim Säen, beim Ernten, oder habe es gegolten, sein Vieh oder seine Gemeinde im Zaum zu halten. Als dann die Witwe Philiberts an ihre Söhne, ihre Schwiegertöchter und Enkelkinder Schnupftücher verteilt hatte, schwoll der Schmerz der Familie zum Trompetengeschmetter und zu Hornstößen an. Draußen im Hof herrschte gleichfalls Tumult, und es ging laut und lärmend zu. Kaum hatte sich das Gerücht von Philiberts Tod herumgesprochen, so waren alsbald die wildesten unter den Klerikalen zusammengeströmt und besprachen nun miteinander in hitziger Rede und Gegenrede die künftigen Geschicke der Gemeinde. Da standen die Maloret, die Dur, die Rossigneux, die Bonbol und die Rousselier, warfen einen raschen Blick auf den Leichnam, besprengten ihn mit einem Guß Weihwasser und redeten sich die Köpfe heiß. Das Gespräch drehte sich um den Gemeinderat, das Bürgermeisteramt, den General Boulanger und die glückhaften Umwälzungen, die nun bevorstanden. Seph streute die Neuigkeit aus, der Bart des heiligen Joseph aus Stein, der vor der Kirche stand, sei im Laufe der Nacht um fünf Zentimeter gewachsen, und darin sah er ein deutliches Zeichen und einen Wink des Himmels, daß das Bürgermeisteramt an die Partei der Ordnung und Sittlichkeit übergehen werde.

Als Honoré bei den Messelon einfuhr, hörte er das gottverfluchte Raunen und Rumoren der Pfaffenknechte. Ohne darüber den Kopf zu verlieren, lenkte er das Gefährt dicht vor das Fenster, hielt an, sprang vom Bock in die Küche, rannte zum Wandschrank, nahm den Trichter heraus, der zum Einfüllen der Blutwürste verwendet wurde, und hielt ihn wie einen Schalltrichter an den Mund. Dann brüllte er aus Leibeskräften zweimal hintereinander:

«Himmelherrgottnocheinmal! Himmelhurenscheißdreck!»

Überrascht blickten die Klerikalen auf, sie meinten die schallende Stimme der Republik zu vernehmen und bekamen es mit der Angst. Seph Maloret war der erste, der sich wieder fassen konnte. Zum Kampfe, Mann gegen Mann, entschlossen, stieg er auf den Misthaufen, doch Haudouin kam ihm zuvor und schrie noch vor ihm:

«Es lebe Frankreich!»

«Es lebe Elsaß-Lothringen!» schrie Maloret zurück.

Und Haudouin biß sich vor Ärger auf die Lippen. Daß er daran nicht gedacht hatte!

«Hoch lebe die Armee!»

«Die Armee, sie lebe hoch!»

«Ich habe es zuerst gesagt!»

«Nein, ich!»

Da stellte Haudouin seinem Gegner geschickt eine Falle.

«Das Vaterland, es lebe hoch!» brüllte er.

«Hoch das Vaterland!» schrie ihm Maloret nach.

«Hoch die Fahne!»

«Hoch die Fahne!»

«Nieder mit Deutschland!»

«Nieder mit Deutschland!»

«Nieder mit England!»

«Nieder mit England!»

«Zum Teufel mit den Pfaffen!»

«Zum Teufel mit den Pfaffen!» schrie auch Seph Maloret. Er war so im Schwung, daß er nicht mehr einhalten konnte.

Ein Gelächter aus hundertfünfzig Kehlen erdröhnte, so daß das ganze Haus wackelte und ein Ziegel vom Dach auf den Kopf des Durschen Familienhauptes herabfiel, das augenblicklich aus der Nase zu bluten anfing. Honoré schlug aus seinem Schalltrichter ein Gelächter an, so laut wie eine ganze Schar Leute zusammen. Da ertönte aus dem Sterbezimmer ein langgellender Angstschrei, ein entsetzenbanges Kreischen und Zetern:

«Philibert hat sich bewegt! Er hat mit den Augen gezwinkert!»

Haudouin schmiß seinen Trichter mitten in die Küche auf den Boden hin und rannte frohlockend in die Schlafkammer hinüber.

«Ich ahnte es ja! Wetten hätte ich mögen, daß er nicht tot ist! Ich wußte es doch bestimmt!»

Doch verlor er alsbald den Vorteil, den er vorhin über Seph errungen hatte. Ein Verstorbener, der wieder aufersteht, enttäuscht seine Angehörigen immer ein wenig. Nicht nur die Klerikalen, sondern auch die Messelon selbst weigerten sich, anzunehmen, daß der Alte noch am Leben sei, und zwar aus unterschiedlichen familiären Gründen, die fast alle einleuchtend und stichhaltig waren.

«Er ist tot», beteuerte der älteste von den Messelon. «Mein Schneuztuch ist tropfnaß.»

«Er ist tot, jawohl!» schrien die übrigen Messelon und mit ihnen sämtliche Klerikalen.

«Selbstverständlich ist er tot!» setzte Maloret hinzu und stieg von seinem Misthaufen herab. «Zunächst einmal hat er die Mehrheit gegen sich.»

«Er hat mit einem Auge gezwinkert, sag' ich euch! Man hat gesehen, wie er mit einem Auge geblinzelt hat!» brüllte Haudouin.

«Wir sind nicht da, um Flausen zu fangen», brauste der älteste Messelon auf. «Er ist tot und damit basta!»

«Ganz richtig: er ist tot!»

Honoré konnte sich nicht mehr Gehör verschaffen und bereute es bitter, daß er seinen Trichter weggeschmissen hatte. Juliette und ihr Vetter Antoine waren aus dem Wagen gestiegen und halfen ihm schreien. Aber ihre Kinderstimmen waren zu schwach und drangen nicht durch. Zum Glück kamen Alexis und sein Bruder, der Soldat, und mit ihnen die tüchtigsten und besten Republikaner in Claquebue, die der Blutwursttrichter alarmiert hatte, herbeigestürmt und stellten das Gleichgewicht wieder her. Als nun Honoré in dieser Hinsicht beruhigt war, gelang es ihm, sich eine Gasse bis zu Philiberts Bett zu bahnen. Doch der Veterinär langte zur gleichen Zeit wie er dort an und erklärte, nachdem er den Leichnam betastet hatte:

«Er ist schon kalt. Er ist tot, steif und mausetot ist er. Sieh nur: ich kitzele ihn mit meinem Zahnstocher in der Nase, und er lächelt nicht einmal.»

Die Messelon wurden von einem Freudensturm geschüttelt, der auf die Küche und den Hof übergriff. Honoré benützte diesen Begeisterungstaumel und winkte Berthier, Corenpot und andere erprobte Republikaner herbei, und sie scharten sich dichtgedrängt rings um ihn. Nun neigte er sich über den Toten, faßte ihn bei der Hand und sagte ihm ins Ohr:

«Ihr habt mir einen übeln Streich gespielt, Philibert. Aber reden wir nicht mehr davon. Anstatt fünfundzwanzig Sous am Tag kriegt Ihr fünfunddreißig.»

Der Tote regte sich nicht.

«Fünfundvierzig Sous», drängte Honoré.

Er glaubte einen schwachen Druck von Philiberts Hand zu spüren, doch war er so leicht, daß er doch wieder daran zweifelte.

«Fünfundfünfzig Sous ...»

Diesmal spürte er gar nichts und sagte zornig:

«Zum letzten Mal, Philibert, ich biete Euch drei Franken und fünf Sous. Kein Mensch weit und breit verdient so viel.»

Jetzt beobachteten alle die republikanischen Vertrauensleute, wie ein Lächeln auf Honorés Lippen trat, während er weiterflüsterte, nun aber ohne jede Ungeduld.

Auf dem Hofe draußen hielt Seph Maloret die ganze Gesellschaft in Atem mit dem Barte des heiligen Joseph, der durch ein Wunder im Laufe der Nacht um fünf Zentimeter gewachsen war.

«Gestern abend maß er noch fünfzehn, und heute früh maß er zwanzig. Jeder, der will, kann hingehen und nachschauen. Vorhin ging ich mit meiner Hündin dort vorbei; sie ist seit mindestens sechs Wochen trächtig, und ich habe mich darüber sogar grün und blau geärgert, weil sie sich nämlich hatte von einem Gassenköter decken lassen. Wie ich nun den Bart sah, der da gewachsen war, kam mir in den Sinn, ich könnte eigentlich meine Hündin – ihr wißt schon wo – daran reiben, und davon ist ihr dann mit einem Schlag der dicke Bauch vergangen.»

Die Klerikalen klatschten Sankt Joseph begeisterten Beifall, und desgleichen auch dem Maloret, den sie für das Bürgermeisteramt vorsahen. Es waren sogar etliche Republikaner dabei, die anfingen, ihr politisches Gewissen zu überprüfen, und Honoré hatte anscheinend allen Mut und jede Zuversicht verloren und begnügte sich damit, mit einer Stimme, der aller kernige Glanz abhanden gekommen war, zu bedenken zu geben, Sankt Joseph sei der Schutzpatron der gehörnten Ehemänner. Als er bei Juliette vorbeikam, gab er ihr einen Wink und bedeutete ihr, sie möge ihm in den Garten nachkommen, und dort sage er zu ihr:

«Während ich den Veterinär ablenke und hinhalte, springst du mit einem Satz auf den Bock der Kutsche und fährst los. Auf der Landstraße triffst du den Guste Berthier. Was dann kommt, weiß er.»

«Aber die Tante Helene ist mit Lucienne im Wagen geblieben.»

«Geschieht ihr recht. Nimm sie halt mit. Du kannst sie ja beim

Friedhof absetzen, und dann bleibst du bei ihnen und wartest dort auf Berthier.»

Juliette wollte den Garten nicht mit ihrem Vater zusammen verlassen und ging eine Weile auf einem Gartenweg auf und ab. Als sie vor einem Bohnenbeet vorbeikam, hörte sie ein ersticktes Lachen und sah ihren Vetter Frédéric, der auf einem Haufen dürren Grases saß und Marguerite Maloret umhalst hielt.

«Nett ist er, dein kleiner Vetter», sagte Sephs Tochter, «er hat eine weiche Haut.»

Mit zornblitzenden Augen und purpurroten Wangen starrte Juliette auf das spöttisch lachende Pärchen nieder. Sie gab Marguerite keine Antwort, sondern packte Frédéric am Arm, riß ihn hoch, bis er auf den Füßen stand, und klebte ihm zwei schallende Ohrfeigen. Dann stieß sie ihn vor sich her. Frédéric wehrte sich, strampelte und wollte sich losmachen. Da umschlang sie ihn mit aller Kraft und biß ihn, nicht ganz ohne Genuß, in das zarte Nackenfleisch.

«Ich kann machen, denk' ich, was ich will», begehrte Frédéric auf. «Erstens gefällt sie mir besser als du.»

«Eine Schnepfe ist sie», zischte Juliette, «das soll sie mir büßen!»

«Sie hat größere Brüste als du.»

«Willst du vielleicht noch ein paar Maulschellen? Dann sag's nur!»

«Und dann wollte sie auch nichts lieber...»

«Los, lauf jetzt!»

Sie gelangten auf den Hof, der vom Lob des heiligen Joseph widerhallte. Juliette nötigte ihren Vetter, in den Landauer einzusteigen, setzte sich selber auf den Kutschbock und trieb das Gespann auf die Landstraße hinaus.

«Ich führe euch zum Gottesacker», sagte sie zur Tante Helene, «ich habe mir gedacht, ihr möchtet gern auf unsern Gräbern ein Gebet verrichten.»

Sie brachte das Pferd neben Guste Berthier zum Stehen; er nahm die Zügel in die Hand, und sie besprachen sich mit leise gedämpfter Stimme bis zum Friedhof, wo die Haudouin ausstiegen.

«Ich fahre zum Bürgermeisterhaus», sagte Guste Berthier, «ich nehme euch dann auf dem Rückweg wieder mit.»

Während die Tante Helene auf den Gräbern ihrer Schwiegereltern betete und die Vettern den Bart des heiligen Joseph nachmaßen, ging Juliette an den Gräbern der verstorbenen Maloret vorbei. Sie ruhten schön in einer Reihe in drei Gräbern dicht am Weg, nur ein paar Schritte von den Haudouin entfernt.

«Du altes Schwein», sagte Juliette zum Großvater Maloret, «jetzt schmorst du in der Hölle, he! Geschieht dir recht! Nun weißt du, was es einbringt, wenn man mit seinen eigenen Töchtern Blutschande treibt. Ja, jetzt tut es dir leid, und du bereust, aber nun ist es zu spät.»

Der Alte, mit seinen sechs Fuß Erdreich auf dem Bauch, war darob ganz verstört. Juliette ging weiter zum nächsten Grab, der letzten Ruhestätte der Tine Maloret, einer Schwester des Großvaters.

«Ihr seid die gleiche wie Sephs Tochter, aber Ihr liegt wenigstens still. Sie wird ja das gleiche Ende nehmen wie Ihr! In die Hölle kommt sie, jawohl, und Ihr habt ihr den Weg gewiesen!»

«Man hat mehr Wesens aus der Sache gemacht, als daran war», seufzte die Tine. «Du weißt ja, wie die Leute lästern ...»

«Dann ist es also nicht wahr, daß Ihr mit Euerem Vater gehurt habt? Und später noch mit einem Gerichtsdiener? Aber geht mir doch weg! Das wollt Ihr mir doch nicht weismachen?!»

Nun blieb nur noch ein Söhnchen Sephs übrig, das in seinem fünften Lebensjahr gestorben war. Man konnte ihm nicht viel vorwerfen, diesem Bübchen. Es hatte ein winzigkleines Grab, das nur mit einem schlichten Holzkreuz geschmückt war; daran war ein weißes Emailherz befestigt, das die Inschrift: *Er weilt im Himmel* trug. Juliette murmelte bloß vor sich hin:

«Im Himmel? Das möchte ich ja sehen!»

Hierauf betete sie zum lieben Gott, er möge gnädiglich alle Hingeschiedenen der Familie Maloret weiter in der Hölle braten lassen, wo es am heißesten sei. Was die noch Lebenden anlange, so werde sie schon mit ihnen fertig werden.

Die Tante Helene wollte just in den Wagen steigen, als der Pfarrer von Claquebue aus dem Pfarrhaus trat. Er wollte sich ins Sterbehaus begeben. Sie bot ihm einen Platz im Wagen an, und der Pfarrer, der fürchtete, er komme sonst zu spät in seine Messe, nahm ihre Einladung an.

«Ich habe ein Paket unter die Sitzbank gelegt», sagte Berthier, «und möchte Euch bitten, darauf achtzugeben.»

Es war ein umfangreicher Packen, der sorgfältig eingewickelt war. Man hatte weder an Zeitungen noch an Schnüren gespart.

«Ich nehme es auf meine Knie», sagte der Pfarrer, «seid nur ganz unbesorgt.»

Unterwegs erkundigte er sich bei Madame Haudouin nach dem Ergehen des Veterinärs und nach den Fortschritten der Kinder. Lucienne teilte ihm voll Stolz mit, sie sei jüngsthin die Beste in der «Gewissensprüfung» gewesen; aber er wünschte ihr nur recht lau und wenig begeistert dazu Glück. Im stillen mißbilligte er nämlich den Glaubenseifer des guten Fräuleins Bertrande und sah es gar nicht gern, wenn sie auf seelische Belange die Methoden der Botanik anwandte. Als der Wagen näher an Philiberts Haus heranfuhr, vernahmen die Insassen ein lautes Geschrei.

«Sankt Joseph und Boulanger!» brüllten die Klerikalen.

Der Pfarrer wollte schon beunruhigt den Kopf verlieren; doch bei seiner Ankunft legte sich der Lärm, und die Familie Dur setzte ihn unverzüglich ins Bild, was für große Wunder der heilige Joseph gewirkt hatte. Der Pfarrer aber war anscheinend nur wenig begeistert. Er war nämlich nicht für fünf Pfennige umstürzlerisch veranlagt, und Wunder waren ihm ein Greuel. Desungeachtet wollte er jedoch nicht, in Gegenwart all der Republikaner, der Familie Dur den Tort antun und ihren Wunderglauben formell verdammen.

«Der heilige Joseph vermag ja viel», sagte er, «aber er steht im Ruf eines recht zurückhaltenden Heiligen. Andererseits kann man nie vorsichtig genug sein, und bevor wir etwas Sicheres über dieses Wunder aussagen, rate ich euch: wartet lieber, bis ihm der Bart bis zum Gürtel hinabreicht...»

Die Messelon, die dem Pfarrer entgegengekommen waren, tupften sich die Augen trocken und seufzten:

«Auf alle Fälle, Herr Pfarrer, wird er uns den Verstorbenen nicht wieder lebendig machen.»

«Dazu brauchte es einen ganz großen Heiligen, meine Kinder, einen ganz besonders wundertätigen Heiligen.»

Der Pfarrer stieg vom Wagen und trat ins Haus, ohne das Paket, das er hüten mußte, aus der Hand zu geben. Im Sterbezimmer nahm es ihm Berthier ab, schälte es aus dem Papier, mit dem es umwickelt war, und enthüllte die gipserne Büste der Republik. Der Pfarrer konnte ein unwilliges Zusammenzucken nicht verbergen. Berthier trat ans Bett, neigte die Gipsbüste zu einem kalten Kuß auf das Gesicht des Toten hinab. Ein erstauntes und mißbilligendes Murren lief durch die Zuschauer, aber Honoré setzte seinen Blutwursttrichter an den Mund – er hatte ihn in der Küche geholt – und schrie mit schallender Stimme:

«Die Republik vergißt ihre alten Freunde nie und nimmermehr! Ihr sollt sehen, wie sie uns den Philibert wieder auf die Beine stellen wird!»

In der Tat, beim dritten Kuß der Republik blinzelte der Alte mit den Augendeckeln und richtete sich auf seinem Kissen auf. Ein feierlicher, prachtvoller Gesang erscholl aus allen republikanischen Kehlen: die Marseillaise erklang mit Macht. Ein paar Weiber brachen in wildes Schluchzen aus, und die Familie Rousselier, die bisher zu den unerschütterlichsten Stützen der Reaktion gezählt hatte, stimmte in den Refrain ein.

Nach den gehörigen Danksagungen wurde Philibert mit Fragen bestürmt.

«Wie ist einem eigentlich zumute, wenn man gestorben ist?»

«Was hast du dir so dabei gedacht, als du tot warst?»

Der Alte war von der Fragerei ein wenig wirr im Kopf. Er wartete, bis sich der Lärm ein bißchen gelegt hatte, und antwortete dann mit dünner, schwacher Stimme:

«Gegen acht Uhr morgens bin ich im Paradies eingetroffen, um fünfzig Jahre verjüngt, wie ihr euch ja denken könnt. Es ist ein lieblicher und angenehmer Ort mit kühler, frischer Luft und mancherlei Zerstreuungen. Der Wein ist da nahezu umsonst, wie auch die anderen Fressalien. Der liebe Gott hat sich als ein gar leutseliger Herr erwiesen, und kein bißchen stolz und hoffärtig, wie einen manche Leute glauben machen wollen. ‹Weil Ihr gerade kommt, Philibert›, hat er zu mir gesagt, ‹will ich einen kleinen Rundgang durchs Paradies mit Euch machen.› So ganz freundlich, wißt ihr, einfach so um mir alles zu zeigen, was sehenswert ist. Schön, wir gehen also zusammen fort und plaudern ganz zwanglos miteinander, und mir war nicht anders zumut, als wenn ich mit Dur oder mit Corenpot geplaudert hätte, so ungezwungen und gar nicht steif ging's dabei zu. Ja, er versteht es, mit den Leuten zu reden, daß ihnen wohl ums Herz wird. Die Wahrheit zu sagen, es waren nicht gerade viele Selige im Paradies, und das hat mich vielleicht am allermeisten erstaunt. Aus unserem Dorf weiß ich mit Bestimmtheit, daß es nicht mehr als so an die zwanzig waren. Da gab es ein paar Berthier, einige Haudouin, auch von den Corenpot und Coutant, noch andere auch, aber niemand war da von denen, die ich dort vermutet hatte. ‹Es ist doch sonderbar›, sagte ich zum lieben Gott, ‹aber ich sehe den alten Dur gar nicht hier.› — ‹Der ist in der Hölle, mein Sohn.› — ‹Auch die Mutter Rossigneux sehe ich nirgends.› — ‹In der Hölle.› — ‹Auch nicht die drei Töchter Bœuf.› — ‹Ebenfalls in der Hölle.› — Und so ging's weiter und fort, so viele ich auch aufzählte. Ganz zuletzt erfuhr ich schließlich den Grund dieses eigentümlichen Umstands: es kommen nämlich nur Leute mit fortschrittlichen Anschauungen ins Paradies. Ihr werdet mir nun sagen, es sei doch jammerschade um manch einen, und mir tut es auch in der Seele leid, aber es ist nicht schwer zu verstehen: man kann immerhin nicht hoffen, im Himmel seinen Lohn zu empfangen, wenn man sein Leben lang der Republik den Respekt versagt hat. Sie ist unser aller Mutter, und wir sind ...»

«Komödie! Schneckentänze und dummes Zeug!» keifte nun auf einmal der Pfarrer. «Das ist ein abgekartetes Theater!»

Der Pfarrer wollte das Wunder in Abrede stellen. Doch Honoré stieß in seinen Blutwursttrichter. Mit lungenstarkem Gebrüll schrie die streitbare Republik der triumphierenden Republik Beifall, und vierzehn Familien schworen, enttäuscht und eines Besseren belehrt, auf der Stelle ihre reaktionären Überzeugungen ab.

Indes die Leute, zahlreich wie der Sand am Meer, herbeiströmten und dem Alten zu seiner Wiederauferstehung Glück wünschten, stand der Veterinär grauenvolle Ängste aus. Er hatte völlig den Kopf verloren, seine Beine dünkten ihn weich wie Watte, und der Hals war ihm zundertrocken. Bei dem Lebehochgebrüll auf die Republik nickte er beifällig mit dem Kopf, während er gleichzeitig Seph Maloret einen um Verzeihung flehenden Blick zuwarf. Er glaubte, in das lärmende Getümmel den Namen des Generals Boulanger einschmuggeln zu können, aber die Zunge rutschte ihm aus, und er konnte nur noch mit meckernder Stimme quäken:

«Es lebe Sankt Joseph...»

Als Honoré das sah und hörte, trug er ihn unterm Arm hinaus und setzte ihn unsanft in seinen Landauer. Aber Ferdinand hatte seinen Kalvarienweg noch nicht zu Ende durchschritten. In der zum Bersten vollen Kutsche, die beide Familien Haudouin nach Hause führte, zankte Juliette ihren Bruder Ernest aus und sagte ihm alle Schande, weil er die Schlappe der Maloret nicht ganz und gar zur verheerenden Niederlage gestempelt hatte, indem er nämlich ein galantes Unterfangen mit Erfolg durchführte.

«Jetzt fährst du heute abend wieder fort, und wirst gar nichts getan haben, um den Brief wieder beizubringen! Einen Brief, den Marguerite so gut wie sicher im Mieder vorne versteckt hatte!»

«Aber Juliette, bedenke doch, was du sagst!» protestierte der Onkel Ferdinand. «Wie kannst du nur so etwas vor den Kindern sagen...»

«Kinder?» höhnte Juliette. «Kinder? So frag doch den Frédéric, wo ich ihn vorhin ertappt habe! Im Garten bei den Messelon, da habe ich ihn gefunden, und er lag am Boden und hatte dem Maloretgör die Arme um den Hals gelegt!»

Da nestelte der Veterinär fahrig an seinem Kragen und knurrte schwach und kaum vernehmbar:

«Sämtliche *Bucolica* in Reinschrift abschreiben... von vorne bis hinten... und Entzug aller...»

Dann verliehen ihm Schmerz und Empörung wieder ein wenig Stimme, und er schrie:

«Du kleiner Unglückswurm! Die Geliebte des... du weißt schon von wem! Er hat die Geliebte von du weißt schon wem umarmt! Er hat sie um den Hals genommen! Und da rackere ich mich halb zu Tode! Da bringe ich Opfer über Opfer! Da spare und schufte ich bis zum Weißbluten! Da...»

Honoré, der kutschierte, hielt das Pferd an und warf sich zu Frédérics Verteidiger auf.

«So viel Lärm um solch eine Lappalie! Wenn er sie doch nur umarmt hat...»

«Wie sollen wir aber wissen, ob er sie nur umarmt hat? Frédéric, du wirst mir sofort dein Ehrenwort darauf geben, daß... Kurzum, dein Ehrenwort.»

Frédéric gab sein Ehrenwort, schwor bei den Häuptern seines Bruders und seiner Schwester und auf die Schaumünze der ersten Kommunion, die um Luciennes Hals hing. Nun war Ferdinand leidlich beruhigt.

«Du verstehst doch», sagte er zu Honoré, «wie unangenehm diese Sache ausgehen kann. Valtier soll ausgerechnet am nächsten Donnerstag nach Claquebue kommen. Bei dieser Gelegenheit muß ich dich noch etwas fragen. Valtier schreibt mir, er möchte gern seinen Schützling sehen.»

«Das kann er von mir aus ungescheut tun.»

«Natürlich, selbstverständlich. Aber er kann sie nicht gut bei ihren Eltern aufsuchen. Die Leute könnten sich vielleicht darüber aufhalten, und auf der andern Seite hätte er nicht ungestört Gelegenheit, mit ihr zu reden, wie er's möchte. Darum fragt er mich an, ob er nicht mit ihr bei dir zusammenkommen könne.»

«Nein», fuhr Honoré auf, «mein Haus ist kein ...»

«Niemand wird daran etwas Auffälliges finden. Ich fahre ihn in meinem Kabriolett am Donnerstag um drei Uhr hierher, und Juliette holt Marguerite ab, wie sie eine Freundin abholen würde.»

«Sehr gerne», stimmte Juliette willfährig zu, «man muß einander doch zu Diensten sein.»

Mit Zwinkern, Nicken und vielsagenden Blicken drängte sie ihren Vater, den Vorschlag anzunehmen; aber Honoré wollte immer noch nicht darauf eingehen.

«Sie können ja in den Wald hinausgehen und dort ihre Sauereien abtun.»

«Und wenn es regnet?» wandte der Veterinär ein.

«Dann können sie ja Regenschirme mitnehmen. Das ist ihre Sache ... Ah, du treibst ja ein sauberes Gewerbe, neuerdings!»

«Honoré, du spannst mich auf die Folter ... Du weißt doch genau, daß Valtier den Kindern voranhelfen kann, Frédéric vor allem kann er fördern ...»

Honoré weidete sich an der Not des Veterinärs und ließ sich noch lange bitten. Dann willigte er schließlich, auf das inständige Drängen seiner Tochter, ein, dem Schäferstündchen des Abgeordneten Unterschlupf zu gewähren.

Juliette betrachtete mit höhnischer Schadenfreude ihren hübschen Vetter, der seinen Groll gegen den glücklicheren Valtier hinunterwürgte. Dann sagte sie zum Onkel Ferdinand:

«Du darfst den armen kleinen Frédéric nicht strafen. Er hat so schon Kummer genug ...»

«Er wird mir die *Bucolica* in Schönschrift abschreiben», erklärte der Veterinär. «Ich verlange, daß man sich einwandfrei aufführt, und in diesem Punkt werde ich immer unerbittlich sein.»

13

Als die Mutter sah, daß es halb sieben Uhr war, weckte sie Gustav und Klotilde auf. Und während sie die Kinder aus ihren Betten zerrte, machte sie ihnen Vorwürfe, weil sie so faul waren. Wie wenn sie nicht allein aufstehen könnten! Sie hatte ohnehin schon genug zu tun, und jetzt mußte sie sich obendrein noch mit diesen Bälgern herumschlagen.

Unterdessen und während sie ihre Standpredigt hielt, tat Gustav geflissentlich, als ob sie ihn nichts anginge, und pfiff vor sich hin. Und das tat er jedesmal, es gehörte sozusagen dazu.

«Mama, er pfeift», petzte Klotilde.

«Warte nur, bis ich ihn erwische. Dann sollst du sehen, wie ich ihm um die Ohren gebe!»

Das war der einzige Augenblick des ganzen Tages, wo Adelaide Zeit fand, mit ihren Kindern zu spielen. Sie rannte Gustav nach und versperrte ihm die Tür, Hand in Hand mit Klotilde. War er dann gefangen, so taten sie, als wollten sie ihm den Hintern versohlen oder ihn an den Ohren ziehen. Früher, als die Kinder noch klein waren, trug sie die Mutter alle beide, auf jedem Arm eines, in die Küche hinaus. Jetzt aber, so sagte sie, waren sie ihr zu schwer, und sie konnte sie nicht mehr tragen. Weil sie groß geworden waren, konnte sie's nicht mehr. Nichts hätte sie lieber getan, als sie weiter auf den Armen herumzutragen. Ja, sie klagte sogar darüber, daß sie so groß geworden seien (sie waren nämlich für ihr Alter sehr stark gewachsen). Sie sah, daß es mit diesen beiden war wie mit den andern. Sie hatte sie herumgetragen, so lange sie es konnte, und dann waren sie ihr zu schwer geworden. Da sie aber ihre letzten waren und sie vielleicht in dem Alter, das sie jetzt hatte, keine mehr bekam, so trug sie immer noch eins auf dem Arm, entweder das von ihnen, das gerade traurige Augen hatte, oder auch abwechselnd eines um das andere. Und mitunter trug sie auch alle beide zusammen.

«Ihr geht sofort ans Frühstück, und dann marsch mit euch auf die Weide und hütet die Kühe! Alexis hilft jetzt dem Vater auf dem Feld, und ihr treibt das Vieh von nun an alle Tage auf die Weide, verstanden? Man kann sie euch schon anvertrauen; ihr seid ja schon ganz verständige Leutchen, ihr zwei beide. Wäret ihr Taugenichtse wie so viele andere, so würde man euch die Kühe nicht mitgeben.»

Als sie nun mit ihrem Frühstück fertig waren, band Adelaide die Kühe los und beaufsichtigte den Auszug der Herde. Der Hund rannte von einer Kuh zur anderen, sorgte für Ordnung und trieb sie der Weide zu, und ihn dabei zu wissen, war für die Mutter eine gewisse Beruhigung. Sie war nie so recht ruhig, wenn die Kinder allein draußen auf den Wiesen und am Bach waren; sie waren ja noch so klein.

«Laßt euch nicht mit dem Tintin Maloret in ein Gespräch ein, und wenn er etwas zu euch sagt, dann bleibt in der Nähe des Prosper Messelon.»

«Ja, Mama.»

Sie waren bereits weit weg, so rief sie noch dem Gustav nach:

«Und denk daran: du bist der Größere!»

Dann ging sie in die Küche zurück und beschloß, die paar Augenblicke, wo sie ungestört war, auszunützen und im Eßzimmer gründlich reinzumachen. Mit einer stillen Wut im Herzen machte sie sich an die Arbeit, denn sie mußte immer daran denken, daß am nächsten Tag Marguerite Maloret hier mit dem Deputierten Valtier zusammenkommen sollte. Zuerst rieb sie die Möbel tüchtig ab, dann hob sie die Glashaube von der Stutzuhr und polierte mit einem Lappen die vergoldete Bronze so lange, bis sie glänzte. Als sie sich über die Füße des Ackerbaus und der Industrie neigte, sah sie auf dem Marmorsokkel Staubspuren, die sie unverzüglich abwischte. Es war allerdings nicht in Ordnung, daß Staub hatte unter die Glashaube geraten können; offenbar hatte jemand die Haube abgehoben und sie hernach nicht wieder sorgfältig in ihre Rille zurückgestellt. Vorsichtshalber fuhr die Adelaide mit ihrem Staublappen zwischen Uhr und Sockel. Als sie ihn wieder hervorzog, rutschte der Brief des Veterinärs mit heraus. Zuallererst fuhr ihr durch den Kopf, Juliette habe hier ein Liebesbriefchen versteckt, vielleicht gar Alexis. Eine tiefe Freude, vermischt mit Neugier, durchfuhr sie, und sie las halblaut vor sich hin: «Mein lieber Honoré, — Der Rappen hat anfangs der Woche Koliken bekommen . . .»

Sie las mühsam und stockend, Silbe um Silbe, weil sie solche gelehrte Verrichtungen nicht gewöhnt war. So brauchte sie mehr als zwanzig Minuten, bis sie am Schluß des Briefes bei der Unterschrift angelangt war. Doch verspürte sie keinerlei Erleichterung oder gar Freude, wie sie eine so glückhafte Wendung in der mißlichen Situation zwischen den Haudouin und den Maloret eigentlich hätte hervorrufen müssen.

«Letzten Endes hat Honoré recht», seufzte sie, «diese Sache geht ihn allerhand an! Ich will aber nichts davon wissen.»

Sie schob also den Brief wieder unter die Uhr, fuhr mit dem Staublappen noch einmal über den Ackerbau und die Industrie und stülpte dann die Glashaube wieder darüber, wobei sie sorgsam darauf achtete, daß der Rand exakt in die Rille paßte.

Sephs Tochter kam in ihrem blauen Kleidchen und der geblümten Schürze eine Stunde vor Mittag aus dem Wald zurück, und Honoré, der auf dem Feld mit seiner Tochter und seinem Sohn arbeitete, wurde auf sie aufmerksam. Mit tänzelnden Schritten kam sie schräg über das Sengefeld, sprang über den Graben und erreichte die Landstraße vor dem Hause der Haudouin. Honoré sagte zu Juliette:

«Sie geht zu uns, scheint mir.»

«Vermutlich wegen ihres Stelldicheins mit dem Deputierten, nehme ich an.»

«Geh doch heim. Ich fürchte sonst, deine Mutter wird sie unfreundlich empfangen. Wenn man sich einmal damit abgefunden hat, die Leute zu empfangen, muß man mit ihnen anständig umgehen. Gib dir Mühe und sei freundlich...»

«Es ist ja in meinem eigenen Interesse», meinte Juliette, «wenn ich einmal eines Tags ihre Schwägerin werden soll...»

«Geh jetzt. Darüber reden wir ein andermal.»

Honorés Befürchtungen waren nicht unbegründet. Als die Adelaide, die an ihrer Gartenarbeit war, Sephs Tochter näher kommen sah, versprach sie sich einen grausamen Spaß. Ohne sich sonderlich zu beeilen, pflückte sie ihren Korb fertig voll Bohnen und ging in den Hof hinaus. Marguerite kam ihr entgegen und grüßte sie freundlich und bescheiden.

«Ich möchte Euch schnell guten Tag sagen, Adelaide. Es geht Euch immer gut, wie ich sehe.»

Die Adelaide blieb stehen und legte eine übertriebene Bewunderung an den Tag, während sie das Kleid und die geblümte Schürze bestaunte.

«Du bist aber verflixt schön, mein Kind. Ich sehe, du hast dir in Paris ein einträgliches Gewerbe ausgesucht.»

Marguerite lächelte, ohne sich anscheinend getroffen zu fühlen, und drehte sich dann um, damit man sie besser anschauen konnte, und dann sagte sie:

«Ich komme wegen der Abmachung, Ihr wißt schon.»

Die Adelaide war im Bild, wollte sich aber an Marguerites Verwirrung weiden. So fragte sie:

«Wegen der Abmachung? Sieh mal an, was denn für eine Abmachung? Erzähl mir das doch einmal...»

«Ich soll morgen nachmittag Herrn Valtier bei Euch treffen... Aber vielleicht hätte ich Euch das gar nicht sagen dürfen, wenn Honoré es Euch verheimlicht hat.»

«Aha, um den Deputierten handelt es sich? Ja, jetzt kommt's mir wieder in den Sinn. Unsereins hat so viele Sorgen, daß einem solche Dummheiten leicht entfallen können. Du brauchst ihn bloß hier zu erwarten, deinen Deputierten, in unserem Eßzimmer, und wenn euch dann der Kitzel kommt, kann euch ja der Bub eine Schütte Stroh im Stall hinlegen. Wir wollen dir nicht im Wege stehen, wenn du deinem Broterwerb nachgehen willst, das kannst du dir wohl denken.»

Sephs Tochter lief glutrot an, sie gab sich alle Mühe, ihren Zorn zu verwinden, aber schließlich übermannte sie doch die Wut.

«Zu freundlich von Euch, Adelaide, aber ich kann nicht gut verlangen, daß Ihr uns Euer Bett abtretet.»

Im Handumdrehen artete das Gespräch in eine hitzige Auseinandersetzung aus. Als Juliette dazukam, prophezeite ihre Mutter gerade der Marguerite, sie werde nicht ewig an ihrem Hintern nur Lust und Wonne zu spüren kriegen, denn wie bald werde sich schon der Aussatz darin breitmachen und ihn zerfressen. Und Sephs Tochter ihrerseits ließ durchblicken, ihr Gesäß sei ihres Wissens sauberer als Adelaides Maul. Juliette trat zwischen die beiden Frauen, umarmte Marguerite, gab ihr einen Kuß und sagte friedfertig:

«Es ist höchste Zeit, daß ich komme. Ihr hättet euch sonst am Ende noch gezankt.»

«Ein wenig ist es meine Schuld», gab Marguerite zu, die sich bereits wieder leidlich gefaßt hatte. «Ich habe mich vielleicht ein bißchen schlecht verständlich gemacht.»

Die Adelaide schöpfte aus einem vielsagenden Blick ihrer Tochter die Kraft zu einem diplomatischen Entschluß.

«Hier ist auch nicht der Ort für eine Besprechung, bei der heißen Sonne ...»

«So ist es», bekräftigte Juliette, «komm doch auf einen Augenblick herein, Marguerite.»

«Ich lasse euch beide allein», sagte die Mutter im Weggehen. «Ihr könnt ja ins Eßzimmer gehen. Das Feuer brennt unter der Waschmaschine seit heute früh, und in der Küche ist es fast so heiß wie hier draußen im Hof.»

Sephs Tochter schaute sich mit ehrerbietiger Neugier im Eßzimmer um, das noch nie ein Maloret hatte betreten dürfen. Während sie Juliette den Zweck ihres Besuchs auseinandersetzte, bewunderte sie das Büffet, den runden Tisch, die kannelierten Stühle und die vergoldete Stutzuhr, und dachte mit keinem Gedanken daran, die Mahagonimöbel, die Valtier ihr angeschafft hatte, dagegen ins Treffen zu führen. Sie zeigte auf die beiden Bildnisse, die über dem Kamin hingen, und fragte:

«Sind das berühmte Männer?»

«Ja», antwortete Juliette. «Der rechts ist Jules Grévy, und links hängt Gambetta.»

«Und die grüne Stute?»

«Die hing früher da, zwischen den beiden. Jetzt ist sie in Saint-Margelon bei meinem Onkel Ferdinand. Wenn du die Photographie sehen willst ...»

Juliette holte aus dem Büffet ein leinengebundenes Album, legte es auf den Tisch und blätterte darin. Auf den ersten Seiten sah Marguerite einen Freischärler mit einer flachen Mütze; er stand keck und todesmutig da, auf den Lauf seiner Flinte gestützt.

«Das ist dein Vater?»

«Ja», erwiderte Juliette.

«Gut sieht er aus, der Honoré. Laß noch einmal sehen ... Er hat sich fast gar nicht verändert.»

«Es sind immerhin mehr als fünfzehn Jahre her; aber du hast recht, er hat sich fast gar nicht verändert.»

Marguerite tat es leid, daß sie nicht eine Stunde früher gekommen war, und sie hätte sich am liebsten bei jeder Seite des Albums lange verweilt. Sie ging rings um das Zimmer, schaute sich genau um und ließ alles auf sich wirken; zuletzt blieb sie vor der Uhr stehen und sagte:

«Weißt du, die Uhr geht nicht mehr ...»

Juliette warf einen Blick auf die vergoldeten Bronzefiguren, und ihr Herz klopfte spürbar, als sie daran dachte, daß ja der Brief darunter lag. Marguerite strich mit den Fingerspitzen über die Glashülle und getraute sich nicht, einzugestehen, wie gerne sie das Uhrwerk aufgezogen hätte.

«Herr Valtier kommt also morgen um halb zwei hierher?» fing Juliette an.

«Nein, erst um drei Uhr, und bestimmt nicht früher. Er soll mit deinem Onkel nach dem Mittagessen in Saint-Margelon abfahren.»

«Um halb zwei», beharrte Juliette und wurde dabei rot, «mein Onkel hat es uns gestern geschrieben. Wenn's dir recht ist, hole ich dich gegen ein Uhr ab.»

Marguerite lächelte und faßte Juliette um den Leib.

«Das wird das erste Mal sein, daß du mich abholst, nicht wahr? Als wir noch in die Schule gingen, wartete ich immer auf der Landstraße auf dich, vorne am Weg, der zu unserem Haus hinführt, und wenn du schon vorbeigegangen warst, legtest du einen Stein am Fuß des ersten Apfelbaums hin. Aber nie hast du auf mich gewartet, du ...»

Ihre Stimme klang sanft, und Juliette ließ sich zutraulich an die geblümte Schürze hinsinken, während sie mit zärtlicher Überraschung in die lachenden Augen der Tochter Sephs schaute.

«Manchmal gingen wir ganz allein aus der Schule nach Hause», flüsterte Marguerite, «dann kamen wir durch den Fußweg zwischen den Hecken, weißt du noch ...»

Ihre Wange streifte Juliettes Wange, sie tat die Arme auf und wollte sie mit einer raschen Bewegung um den Hals nehmen. Juliettes Gesicht glühte, sie war feuerrot geworden und spürte ein leises Lustgefühl und ein vages Hingabeverlangen in sich aufsteigen; dann aber stieß sie Marguerite und ihre liebreich geöffneten Arme zurück und hielt sie sich vom Leibe.

«Es ist gleich Mittag. Du darfst nicht zu spät kommen.»

Marguerite zwinkerte mit den Wimpern und versuchte ein paar Tränlein herauszudrücken, die aber nicht kommen wollten. Dann murmelte sie:

«Also du kommst und holst mich ab, wie verabredet... So hast du wenigstens Gelegenheit, den Noël zu sehen. Du liebst ihn, was?»

Juliette ließ ihre Arme sinken und machte Miene wegzugehen.

«Gehab dich doch nicht so, du kannst es mir schon sagen», drängte Marguerite. «Du hast ihn lieb...»

«Und Valtier? Hast du ihn lieb?»

Sephs Tochter schlug eine Lache an.

«Oh, bei mir ist's nicht das gleiche! Du weißt ja, was ich bin, und deine Mutter hat es mir deutlich zu verstehen gegeben, vorhin...»

Dann hob sie ihren Rock auf und ließ ihre baumwollenen Strümpfe und die spitzenbesetzten Höschen sehen, lachte noch einmal schrill auf und setzte hinzu:

«Aber ich klage nicht, das kannst du mir glauben.»

Juliette und ihre Mutter schauten Marguerite nach, bis sie an der Wegbiegung verschwunden war. Da kam Honoré in den Hof herein. Alexis half Gustav und Klotilde, die Kühe in den Stall zu treiben. Mit nachdenklicher Miene erstattete Juliette ihrem Vater Bericht über Marguerites Besuch.

«Ich habe noch nie ein so unverschämtes Geschöpf gesehen», gab die Adelaide ihren Senf dazu. «Du hättest hören sollen, wie sie mit mir geredet hat, sie hat so eine Art, als drohe sie uns allen! Sie meinen eben, sie können sich alles herausnehmen, seit Ferdinands Brief ihnen in die Hände geraten ist...»

«Sie ist höchstwahrscheinlich nicht auf dem laufenden», meinte Honoré. «Es würde mich schon wundernehmen, wenn Seph ihr alles gesagt hätte. Er ist doch sonst so vorsichtig.»

«Wir müssen schon annehmen, daß sie's weiß... Du brauchst bloß Juliette zu fragen, wie sie mich behandelt hat.»

«Bestimmt weiß sie es», pflichtete Juliette ihr bei. «Der beste Beweis dafür ist, daß sie mich vorhin gefragt hat, was ich eigentlich mit Noël vorhabe, und es sah ganz so aus, als habe sie da zu befehlen... Kurz und gut, da gibt's nichts dran zu rütteln. Sie haben den Brief, und sie werden ihn verwenden.»

Honoré biß wütend auf seinen Schnurrbart und brummelte dumpfe Drohungen vor sich hin. Klotilde und ihre beiden Brüder waren auch herzugetreten und verfolgten mit brennender Anteilnahme das Gespräch.

«Sie nützen es aus, daß Ernest nicht mehr da ist», stichelte Alexis hinterlistig, «und daß ihnen niemand mehr den Meister zeigen kann.»

Sein Vater warf dem vorlauten Knirps einen unheilverkündenden Blick zu, vor dem er ängstlich zurückwich, aber Klotilde verkündete nun leichthin, als wäre nichts dabei:

«Papa, vorhin hat der Tintin Maloret versucht, mich unter dem Rock anzurühren.»

Die Adelaide stieß einen Entsetzensschrei aus. Man umringte im Kreise die Kleine.

«Er hat mich anrühren wollen», sagte sie noch einmal.

«Ist das wahr, Gustav?» brüllte der Vater. «Aber so sag doch etwas!»

«Ich weiß nicht», stammelte Gustav. Es war ihm offensichtlich peinlich. «Ich habe es nicht recht gesehen. Möglich ist es schon, aber ich habe es nicht recht gesehen.»

Er spürte aber, daß seine Antwort allgemein enttäuschte, und beeilte sich darum, hinzuzufügen:

«Wundernehmen würde es mich ja nicht. Der Tintin ist so einer... Er schämt sich sogar kein bißchen und läßt vor den Mädchen die Hosen herunter, und das habe ich selbst gesehen, das kann ich schon sagen.»

Diese letzte Bezichtigung galt für alle Hüterbuben auf der Weide draußen, und auch Gustav war um kein Haar besser. Aber sie wurde mit einem Gemurmel grausenden Mißfallens aufgenommen. Die Adelaide nahm ihr Töchterlein in die Arme und versprach ihm, es müsse nie wieder auf die Weide gehen. Klotilde, die eine solche Möglichkeit nicht vorausgesehen hatte, wollte auf ihre Erklärung zurückkommen, aber die Mutter trug sie in die Küche hinaus und übertönte ihr Jammergeschrei mit ihrem Gezeter.

Honoré blieb regungslos stehen, verkrampfte seine schwieligen Hände und ließ einen blutdürstigen Blick über die im Sonnenglast liegende Ebene hinschweifen. Juliette trat zu ihm und sagte leise:

«Ich habe der Marguerite gesagt, ich hole sie morgen um ein Uhr ab, damit sie um halb zwei hier sei.»

Was die Stute zu erzählen weiß

In Claquebue lebten fünfundneunzig Familien. Da gab es die Dur, die Corenpot, die Rousselier, die Haudouin, die Maloret, die Messelon... Aber ich muß wohl oder übel ein paar davon unerwähnt lassen. Haß oder Freundschaft, die zwischen der einen Familie und der andern bestanden, beriefen sich auf verschiedene vorgebliche Ursachen: eigensüchtige Beweggründe, Interessen, politische oder religiöse Anschauungen. In Wirklichkeit spiegelten diese Gefühle vornehmlich gewisse sinnliche Veranlagungen wider. Der Pfarrer von Claquebue wußte das wohl. In seiner seelsorgerischen Politik kümmerte er sich sehr um Vorliebe und Eigenart des Liebeslebens in jeder Familie, und er ordnete sie in drei Kategorien ein, wie ich sie nachstehend aufführe: die einen hatten eine unkatholische Art, an die Freuden der Liebe zu denken oder sich ihnen hinzugeben; diese Familien waren für die Kirche abgeschrieben, und ihre besten Vertreter, auch wenn sie noch so fromme

Kirchgänger waren, bildeten gleichwohl noch eine Gefahr für die Religion. Die andern, im Gegensatz zu ihnen, ergaben sich den sündigen Wonnen der Fleischeslust mit der Mäßigung und Bescheidenheit, die wahre Gottesfurcht eingibt. Es waren vielgeplagte Familien, die er mit wenig Mühe auf dem rechten Weg erhielt. Ihre Vertreter, vom guten Strom dahingetragen, konnten sich fast gefahrlos zu den ärgsten und schwärzesten Sünden gehenlassen, ihre Verfehlungen waren stets nur Seitensprünge ohne Belang. Endlich gab es zwischen diesen beiden Polen, und mit Abstufungen und Unterschieden, die zögernden Familien, die hin und her gerissen wurden, die sündigten, sich wieder auffingen und hernach wieder in Sünde fielen. Sie bildeten die Großzahl und erforderten seine ganze betreuende Fürsorge und Wachsamkeit.

Der Pfarrer war als einziger zur Erkenntnis gekommen, daß die Familien in Claquebue ihre eigenen, ganz besondern sexuellen Physiognomien besaßen, und er gruppierte sie, zur Erleichterung seiner Aufgabe, in drei Kategorien. Die Familien selbst hatten davon lediglich eine ganz instinktive Kenntnis, wie auch die einzelnen Familienglieder. Dessenungeachtet beurteilte Honoré, wenn er von den Maloret sagte, sie seien samt und sonders Schweine, diese Sippschaft nicht nur so aufs Geratewohl, nein, er bezeichnete damit bloß, ohne es freilich vollbewußt und sich selber klar auszusagen, eine sinnliche Anlage und Eigenart, die seiner Familie fremd und unverständlich war und ihn deshalb abstieß.

Die Glieder einer und derselben Familie – und unter Familie muß man immer den Haushalt verstehen – mochten wohl nicht die gleichen Neigungen und denselben Geschmack in der Liebe haben, der Vater konnte beispielsweise blonden oder üppigen Weibern den Vorzug geben, die Söhne wiederum braune und eher magere Frauen bevorzugen, so eignete doch jedem Haus, als wären sie alle ein einziges Fleisch und Blut gewesen, gewisse tiefempfundene Anziehungskräfte oder bestimmte Abneigungen, die sich einem andern Haushalt gegenüber geltend machten. In dieser Hinsicht hatte somit der Fall der Haudouin und der Maloret nichts, was ihn zu einem Ausnahmefall stempelte. Es fehlte nicht an anderen, die, allerdings weniger augenfällig, den Klarblick des Pfarrers erhärteten. Mitten im Dorfkern stand das Haus der Dur, dem der Berthier benachbart. Die Dur – wildwütende Anhänger der Soutane, die Dur! – hatten einen halbwüchsigen Sohn und zwei Töchter. Der junge Dur hatte ein Berthiermädchen entjungfert und bewahrte immer noch eine wollüstige Erinnerung daran. Das ältere von den beiden Mädchen legte eine aufrichtige und unverhohlene Abneigung gegen die männlichen Berthier an den Tag, und die jüngere, ein vierzehnjähriges Ding, gewährte dem alten Bertier, einem Siebziger, den seine Rheumatismen krumm gebogen hatten, ein Schäferstündchen ums andere; doch unternahm er dabei nichts, was tiefer ging. Dem Anschein nach waren die Glieder der Familie Dur recht verschieden für oder gegen die Berthier eingenommen. Was verschlug's? Wenn der alte Dur, der Vater, gegen die Berthier loszog und wutschäumend dieses Revoluzzerpack verfluchte, konnte er sich darauf verlassen, daß ihm seine Kinder verständnisvoll zuhörten; nicht eines von ihnen täuschte sich über den Sinn dieses Ausbruchs, der ein familieneigenes Mißtrauen und nachträgerisches Grollen wachrief. Sie fühlten sich alle in einem geschlechtlichen Sonderbereich bedroht, einer Gemeinschaft kleiner Schweinigeleien, einer ihnen allein bekannten und vertrauten Eigenart, sich ganz leise mit ihren Sehnsüchten und Gelüsten zu unterhalten, ihnen heimlich und im Dunkeln zu frönen, wie es die Schamhaftigkeit erheischte. Sie fühlten sich bedroht durch eine gewisse zynische Art der Berthier, die nicht nur in ihren Reden allein lag, sondern auch in ihren Blicken, ja sogar in ihrem Schweigen. Bei diesen Leuten schienen die Männer allezeit ihre Zippidilderiche, wie Jagdflinten schußbereit umgehängt vor sich her zu tragen, und man kam nicht darum herum, sich ihre Frauen immer nackt unter den Kleidern vorzustellen. Die Dur fühlten sich dadurch herabgesetzt; es wollte sie bedünken, als argwöhne die Familie Berthier allem, was sie sich an mittelmäßigen und schäbigen Schweinereien verziehen.

«Revoluzzerpack!» grollte und wetterte dann der alte Dur, der Vater. Aber mit der Politik hatte das wenig zu tun. Auch nicht damit, ob man oft oder nur selten zur Kirche ging. Die ersten Berthier, die gegen die Messe aufmuckten, wie auch die ersten Messelon, die sich öffentlich als Republikaner bekannten, hatten zunächst damit bekunden wollen, daß sie sich von gewissen Gewohnheiten lossagten, von hergebrachten Liebesbetätigungen und Vorstellungen. Wenn Berthier über die Dur in schäumende Wut geriet, wenn er gegen ihre pfäffischen Muckerallüren loszog, stand ihm jedesmal ein ausgesucht hämisches Schimpfwort zu Gebote, das sich auf die Sitzregion bezog, und die Art, wie er das Wort «Reaktionäre» betonte, drückte die ganze Mißachtung einer Liebesart aus, die er als lächerlich und unnatürlich verdächtigte. Übrigens hatten alle Republikaner (ich spreche hier von der Zeit vor fünfundvierzig Jahren, als die politischen Überzeugungen in Claquebue noch eine Frage der Epidermis waren), alle Republikaner also hatten ihre Gegner im Verdacht, sie seien zwar nicht gerade impotent, da sie sich immerhin fortpflanzten, aber sie müßten mit ihrer Manneskraft doch sparsam haushalten und regelrecht geizen. Die Reaktionäre ihrerseits betrachteten sie als Schlingel und Vielfraße, als nimmersatte und ewiggierige, allezeit auf das Beischlafen versessene hirnwütige Gesellen, die sich um das Jenseits keinerlei Gedanken machten, und sie verspürten ein eifersüchtiges Neidgefühl, wie etwa eine ehrbare

Frau es empfindet, wenn sie eine Dirne sieht, die ihren Leib dem erstbesten preisgibt.

«Revoluzzerpack» tobte der alte Dur. «Pfaffenknechte und Mukker!» höhnte Berthier. Ja, wo denkst du hin! Barer Unsinn und leeres Gewäsche! Wie wenn es möglich wäre, daß zwei Familien sechzig Jahre wie Hund und Katze miteinander leben, ohne einen andern triftigen Grund als Gründe der Politik oder des Beichtstuhls. Männer und Frauen wie die Berthier, Dur, Corenpot, Rousselier, die täglich sechzehn Stunden im Schweiße ihres Angesichts auf dem Feld krüppeln und schuften, daß ihnen das Liegen weh tut, die nur von ihrer leiblichen Mühsal etwas zu erwarten haben, finden gewiß keine Zeit, die Ewigkeit oder die Außenpolitik durch ein Vergrößerungsglas zu betrachten. In Claquebue entstanden die ehrlichen Überzeugungen, waren sie nun politisch oder religiös, im Unterleib. Die Ansichten, die im Hirn gediehen, waren stets nichts anderes als berechnende Kniffe, vorläufige Listen, die weder Haß noch Freundschaft in Mitleidenschaft zogen. Man wechselte sie bei Gelegenheit, wie es der alte Haudouin so trefflich verstand. Die Leute verschrieben sich dem Radikalismus, dem Klerikalismus, dem Royalismus oder dem General Boulanger, wie sie etwa einen Grenzstein frischweg als Vorwand benützten, um nach außen hin zu bekräftigen, daß man sich in ihren Familien darüber einig war, der Liebe auf eine bestimmte Art zu pflegen. Die Messelon waren wildwütende Parteigänger Elsaß-Lothringens, sie waren Tyrannengegner und Pfaffenfeinde, weil das für sie auch eine Art des Liebesgenusses war. Für den alten Philibert war's sogar die einzige, und er frönte ihr bis zu seinem letzten Atemzug.

Zur Zeit, als ich noch in Claquebue war, habe ich «Fähnrich», einen Stier des alten Haudouin, gekannt (seither heißen alle Bullen in der Familie stets «Fähnrich»), einen preisgekrönten Zuchtstier. Von meinem Ehrenplatz, wo ich zwischen Jules Grévy und Gambetta an der Wand hing, habe ich ihn oftmals bewundert und zuweilen in der hitzigen Ausübung seines hehren Amtes bestaunt. Alles, was sich vor seinen Augen bewegte, alles, was auch nur ein bißchen grellfarbig war, erregte seine Wut, und dann mußte man ihn aus Leibeskräften festhalten, damit er nicht drauflos schoß. «Fähnrich» ging in sein achtes Jahr, als der Großvater Haudouin sich entschloß, ihn für die Schlächterei zu mästen, und Ferdinand kam eigens aus Saint-Margelon herüber, um ihn zu kastrieren. Acht Tage später sah ich den Bullen vor den Fenstern des Eßzimmers vorbeitrotten. Der arme Fähnrich ... er war nichts mehr als ein fetter Pfingstochse. Die Gassenbuben spazierten ihm vor der Nase herum, die Hunde liefen ihm zwischen den Beinen hindurch, und man hätte vor seinen Augen ein mächtiges rotes Tuch schwenken können, er hätte deswegen nicht weniger friedlich wiedergekäut. Fähnrich hatte keine politischen Überzeugungen mehr.

Von den Dur, den Berthier und von Fähnrich habe ich nur gesprochen, um mich bequemer hinsichtlich der Haudouin und der Maloret verständlich zu machen. Vor 70 hatte zwischen ihnen keinerlei Grund zu Zwistigkeiten bestanden. Sie hatten sich nie um ein Feld oder eine Frau gestritten. Wenn sie einander gelegentlich begegneten, wechselten sie lauter höfliche, wenn nicht freundschaftliche Worte. Der Haß zeigte sich vornehmlich im Innern des Hauses, wo jeder sich seinen Liebesgewohnheiten, seinen Familienüberlieferungen näher fühlte. Es gab Abende, wo alle Haudouin in der Küche beisammensaßen und der Name Maloret, der ganz unabsichtlich fiel, das unheimliche Gefühl einer schleichenden Gefahr aufkommen ließ, die von dem feindlichen Haus ausging. Das Fleisch war gleichsam in Erwartung einer heimtückischen Umarmung, einer unliebsamen, widerwärtigen Umschlingung, die man aber doch ein wenig erhoffte. Dieses Gefühl, das zwar jedesmal nur kurz und flüchtig spürbar war, ließ beängstigende und verworrene Bilder aufleben. Die Familie Haudouin stellte sich dann gewisse Verrichtungen und Haltungen, nicht etwa Sephs oder Noëls oder der Anais, sondern der Familie Maloret insgesamt vor, und das war eine Vision, die über jede gewohnte Wirklichkeit hinausging. Wenn der alte Haudouin von den Maloret sagte, sie seien sonderbar veranlagte Heilige, so hätte er die Gründe für sein Mißtrauen nicht genau angeben können, aber seine Worte betrafen den ganzen Haushalt.

Was mit dazu beigetragen hatte, Honoré die Messe zu verleiden, was auch seine Frau und seine Kinder daran störte und daraus vertrieb, war der Maloret Anwesenheit in der Kirche. Sie gingen zum Tisch des Herrn wie Heißhungrige, fuhren immer als die ersten von ihren Bänken auf, alle zusammen, wie ein Mann, die ganze Familie. Jedesmal waren sie zuvorderst und wollten obenauf schwingen, und sozusagen den Rahm abschöpfen, und wenn sie dann an ihre Plätze zurückgingen, sahen sie aus, als hätten sie den lieben Gott ergattert und für sich allein mit Beschlag belegt, als hielten sie ihn in ihren Mägen eingesperrt und gedächten ihn auszuspielen, um für sich dabei allerlei Ablaß und Sündenvergebung bezüglich ihrer Schlafzimmermissetaten herauszuschinden. Das schien den Haudouin sonnenklar und mit Händen zu greifen, und Honoré verlieh diesem Eindruck seiner Angehörigen beredte Worte, wenn er, kam ihn einmal die Laune an, seinem Witz und Übermut die Zügel schießen zu lassen, erzählte, wie Seph Maloret seiner Tochter den Jungfernkranz geraubt hatte.

«An dem Tag, von dem ich jetzt rede, kam er mit Marguerite aus der Vespermette heim, und weil er sie in Muße hatte auf der Mädchenbank betrachten können, mit ihrer knospenden Jungmädchenbrust, die sie seit dem vergangenen Jahr besaß, waren ihm so allerlei Gedanken und Vorstellungen aufgestiegen, dem Seph. Zu Hause angekommen, sagte er zu seiner Frau:

«Anais, geh doch geschwind zum Herrn Pfarrer und bring ihm ein Huhn, das macht ihm Freude, dem wackeren Mann. Ich will in der Zwischenzeit dem Mädel etwas beibringen, was ihm späterhin nützlich sein kann, wenn es einmal mehr Verständnis dafür hat.»

Kaum war die Anais aus dem Haus, so schubst der Seph die Marguerite zuhinterst in die Küche, und schon läßt er seine Hosen herunter, und das Mädel fängt an, herzzerbrechend zu schluchzen.

«Papa, du hast vielleicht nicht dran gedacht, daß ich bei den Marienkindern bin?»

Dem Seph war der Kamm schon nicht mehr so geschwollen, und er kratzte sich hinter den Ohren und hielt mit der andern Hand seine Hosen fest. Du weißt ja, wie er's mit der Religion hält, und daß er da keinen Spaß versteht. Und das war nun allerdings bedenklich und nicht auf die leichte Achsel zu nehmen, daß nämlich seine Tochter zu den Marienkindern gehörte.

«Ich nehme alles auf mich», sagte er und hob ihr den Rock auf, so daß sie den blanken Hintern zeigte. «Sprich dein Gebet und bete auch für mich.»

Die Kleine hatte schon einen ganzen Rosenkranz abgebetet, und er verlor allmählich die Geduld.

«Bist du bald fertig? Wird's endlich?»

«Noch ein kleines Ave, Papa...»

Ein Ave verging, das sie möglichst in die Länge zog, während sie dazu ihre Tränen hinaufschnupfte.

«Kommst du jetzt endlich einmal?»

«Noch ein kleines Vaterunser, Papa!»

«Es reicht jetzt», meinte Seph, und packte sie mit seinen Pratzen, «im Namen des Vaters...»

Die Einzelheiten waren pure Erfindung, doch entsprachen sie bis ins letzte der Vorstellung, die man sich in der Familie Haudouin von der winkelzügigen Unverschämtheit der Maloret machte, die sich, so machte es zumindest den Anschein, den bedauerlichsten Verirrungen und unflätigsten Verworfenheiten immer nur mit Gottes Segen und Einverständnis ergaben. Sogar der Veterinär, der doch nicht eigentlich zum Hause gehörte und auch nie, ohne zu erröten und lebhaft dagegen aufzubegehren, eine derart schlüpfrige und anstößige Geschichte anhören konnte, fand daran etwas, was ihn mit Befriedigung erfüllte.

Bis Anno 70 hatten somit die beiden Familien nur dunkle und zeitweilige Erleuchtungen über die besondere Art des Hasses, der sie trennte. Als erster wurde sich Seph völlig und eindeutig darüber klar, als er der deutschen Patrouille begegnete. Diese Abteilung mit den kantigen, scharfgeprägten Gesichtern, die da in Reih und Glied und mit dem taktfesten Marschtritt ihrer Halbstiefel auf ihn zukam, beeindruckte ihn durch ihre männliche Gewalttätigkeit. Die Gerüchte von Plünderungen und Notzüchtigungen, die im Lande umliefen, kamen ihm in den Sinn, er stellte sich Haudouins Haus vor, in das sich verstohlen zwei Freischärler eingeschlichen hatten, es dünkte ihn auf einmal schwach und verwundbar wie eine Frau, die eine ehrenhafte Lüge quält, und er sah eine willkommene Gelegenheit für einen Mann. Plötzlich packte ihn eine unbezwingliche Lust, ein jähes, heftiges Verlangen, diese Männer auf das Haus zu hetzen, ihnen seine unbändige Lust, die Haudouin herabzuwürdigen und sie sozusagen im Mutterleibe zu demütigen, zu übertragen. Seph wollte Honorés Tod keineswegs, und hätte er Zeit zum Überlegen gehabt, so hätte er ihn bestimmt nicht verraten. Als ihn aber der Führer der Abteilung verhörte, kam ihm die Antwort über die Lippen, ohne daß er sie hätte zurückhalten können. Honoré war tief betrübt über das Unglück, in das seine Mutter da geraten war, und mehr noch darüber, daß er dabei hatte Augen- und Ohrenzeuge sein müssen. Immerhin nahm der Vorfall in seinen Augen nicht die Ausmaße einer Katastrophe an, und er dachte nicht im Traum daran, daß seine Mutter dadurch entehrt sein konnte, zumal er die Lust berücksichtigte, die sie ja mit dem Bayern genossen hatte. Er hätte sogar ganz einfach die Erinnerung an dieses Geschehnis verdrängt, hätte es unter die Zufälligkeiten und Vorkommnisse eingereiht, die ein Krieg eben mit sich bringt, wenn nicht Sephs Verrat daran Schuld getragen hätte. Denn Honoré täuschte sich darin nicht. So abwegig, so absurd das, wenn man sich's genauer überlegte, auch scheinen mochte, so hatte er doch das untrügliche Gefühl, daß der Verrat mit der Absicht einer sexuellen Gewalttat verquickt gewesen war, ja, daß sogar keinerlei anderer Zweck dahinter steckte. Ohne daß er es hätte in Worte fassen können, war er doch zutiefst überzeugt, daß die Familie Maloret sich die Freude verschafft hatte, seine Mutter vertretungsweise zu notzüchtigen.

Madame Haudouin, das Opfer dieser Vergewaltigung, hatte allein das Geschehene gebeichtet. Seph hatte es nicht für angebracht erachtet, sich dieser Tat zu bezichtigen, denn er sagte sich, bei dieser ganzen Geschichte habe er lediglich dem Bayern die Wahrheit gesagt, was diesmal zu seinem Vorteil war, denn es gibt keine fromme Lüge, nicht einmal im Falle einer Unterlassung. Der Pfarrer von Claquebue, der durch Honorés Mutter hinreichend im Bilde war, wußte recht wohl um den Haß, der zwischen den beiden Familien schwelte und in einen Zwist, wenn nicht gar in einen Skandal auszuarten drohte. Nach reiflicher Überlegung hatte er keinen Vorwand, einzuschreiten oder vorzubeugen, gefunden, und das tat ihm arg leid. Er begnügte sich damit, für den Sieg der Familie Maloret zu beten, die zur Kategorie der ganz verläßlichen Leute gehörte, und er rief den Segen des lieben Gottes auf ihre Häupter herab.

14

Um halb ein Uhr räumten die Anais und ihre Tochter schon den Tisch ab. Tintin schaute neidvoll seinem Vater und seinem Bruder zu, die sich, nackt bis zum Gürtel, auf beiden Seiten des Fensters den Bart schabten. In einem Winkel der Küche hatte die Anais zwei saubere Hemden aufs Bett gelegt. Seph legte den Rasierpinsel auf das Fenstersims und sagte mit einem vielsagenden Blick auf seine Tochter:

«Höchste Zeit, daß wir uns endlich ein Pferd kaufen.»

Marguerite beschrieb derweil mit gedämpfter Stimme ihrer Mutter das Eßzimmer der Haudouin.

Seph ließ nicht locker: «Wenn ich übriges Geld hätte, würde ich mir bestimmt ein Pferd anschaffen.»

Marguerite tat, als gehe sie dieser Ausspruch nichts an. Seph verlieh daraufhin seinem Gedanken genauer Ausdruck und verquickte ihn mit einem Vorschlag, der im Familienkreis bereits erörtert worden war:

«Auch wegen der Briefträgerstelle muß man ihm sagen, wie es damit steht. Déodat ist jetzt im Alter, wo er abtreten kann, und Noël würde den Dienst genauso gut wie jeder andere versehen.»

«Aber ich habe dir doch versprochen, ich wolle mit ihm darüber sprechen», sagte Marguerite ein wenig ungeduldig.

«Es ist nicht damit getan, daß du mit ihm darüber sprichst, du mußt es auch durchsetzen. Desgleichen wegen des Gauls ...»

«Du wirst doch nicht im Ernst glauben, daß er dir ein Pferd kauft?»

Von der allzu entschiedenen Form, die sie ihrem Einwand gab, aufgebracht, gönnte ihr der Vater keine Antwort und zog sein Rasiermesser auf der Handfläche ab. Der Gedanke, daß seine Tochter einen ganzen Nachmittag lang über den Abgeordneten würde verfügen können, ließ ihn fiebern. So setzte er denn, nach einem schicklichen Schweigen, wieder von neuem an:

«Es gibt Dinge, die du immerhin begreifen mußt. Seit du hier bist, haben wir allerlei Unkosten, das ist nicht zu vermeiden.»

«Ich zahle euch doch aber mehr als genug ...»

«Ich rede jetzt gar nicht vom Zahlen. Aber wir haben Mehrkosten. Die Arbeit geht nicht so rüstig vonstatten, der Tagesverlauf und alle Lebensgewohnheiten sind geändert, wir essen notgedrungen anders, und das alles kostet Geld. Man muß auch in Betracht ziehen, daß wir dich aufgezogen haben ... Ohne daß es besonders auffällt, rast die Zeit dahin. Ich habe das Pferd erwähnt, wie ich mit dir über eine Kuh oder sonst irgend etwas sprechen würde, aber von einem Pferd hättest du ebensoviel Nutzen wie wir ...»

Er schabte mit dem Rasiermesser über die linke Backe. Noël auf der andern Seite des Fensters war an der rechten Wange. Die Anais betrachtete ihre Tochter mit bekümmertem Herzen. Sie hätte diese Liebe, die sie sich als etwas Herzinniges und unsagbar Herrliches vorstellte, doch so gerne gegen die Raffgier des Vaters in Schutz genommen, aber nur schon das Kratzen und Schaben auf der Haut der Mannsbilder erfüllte sie mit Angst. Bevor Seph zur andern Backe überging, sagte er noch:

«Wegen eines Tabakvertriebs kannst du dich auch grade noch erkundigen. Schließlich verdiene ich ihn genauso gut wie viele andere. Ich habe drei Kinder und kann immer noch Kinder kriegen. Ich habe meinen Vater verloren und einen fast erwachsenen Sohn. Kurz, man muß eben verstehen, ihm das mundgerecht zu machen. Wenn man nichts verlangt, bekommt man nichts. Und dann hat er vielleicht noch andere Ämtlein zu vergeben als nur einen Tabakverschleiß. Darüber sollst du ihn just ausholen.»

Da trat die Mutter einen Schritt näher zum Fenster und legte sich mit schüchterner Stimme ins Mittel:

«Glaubst du nicht, es wäre gescheiter, man käme ihm nicht mit so vielen Anliegen jetzt schon und brächte nicht alles aufs Mal vor? Sollte man nicht eher warten, bis sie verheiratet sind?...»

Noël drehte sich mit erhobenem Rasiermesser zu seiner Schwester um und grinste:

«Verheiratet? Ja, im Jahr, wo die Ernte auf Lichtmeß fällt!»

Seph warf ihm einen bösen Blick zu und runzelte die Brauen. Er wußte genauso gut wie Noël, was er von dem Interesse zu halten hatte, das Valtier seiner Marguerite entgegenbrachte, aber er wollte nun einmal nicht, daß darüber geredet wurde. Übrigens bestand er bei allen vorkommenden Gelegenheiten auf der gleichen Zurückhaltung und Verschwiegenheit, denn er wußte aus Erfahrung, daß auch die fragwürdigsten und dubiosesten Situationen nicht peinlich zu sein brauchen, wenn man sie nur mit der erforderlichen Rücksichtnahme bespricht. Seph kannte den Wert der Höflichkeit und brachte es fertig, sein ganzes Leben lang zu tun, als wisse er nicht, daß sein Nachbar ein Verbrechen begangen hatte. In seinem Hause sprach man von Valtier immer, als sei er Marguerites Verlobter. Diese Redeweise tat treffliche Dienste, konnte aber nur die Anais täuschen. Und auch die Mutter glaubte keineswegs, daß es sich da um eine regelrechte Verlobung handle, vielmehr um eine Herzensneigung und einen Liebesbund, der für ihre Tochter höchst vorteilhaft und nutzbringend war, und dem einzig der Umstand, daß sie verschiedenen gesellschaftlichen Schichten angehörten, im Wege stand, auch standesamtlich gesegnet zu werden.

Die beiden Männer schlüpften in ihre sauberen Hemden und setzten sich, bis Juliette kam, links und rechts ans Fenster; es war ihnen recht unbehaglich, weil sie sich an einem Wochentag so sauber vorkamen.

«Man könnte meinen, sie sitzen beim Photographen», spöttelte Marguerite.

Die Anais, die noch gar nie photographiert worden war und seit dem gestrigen Abend vom Album der Haudouin träumte, ließ es sich nochmals beschreiben.

«Ist der Alexis auch drin?» erkundigte sich Tintin.

«Natürlich ist er drin», gab seine Schwester zur Antwort, «alle sind drin, sogar die Alten, die längst schon tot sind.»

«Ich möchte es gern einmal sehen, ihr Album», sagte die Anais.

Seph war nicht weniger neugierig als die Anais, er holte seine Tochter aus, versuchte sich die Gruppen nach ihren Erinnerungen auszumalen, machte seine Glossen dazu.

«Jules, der war ein schlauer Kerl und ein hartgesottener Bursche. Sein Sohn, der Honoré, sieht ihm nicht besonders ähnlich.»

«Honoré habe ich verschiedene Male im Album gesehen. Es ist eine Photographie dabei, auf der ist er als Freischärler abgebildet.»

Seph stand auf. Er mußte eine peinliche Erinnerung, die ihm unbehaglich war, verwinden.

«Du bist nicht dabeigewesen, bei den Freischärlern?» sagte der Tintin mit einem bedauernden Unterton.

«Ich? bei den Freischärlern? Weiß Gott, nein! Lauter Halunken, einer wie der andere, Tagediebe, die ihre Zeit mit Marodieren und Saufen zubrachten, das waren sie samt und sonders, diese Freischärler! Und sie haben es so bodenlos arg getrieben, daß die Leute schließlich froh waren, als die Preußen einmarschierten. In Chassenay haben sie, scheint's, drei Tage lang mit feilen Schlampen aus Saint-Margelon in der Kirche gewüstet. Und einen Heidenstolz hatten sie, weil sie ein Gewehr tragen durften! Honoré war ganz in seinem Element, weil er mit solchen Strolchen, wie die's waren, im Land herumzigeunern konnte. Und wenn er nicht erschossen worden ist, so hat er's doch hundertmal verdient.»

«Alles, was recht ist!» wandte die Anais ein, «Honoré ist keinesfalls der schlechte Kerl, wie du ihn hinstellst.»

«Ich sage, er hat's verdient! Und er hat noch Schlimmeres verdient, was ihm jetzt dann gleich blühen wird, was ihm bestimmt noch zustoßen soll ...»

Seph lachte unhörbar und schadenfroh in sich hinein und fuhr dann leise fort:

«Jawohl, es wird ihm sowieso passieren ... Vielleicht kann man nachher ein Wörtchen mit seiner Juliette reden, was meint ihr?»

Wieder lachte er sein unheilverkündendes Lachen. Marguerite bekam dabei ganz heiße Wangen. Sie lachte nun auch, schaute ihren Vater an und sagte:

«Das sagst du so, aber du sagst es bloß. Warte nur, bis nachher ... Da wirst du schon nicht mehr so groß angeben ...»

Noël stand auf und machte einen Schritt auf den Vater zu. Alle glaubten, er wolle ihm etwas sagen. Doch er setzte sich wieder hin und blieb stumm. Eine Zeitlang herrschte Stille in der Küche. Allen Maloret war es heiß bis hinter die Ohren. Mit barscher Stimme gebot der Vater dem Tintin:

«Mach, daß du hinauskommst! Du hast hier nichts zu suchen!»

Der Kleine wollte Zeit gewinnen, doch ein Blick des Vaters ließ ihn schleunigst zur Tür hinauswischen. Die Mutter ging unmittelbar nach ihm ebenfalls mit einem Henkelkorb am Arm weg. Marguerite saß auf einer Ecke des Tischs und lauschte, bis ihre Schritte allmählich nicht mehr zu hören waren; dann strich sie mit beiden Händen über ihre Brust und murmelte:

«Sie ist ein verflixt schönes, ein bildhübsches Mädel geworden. Gestern früh in ihrem Eßzimmer drüben habe ich sie an mich gedrückt, wißt ihr, ganz eng an mich gedrückt...»

Die Anais bog vom Weg, der zwischen den Apfelbäumen hinführte, auf die Landstraße ab. Juliette Haudouin, die vom Messelonhaus her kam, rief sie mit weithin hörbarer Stimme an. Die Anais wurde rot und schritt eiliger aus. Beim zweiten Anruf wandte sie den Kopf, blieb jedoch nicht stehen.

«Ich bin unterwegs für eine dringende Besorgung!» rief sie zurück und schwenkte ihren Korb.

«Marguerite?»

«Sie wartet zu Hause auf dich!»

Im Hof der Maloret angelangt, sah Juliette, daß die Fensterläden in der Küche geschlossen waren. Sie riß sie mit einem jähen Ruck auf und erblickte die beiden Männer, die zu beiden Seiten des Fensters saßen und ihr den Rücken zukehrten. Sie fuhren zur gleichen Zeit auf, belämmert und beschämt, weil sie ertappt wurden, während sie so auf der Lauer lagen.

«Ich sehe, ihr habt euch schöngemacht», lachte Juliette.

Sie maß sie von unten bis oben mit betonter Neugierde, und gleichzeitig spottlustig und mutwillig. Seph schien nicht darauf zu achten und lud sie freundlich und leutselig zum Eintreten ein:

«Komm doch einen Augenblick herein, Marguerite ist noch nicht mit dem Ankleiden fertig. Bleib doch nicht in der Sonne draußen.»

Noël nickte zustimmend zu der Aufforderung seines Vaters.

«Vor der Sonne ist mir nicht angst», erwiderte Juliette, «aber wenn ihr euch schon zu meinem Empfang so schöngemacht habt, will ich nicht draußen warten.»

Sie trat also vom Fenster weg, ging auf die Tür zu und stieß sie mit unbekümmerter Miene auf. Als sie in der Küche stand, waren die Läden schon wieder geschlossen, und sie spürte ein leichtes Herzklopfen.

«Bei der Hitze», sagte Seph, «muß man schön im Kühlen bleiben.»

Die beiden Männer standen beim Fenster im Dunkeln, sie konnte nur die hellen Flecken ihrer Hemden unterscheiden.

«Setz dich doch», sagte Noël und schob ihr einen Stuhl hin, «du wirst doch nicht stehen wollen...»

Juliette lehnte mit einem freundlichen Wort ab. Noëls Stimme hatte überraschend sanft geklungen, geheimnisvoll wie das Dunkel ringsum. Sie fühlte sich verwirrt durch die Gegenwart der beiden Männer mit ihren bedächtigen Gebärden, durch die Ruhe, die wie über einem tiefen Wasser in der finstern, kühlen Küche lag. Sie vergaß ihre hoffärtige Überheblichkeit, die sie draußen an der sengenden Sonne beseelt hatte, und gab sich einer verwegenen Verlockung hin. Noël ließ sich in einem bedächtigen, mürrischen Geraunze über die Gluthitze aus, die auf dem Land rundum drücke. Die hellen Hemden regten sich nicht. Juliette war bange, die beiden Männer könnten sich doch nicht heran getrauen und die Zeit unbenützt verstreichen lassen, eine wahre Panik packte sie beim Gedanken, die könnten am Ende ihre halbwegs schon willige und zur Strecke gebrachte Beute entkommen lassen. Obwohl sie nicht wagte, sie mit Worten herauszufordern, weil sie dabei womöglich aus ihrer beglückenden Betäubung erwacht wäre, wünschte sie doch zugleich auch in einem jäh aufprickelnden Verlangen, sie möchten spüren, wie aufgewühlt sie war. Nun schwieg Noël, und Seph redete von der Ernte, die jetzt in den Scheuern eingeheimst liege, und Juliette lauschte ihren wechselweise sprechenden Stimmen, die mit einem gleichmäßigen Schnurren die Küche erfüllten. Stumm und unhörbar machte sie drei Schritte gegen den hintern Teil der Küche, wo sie auf der Bettdecke das umgeschlagene Leintuch weiß schimmern sah. Dann machte sie halt und wartete. Die beiden Männer blieben an ihren Plätzen sitzen. Sie schlich abermals drei Schritte weiter, erreichte das Ende des langen Tisches und flüsterte:

«Wohl ist einem bei euch.»

Als sie am Fußende des Bettes stand, gerieten die hellen Hemden am andern Ende der Küche in Bewegung. Sie rückten langsam näher und machten gleichfalls von Zeit zu Zeit halt. Während sie näherkamen, redeten die beiden Männer weiter, mit der gleichen eintönigen, sanften Stimme. Juliette kuschelte sich in dem Winkel am Fußende des Bettes eng zusammen, sah sie immer näher herantreten, jeder auf einer Seite des Tisches. So ließ sie die Männer sich näherpirschen, erwartete sie ohne Ungeduld, aber willfährig und selig-bereit, und ihren Lippen entrang sich ein kleiner Klagelaut, der klang wie ein Lockruf. Und doch, als die zwei Männer unten am Tisch anlangten, rief sie:

«Marguerite!»

Seph grinste hämisch und keuchte:

«Ja, ja, ruf nur nach Marguerite, so ruf doch!»

Noch einmal rief Juliette:

«Marguerite!»

Jetzt standen sie neben ihr. Noël nahm ihren Kopf zwischen seine beiden Hände. Sie stieß ihn zurück, aber Seph packte sie so roh an den Schultern, daß sie spürte, wie sich seine Nägel in ihr Fleisch bohrten. Mit der andern Hand hielt er ihre Brust umfaßt und preßte sie zusammen, während er mit dumpf keuchender Stimme immer wieder ächzte:

«So ruf sie doch, die Marguerite...»

Noël keuchte und raste in verliebter Wut, er riß sie an den Haaren und flüsterte ihr heiße, gierige Worte ins Ohr. Sie spürte, wie schwielige Männerhände über ihren Leib strichen, wie sie tasteten, verweilten und beharrlich-ungestüm ihr Ziel suchten. Mit einem raschen, ungeduldigen Ruck schob Seph nun den Rock und ihr Hosenbein hoch; im Dunkeln schimmerte das weiße Fleisch vor den Augen der beiden Männer, die sich, Kopf an Kopf, vorbeugten und halb aus Angst, halb vor Ungeduld dämlich lachten. Ohne Juliettes Haare loszulassen, griff Noël mit der andern Hand zwischen die Beine des Höschens und zog das Mädchen zum Kopfende des Bettes empor, während der Vater schob und stieß, ihr die Hände fest an den Leib drückte und sie da festhielt.

«Man kann ja!» keuchte er. «He nun, man kann ja!»

«Laßt mich los!» ächzte Juliette. «Ich habe ja nicht wollen... Ich schwöre euch, ich habe nicht wollen...»

Sie mußte an Honoré denken, man erwartete sie doch zu Hause. Brennende Scham packte sie, überrieselte sie ganz. Aus Leibeskräften bäumte sie sich auf. Noël bekam einen Stoß ins Gesicht. Er fuhr zurück, zögerte, aber dann faßte er sich wieder und schmiß sie wutschäumend auf das Bett hin. Juliette schloß die Augen, ihre Brust hob sich in einem Aufschluchzen, Scham und Lust lähmten sie, sie erwartete ihr endgültiges Erliegen, da hörte man an die Tür klopfen. Die beiden Maloret ließen ihre Beute los und traten vom Bett zurück. Angst schnürte ihnen die Kehle zu, preßte ihr Herz zusammen. Juliette sprang auf die Füße und rief:

«Herein! Herein!»

Da stieß Déodat die Tür auf und sagte:

«Guten Tag beisammen, der Briefträger ist da.»

Und er lachte, weil wirklich der Briefträger da war. Er kam nicht etwa zufällig herein, nein, er war zu den Maloret gekommen, weil es seines Amtes als Briefträger war. Am Morgen war er nach Valbuisson aufgebrochen und dann gemächlich wieder zurückgekommen, mit seinem stetigen, bedächtigen Briefträgerschritt, die Tasche randvoll gefüllt mit Briefschaften. Zwischen Durs und Corenpots Gehöften hatte er sein Wasser abgeschlagen, obwohl es ihm eigentlich gar nicht so drum war, und diese Minuten wurden ihm auf einem unvergänglichen Konto unter seinen guten Werken gebucht. (Denn angenommen, er wäre zu früh gekommen...) Doch das wußte er nicht, er wußte überhaupt rein gar nichts, das war nicht seines Amtes. Die guten Briefträger wissen nie etwas, sie schlagen vor oder hinter irgendeiner Hecke ihr Wasser ab, damit basta. Nachher war er zu Berthier, zu Russillon hineingegangen und dann in den Apfelbaumweg eingebogen, wie es seine Pflicht war. Die guten Briefträger kommen in die Küche herein, sagen: «Der Briefträger ist da», und schon sind die Mädchen sicher vor bösen Nachstellungen und befreit von argen Anschlägen. Das kommt daher, daß sie eben ihren Beruf gewissenhaft ausüben.

Seph und sein Junge waren außer sich vor Wut über die Furcht, die er ihnen eingejagt hatte, er aber schaute sie gemütsruhig mit seinen Porzellanaugen an.

«Ich komme zu spät», sagte er, «aber der Zug hatte heute mehr Verspätung als gewöhnlich. Ich bringe einen Brief für Marguerite.»

Juliette steckte ihr Haar wieder auf und blickte seinen großen runden Kopf an, den er, wie alle Welt, auf seinen Schultern trug. Im Augenblick neigte er ihn zur Seite, damit er besser in seiner Tasche nachsehen konnte; so sagte er wenigstens und tat, als sehe er nach; in Wirklichkeit aber tat er's ganz einfach darum, weil er ein lieber, guter Mensch war.

«Déodat, guter Freund, Ihr seid wirklich und wahrhaftig ein schmukker Briefträger!»

«Ich tue, was meines Amtes ist», erwiderte Déodat ohne jedes Aufheben, «ist die Marguerite nicht da?»

Seph streckte die Hand hin und wollte den Brief in Empfang nehmen.

«Sie ist noch nicht mit Ankleiden fertig», sagte da Juliette. «Ich möchte, daß Ihr bei mir im Hof bleibt und wartet, bis sie kommt. Gebt ihr dann ihren Brief nur selber.»

«Wie du meinst, Kind, und auf Wiedersehen, ihr beiden. Einen guten Tag wünsch' ich auch der Anais.»

Juliette schlug den beiden Maloret die Tür vor der Nase zu und streckte und räkelte sich im Sonnenschein.

«Déodat, Ihr seid ein lieber, lieber Mensch!»

«Man muß sich in acht nehmen, Kleine», brummte der Briefträger.

«Ihr wißt ja, ich bin nicht schuld daran.»

«Man muß sich in acht nehmen, mehr sag' ich nicht. Einmal, als du fünfjährig warst — ja, wie ich sage, fünfjährig warst du — da warst du zu Hause fortgelaufen, und ich fand dich in hellen Tränen im Wald auf der Landstraße nach Valbuisson. Und dann hatte ich dich an der Hand heimgebracht, als ich meinen Rundgang machte. Wäre meine Frau noch am Leben, sie würde sich noch daran erinnern, so gut wie ich. Sie hatte dir eine Birne geschenkt. Von dem Birnbaum an der Hausecke, du weißt schon, die Pfaffenbirnen. Die Frau hatte sie so gern.»

Marguerite trat aus dem Haus und umarmte Juliette.

«Ich habe einen Brief für dich», sagte der Briefträger.

Marguerite las den Brief und steckte ihn vorne in die Bluse, und dann gingen sie alle drei den Weg zwischen den Apfelbäumen hinunter. Als sie der Briefträger allein gelassen hatte, sagte Marguerite zu Juliette:

«Du hast Pech gehabt, daß er gerade im entscheidenden Augenblick hereingeplatzt ist... Du hast doch schon damit gerechnet, daß es soweit sei, nicht?»

«Du weißt schon, daß ich gar nicht wollte, und der beste Beweis dafür ist, daß ihr vorgesorgt hattet.»

«Man will nie, und dann ist man doch froh, wenn es passiert, wir dürfen bloß nicht daran schuld sein.»

«Sag das meinetwegen von dir, wenn du willst», brauste Juliette zornig auf.

«Aber nein doch, gerade auf dich würde das zutreffen... Ich bin nicht so kompliziert. Ich weiß, daß du dir's in den Kopf gesetzt hast, ich müsse mit deinem Vater schlafen. Siehst du, jetzt gehe ich zu ihm, weil mir das Spaß macht. Ganz abgesehen davon, daß Honoré auch froh sein wird, und ich begreife ihn gut...»

Juliette wurde rot, und Marguerite fuhr voll rachsüchtiger Wut fort:

«Mit einer Frau wie seiner muß es auch nicht lustig sein, tagtäglich und Nacht für Nacht zu schlafen.»

«Wenn du meinst, alle Männer seien wie bei dir zu Hause, so irrst du dich gewaltig! Meinem Vater ist das, was du da sagst, gänzlich Wurst!»

«Erstens einmal werden wir's ja sehen. Und zweitens: warum hast du mich eigentlich dann schon um ein Uhr abgeholt? Wenn Valtier doch erst um drei Uhr kommt?»

«Nein, nicht um drei, schon um ein Uhr. Ich habe nur getan, was mir der Onkel Ferdinand aufgetragen hat.»

Da zog Marguerite aus ihrem Blusenausschnitt den Brief, den ihr der Briefträger gebracht hatte.

«Ich habe gerade vorhin ein Briefchen von Valtier bekommen. Hör nur, was er mir schreibt: ‹Meine liebe kleine Maus. – Dein Dickerchen kann nicht am Donnerstag um drei Uhr in Claquebue sein, wie es ausgemacht war...› Siehst du? Und dann schreibt er, ich soll zu ihm nach Paris kommen, wohin man ihn früher gerufen hat, als er gedacht hatte. Aber er schreibt ausdrücklich: drei Uhr.»

«Dann reisest du also morgen schon ab?» fragte Juliette, der das gar nicht recht war.

«Nein, morgen nicht. Man reist doch nicht an einem Freitag. Ich verreise am Samstag vormittag, und ich bin recht froh. Es ist gar nicht lustig daheim, weißt du. Ein hübsches Mädchen kriegt da nicht oft, was es verdient, besonders zur Erntezeit. Du hast doch auch kein vergnügliches Leben, oder?»

Juliette zuckte die Achseln.

«Da fällt mir gerade ein», sagte sie, «wenn doch dein Deputierter nicht kommt, brauchst du dich eigentlich nicht mehr hinzubemühen.»

«Jetzt, wo wir schon bald angelangt sind, will ich auch nicht umkehren, ohne Honoré wenigstens guten Tag zu sagen.»

Als sie den Hof betraten, grüßte sie Haudouin vom Eßzimmerfenster aus, und Marguerite sagte anzüglich zu Juliette:

«Ich sehe, dein Vater hat ebenfalls ein sauberes Hemd angezogen!»

15

Mit einem herrlichen Wohlgefühl, und im Bewußtsein seiner frisch rasierten Wangen lehnte Honoré aus dem Fenster und empfing Marguerite mit einem breiten und frohen Willkommlächeln.

«Der Deputierte hat geschrieben, er komme nicht», erklärte Juliette mit wutbebender Stimme, «aber Marguerite hat trotzdem herkommen wollen. Ich glaube, sie ist noch toller als der Seph, und das will viel heißen!»

Ihre zornfunkelnden Augen fielen Haudouin auf, eine plötzliche Unruhe packte ihn, und er fragte: «Seph?»

«Frag doch seine Tochter, vielleicht sagt sie dir's.»

Juliette ging hinaus in die Scheuer, wo ihre Mutter die Wäsche einseifte und auf kommende Ereignisse hoffte.

«Was hat es denn gegeben?» fragte Haudouin. «Herrgott noch einmal! Wenn ich wüßte...»

«Aber gar nichts», gab Marguerite zur Antwort. «Seid nur ganz beruhigt in dieser Hinsicht. Noël wird sie in den Arm gekniffen haben, während ich den Rücken kehrte. Ihr seht, so schwer wiegt das auch nicht... Ihr könntet mich schon hereinbitten, es ist heiß hier draußen.»

Sie wartete Honorés Antwort gar nicht erst ab, sondern ging zu ihm ins Eßzimmer hinein, verriegelte die Tür und schloß das Fenster.

«Den Laden lasse ich nicht herab», sagte sie dann, «ich sehe immer gern, was ich mache.»

Honoré vergaß bereits die Fragen, die sich eine Minute zuvor auf seine Lippen gedrängt hatten. Er war schwach und anfällig geworden wie ein Tier. Marguerite zog ihr Kleid, ihren Unterrock und ihr Unterblüschen aus, ohne daß er ein Wort der Einrede fand. Nun stand sie auf einmal nur notdürftig mit einem Korsett bekleidet da, aus dem das feine Hemdchen mit durchbrochenem Saum, von einem blauen Band zusammengehalten, hervorguckte, und in einem sehr kurzen Höschen, dessen Stickerei die Strümpfe bis oberhalb des Knies durchscheinen ließ. Honoré strich um sie herum und streckte die Arme aus, wollte sie packen, aber sie entwischte ihm aalglatt und lief zum Kamin.

«Ich ziehe die Uhr auf. Ich weiß nämlich immer gern, wie spät es ist.»

Er ging ihr nach, den Blick auf die ausladende Form des Korsetts geheftet.

«Ich hätte nicht gedacht, daß du da hinten so dick bist», murmelte er.

Marguerite hob die Glashaube ab und suchte hinter dem Rücken des Ackerbaus nach dem Schlüssel.

«Vielleicht ist er fort», sagte Haudouin, «laß doch.»

«Nein, wahrscheinlich hat man ihn da drunter gelegt.»

Sie zwängte die Hand unter die Standuhr und zog einen Briefumschlag heraus.

«Der Briefträger!» sagte sie lachend, denn sie dachte an den richtigen Briefträger, den Postboten, der bedächtig und gemütlich seines Amtes waltete.

Honoré nahm den Brief. Er war ungehalten und voll Ungeduld über diese Unterbrechung. Er überflog die Zeilen, während Marguerite, die mittlerweile den Schlüssel gefunden hatte, das Uhrwerk aufzog.

«Mein lieber Honoré – Der Rappen hat anfangs der Woche Koliken bekommen ...»

Schon nach der ersten Zeile war er im Bild und stopfte den Brief in die Tasche. Zunächst war er verdutzt, dann aber dünkten ihn die Umstände, unter denen der Brief zum Vorschein gekommen war, eigentlich spaßig, und er betrachtete Marguerite mit unbefangenerem Geist. Als er einen Hemdenzipfel aus einem Schlitz im Höschen heraushängen sah wie ein Hundeschwänzchen, mußte er ein Lächeln verkneifen. Er war nun wieder genug Herr seiner selbst, um sich seine minutenlange Schwäche vorzuwerfen. Er dachte an den Zorn seiner Tochter, an die Worte, die sie gesprochen hatte. Vielleicht waren die Maloret viel draufgängerischer aufgetreten, als Sephs Mädel hatte zugeben wollen. Auf jeden Fall war etwas los gewesen. Juliettes Benehmen sprach zu deutlich dafür. Honoré machte sich Vorwürfe wegen seines Leichtsinns, der ihn ums Haar in die Arme dieser Göre im Korsett getrieben hätte.

Wenn man's mit den Maloret zu tun kriegt, müßte man immer seine Wut im Bauch haben!

Er schaute sich die nackten Arme an, das Korsett, das eng am Leib anlag, das Höschen, das sich über dem Gesäß rund wölbte, und zuckte die Achseln.

Wenn sie sich an Juliette verfehlt haben, sollen sie sich ja nicht etwa einbilden, ein solcher Schimpf werde ihnen an einer kleinen Schnepfe, wie die da ist, vergolten und heimgezahlt. Das wäre gar zu bequem! Ein Hürchen, das so verhurt ist, daß sich sogar die eigene Familie darob schämt, eine Schnalle, die überhaupt nicht für eine Maloret zählt!

«Ich richte sie auf zwei Uhr», sagte Marguerite.

«Wie du willst», gab ihr Honoré laut zur Antwort, und zu sich selber fuhr er fort: Wenn ich denke, daß ich dumm genug war, mich zuerst richtiggehend ködern zu lassen. Ernest hatte den bessern Blick als ich; er sah wohl, daß das alles keinen Sinn hatte...

Marguerite deckte die Glashaube wieder über die Uhr und wandte sich zu Haudouin um.

«Gute Nachrichten?»

«Ein alter Brief, der da herumlag...»

Marguerite lächelte, sie drückte sich an ihn, bog den Oberleib zurück und legte ihm ihre bloßen Arme auf die Schultern. Er bekam unerwartet einen starken Geruch in die Nase, es roch nach Achselhöhle und Maiglöckchen, seine Nüstern wogten, und es fuhr ihm durch den Sinn: ‹Wie wenn ich in Nr. 17 an der Rue des Oiseaux wäre...› Er spürte auf seinem Hals die weiche Rundung ihrer beiden Arme, und es fehlte gar nicht viel, und er hätte sich gehenlassen. Da schaute er über die Schulter der Dirne hinweg zum Fenster hinaus und sah weithin das ebene Land daliegen. Er sah das flache Ackerland und die Arbeit, die er auf diesem Land vollbracht hatte, zusammen mit der Adelaide und den Kindern.

Er dachte an seine Tochter, sein Kind, das gleich nach seinem Ältesten kam, und das ihm eine so wackere Hilfe war, bei seiner Rache so gut wie mit dem Dreschflegel, eine tüchtige Arbeitskraft, wie sie war. Auch an seine Frau dachte er; sie war nicht schön, und auch schon alt und abgearbeitet vom vielen Waschen und vom Rackern auf dem Feld. Sie war ja nie eigentlich schön gewesen, wenn man's genau betrachtete, aber sie hatte ihm seine Kinder geboren, so zwischen zwei Waschtagen, und hatte sich grade nur hingelegt, um sie zur Welt zu bringen. Und wenn er die geleistete Arbeit ansah und die Mühsal seiner Frauen, dann war Haudouin kein bißchen stolz über die weißen Arme, die seinen Hals umschlungen hielten. Er schämte sich vor dem Ackerland. Aber das Luder war ein frisches, leckeres Weibchen, sie gab ihm ihren Bauch, ihre Schenkel zu spüren, sie klebte wie angeleimt an ihm. Haudouin zwang sich zu einer schweren Kraftanspannung, etwa wie wenn man sich gegen das Sterben aufbäumt. Er sagte zu der kleinen Hure:

«Nun, da dein Zugänger nicht kommt, kannst du dich wieder anziehen.»

Damit schob er sie sanft beiseite und ging zur Tür. Als er den Riegel zurückstieß, lief sie hinter ihm her, umarmte ihn von rückwärts, umschlang seine Beine mit ihren Beinen und wimmerte, maunzte und stöhnte wie ein läufiges Tierweibchen. Er aber war stark wie ein Heiliger durch das Bewußtsein, daß er eine arbeitsame, willige und fleißige Frau hatte, die fast nie über ihre viele Arbeit klagte, dazu eine Tochter, die wie ein Pferd arbeiten konnte, wie ihre Mutter auch, und so trug er die Dirne auf seinem Rücken bis mitten in den Korridor hinaus. Er hätte sie noch weiter getragen, bis ins Freie, an die sengendheiße Sonne, wenn ihn das Mädchen nicht schließlich losgelassen und ihr Unterröckchen sowie das Kleid wieder angezogen und sich hernach getrollt hätte.

Draußen in der Scheune rieb Adelaide aus Leibeskräften auf ihrem Wäschebrett herum, und Juliette räumte Gabel um Gabel das Stroh beiseite, das die Tenne bedeckte, und erzählte ihr alles, was zu Hause bei Seph vorgefallen war. Hie und da richtete sich die Mutter mit vor Entrüstung weit offenem Mund aus ihrer gebückten Stellung auf, dann tauchte sie wieder in ihrem Waschtrog unter und rieb und walkte so grimmig drauflos, daß sie sich die Hände verbrannte.

«Schau nur», schimpfte Juliette und hob ihren Rock auf, «sie haben mir wahrhaftig die Hosen zerrissen, eine so gute, dauerhafte Leinwand, die Tante Veterinär hat sie mir geschenkt.»

«Sie werden noch erfahren, was das kostet», schäumte die Adelaide.

Dann legte sich ihre Wut ein wenig, und sie sagte, schon etwas versöhnlicher gestimmt:

«Das ist auch nicht eine Hose, die man an einem Wochentag anzieht, du hättest sie heute nicht anzuziehen brauchen...»

Sie redete von der Hose, ohne großes Gewicht darauf zu legen, aber Juliette fühlte sich so beschämt, daß sie nichts darauf zu erwidern wußte und, die Heugabel untätig in der Hand, nach einer Erklärung suchte.

In diesem Augenblick kam Honoré herein; er war mächtig stolz auf sein tugendhaftes Verhalten, seine kraftvolle und vorbildliche Enthaltsamkeit, und er erzählte alles, was er erlebt hatte, und zum Schluß sagte er, wenn sie sehen wollten, wie das schlaue Luder sich aus dem Staube mache, so brauchten sie bloß durch den Türspalt zu gucken. Und siehe da, das Mädchen lief im Geschwindschritt über den Hof, auf und davon, aber doch nicht so schnell, daß ihr nicht noch eine laute Lache der Adelaide in die Ohren gegellt hätte. Aber sie gab keine Antwort darauf.

«Sie ist ein blitzschönes Mädel, da gibt's nichts daran zu rütteln!» brummte Haudouin vor sich hin.

«Ein ganz unverschämtes Luder!» gab die Adelaide zurück, «eine Allerweltsmetze, der's ein jeder besorgen kann, wenn er nur Lust hat, und Umstände macht sie ebensowenig wie eine läufige Hündin! Und du hast's gar nicht nötig, dich so als Tugendausbund aufzuspielen. Hätte Juliette dich vorhin nicht aufs laufende gesetzt, du wärest nicht so schnell herausgekommen!»

Sie schaute ihn mit zornfunkelnden Augen an, und Haudouin meinte, das sei nun doch ein bißchen gar zu stark. «Jetzt putzt sie mich sogar noch ab!» maulte er.

«Freilich ja, die Juliette hat dich auf den rechten Weg zurückbringen müssen, behaupte ich. Du hättest nicht von alleine begriffen, daß sich der Seph keinen Dreck darum kümmert, was der Marguerite zustößt, sie könnte gerade so gut Durs oder Corenpots Tochter sein. Das hast du nicht begriffen oder doch getan, als hättest du's nicht gemerkt, weil du dir's nämlich zunutze hast machen wollen ... Ja doch, halt nur den Mund! Wie wenn du nicht der gleiche Schubjak wärest, der gleiche Liederjahn wie alle andern ... Du hast ja keinen Schlaf mehr gefunden, so hast du Tag und Nacht an Sephs Tochter denken müssen, und dein eigenes Mädel hast du seelenruhig zu ihm ins Haus gehen lassen und sie Gott befohlen und dich darauf verlassen, daß in der höchsten Not ein Briefträger kommt und ihr aus der Patsche hilft, wahrhaftig ...»

«Grundgütiger Himmel! Wenn du nicht in einem fort schwätzen und keifen wolltest, könnte ich mir vielleicht erzählen lassen, was eigentlich mit ihr geschehen ist!»

Da erzählte ihm die Adelaide alles und tat noch ein bißchen dazu, auf alle Fälle ließ sie nichts weg und überging auch nicht die geringste Kleinigkeit, sie kam immer wieder auf gewisse Einzelheiten zurück. Sie war so mächtig im Zug, daß nicht viel fehlte, und sie hätte es zu weit getrieben und übers Ziel hinausgeschossen, und nun griff Juliette ein.

«In diesem Augenblick ist Déodat gekommen, Mama.»

«Ja, aber ganz zufällig!»

«Tut nichts», schnitt Haudouin kurz ab. «Er ist gerade im rechten Augenblick dazu gekommen. Ich sage das nicht, um die Maloret damit herauszureden. Wir werden es ja sehen und erleben!»

«Was werden wir denn sehen und erleben? Du redest so viel davon ...»

«Was wirst du tun?»

«Ich werde tun, was ich für richtig halte. Du wirst es ja sehen.»

«Ja, wenn die Woche viermal Donnerstag ist!»

«Wenn die Hühner zahnen!»

«Bis dahin bleibt ihnen immerhin die Genugtuung, daß sie ihr die Höschen zerrissen haben.»

«Nigelnagelneue Höschen!»
«Die ihr die Tante Helene geschenkt hatte!»
«Und die blauen Male, die sie mir an den Beinen gemacht haben?»
«Sie haben ihr nämlich die Haut mitgeklemmt.»
«Alle beide sind sie über mich hergefallen.»
«Der Seph und sein Bub.»
«An den Beinen und überall, wo sie nur wollten, haben sie mir die Haut grün und blau gekniffen!»
«Ich brauche es nicht zu sagen.»
«Du kannst es ruhig sagen.»
«Man traut sich nicht alles ...»
«Du kannst ja nichts dafür.»
«Ich schweige doch lieber.»
«Du siehst, was sie ihr angetan haben.»
«Was hat es mir geholfen, daß ich mich wehrte!»
«Deiner Tochter!»
«Zu zweit sind sie hinter mir her gewesen.»
«So geht man mit deiner Tochter um, und du rührst dich nicht einmal!»
«Ich will gar nichts davon sagen, daß sie mir weh getan haben.»
«Das sagst du deinem Vater!»
«Ich will mich nicht beklagen.»
«Es würde ihm vielleicht gar noch Spaß machen, deinem sauberen Vater!»
«Noël hat mich an den Haaren gerissen.»
«Du siehst, er freut sich darüber!»
«Und auch an andern Stellen.»
«Dein Vater aber wartete seelenruhig auf seine leichtlebige Metze!»
«Der Seph hat mich überall angefaßt!»
«Seelenruhig hat er auf sie gewartet, dein Vater!»
«Mit beiden Händen hat er zugepackt, unten und oben.»
«Aber dein Vater ist ein friedfertiger Mensch!»
«Schließlich hätte Déodat ebensogut nicht kommen können.»
«Du lächerst ihn nur!»
«Er hätte auch unterwegs aufgehalten worden sein können.»
«Während die beiden Maloret, Herz was begehrst du, sich austobten.»
«Er hatte überhaupt keinen Brief für sie.»
«Und die Anais stand in einer Ecke.»
«Und lauerte und äugte.»
«Und Marguerite auch.»
«Desgleichen der Tintin.»
«Es fehlte bloß noch dein Vater, daß der sich ebenfalls mit ihnen vergnügt hätte!»

«Sie machten sich's zunutze, daß der Briefträger nicht kam.»
«Wenn er doch keine Briefe hatte.»
«Er hatte ja bei den Maloret gar nichts zu bestellen.»
«Und du bliebst mit ihnen allein.»
«Zu fünft waren sie da.»
«Solang es ihnen behagte.»
«Es blieb mir ja nichts anderes übrig.»
«So richtet man uns unsere Töchter zu!»
«Ich habe getan, was ich konnte, aber was wollt ihr schon?!»
«Wenn sich der Vater nicht für seine Töchter wehrt, kann alles, aber auch alles geschehen!»
«Ich hätte heiraten können, wie jede andere.»
«Das hattest du nicht verdient.»
«Ich hätte Kinder kriegen können.»
«Kinder! Da ist sie nun guter Hoffnung, wer ist's gewesen? die Maloret! und ich dachte nicht einmal dran! Und dein Vater, der große Schöps ...»
«Werdet ihr mir nun endlich sagen, was los ist, was geschehen ist?»
«Aber ich sage dir doch, sie ist in der Hoffnung, was willst du noch mehr?»
Haudouin warf einen Blick auf seine Weiber und sah in Juliettes Augen, daß der Briefträger doch noch zurecht gekommen war. Da ging er in den Hof hinaus, und dort überdachte er die Sache noch einmal an der Sonne und mußte sich sagen, der Briefträger hätte eigentlich gerade so gut auch nicht dazukommen können. Sein Dazwischentreten dünkte ihn so wunderbar, so unwahrscheinlich in seiner Wirklichkeit, daß er, bis auf weiteres, gerne annehmen wollte, sein Mädel sei durch Verschulden der Familie Maloret schwanger. Als er in die Scheuer zurückkam, sagte er zu den beiden Frauen:
«Meinetwegen denn, bleiben wir dabei: die Kleine ist also in der Hoffnung, aber schließlich haben die Maloret ihren Anschlag vorbereitet, wie auch ich mir mein Plänchen vorher zurechtgelegt habe. Das war auch nicht anständiger von mir! Angenommen, du, Juliette, hättest mir nichts gesagt gehabt oder aber im Gegenteil, das gerade Gegenteil, was wäre dann geschehen?»
«Du hättest wenigstens Marguerite nicht dazu gezwungen.»
«Nein, das glaub' ich auch nicht. Aber es ist immerhin keine Art, den Leuten hinter den Fensterläden aufzulauern. Ihr habt mir diese Idee in den Kopf gesetzt, und es ist eine rechte Weiberidee. Ich schäme mich jetzt in den Boden hinein.»
Er spuckte in Adelaides Wäschezuber, aber bloß zum Schein und gleichsam sinnbildlich, um zu bekräftigen, daß er mit den Methoden seiner Frau nichts zu tun haben wolle.

«Jetzt spielst du den großmütig Verzeihenden», maulte Juliette, «ich aber kriege vielleicht ein Kind, und die Maloret haben den Brief.»

«Recht hast du», seufzte Honoré, «sie haben den Brief. Oho, das vergesse ich auch nicht ...»

Und während er das sagte, tastete er nach dem Umschlag in seiner Tasche.

Plötzlich lief die Adelaide von ihrem Bottich weg, trocknete die Hände an der Schürze ab, rannte hinaus und hinüber ins Eßzimmer. Als sie das Ticken der Uhr hörte, nahm ihr Argwohn greifbare Gestalt an. Sie hob die Glashaube ab ...

«Hast du denn die Uhr aufgezogen?» fragte sie Honoré, kaum war sie in die Scheune zurückgekommen.

«Ich? Nein, nein.»

«Dann hat sie vielleicht Sephs Tochter ...»

«Ah, ja, vielleicht schon ... Als sie fortging, war mir's, als habe sie an der Uhr herumgefingert. Warum?»

«Nichts ...»

Juliette war bereits draußen und lief wie ein Wiesel hinüber zur Gruppe des Ackerbaus und der Industrie.

Honoré, der allerlei verwegene Arten von Rache im Sinne hatte, brauchte, um nicht schwach zu werden und nachzugeben, den ganzen grimmigen Zorn seiner Weiber. Es tat ihm wohl, als er nun Mutter und Tochter, beide kreidebleich vor Wut und Rachsucht, draußen in der Scheune kreischen und zetern hörte.

«Sie haben ihn bestimmt, den Brief!»

«Und du wirst sehen, sie werden ihn behalten!»

«Sie werden uns jeden Schimpf antun, den sie nur ersinnen können!»

«Der Seph wartet nur, bis er Bürgermeister ist, und dann posaunt er's im ganzen Land aus!»

«Schlimmer als Huren werden wir dastehen, wir alle!»

«Wegen eines Briefs!»

Schließlich ballte auch Haudouin die Fäuste, und seine Augen funkelten und blitzten vor Wut.

«Den Brief werden sie mir büßen! Ich werde es ihnen schon noch vergelten! Verlaßt euch drauf!»

Was die Stute zu erzählen weiß

Murdoires postumer Ruhm hatte auch für mich Folgen: ihm habe ich es zu verdanken, daß ich von einer Ausstellung in die andere reise und so in allen Hauptstädten der ganzen Welt herumkomme. Ich kann dabei beobachten, wie die Menschen in den Großstädten miteinander der Liebe frönen, wie sie sich darauf vorbereiten, und sie tun mir alleweil in der Seele leid. Es zwickt und plagt sie bald im Hirn, bald in ihrem edlen Herzen, meistens aber zwischen Strumpfband und Gürtel, und was ist es schon? Schüttere, staubdünne Sehnsüchte, eine lange Reihe von Agonien, ein endloses Einander-Nachstellen. Sie haben kleinliche Gefühle und Gelüste, die sie, wie's gerade kommt und wo's grad ist, anbringen, mit denen sie überall angeln und allerorten Feuer fangen, auf der Straße, in den Falten eines Frauenkleids, das vorüberrauscht, in ihren Häusern, im Theater, in den Ateliers und in den Geschäftsräumen, in den Büchern und in den Tintenfässern. Der glühende Liebhaber, die tugendsame Ehefrau glauben einer tiefen Leidenschaft, einem wild-leidenschaftlichen oder auch ruhig-friedsamen Gefühl treu zu bleiben, dessen Ziel sein Aussehn verändert, das sich wohl auch überhaupt gewandelt hat, wie es tagtäglich eine Million und ein halbes Mal regelmäßig vorzukommen pflegt (wenn man zu allem Überfluß noch aufrundet). Ein Mann schwört, er sei in eine Frau verliebt und kenne keine, die annähernd so berückend und verführerisch sei, wie er etwa sagen könnte: «Im Wirtshaus *Zum Schneck* ißt man immer noch am besten und am billigsten.» Er tut alles, was er kann, damit er sein Wirtshaus aufsuchen und rechtzeitig dort sein kann. Hat er sich aber in der Richtung geirrt und kommt er unterwegs an einem Wirtshaus vorüber, das ihm mehr in die Augen sticht, je nun, dann speist er eben nicht im *Schneck*. Ißt er aber trotzdem hier, dann wird es ihn auf dem Weg noch tausendfach gereut haben: da ist ihm ein Restaurant zu teuer, das andere zu voll, und ein drittes kennt er nicht. In den großen Städten gibt es kein Begehren, vielmehr nur ein wirres Gelüste, sich zu paaren, seinen Heißhunger nach Liebe nicht ungestillt aushalten zu müssen. Drei Wochen lang, während ich in einer Gedächtnisausstellung von Murdoires Werken figurierte, hing mir gegenüber ein Gemälde, das unter dem Namen «Einzelgänger» weitherum bekannt ist. Darauf schreitet ein Mann zwischen zwei Reihen bunt gemischter Frauen dahin, zwischen schönen und häßlichen, jungen und alten, mageren und fülligen. Der Mann hält den Kopf gerade und schaut nicht rechts, nicht links, – sieht nichts, sein Antlitz ist gramverzerrt, entstellt von Ängsten und nagenden Alltagssorgen, verkniffen in grämlicher Bekümmerung, aber die Nase wittert und schnüffelt, und die Hände sind zum Zupacken und Umarmen bereit. In seinen trüben, stumpfen und verzweifelten Augen läßt Murdoires Kunst ein Flämmchen aufleuchten, eine lüsterne und gottergebene Klage, die Klage des Ewigen Juden, der täglich in alle Ewigkeit seine fünf Sous verausgabt. In den Städten, das habe ich gesehen, ergehen sich alle Männer zwischen zwei langen Reihen von Frauen, die Ehemänner, die Junggesellen, die Liebhaber, junge und alte, die

Rüstigen und die Krüppel an Krücken, die Kranken und die Gichtbrüchigen, die Schwachsinnigen und auch die Herzensbrecher, die Schöngeister und Gebildeten, und bis zuletzt, bis zu ihrem Tode gehen sie so. Die Frauen sind da ein wenig vernünftiger und zurückhaltender; sie warten, bis sich die Männer entschieden haben. Und auch dann noch, während sie mit zusammengebissenen Zähnen und fächerig gespreizten Zehen raunen und flüstern, haben sie unablässig ein wachsames Auge auf den Männerzug, der vorüberschreitet, und zuweilen zwinkern sie einem zu und bedeuten ihm, sie seien noch frei und zu haben. So ist es in den Städten.

In Claquebue war es nicht so. Selbstverständlich spielten auch die Dur, die Berthier oder die Corenpot den Einzelgänger. Aber da waren die Familien, oder besser gesagt, die Haushaltungen, die sich, wie die Bäume, an Ort und Stelle mit Nahrung vollsogen, indem sie im Erdreich ihre Wurzeln ausstreckten. Ihre Sehnsüchte und Begierden waren nicht unstete und fahrige Gelüste, flüchtige Kitzel; sie waren tiefeingewurzelt, vertäut, bedächtig und reiflich überlegt, wachgehalten und genährt von einem untrüglichen Gedächtnis. Der Vater, die Kinder, die Mutter konnten wohl jedes für sich den Einzelgänger spielen, sie konnten es auch miteinander tun, das Haus aber hielt gute Wacht, und das Verlangen blieb allezeit rege und gespannt.

Das Wort *fleischliche Begierde*, das an eine schwerfällige, zähschlüpfrige Kröte gemahnt, hat nur eine sinnvolle Bedeutung, wenn man es auf die Familien anwendet, die eng mit ihrem Boden verwachsen sind. Die schweren Verdrängungen sinnlicher Gelüste, die übermächtigen, jahrelang unterdrückten und angestauten Begehrlichkeiten sind nur auf dem Lande möglich, wo die Häuser noch Wesen sind, die einander beobachten, sich hassen, unter dem gleichen Lufthauch ächzen und sich aneinander reiben und wetzen, sich stoßen und anrempeln bei der Arbeit ihrer Arme, die emsig und mit Fleiß das Erdreich umgraben.

In Claquebue nahmen diese Sippenbegehrlichkeiten nicht immer handgreifliche Gestalt an, aber sie strebten beständig nach Verwirklichung. Da gab es, unter andern, den beispielhaften Fall der Corenpot und der Rousselier, die einander seit dreitausend Jahren spinnefeind waren. An einem Winterabend nun waren Corenpot und seine beiden ältesten Söhne bei den Rousselier gewaltsam eingedrungen und hatten verschiedene weibliche Wesen, die zur Familie gehörten, vergewaltigt. Von diesem Tag an hatten sich die Beziehungen zwischen den beiden Häusern merklich gebessert, als wäre alles ein für allemal gesagt gewesen, als hätte sich ihr Haß erschöpft.

Bei den Haudouin so gut wie bei den Maloret kam es selten vor und war auf jeden Fall gänzlich unbeabsichtigt und rein zufällig, daß ein einzelnes Familienglied bewußt diese aufgespeicherten sinnlichen

Gewalten erlebte, die da in seinem Hause sich angestaut hatten. Jedes einzelne von den Gliedern der Familie Haudouin suchte seine Liebeslust, ohne auch nur im mindesten durch das Vorhandensein der Maloret in seinem Tun und Lassen beeinflußt zu sein. In dieser Hinsicht war Noëls und Juliettes Fall einmalig und ein reiner Zufall. Die eine wie die andere von den beiden Familien, schlichte Menschen voll Einfalt, mit einer sexuellen Schwerkraft, einer nahezu unveränderlichen Wirklichkeit, einem einzigen Willen, glichen keinem einzigen ihrer einzelnen Angehörigen, die samt und sonders von unsteter Art und Natur und in beständigem Widerspruch mit sich selber waren. Sie borgten von ihnen gewisse Kräfte und Energien, mengten und mischten und kombinierten sie, speicherten und häuften sie auf, und dann gaben sie ihnen diese Kräfte in dynamischer Form wieder zurück.

Der Pfarrer von Claquebue kannte alle Vorteile dieser Sippenaufspeicherungen und schrieb ihnen eine regulierende Funktion zu. Er wußte, und half auch nach Kräften und mit seinem ganzen Einfluß mit, daß die Einzelgänger dort einen Ableiter für ihre Unrast finden konnten, war sie doch ihrer Frömmigkeit abträglich. Er wußte aber auch genau, daß diese angestauten Kraftspeicher hie und da aufs anstößigste platzten. Solche Explosionen waren recht häufig, und wenn sie auch nicht jedesmal mit der gleichen Heftigkeit erfolgten wie zwischen den Corenpot und den Rousselier, so war die Gefahr deswegen doch nicht weniger in Rechnung zu stellen. Von den Corenpot besiegt, hatte sich die Familie, die früher zur Kategorie der ganz Zuverlässigen gehört hatte, vom verheerenden und abscheulichen Einfluß der Sieger anstecken lassen, die größtenteils Gottesleugner und sündhafte Heiden waren, und nun kam sie nur noch aus purer Gewohnheit in die Messe. In anderen Fällen hingegen hatte man erbauliche Bekehrungen erleben dürfen. Es lag darum dem Pfarrer von Claquebue sehr viel daran, jederzeit über die sexuellen Veranlagungen sämtlicher Familien und Sippen genauestens im Bilde zu sein, wollte er in einem gewissen Ausmaß ihre Auswirkungen zum größeren Wohlergehen seiner Gemeinde in Kanäle leiten. So sah er sich denn genötigt, mancherlei heikle und schwierige Probleme zu studieren. Ging man von einer sexuellen Anziehung zwischen zwei Familien aus, mußte man ihnen dann gegensätzliche Geschlechter zuschreiben? Und wie sollte, wie konnte man das männliche Haus vom weiblichen unterscheiden?

Ich habe keine Kenntnis von den Bemühungen des Pfarrers von Claquebue, und die Zeit ist vorbei, wo man sich bei ihm darüber hätte erkundigen können. Nach einem beispielhaften und vorbildlichen Leben voll Wachsamkeit und Autorität ist der arme Mann ganz offensichtlich kindisch geworden und wandert auf den Wegen rings um Claquebue und auch im Dorf umher, sagt in einem fort häßliche, unanständige Dialektwörter vor sich hin und predigt die Verbrüderung.

Helfe ihm Gott zu einem schönen Tod, und uns desgleichen. Ohne daß ich also etwas von seinen Bemühungen weiß, habe ich meinerseits versucht, das Problem des Geschlechts der hiesigen Häuser und Sippen zu lösen, und ich schmeichle mir keineswegs, daß es mir gelungen ist. Es war natürlich das Gegebene, daß ich mich mit dem Fall Haudouin-Maloret befaßte.

Da war ein Irrtum, dem ein einfältiger Verstand wie der meine nicht entgehen konnte, nämlich der, daß man die Familie als die Summe der zugehörigen Individuen ansah. Danach war das Haus, das die stärkste Proportion an Männern zählte, ein männliches Haus. Diese Überlegung konnte ich, so meinte ich wenigstens, dadurch einleuchtender machen, daß ich das Temperament jedes einzelnen Individuums in Betracht zog. Ich möchte nun nicht bis ins einzelne meine Erwägungen darlegen, sondern nur kurz zusammenfassend einen raschen Überblick bieten: Honoré und seine Söhne legten in ihren Techtelmechteln mit Frauen größere Kühnheit an den Tag als die Mannsbilder aus der Maloretsippe. Sie neigten auch zu jäheren Zornesausbrüchen und zu unverblümteren und saftigeren Reden. Seph und seine Sprößlinge suchten ihre jeweilige Lust mit einer Zähigkeit, die sich nicht groß um Gewissensbedenken kümmerte, aber das schönste Mädchen auf der Welt galt in ihren Augen nichts im Vergleich zu einer Hufe Ackerland. Umsichtig und geduldig schürten sie insgeheim ihre Gelüste, bis die Gelegenheit reifte. Andererseits hatten sie viel größere Macht und Autorität über ihre Frauen, als sie die Haudouin über die ihren ausübten. Alle diese Eigenschaften, von denen mehrere als typisch männlich gelten, brachten mich in arge Verlegenheit. Auch ihre erotischen Gepflogenheiten, ihre besonderen Neigungen und Anfälligkeiten ließen keine eindeutigeren Schlüsse zu. War die traditionelle Blutschande bei den Maloret ein Beweis für die männliche Hitzigkeit ihrer Familienhäupter? Oder zeugte sie im Gegenteil für eine Unfähigkeit, sich außerhalb der Sippe Befriedigung zu verschaffen, die sie zwang, sich im Schoße der Familie auszutoben.

Schließlich überzeugte ich mich, daß man sich eben mit Einfalt wappnen muß. Eine Familie ist ein massives und kindliches Wesen, man braucht nicht lange, bis man weiß, woran man mit ihr ist. Ich hatte schon des öftern beobachtet, wie leicht es ist, alle die Kennzeichen der Reihe nach aufzuzählen, die gemeinhin, ineinandergerechnet, das übliche Vorstellungsbild einer Sache ergeben. Man sagt von einer Stadt, sie sei gastfreundlich, belebt, man esse hier gut, und dann folgt noch ein drei Zeilen umfassendes *Etcetera*. Von einer Provinz heißt es noch einfacher: die Normannen sind rotgesichtige, gewitzte und schlaue Füchse, und überdies große Vertilger von Apfelwein. Von einer Nation sagt man: die Gallier hatten blonde Haare. Ich setzte also meine Brille so auf, daß ich genügend Abstand bekam, und fing an, die Haudouin und die Maloret so ähnlich zu betrachten, wie ich's mit den Galliern getan hätte.

Die Familie Haudouin maß einen Meter siebzig, sie hatte dunkelbraunes Haar, graue Augen, markige, ausgeprägte Gesichtszüge, knochige aber muskulöse Gliedmaßen, hochristige Füße. Sie waren schwermütige Grüblernaturen, konnten aber zuweilen in ein gewaltiges Gelächter ausbrechen, das dann eine Woche lang anhielt. Sie liebten die Arbeit, scharfgewürztes Essen, einen tüchtigen Trunk Wein und lärmige Unterhaltung. Sie erlagen nur allzu leicht den Versuchungen und Anfechtungen des Fleisches, aber ihr Herz war zärtlich und edelmütig.

Die Familie Maloret hatte die Schuhnummer 42, sie war untersetzt und stämmig, bleich im Gesicht und schwarzhaarig. Sie hing am Geld, arbeitete aber stets nur widerwillig und ohne rechten Tätigkeitsdrang. Sie lebte mäßig und nüchtern und hatte nur Verachtung für gutes Essen und gute Weine. Tagsüber spielte ein Lächeln um ihre Lippen, das aller Welt galt, die Nacht aber, ihre Nacht, hatte ein eignes, wissendes Lächeln. Heftige Zornesausbrüche waren ihr fremd, doch lebte sie ununterbrochen in einer kalten Wut, die sie beständig auf dem nötigen Druckgrad zu erhalten wußte. Ihr Haß auf die Familie Haudouin hielt sie allnächtlich eine Stunde lang wach, und dann lag sie mit zusammengebissenen Zähnen und erwartungsvoll harrendem Fleisch in ihren Betten.

Im großen und ganzen hatten die beiden Familien deutlich und klar geschiedene körperliche Eigenheiten, völlig andere Neigungen und Gewohnheiten, aber kein erkennbares Geschlecht, nichts, nicht einmal ein Zwischen- und Zwitterding. Ich glaubte mich somit ermächtigt, daraus zu schließen, daß sie überhaupt kein Geschlecht hatten. Das war freilich ein überaus kühner Schluß, der jedoch diese geduldige Aufspeicherung sinnlichen Gelüstes im einen wie im andern Haus zureichend erklärte. Da die Familie kein Geschlecht besaß, um ihr Verlangen zu vollbringen, hortete sie es gleich einem Schatz. Auch bestand für sie gar keine Veranlassung oder gar Notwendigkeit, ein Geschlecht zu besitzen; abgesehen von Ausnahmefällen war die Familie ein ständig vorhandenes Wesen, das sich nicht fortpflanzte, da diese Funktion ja ausschließlich den Einzelgliedern, aus denen sie sich zusammensetzte, vorbehalten war.

Es war ein erfreulicher Gedanke und eine angenehme Vorstellung, daß in Claquebue die sinnliche Liebe nicht bloß ein Fallstrick war, der zur Erhaltung der Gattung ausgelegt war, sondern daß sie absolut und nicht zweckgebunden existierte, daß sie vorhanden war, ohne daß sie einen Vorwand nötig hatte. Es ist der Stolz meines Daseins als Stute, als armes Pferdeweibchen, als das ich freilich in meinen beiden Dimensionen behindert war, daß ich eine so kostbare Entdeckung machen durfte. Das Dorf erwies sich so als eine Art magnetisches Feld, in dem die Geschöpfe, je nachdem sie für diese geheimnisvollen Kräfte durchlässig waren, sie mehr oder weniger rasch aufsaugten. Die Menschen, die ein Geschlecht hatten, erleichterten sich jeweils, wenn sie sich vollgesogen hatten; wer keines besaß, speicherte Reserven auf. Wenn dann die Familie einen bestimmten Grad erotischer Sättigung erreichte, dann verwendete sie ihre männlichen oder weiblichen Angehörigen, um ihr Verlangen in die Tat umzusetzen. Die Familie Haudouin hatte zunächst mehrmals zwischen dem Männlich- und dem Weiblichsein hin und her geschwankt, sich dann aber schließlich entschieden.

Ich habe, glaub' ich, jetzt alles über das Liebesleben der Familie Haudouin erklärt und dargelegt, zumindest das Wesentliche. Natürlich habe ich nicht alles gesagt, doch hat mich lediglich die Sorge um Schicklichkeit und Ehrbarkeit abgehalten. Denn ich habe mir, bei der Niederschrift dieses bescheidenen Zeugenberichtes, nichts anderes gelobt, als der Sache des Guten zu dienen. Romanschreiber sind Leutchen mit unbeschwerten Gewissen, sie erzählen allerlei Geschichten, und die Moral soll sehen, wie sie sich dabei zurechtfindet. Ich sage es ohne allen Dünkel: es ist ein wahres Glück, daß noch eine grüne Stute zugegen war und aus diesem Roman eine stärkende und erbauliche Lehre ziehen konnte, daß es nämlich außerhalb der Familie keine dauerhafte Liebe und demzufolge auch kein Glück geben kann.

16

Nach der Messe machten die Dur (oder die Berthier oder auch die Corenpot) den verstorbenen Dur ihre Aufwartung, um sich ihr Wohlwollen zu sichern und um Appetit zu bekommen. Gingen sie dann wieder weg, so reckten sie ihre Schultern in den ungewohnten Sonntagskleidern hoch und freuten sich, daß sie noch am Leben waren, und hatten es eilig, ans Essen gehen zu können und das unangenehme Leeregefühl loszuwerden, das ihnen die Furcht im Bauch hervorgerufen hatte. Und sie waren auch ein bißchen erbost über die Dur, die gestorben waren. Die waren ja nun tot und brauchten gar nicht mehr Dur zu heißen (oder Berthier oder auch Corenpot). Stattete man ihnen einen Besuch ab, so wurde man gar nicht mehr klug. Dur überm Boden und Dur unterm Rasen, beide von der gleichen Familie, und zuweilen war man nicht mehr so ganz sicher, ob man auch wirklich noch auf der Welt war. Dann wurde einem unbehaglich; man fühlte sich noch ärger mitgenommen als durch die Predigten des Pfarrers. Der Pfarrer jagte einem zwar auch Angst ein, er kündete den Bösewichtern und lauen Christen die sieben mageren Kühe und Not und Elend an, all denen, die gar zu sehr darauf erpicht waren, ihre Frauen abzuknutschen, oder die ihre Pflichten gegen den Nächsten oder die Kirche vergaßen. Doch wenn er vom Tod und vom Sterben sprach, so hatten seine Predigten nichts Furchterweckendes; er hatte es nur auf die Seelen abgesehen, und das war einem lange recht. In einem gewissen Sinn war es eher angenehm. Wenn man ihn so hörte, sah man sich eigentlich nie am Ende aller Enden, man wandelte weiter auf Erden.

Mit den Dur unterm Rasen war's nicht mehr so harmlos. Sie waren ihrer vier oder fünf, die bei jedem Wetter schön in einer Reihe dalagen, Sommer und Winter, und immer war da einer dabei, der sagte: ‹Ich habe niemanden zu meiner Rechten› oder ‹Links von mir ist auch niemand.› Oder dann lag einer ganz für sich allein mitten auf dem Friedhof oder in einem Winkel und brammelte: ‹Ich bin ganz allein. Ich bin so ganz allein ...› Dann waren die Dur überm Boden nicht mehr froh, vor allem die Alten. Sie getrauten sich nicht mehr, etwas Ungerades zu sagen oder zu denken, um sie nicht noch mehr zu erzürnen. Sie nickten mit dem Kopf und brummten begütigend und mit freundlichem Gesicht, aber doch wieder nicht allzu eilfertig Zustimmung zollend:

«Es kommt jeder an die Reihe, natürlich und selbstverständlich. Auch wir werden unsern Platz im Familienkreis einnehmen, wenn es dann sein muß. Ihr dürft aber auch nicht glauben, unsereiner erlebe immer nur gute Tage ...»

Kaum aber hatten sie dann ein wenig Abstand gewonnen, so fingen sie an, mit dem Kinn auf ihre Kragen zu pochen, und sagten sich, sie hätten es nicht eilig, von hinnen zu gehen und sich neben die andern ins Grab zu legen, sie fühlten sich noch quicklebendig und voller Lebenslust. Sie nahmen sich vor, sie wollten sich mit aller Kraft an der Erde festkrallen, mochten die vermoderten Gesellen davon halten, was ihnen beliebte, und fürs erste gedachten sie, sich den Wanst vollzuschlagen, zu schlemmen und auch tüchtig zu zechen. «Solange man den Dur unterm Rasen zutrinkt, steht man noch auf der richtigen Seite bei den Dur überm Boden. Erhalten wir uns bei gesegnetem Appetit und *oremus* für die Hingeschiedenen!»

An diesem Morgen nach der Messe weilte die Adelaide bei den Grabstätten der Haudouin, und rings um sie standen ihre vier Kinder, ihre Schwägerin, die Veterinärin, und die drei Kinder ihrer Schwägerin, die alle mitgekommen waren. Auf dem Gottesacker waren die Dur, die Berthier, die Messelon, Corenpot, Rousselier und alle frommen Christen samt und sonders versammelt und sagten den Verwandten unterm Rasen ihre Sprüchlein her. Sie bückten sich über die Gräber, rupften da ein Grashälmchen aus, zupften dort ein Zichorienwürzelchen aus dem Boden, rechten mit den Fingern die Erde, als wollten sie die Verewigten beschwichtigen und ihnen mit der Hand durchs Haar fahren.

Das waren so kleine Aufmerksamkeiten, die nichts kosteten und die ungeduldigen Toten leidlich beruhigten. An diesem Sonntag aber kam man mit ihnen nicht zurecht. So brummig und mißgelaunt waren die Toten noch nie gewesen. Zuerst hatte man gedacht, die Hitze sei daran schuld, man hatte ihnen gut zugeredet und gesagt, das gehe rasch vorüber, und es werde bald regnen. Die unterm Rasen hatten ein bißchen stärker gebrummt, dann hatten sie sich immer ärger aufgeregt und schließlich einen Heidenkrach vollführt, sie hatten die Lebenden angebrüllt, hatten sich gegenseitig angepöbelt, alle Zeichen geflucht und geschworen, sie waren am Ende ihrer Geduld, gefährlich, wild und bösartig wie reißende Tiere im Käfig. Der Mann der Leonie Bardon, der erst im vergangenen Frühjahr beerdigt worden war, schrie, er habe es nachgerade satt, immer neben seinem Bruder Maxime zu liegen, er wünsche, daß sich die Leonie zwischen sie beide lege, und er versuchte sogar, ihr das böse Fieber auf den Hals zu wünschen. Es war auch ein Alter da, der immerfort nach seinen Ochsen verlangte.

«Sie müssen mir Wärme in die Hände hauchen, nur ein einziges Mal...»

«Du wirst es nicht jeden Sonntag wieder hinausschieben, dich an deinen Platz zu legen!»

«Er hat mir anno 77 vierzig Sous gestohlen.»

«Anno 77...»

«Meine Ochsen!»

«Wär's dir arg, wenn du früher kämest?»

«Frische Tote brauchen wir.»

«Dieb!»

«Wir waren unser drei Mädchen draußen beim Wald.»

«Sechs Fuß wie wir andern alle.»

«Unflat!»

«Alfred hat mich hingemacht.»

«Die verdammte Metze!»

«Mit der Jäthacke hat er mich erschlagen!»

«Legt mich anderswo hin!»

«Du hast dich doch aber willig abknutschen lassen.»

«Ich will einen zu beiden Seiten neben mir haben.»

«Wie wohl hat es getan, wenn's weh tat!»

«Wir waren unser drei Mädel draußen beim Wald.»

«Lügner!»

«Meine Ochsen!»

«Man war so schön warm, wenn's weh tat.»

«Eine Frau, die keinen roten Groschen besaß.»

«Du hattest mir mein Rebmesser weggenommen.»

«So ein Schöpskopf!»

«Komm und leg dich an deinen Platz!»

«Der Gust Berthier zuerst.»
«Nein, Philibert Messelon.»
«Wie war es warm, das Eis, auf dem Blaukatzenteich!»
«Wir waren unser drei Mädel.»
«Nein, noch diese Woche!»
«Lügner!»
«Alles hast du mir verheimlicht!»
«Nicht warm und nicht kalt.»
«Ich ging mit meinen Buben meines Wegs.»
«Mörder!»
«Du wolltest doch heiraten!»
«Mit meinen Buben, gegen Abend.»
«Und der liebe Gott? Was treibt er eigentlich? Man hört nie etwas von ihm!»
«Der liebe Gott wohnt im Himmel.»
«Auch ein klein wenig auf Erden.»
«Aber hier unterm Rasen gibt's keinen lieben Gott mehr!»
«Wir waren unser drei Mädel.»
«Drei Luder!»
«Er hat nie über das Geld mit mir abgerechnet.»
«Mörder!»
«Mörder!»
«Sie wollen nicht mehr sterben.»
«Wir waren unser drei Mädel, draußen beim Wald.»
«Jetzt warte ich seit acht Jahren auf ihn.»
«Ich habe gerade meine Wäsche gekocht.»
«Du warst ja immer hinter ihm her!»
«Dabei habe ich mich dann gebrannt.»
«Und das Eis auf dem Blaukatzenweiher!»
«Lump!»
«Er hat mich auf die Böschung hingeschmissen und mir's da nach Strich und Faden gemacht.»
«Mit fünfundsiebzig Jahren immerhin allerhand.»
«Wir waren unser drei Mädel.»
«Drei Luder...»

Die Marie Dur war in die Sakristei gelaufen und hatte den Pfarrer geholt. Er war achselzuckend mit ihr auf den Friedhof hinausgegangen und hatte, wie zu erwarten war, rein gar nichts gehört. Er hatte eben nur Sinn für die Stimme der Lebenden und für die Seelen der Verstorbenen. Das Geschrei der armen Leichname, die da moderten, ließ ihn kalt und gleichgültig, er blieb starrköpfig dabei, er höre sie nicht. Und während er die Gläubigen zum Fortgehen nötigte, setzten die Toten ihren Heidenlärm fort, ohne sich an die Anwesenheit des Pfarrers zu kehren.

Der alte Jules Haudouin war einer von den allerwildesten; aber er wütete nicht gegen die Lebenden. Er raste verbissen gegen den alten Maloret, gegen die Tine Maloret und den vierjährigen Buben, die drei Gräber weiter ruhten. Ihre Nachbarschaft hatte ihn seit jeher gestört und aufgebracht. Die Adelaide hörte ihm ehrerbietig zu und gab ihm von Zeit zu Zeit mit einem Kopfnicken oder einem kurzen Glucksen recht. Aufrecht und hager stand sie in ihrem schwarzen Kleid da, den Kopf in ihre Bänderhaube eingezwängt, und starrte auf die drei Gräber der Maloret hinab und verkniff dabei den Mund und rümpfte die Nase, als hätte sie die drei Toten im Verdacht, daß sie nicht nur in ihre Nase stänken, sondern es sogar noch absichtlich und ihr zuleide täten.

Seph Maloret, die Anais und ihre beiden Buben hielten die Köpfe gesenkt und taten mit Fleiß und Absicht, als seien sie gemüts- und seelenruhig in ihre Andacht versunken. Man konnte wohl glauben, sie hörten die Stimme des alten Haudouin unterm Rasen nicht, und die Adelaide jedenfalls war dieser Meinung. Darum fing sie denn auch an, alles, was ihr Schwiegervater sagte, mit lauter Stimme zu wiederholen. Der Alte nun sagte – und die Adelaide sagte es ihm nach:

«Was war schon die Tine Maloret? Eine Dirne, die bei den Mannsvölkern von Hand zu Hand ging, eine Hure, der man's im Straßengraben für dreißig Sous besorgen konnte, so eine war die Tine und keine andere! Und die Buben, die sie bekommen hat, laufen noch heute hinter ihrem Vater her, und nicht so geschwind, daß er sie anscheißen kann, nein, sicher nicht! Solches Lumpenzeug verscharrt man neuerdings hier auf unserem Gottesacker, und erst noch neben ehrsamen Leuten...»

Die Maloret erhoben keinen Einspruch, und Seph, der auf einen anständigen Rückzug bedacht war, gab der Anais und seinen beiden Söhnen einen Wink. Aber die Dur, die Berthier, Corenpot, Messelon, Rousselier, die Rugeart, Coutant, Dominé, die Bœuf, Trousquet, Pignon, Caroche, die Bonbol, Clergeron und Dubuclar kamen herbeigelaufen und wollten auch hören, was Jules Haudouin sagte. Sie bildeten rund um Seph und die Adelaide einen Kreis, drei Reihen tief, und dagegen war nicht aufzukommen.

«Ich will nichts drauf antworten», erklärte Seph.

«Es würde dir auch wohl schwerfallen», höhnte Jules unterm Rasen hervor.

«Es würde dir auch wohl schwerfallen», höhnte Jules' Schwiegertochter, «weil ich nämlich auch nicht das winzigste Härchen daran erfunden habe, und die Tine war alles das, was man weiß, und alles, was ich gesagt habe, und ich könnte weiterfahren bis morgen um Mitternacht, wenn mir nicht der Respekt vor Sauberkeit und Anstand den Atem verschlüge und mich abhielte, fortzufahren. Und mit dem alten

Maloret ist es keine Spur besser! Was könnte ich da nicht alles erzählen?»

«Fällt uns nicht ein, darauf zu antworten», sagten Seph und Noël.

«Komm, wir gehen», meinte die Anais.

Aber die Dur, die Coutant, Bonbol und Clergeron lagen dem Seph in den Ohren:

«Weshalb solltest du ihm nichts darauf antworten? Gib's ihm doch zurück, sag' ich dir.»

Seph schielte zum Grabe seines Vaters hinüber, doch der alte Maloret hatte offenbar seine Stimme verloren, und der Tine war auch nicht so recht geheuer. So war eben nur Jules Haudouin zu hören.

«Und was ich da von der Tine und dem alten Maloret sage, könnte ich ebensogut von der übrigen Bande sagen.»

«Und was ich da von der Tine und dem alten Maloret sage, könnte ich ebensogut von der übrigen Bande sagen», nahm die Schwiegertochter seine Worte auf. «Die Tine hat ein Ebenbild, das ihr ähnlich sieht wie gespuckt, und ihr wißt schon, wer's ist, und auch, wie man das Geld für geblümte Schürzen verdient und für den ganzen Spitzenschund, den man auf allen Wegen spazieren trägt! Die Eltern schämen sich ja auch nicht, mit diesem Geld sich Fegemühlen zu kaufen. Jawohl, das tun sie!»

Die Messelon, die Corenpot und die Berthier stießen sich kichernd mit den Ellenbogen und verzogen vor Lachen die Mäuler breiter als ihre Schnurrbärte. Sephs Gesicht glühte.

«Schon gut, ich sage ja nichts darüber, aber es wäre mir immerhin ein leichtes, nun auch meinerseits auszupacken. Ich weiß allerhand Dinge, die manche Leute nicht wissen ...»

Juliette, die neben ihrer Mutter stand, bekam Angst vor Sephs Drohungen und sagte leise zu ihr:

«Mama, macht ihn nicht wild. Bedenkt doch, sie haben den Brief wirklich.»

Die Adelaide hörte und verstand ihre Gründe recht wohl, aber sie vermochte sich nicht mehr zu beherrschen und den Mund zu halten, so hetzte sie die Stimme und der tobende Zorn des alten Jules Haudouin vorwärts und weiter.

«Da kann mich kein Brief abhalten, laut und vernehmlich zu sagen, was ein jeder hierzuland weiß, wie es schon die Tine und ihr Vater miteinander getrieben haben, und was für Sauereien in der sauberen Familie gang und gäbe sind. Die Marguerite hat das ihre auch schon geleistet ...»

Da brach die Anais in Tränen aus, und Seph erhob mit tonloser Stimme Einspruch:

«Gar nicht wahr! Lauter erfundene Behauptungen! Nichts als Lügen, die man gegen uns ausgestreut hat!»

Er war zusammengebrochen und klammerte sich an seinen Söhnen fest. Seph wußte ganz genau, daß die sündhaften Gepflogenheiten seiner Familie im ganzen Dorfe bekannt waren, da aber nur leise darüber geraunt und gemunkelt wurde, da in seiner Anwesenheit nie davon die Rede war, war es ihm nicht weiter peinlich. Eine Geschichte, die im Verborgenen umläuft, ist nichts als eine Sage, und Ansichten, über die man sich ausschweigt, sind Schall und Rauch. Die Leute, die nun der Adelaide zuhörten, entdeckten voll innerem Grauen das sündige Treiben der Maloret in einem neuen Licht, es wurde ihnen auf einmal klar, daß es etwas Verwerfliches und Anrüchiges war. Doch nicht wenigen unter ihnen war nicht ganz wohl dabei, und sie rügten insgeheim ihr vorlautes Ausschwatzen. Wo kam man hin, wenn es nicht mehr möglich war, zu sündigen, ohne daß man gleich in aller Öffentlichkeit angeprangert wurde? Der Pfarrer, der in einem Winkel des Friedhofs in ein Gespräch verwickelt war, trat nun zu dem Wortgefecht heran, um die letzten, Zug um Zug ausgetauschten Hiebe und Gegenhiebe mitanzuhören. Auch er sah es nicht gern, wenn man allzu eifrig die Wahrheit durchzwängte. Es gab da gewisse Opportunitätsfragen, bei denen Gott selbst, in seinem eigenen Interesse, nichts mitzureden hatte, und die Maloret waren nun einmal so geschaffen, daß sie, beinah ohne damit zu sündigen, ihren Töchtern zukommen lassen durften, was von rechtswegen eigentlich ihren Frauen zustand. So trat der Pfarrer denn in den Ring und griff mit seiner gewohnten Tatkraft ein.

«Was soll dieses Gelärme auf dem Gottesacker?! Und erst noch gleich auf die Messe hin! Es ist eine Schande! Wie könnt Ihr nur, Adelaide Haudouin, im Kreis Eurer Kinder ...»

«Aber, Herr Pfarrer, das geht auch den Seph genauso an wie mich. Und fragen Sie ihn doch, wer angefangen hat ...»

«Ich vielleicht? Aber ich habe ja nicht einmal antworten wollen, und keineswegs etwa, weil ich nicht auch mancherlei zu erzählen wüßte!»

«Nichts als Lügereien weißt du! Und vor allem, wenn man eine Tochter hat, wie deine eine ist ...»

«Haltet den Mund!» schnauzte sie der Pfarrer wütend an, «zuallererst solltet Ihr Euch eins schämen!»

«Ja, Herr Pfarrer, ich sollte mich eins schämen! Und dafür steckt die abgefeimte Person die Komplimente und das Geld und die geblümten Schürzchen ein. Jetzt führt sie in Paris ein Lotterleben und hurt und treibt's arg, vorher aber hat sie sich zu Hause schon von ihrem eigenen Vater nudeln lassen! Kleider müssen her? Geld und Schürzen und Fegemühlen braucht ihr? Hoppla! Lüpft mir bloß den Rock, und schon ist Geld da! Und noch einmal, und wieder und noch und noch! Man weiß ja, wie man's macht, und der Vater hat es einem gründlich beigebracht ...»

Die Adelaide schäumte und tobte, und Juliette und die Tante Helene hängten sich an sie, doch sie schüttelte beide ab. Da schwante dem Pfarrer, daß sie Kraft genug hatte, es noch sehr weit zu treiben. Dafür bewunderte er sie sogar ein bißchen, und er fing auch an, die Maloret mit Strenge zu betrachten. Er winkte also dem Seph und seinen Söhnen, und bedeutete ihnen, sie möchten augenblicklich das Feld räumen, und die Anais, die in Tränen aufgelöst war, schob er einfach vor sich her zum Friedhof hinaus. Zitternd vor Scham und Angst, brachten die Maloret nicht einmal mehr einen rechtschaffenen Zorn auf. Seph schlich hinter dem Pfarrer drein und greinte mit fadendünner Stimme:

«Ich kann's nicht glauben... ich kann's nicht glauben, daß es so gekommen ist...»

«Ihr seid ein Trottel», gab ihm der Pfarrer kurzangebunden zur Antwort, so daß es die Zuschauer hören konnten. «Eure Händeleien interessieren mich nicht im geringsten.»

Alexis löste sich aus der Gruppe der Haudouin, trat zu Tintin Maloret, der zuhinterst ging, und gab ihm einen Fußtritt. Tintin begehrte nicht einmal auf; er nahm einen kleinen Satz und prallte gegen die Soutane des Pfarrers, und dann klopfte er den Staub ab, der sich auf dem Hinterteil seiner Sonntagshose abzeichnete. Der Zwischenfall besänftigte ein wenig die schäumende Wut der Adelaide, die daraufhin ihre beißenden Hohnreden mäßigte und spärlicher austeilte, bis Seph und seine Angehörigen das Friedhofstor hinter sich gelassen hatten.

Honoré und Ferdinand waren zur Stunde, als die Messe aus war, auf der Landstraße ihren Familien entgegengegangen. Der Veterinär war heilfroh, daß Marguerite Maloret wieder abgereist war, und verlieh diesem Gefühl alle Augenblicke wieder Ausdruck.

«Meine Lage war Valtiers wegen recht heikel. Diese Besuche bei Seph waren arg lästig und peinlich, und auf der andern Seite konnte ich sie nicht gut unterlassen. Ich kann schon sagen: ich bin sehr froh.»

«Soso, desto besser», gab Honoré sanftmütig zur Antwort, «um so besser.»

«Du sagst zwar: desto besser, aber du machst ein Gesicht, als ob...»

«Ich? Mir geht's wie dir: ich bin recht froh. Solange sie da war, fand man sich nicht zurecht.»

«Vor allem, weil das Mädel ein wenig, wie soll ich sagen? – hochnäsig war. Ich bin sicher, der Zwischenfall am letzten Donnerstag wäre nicht passiert, wenn Marguerite nicht dagewesen wäre. Zuerst einmal hätte Juliette gar keinen Anlaß gehabt, zu Maloret ins Haus zu gehen. Und dann hätte Seph nicht im Traum daran gedacht, die arme Juliette tätlich zu behelligen und zu quälen, wenn ihn nicht die Anwesenheit seiner Tochter dazu gereizt hätte. Vermutlich hat Marguerite ein bißchen gar zu lose Witze gemacht, und Noël war gerade da... Du weißt ja, wie die jungen Leute sind. Darum liegt gar kein Grund vor, die Geschichte so ernst zu nehmen, wie's die Adelaide tut.»

Honoré nickte und lächelte nachsichtig. Als sie in der Mitte des Tals anlangten, sahen sie die Berthier über einen Seitenweg daherkommen.

«Ihr seid um eine schöne Händelei herumgekommen!» schrie ihnen Clovis Berthier herüber. «Aber die Adelaide hat für zweie geredet, für euch alle beide, und die Maloret haben den kürzern gezogen!»

Der Veterinär zupfte an seiner Nase und schaute seinen Bruder an.

«Was mag nur vorgefallen sein, he? Was hat es wohl gegeben? Sag doch...»

«Wie soll denn ich das wissen? Ich war ja nicht dabei.»

Dann kamen ihnen die Rousselier, die Rugeart, die Bœuf und die Trousquet entgegen und warfen im Vorbeigehen hin:

«Einen schönen Krach hat's abgesetzt vor einer Minute.»

«Ihr kommt etwas zu spät.»

«Sie haben einander wacker die Meinung gesagt.»

«Rundheraus gesagt: es ist verdammt hitzig zugegangen!»

«Die Adelaide hat es ihm gegeben wie ein Mann...»

Honoré hielt sich ganz gut und ließ sich nichts anmerken. Er lächelte, grüßte, wenn's sein mußte, und zwang seinen Bruder zu einem gemächlichen Spazierschritt. Sagte einer etwas zu ihm, so antwortete er: «Man sagt es» oder «Es scheint so». Aber Ferdinand schien nervös, er wurde einmal ums andere rot im Gesicht, nörgelte und krittelte an seinem Bruder herum, drehte den Kopf bald nach rechts, dann wieder linksherum, wandte ihn wieder nach rechts, ohne je geradeaus zu blikken, so daß ihm der Adamsapfel hinten am Hals stand, der Hals aber verdreht und noch einmal verkehrt und verrenkt war, und Honoré mehrmals Hand anlegen und ihn wieder zurechtsetzen mußte. Als die Rousselier vorüber waren, fühlte er nicht mehr Kraft genug in sich, auch dem Rest der aus der Messe des Wegs Kommenden gegenüberzutreten, und er machte kehrt und ging auf das Haus zu, gefoltert von tausenderlei verschiedenen Ahnungen und argwöhnischen Vermutungen, mit denen er seinem Bruder in den Ohren lag.

«Und wenn Seph die Sache mit dem Preußen weitererzählt hat, und wenn er den Brief bei sich hatte, und wenn die Frauen einander in die Haare geraten sind, und wenn es Valtier erfährt...»

Als sie zu Hause waren, verzog sich Honoré irgendwohin, wo's kühl war, während der Veterinär mitten im Hof stehenblieb und, den Hals bis fast auf die Landstraße hinaus gereckt, nach den Frauen Auslug hielt. Gustav und Klotilde kamen allen voraus, mit hundert Metern Vorsprung.

«Denen haben wir alle Schande gesagt!» frohlockte Gustav. «Wir haben ihnen die ärgsten Schimpfnamen angehängt!»

«Und daß der Seph mit der Marguerite – eben, das, was ihr wißt», setzte Klotilde hinzu.

Der Veterinär magerte auf einen Schlag um ein volles Pfund ab.

«Und Alexis hat ihnen einen Tritt in den Arsch gegeben, weißt du, Papa!»

«Nein», rief Klotilde, «den Tritt habe ich gegeben!»

«Ist ja gar nicht wahr, der Alexis!»

«Nein, ich! Und zum Beweis!...»

«Was, zum Beweis?»

«Ja, zum Beweis!»

Während sie miteinander stritten, rückte auch die Hauptmacht der Familie an.

«Und jetzt?» röchelte Ferdinand.

«Kommt doch zuerst herein», schlug Honoré vor, «ihr habt es sicher höllisch heiß gehabt.»

Und als sie dann in der Küche waren, fragte er:

«Ihr habt mit Seph eine Auseinandersetzung gehabt, so habe ich mir sagen lassen?»

«Wir standen alle vor den Gräbern, und die Maloret nebenan», fing die Adelaide an. «Wir alle dachten an nichts Böses, es war alles in schönster Ordnung.»

Der Veterinär erhob hier schon Einspruch. Adelaide blickte die Zeugen reihum einen nach dem andern fragend an. Die vier Angehörigen Honorés und ihr Vetter Antoine pflichteten ihr wie aus einem Munde bei. Frédéric allein gab durch seine Haltung und ein höhnisch-hämisches Grinsen zu verstehen, er sei da ganz anderer Meinung; aber Juliette stellte sich vor ihn hin.

«Auf einmal», fuhr nun die Adelaide fort, «auf einmal hat der Seph angefangen, meine Schwiegereltern schlechtzumachen. Juliette konnte ihn fast ebensogut hören wie ich.»

«Halt!» schrie der Veterinär. «Juliette geht jetzt hinaus, während ihre Mutter Sephs Worte wiederholt.»

Die Vorsichtsmaßregel hatte etwas Beleidigendes, dennoch tat ihm Juliette den Willen, und als sie dann wieder in die Küche hereinkam, erzählte sie ihrerseits, was Seph alles gesagt hatte. Es stimmte aufs Wort mit dem überein, was ihre Mutter vorgebracht hatte.

«Immerhin», bemerkte Honoré vielsagend.

Die Adelaide fuhr in ihrem Bericht fort, wurde aber alle Augenblicke vom Veterinär unterbrochen, der erbittert mit ihr rechtete und stritt. Sie behauptete, sie habe ihm die Blutschande erst als Antwort auf eine so unverschämte und niederträchtige Anspielung, daß ihr darob das Blut in den Adern gekocht habe, zum Vorwurf gemacht.

«Seph ist viel zu schlau, um mit einem Schlag alle Vorteile aufzugeben, die ihm der Brief verschafft», folgerte der Veterinär. «Ich bin sicher, daß kein Mensch die Andeutung begreifen konnte. Wartet einmal, ich frage Antoine. Er weiß nichts von dem Brief.»

«Ich kann dir nur sagen, alle Leute haben begriffen, daß meine Schwiegermutter...»

«Sei jetzt still! Ich frage das Antoine, oder Klotilde oder Lucienne. Ah, darüber bin ich ganz beruhigt!»

Antoine, der seinen Vater ärgern wollte, tat, als wisse er eine Menge, getraue sich aber nicht, sein Wissen auszukramen. Klotilde kam ihm zu Hilfe und erklärte mit der tragischen Ruhe der Unschuld:

«Ich habe die Mama am Rock gehalten und den Seph zu ihr sagen hören: ‹Der Preuße und deine Schwiegermutter...› Aber das ist alles, was ich noch weiß.»

Honoré dachte nicht an den Weg, den der Brief genommen hatte, bis er unter der Stutzuhr gelandet war. Klotildes Aussage dünkte ihn glaubhaft und nicht zu erschüttern, und er stierte den Veterinär wild und aufgebracht an, weil er ihn im Verdacht hatte, er habe im Verlaufe seiner Besuche bei Seph teilweise die Wahrheit durchblicken lassen.

«Ich sehe schon, es ist kein Tag mehr zu verlieren, man muß ihnen den Brief wieder entwinden», sagte er.

Jetzt hatte die Adelaide leichtes Spiel, allerlei hinzuzudichten.

«Der Pfarrer war auf Malorets Seite, das könnt ihr euch wohl denken, und alle geweihten Arschlöcher schön stramm in einer Reihe mit ihm! Ihr hättet nur die Dur, die Coutant und die Bonbol hören sollen, als uns der Pfarrer unter die Nase rieb, die ganze Schande falle auf uns, eben grade vonwegen des Preußen. So wie ich's euch jetzt wiedererzähle! Oder etwa nicht, Juliette?»

Der Veterinär hatte es aufgegeben, noch weiter zu klönen und abzustreiten, er tuschelte scheinheilig in Honorés Ohr:

«Ein kleines Mißgeschick... ein belangloser Streit, der dich gar nichts angeht... morgen früh denkst du überhaupt nicht mehr dran.»

Aber Honoré war kein bißchen zornig. Er hatte einen Heidenspaß bei Adelaides Darstellung des Vorfalls, und das ergötzliche Zwischenspiel mit dem Fußtritt machte ihm unverkennbar Vergnügen.

Kurz vor dem Essen nahm sich der Veterinär draußen im Hausgang seinen Sprößling, den Antoine, vor. Voller Groll und Rachsucht gegen seinen ungeratenen Sohn, der ihm vorhin bei der Auseinandersetzung einen so üblen Streich gespielt hatte, nahm er ihn ins Gebet und fragte ihn mit vorsichtig gedämpfter Stimme:

«Sag mir das Datum des erstmaligen Zusammentritts der Generalstände?»

Antoine ließ den Kopf hängen. Eine Antwort war von ihm nicht zu erwarten, und sein Vater rechnete mit seinem starrköpfigen Schweigen, um ihm eine Strafarbeit aufzubrummen.

«Das ist eine Jahreszahl, die man einfach nicht vergessen darf! Kannst du mir sagen, ja oder nein ...»

Da strahlte mit einemmal Antoines verstocktes Gesicht auf, und er rief:

«Onkel Honoré! Onkel Honoré! Mein Vater möchte die Jahreszahl wissen, wann die Generalstände zum erstenmal zusammengetreten sind!»

Der Onkel Honoré beurteilte die Sachlage durchaus richtig und zutreffend. Er gab also mit gewichtigem Ernst zur Antwort:

«Das muß Anno 83 gewesen sein, im selben Jahr, als dem Corenpot zwei Kühe umgestanden sind.»

Da machte der Veterinär rechtsumkehrt und ging hinaus, und noch lange sah man ihn verstört, rat- und planlos rings ums Haus irren. Er überschlug alles, was er seinem Bruder vorzuwerfen hatte, und errechnete auch, jedes Für und Wider abwägend, was ihn noch in Claquebue festhielt. Schon war alles in seinem Kopf säuberlich zurechtgelegt, er brauchte nur noch zu rekapitulieren und abschließend seine Entscheidung zu treffen.

«Ich habe es satt», murmelte er ein paarmal vor sich hin. Nun war der Augenblick gekommen, wo es galt, zwischen seinem Bruder und Seph Maloret eine Wahl zu treffen, und er entschied sich für Seph. Seine Interessen lagen auf dieser Seite, wo er mit Valtier ins Geschäft kam. Beim ersten Zwist, den ihm Honoré hermachte, wollte er die entscheidenden Worte sprechen. Sein Bruder würde dann das Haus räumen und womöglich auch aus der Gegend fortziehen, und er gedachte ihm eine Entschädigung auszusetzen, die es ihm erlauben sollte, sich anderswo niederzulassen. Je eher das der Fall war, um so besser.

Während des Essens überlegte er sich seinen Plan noch reiflich, und auf einmal mochte er es kaum noch erwarten, bis er sein Vorhaben ins Werk setzen konnte Er suchte darum Streit mit Honoré, doch dieser setzte ihm eine unerschütterliche Heiterkeit entgegen.

«Wir brauchen einen Mann an der Spitze der Regierung», sagte der Veterinär.

«Warum nicht?» gab ihm Honoré zurück.

«Einen Mann, der kräftig zupackt und Frankreich Respekt verschafft», beharrte Ferdinand.

«Du trinkst ja gar nicht ...»

«Ich behaupte, der General Boulanger ist der rechte Mann! Man kann ihm, scheint mir, nicht vorwerfen, er sei klerikal. Und auch wenn er's wäre? Dann behaupte ich es erst recht!»

«Wenn er sich das so vorstellt, der Mann ...»

«Ich sage rundheraus, was ich denke, und brauche mit meinen Überzeugungen nicht hinterm Berg zu halten.»

«Da schau her!»

«Bei dir weiß man ja nie, woran man ist mit deinen Ansichten und Überzeugungen!»

«Da hast du recht», erwiderte Honoré. «Ich muß zuerst noch Klotilde fragen, was sie vom General Boulanger hält. Nimm doch noch einmal von dem Frikassee heraus ... Doch, doch! Zwei gehäufte Löffel voll, und dazu einen tüchtigen Schluck Wein, damit es schön hinunterrutscht. Kutteln zu Kutteln. Es gibt nichts, was gegen Ärger wirksamer wäre!»

Rund um den Tisch machte sich eine stille, verhaltene Heiterkeit spürbar. Zur gleichen Zeit wie die Schüssel mit dem Frikassee lief auch ein gemütliches Gelächter rings um den Tisch, stach dem Veterinär in die Nase und beeinträchtigte merklich seine streitbare Stimmung. Als dann der Briefträger in den Hof einschwenkte, gingen ihm Juliette und Honoré entgegen. Einer trug ihm die Ledertasche und die andere sein Käppi. Honoré lachte von weitem übers ganze Gesicht und sagte halblaut zu den Seinen:

«Er ist es. Der Briefträger ist es.»

Déodat setzte sich vor die drei Gläser hin, die die Adelaide randvoll mit Wein eingeschenkt hatte, so daß sie sogar ein wenig überliefen, weil sie damit dartun wollte, sie knausere nicht etwa, wenn es gelte, einem wackeren Briefträger den Durst zu löschen. Dann zog er sein Schnupftuch hervor, wischte sich den Schweiß von der Stirn und sagte:

«Heiß ist's.»

«Er sagt, es sei heiß», erklärte Honoré den andern.

«Du wirst wohl müde sein», meinte die Adelaide. «Es ist eine Stinkhitze.»

Déodat warf den Kopf hintenüber, lachte laut heraus und sagte zur Adelaide:

«Da ist mir doch vorhin eine tolle Geschichte passiert.»

«Nicht möglich?»

«Ich war auf dem Heimweg aus Valbuisson und ging gemütlich meines Wegs, ich schritt rüstig aus, wie unsereiner eben so auszieht. Sagte nicht letzthin der Ernest, euer Ernest, zu mir, ich hätte einen Gang wie ein Landjäger zu Fuß, sagte er zu mir.»

«Er hat Euch doch einen Bären aufbinden wollen», protestierte Honoré. «Ein Landjäger zu Fuß!»

«Meinst du auch? Ja, bestimmt hat er mich aufziehen wollen. Ich war also auf dem Heimweg und dachte nichts Arges, kein bißchen mißtrauischer, als wenn ich vor einem Liter gesessen hätte. Und da, wie ich — wie soll ich's nur sagen? — wie ich also zweihundert Meter hierwärts der Straßenkreuzung angelangt bin, da ist mir auf einmal, mein Gang habe so etwas Komisches. Das ging mir so im Kopf herum, wie man manchmal plötzlich so ein eigentümliches Gefühl hat. Gut, ich gehe also noch ein Stück weit, mehr so, damit ich das Gefühl hatte, ich gehe weiter, als um weiterzugehen. Und dann werfe ich schließlich doch einen Blick auf meinen rechten Schuh. Würdet Ihr's glauben? Die ganze vordere Sohle schlampte herab, es blieben gerade noch zwei Reihen Nägel in der Mitte, so daß sich jedesmal, wenn ich mit dem rechten Fuß auftrat, die Sohle umklappte, und das war an dem ungewohnten Gefühl schuld. Das Schönste habe ich euch aber noch gar nicht erzählt! Das Schönste ist, daß auch nicht ein einziger Nagel an der linken Sohle fehlte! Jetzt verstehe einmal einer so etwas.»

Honoré schaute den Briefträger an und sah, er hatte ein gutes, breites, rundes Gesicht, das Gesicht eines Mannes, der seinen Seelenfrieden und seine Gemütsruhe hat und nicht über seine Nase hinausschaut, der aber seine eigne Nase sieht und sie gut sieht. Das Gesicht eines braven Briefträgers, der's fertigbringt, so lange seiner Nase nachzugehen, bis er schließlich seinen Rundgang zu Ende macht, ohne sich auch nur ein einziges Mal zu irren.

«Déodat, ich muß mich noch bei dir bedanken, weil ich dich seither nicht mehr gesehen habe.»

«Wofür denn, Honoré?»

«Wegen Juliette und auch meinetwegen. Es braucht schon einen Bubenstreich, wie vorgestern, damit man weiß, wie viel einem am Jungfernkränzlein seiner Töchter liegt. Sonst kümmert man sich ja nicht groß darum.»

«Ich kam gerade vorbei», schmunzelte der Briefträger, «ja, ich kam zufällig gerade vorbei.»

Als Déodat sich wieder trollte, herrschte im Eßzimmer ein gerührtes Schweigen. Der Veterinär, dem es auf die Nerven ging, sagte gereizt zu Honoré:

«Er blödelt je länger je kindischer, der Unglückswurm, und was weit ernster wiegt: er verliert seine Briefe. Es wäre an der Zeit, daß er den Dienst aufgäbe.»

«Hast du etwa einen Ersatz für ihn?»

«Es fehlt nicht an Leuten, die seinen Dienst besser als er versehen könnten.»

«Wenn du's eilig hast, sie bei deinem Deputierten beliebt zu machen, so könnte ich immerhin bei Maloret ein Wort für sie einlegen. Ich möchte recht bald einmal bei ihm vorbeigehen. Der Seph hat immer noch einen Brief, den er mir zurückzugeben vergißt.»

Nach dem Essen bummelte Honoré noch eine Weile müßig herum, dann ging er in den Schuppen und sägte Holz, um den einschläfernden Zauberbann des Sommersonntags zu brechen. Er arbeitete ohne Hast, ohne sich zu ermüden, voll Befriedigung, daß er spürte, wie seine Muskeln kräftig und zuverlässig ihren Dienst taten wie an den Werktagen. Der Veterinär fühlte sich beleidigt, weil er seine Gäste allein ließ und einer so unwichtigen und gar nicht dringlichen Arbeit nachging, und führte seine Familie vollzählig in den Wald spazieren. Er machte sich diesen Spaziergang zunutze, um seiner Frau zu eröffnen, welch eine Familienrevolution er seit dem Vormittag im Sinne hatte.

Um vier Uhr trank Honoré in der Küche ein Glas Wein, und seine Frau und auch die Kinder saßen still und schweigsam dabei. Er lächelte ihnen zu, warf seine Joppe über die Schultern und ging auf der Landstraße auf den Dorfkern von Claquebue zu.

17

Die Maloret waren eben aus der Abendmesse heimgekommen und saßen zu dritt in der Küche. Tintin war unterwegs bei der Kegelbahn zurückgeblieben und schaute den Spielern zu. Seph saß am Tisch, hatte die Ellbogen aufgestemmt und das Kinn in die Hände gelegt; er wandte der Tür den Rücken zu und schaute gedankenlos in die Küche hinein, wo ganz hinten die Anais zwischen dem Schrank und dem Bett ihren schwarzen Rock mit der grünen Borte, ihr blaue Bluse und den gestickten Unterrock auszog, den ihre Tochter ihr geschenkt hatte. Noël beobachtete, teils beunruhigt und teils verächtlich, die Haltung seines Vaters, der bedrückt und niedergeschlagen schien. Bedächtig zuckte er die Achseln, suchte auf einem Stuhl seine Leinenhosen, die er vor der Messe dorthin geschmissen hatte, und fing an sich auszukleiden. Die Anais faltete auf dem Bett ihren feinlinnenen Unterrock zusammen.

«Du solltest dich auch ausziehen», sagte sie zu Seph.

Seph rührte sich nicht und schwieg. Sie öffnete eine Tür des mächtigen Schranks, um ihre Kleider einzuräumen, und sagte noch einmal:

«Du solltest dich jetzt ausziehen, solang es noch einen Zweck hat.»

Seph blickte auf und schnauzte sie, gegen alle seine Gewohnheit, grob an. Noël, der gerade seine Sonntagshosen auszog, regte sich darüber auf und sagte:

«Wir sind jedenfalls nicht schuld daran, wenn dir heute vormittag die Adelaide den Kopf gewaschen hat und wenn dich der Pfarrer obendrein noch angeödet hat.»

«Du, laß mich in Frieden.»

«Wenn man Sauereien treibt, wie du, dann posaunt man's nicht an allen Ecken aus, so daß man sie einem nachher unter die Nase reiben kann.»

Seph verwarf gepeinigt und wütend den Kopf und gab keine Antwort.

«Und zuallererst fängt man damit an, daß man sich einwandfrei benimmt», setzte Noël hinzu und war selber erstaunt, daß er sich so unverblümt und freimütig mit seinem Vater reden hörte.

«Wenn du dann einmal Töchter hast, werden wir ja wohl sehen, was du tun wirst.»

«Das mag für dich gelten.»

Da lachte der Vater kurz und trocken auf und fing, ohne den Kopf zu heben, mit traurig-grämlicher Stimme an zu sprechen.

«Besten Dank auch. Es hieß schon von meinem Großvater und vom Vater meines Großvaters, sie hätten mit ihren Töchtern geschlafen. Nie hat das Gerede aufgehört, nicht bei meinem Vater und auch nicht bei mir. Es war eine ausgemachte Sache hier herum, ein für allemal stand es fest. Was hätte ich also dabei gewonnen, wenn ich mir Zwang angetan hätte?»

Die Anais tat, als höre sie nichts, und kramte, weit vorgebeugt, in ihrem Kasten.

«Und dann, nicht wahr», fuhr der Vater fort, «war das so Brauch bei uns zu Hause. Um damit aufhören zu können, hätte man... ich weiß nicht... woanders dazu kommen müssen.»

Er schwieg wieder und fiel erneut in sein stumpfsinniges Brüten. Noël legte seine Sonntagshosen über eine Stuhllehne beim Fenster. Eine ganze Weile herrschte bedrücktes Schweigen. Da huschte ein Schatten vor dem Fenster vorbei, draußen im Hof schlug der Hund an, und dann kam Haudouin herein. Er schloß die Tür hinter sich und blickte die Maloret an. Seph wandte den Kopf und blieb, beide Ellenbogen aufgestützt, sitzen, ohne weiter erstaunt zu scheinen. Die Anais war ganz entgeistert, weil sie so nur mit Hosen und Korsett bekleidet überrascht wurde, sie versteckte sich geschwind hinter der Schranktür und suchte eine Schürze, die sie sich vor den Bauch binden konnte.

«Du bist schon recht so, wie du bist, Anais», sagte Haudouin zu ihr, und seine Stimme zitterte ein wenig.

Im bloßen Hemd und mit den Werktagshosen in der Hand, stand Noël abwartend und unentschlossen da. Honoré lehnte an der Tür und ermaß den ganzen Vorteil, den er über diesen halbnackten Mann hatte, und er wunderte sich, daß nur schon der Umstand, daß er Hosen und Schuhe anhatte, ihm eine solche Überlegenheit gewährleistete. Noëls Nacktheit dünkte ihn erbärmlich und kläglich verwundbar. Er fand sein gewagtes Vorhaben beinahe leicht durchzuführen.

«Kommt Ihr jetzt neuerdings herein, ohne anzuklopfen?» maulte Noël und machte einen Schritt auf ihn zu.

Honoré tat ebenfalls einen Schritt vorwärts und setzte seinen genagelten Schuh auf Noëls nackten Fuß, ohne mit seinem ganzen Körpergewicht darauf zu treten, einfach nur, damit Noël seine Unterlegenheit zum Bewußtsein kam. Der Bursche wich zurück, es war ihm Angst um seine nackte Haut. Haudouin versetzte ihm einen Stoß mit dem Knie und schlug mit beiden Fäusten zu, doch ohne allzu heftig dreinzufahren. Noël gab die Schläge nicht zurück; er hockte zusammengekauert da und versuchte, sich gänzlich in seinem Hemd zusammenzukriechen, als hätte ihm die dünne Leinwand ausreichenden Schutz geboten. Ein besser gezielter Schlag schmiß ihn zu Boden, und er kugelte benommen und halb bewußtlos hin. Das ging so rasch vor sich, daß die Anais, die immer noch hinter der Kastentür versteckt stand, gar nichts gesehen hatte. Seph hatte dem Kampf hellwach und in höchster Spannung zugeschaut, hatte jedoch nicht eingreifen wollen. In diesem Augenblick stand es ihm noch frei, zur Tür zu rennen und Hilfe herbeizurufen, aber die drohende Gefahr erweckte in ihm, zutiefst im dumpf Tierhaften, ein unbestimmtes Gefühl der Ritterlichkeit. Er nahm es hin, daß die Auseinandersetzung in hergebrachter Ordnung ihren Verlauf nahm. Überdies hielt ihn eine ungeheuerliche Abspannung, eine unsagbare Trägheit wie festgenagelt auf seinem Stuhl fest, und ebenso die Verheißung eines gewissen Wohlbefindens, das er von der Niederlage erwartete. Als sich aber Haudouin ihm zuwandte, zog er immerhin den Kopf ein und hob die Schultern in der Haltung eines Ringers, der eines Angriffs gewärtig ist. Er war kleiner als sein Gegner, flink, hurtig und vierschrötig und sehr wohl imstande, sich zur Wehr zu setzen und zu behaupten. Aber es fehlte ihm jede Spur von Angriffsgeist und Draufgängertum, und so machte er bloß Miene, sich zu verteidigen, rein der Form halber. Das spürte Haudouin so deutlich, daß er ihn nicht schlagen mochte. Seine Absicht war es, ihn im Schrank einzusperren. Gewandt umfaßte er ihn von hinten und hielt ihm die Arme fest an den Leib gepreßt. Erst jetzt wehrte sich Seph, und es gelang ihm, den rechten Arm freizubekommen, während Honoré ihn nach hinten in die Küche trug. Die Anais wagte sich nicht zu rühren, sie getraute sich nicht etwas zu tun, ja nicht einmal aufzubegehren, allem Anschein nach dachte sie an nichts anderes, als sich nicht in Hosen blicken zu lassen. Haudouin sagte leise und freundlich zu ihr:

«Mach mir den andern Türflügel auf, Anais.»

Sie zögerte, erwartete offensichtlich, daß Seph es ihr verbieten werde, doch der zappelte und strampelte nur und sprach kein Wort.

«Los!» gebot Honoré. «Mach schnell auf!»

Da trat sie hinter ihn, damit er sie nicht sehen konnte, hakte den Riegel im Schrankinnern aus, der die Tür festhielt, und verkroch sich dann wieder in ihren Winkel, unter den gleichen Vorsichtsmaßregeln wie vorhin schon. Als nun der Schrank beidseitig offen stand, erwies er sich als so geräumig, daß man ohne weiteres hätte einen ausgewachsenen Ochsen darin unterbringen können. Aber Seph stemmte sich mit beiden Füßen gegen den Kastenrand und leistete Haudouins Schieben und Stoßen erbitterten Widerstand. Honoré wich plötzlich zurück, so daß er den Halt verlor, und so vermochte er ihn bäuchlings auf die Haufen von Lumpen und altem Plunder hinzuschmeißen, die unten in dem Möbel aufgestapelt lagen. Hernach schloß er beide Türen ab, drehte den Schlüssel um und ging zu Noël zurück, der eben aus seiner Betäubung zu erwachen anfing. Haudouin wußte genau, was er mit ihm anstellen wollte; schon seit dem frühen Morgen dachte er unentwegt daran, vielleicht sogar schon seit mehr als fünfzehn Jahren. Er hob ihn auf seine Arme und sagte zur Anais:

«Es ist nichts von Belang, er regt sich ja schon wieder. Wir wollen ihn unters Bett schieben.»

Die Anais stöhnte leise, ganz verhalten.

«Er wird weiterschlafen», versicherte Haudouin, «sei ganz unbesorgt.»

Er stieß Noël unter das Bett und verbarrikadierte ihn da mit einer Bank und ein paar Kissen. Als das erledigt war, setzte er sich auf den Tischrand und lächelte der Anais zu, die immer noch regungslos in der Ecke beim Schrank stand.

«Schöne Arme hast du», sagte er.

Sie hob den Blick zu ihm auf und lächelte vorwurfsvoll, und ihr Lächeln verklärte ihr schweres blondes Gesicht.

«Es ist aber doch nicht recht, Honoré.»

«Ich hätte dir seit jeher gern einmal gesagt, daß du schön bist, Anais. Aber du weißt ja, wie das ist: man traut sich eben nicht.»

Sie wollte etwas darauf erwidern, aber da kam ihr in den Sinn, daß ja Seph und ihr Bub sie hören konnten. So lächelte sie ihn nur an, noch freundlicher als das erstemal.

«Anais, jetzt habe ich mich trotzdem dazu entschlossen, weil mir nämlich das Herz schon ganz schwer war.»

Sie antwortete so leise, daß er ihre Worte nur von den Lippen ablesen konnte:

«Ach, du kannst so schön reden, du ...»

Haudouin schätzte voll Zärtlichkeit die vollen und schweren Formen ab, die nun gleich in seinen Männerarmen ruhen würden; die üppigen Brüste, die, im Korsett prall eingeschnürt, wogten, den Bauch, der sich unter der an den Hüften straffgespannten Hose wölbte, und die strammen, strotzenden Beine, die in den schwarzen Baumwollstrümpfen staken und sie massig ausfüllten. Es war ihm lieb, daß die Anais diese füllige Reife besaß; er fand sie schöner, als ihm Marguerite vorgekommen war.

Er sagte ihr allerlei verliebte Dinge, und die Anais schwieg zärtlichberedt dazu. Und doch blieb zwischen ihnen noch ein betretenes Hangen und Bangen. Honoré verspürte nicht so viel drängende Hast, wie er's gehofft hatte, und er fing schon an, gegen sich selber unruhig und gereizt zu werden. Er war ja nicht hergekommen, um bloß seinen Spaß zu haben und sich die Zeit angenehm zu vertreiben. Honoré machte einen Schritt vorwärts. Er fühlte sich linkisch, tolpatschig und vermißte jede Selbstsicherheit. Ängstlich verkroch sich die Anais wieder in ihren Winkel beim Kasten, kuschelte sich zusammen und hielt beide Arme dicht am Leib, die Hände klemmte sie zusammengepreßt zwischen die Schenkel. Da lächelte er und murmelte:

«Warte, ich will die Läden schließen.»

Als es nun dunkel war, entzog sich ihm die Anais nicht länger, und als er sie an sich drückte, ließ sie ihren Kopf auf seine Schulter sinken. Er trug sie auf das hohe Federbett und spürte beglückt, wie schwer sie in seinen Armen lag. Ihrem zärtlich-verliebten Lustgestöhne antworteten erstickte Klagelaute, die ihn wohltuend einhüllten. Sie kamen aus dem Schrank und unter dem Bett hervor und schienen aus allen Ecken und Winkeln der Küche zu ertönen, und jedesmal, wenn Haudouin die Anais beschlief, stöhnte das ganze Haus der Maloret weh auf.

Indessen standen die Adelaide und ihre Kinder eng aneinandergedrängt vor den geschlossenen Fensterläden und lauschten gespannt dem vernehmbaren Lustgestöhne, das sie sehnsüchtig und wehmütig stimmte. An der Einbiegung des Apfelbaumwegs stand, unentschlossen und gequält, der Veterinär und wagte nicht näherzukommen, weil er Angst hatte, er bekomme eine Katastrophe zu hören. Als sein Bruder aus dem Haus trat, gewahrte Ferdinand das liebestrahlende Gesicht der Anais und gleichzeitig noch die festonierte Hose, die schwarzen Baumwollstrümpfe, die unter dem Knie mit blauen Strumpfbändern festgehalten wurden. Bei diesem Anblick traten ihm die Augen aus den Höhlen, gut und gern anderthalb Fuß weit, doch schnellten sie alsbald wieder in die Augenlöcher zurück. Voll Grauen und Entsetzen angesichts dieser abenteuerlichen Begebenheit wurde er auf einer Backe bleich, auf der andern aber glutrot, weil er den Teufel in so einnehmender Gestalt in einer festonierten Frauenhose erblickt hatte.

Honoré kam schweigend und fast feierlich ernst heran, umringt von seiner Familie. Juliette stützte sich auf seinen Arm, und vor ihm her schritten, rücklings, um ihn besser anstaunen zu können, Alexis, Gustav und Klotilde. Die Adelaide schaute ihn verstohlen von der Seite an. Sein offenkundig erinnerungsträchtiges Schweigen machte sie bereits gereizt und wurmte sie. Als er tief aufseufzend seine Brust weitete, warf sie ihm mit grämlicher Stimme hin:

«Du hast es ja arg eilig gehabt, dorthin zu gehen, und es hat auch ganz danach ausgesehen, als hättest du dir's wohlsein lassen!»

«Es mußte sein.»

«Es mußte sein! Das frage ich mich allerdings! Ein Mann, der fünf Kinder hat!»

Der Veterinär trottete aufgeregt rings um die Familie und suchte ein Plätzchen, wo er seinen Bruder ungestört ausfragen konnte.

«Sag einmal, du hast dir das nicht überlegt... Was für Folgen hat nun diese... Kurzum... diese... Und wenn Valtier davon erfährt... mein Gott!»

Gerade als sie mitten auf dem Apfelbaumweg standen, ging Déodat auf der Landstraße vorbei. Der Briefträger hatte es eilig und rief, ohne anzuhalten, zu ihnen herüber.:

«Er ist gestorben!»

Die ganze Familie geriet vor Neugier und Unruhe in hellen Aufruhr und redete wirr durcheinander. Die Frauen schlugen das Kreuzeszeichen.

«Philibert Messelon ist gestorben», erklärte ihnen Honoré. «Ein wackerer Mann, der arme Philibert, und ein guter Republikaner, ein Mann, der sein gegebenes Wort immer gehalten hat. Wenn er etwas versprach, dann konnte man sich darauf verlassen.»

«Und nun», stammelte Ferdinand, «wegen des Bürgermeisteramts könnte man ja sehen...»

«Bürgermeister wird Berthier», erklärte Honoré, «oder Corenpot oder Rousselier. Jawohl!»

Ferdinand ließ den Kopf hängen und schluckte für immer den Namen Seph Malorets hinunter. Sie langten am Ende des Apfelbaumwegs an. Bevor Honoré in die Landstraße einbog, blieb er noch einmal stehen, und alle umstanden ihn im Kreis. Da zog er den Brief, der ein bißchen zerknittert aussah, weil er ihn doch drei Tage lang mit sich herumgetragen hatte, aus der Tasche, entfaltete ihn vor den Augen des vor Respekt völlig verdummten Veterinärs und las mit lauter Stimme vor:

«Mein lieber Honoré, — Der Rappen hat anfangs der Woche Koliken bekommen...»